長編歴史小説

野望（上）

信濃戦雲録第一部

井沢元彦

祥伝社文庫

目次

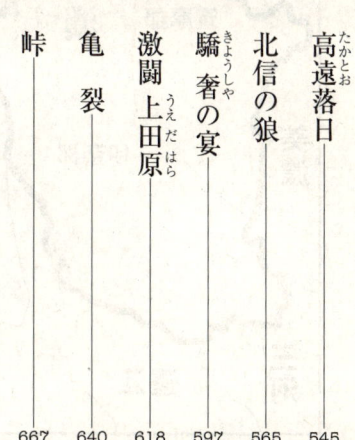

天文11(1542)年 信濃略図

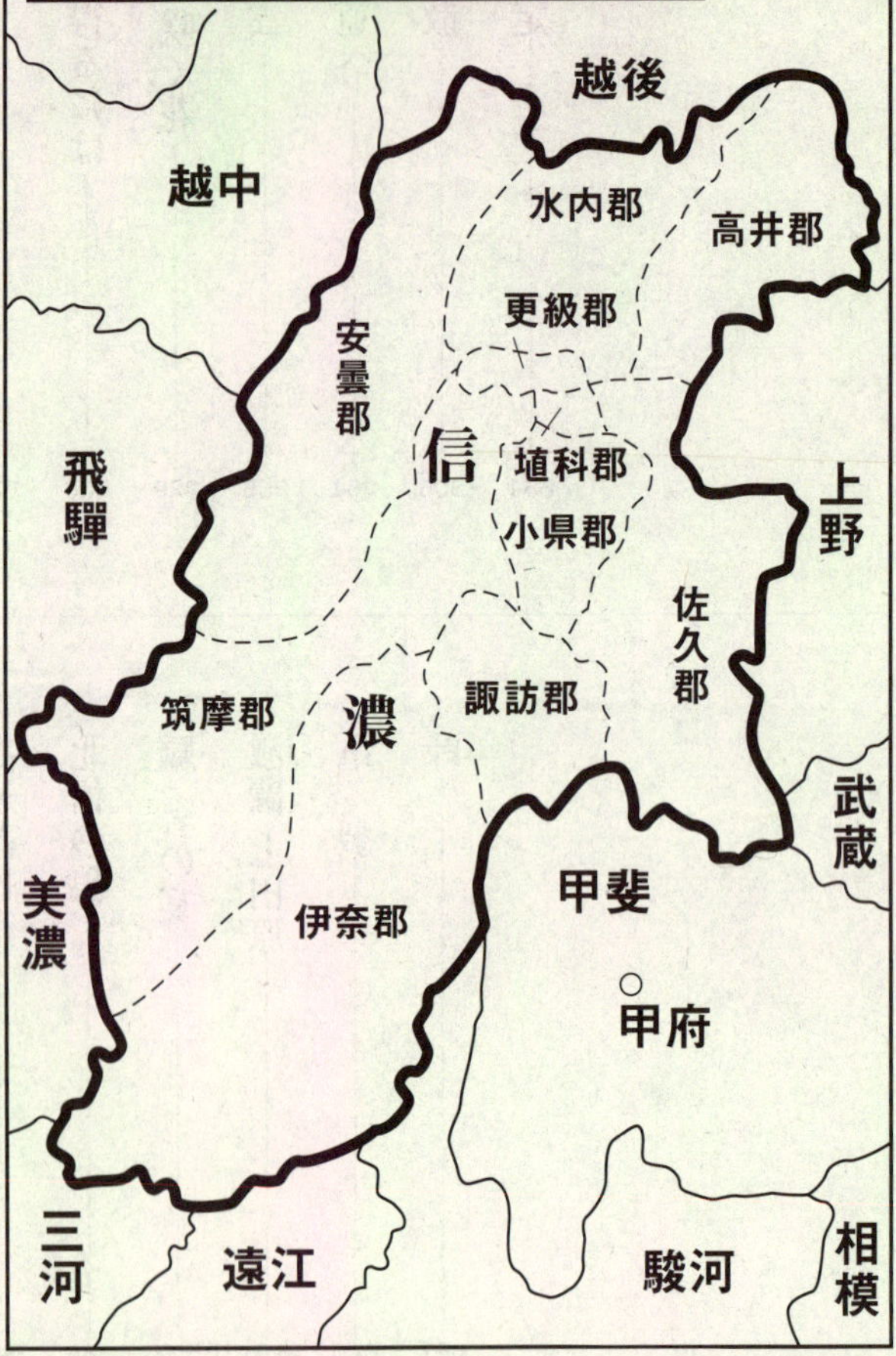

吉凶占い

1

凍《い》てつく野に風が吹き、山々に雪化粧がほどこされる季節、この国では一年の吉凶を占う神のお告げがある。

それは御神渡《おみわた》りと呼ばれる。諏訪《すわ》の湖《うみ》がこの地特有の厳しい寒さに凍《こお》りつき、氷が盛り上がって湖の中心に亀裂が出来ることをいう。人々はそれを、諏訪の守護神である建御名《たけみな》方神《かたのかみ》が女神のもとに通う、通い路の跡《あと》と信じていた。御神渡りは冬の寒さが極《きわ》まった日の明け方、大音響と共に起こる。その跡を吉日を選んで、神に仕《つか》える者が子細に検分するのである。天文《てんぶん》十一年（一五四二年）正月、その年も例年のごとく検分の儀式は行なわれた。

「やあ、おおはふりの姫様じゃ」

白銀の一枚板と化した湖を、神官を従えて進む巫女《みこ》姿の少女を見て、湖岸で見物していた童《わらべ》が叫んだ。諏訪大社の神事を司《つかさど》る大祝《おおはふり》であり諏訪の領主でもある、諏訪頼重《よりしげ》の娘である。当年十四歳の姫は、その輝くような美貌と犯しがたい気品をもって知られ、人々から女神のように崇拝されていた。いや、崇拝というより姫は、諏訪者《もの》の宝であり誇りでもあった。

「姫様、お足下《あしもと》が危のうございます」

「誠之助《せいのすけ》、危ないのは、そなたのほうですよ」

笑ったその声は、まるで快《こころよ》い鈴の音《ね》のように聞こえた。

「もったいない。誠之助ごときにお構いくださいますな」

誠之助はところどころ赤ぎれた頬に、心持ち恥じらいの色を浮かべ、感情を抑《おさ》えた声を出した。

「誠之助はいつもそれですね。他に物言いの仕方を知らぬでもあるまいに」

姫とは同い年だというのに、自分のほうが子供だと、誠之助は何度も思った。ときどき姫は誠之助に母のような調子で語りかけることがある。そのたびに母を亡《な》くしたばかりの誠之助は、ついつい姫を保護するのが自分の使命であることを忘れそうになる。これではいかぬと口を出せば、余計な世話とたしなめられる。だが誠之助にとって、それは決して不快ではない。

姫のお側《そば》に仕えるにあたって、父は死ぬ覚悟は出来たかと言った。姫を守り場合によっては命を捨てるのが、誠之助に定められた道なのである。それは諏訪家に代々仕えた望《もち》月《づき》の家に生まれた者として当然の義務だが、誠之助は義務以上の何かを感じていた。その誠之助がいま一番嬉しいのは、姫の名前を知っている、ということなのだ。

姫の名は美紗《みさ》という。

高貴の女性の名はみだりに知らせるものではなかった。名を広く知られることは災いを招くという信仰がある。古代においては、名を知らせることは相手に魂《たましい》をゆだねることでもあった。諏訪大社の神職を務《つと》める諏訪家では、古代の掟《おきて》に忠実である。家臣といえども姫の本名を知っている者は、数えるほどしかいなかった。望月誠之助は、姫の近臣になることによって、それを知ることができた。それは天にも昇るほどの喜びだった。美紗姫と自分の間に何か秘密の絆《きずな》が出来たような気がした。

「誠之助、もそっと引き締めなさい」

美紗姫は呆《あき》れたように言った。表情のことである。はっと気が付いた誠之助は、すぐににやけた顔を改めた。凍りついた諏訪の湖の真ん中で、既に神意を問う儀式が始まっていた。

御神渡りの跡を、八劒社《やつるぎしゃ》の神官が検分し、その結果を大祝の代理たる美紗姫に報告するのだ。姫はそれを父諏訪頼重に伝え、結果は国中に布告される。米や蚕《かいこ》の出来具合だけではない。国全体の運命も、この氷の亀裂で占えるのである。人々が敬虔《けいけん》な心で結果を待っているのも当然だった。

神官は真剣な面持《おもも》ちで見ていたが、誠之助は結果について楽観していた。豊作・凶作はわからない。それこそ神意によるしかないのだが、国自体は平穏に一年を過ごすだろう。それには根拠がある。単なる希望ではない。

隣国甲斐《かい》との講和である。

甲斐の武田《たけだ》家とはかつて敵同士だった。当主の信虎《のぶとら》は戦上手《いくさじょうず》として、世に隠れもなく近隣諸国に名を轟《とどろ》かせていた。諏訪家もたびたび痛い目に遭《あ》っている。だが、その信虎の娘禰々《ねね》姫が、頼重のもとへ嫁《とつ》いできた。両家の和親のためである。以後両家は決して戦うことはないと、当主同士が固い誓約を交わし合った。

同盟はうまくいった。

信虎と頼重は、共通の敵海野《うんの》氏を討ち、頼重と禰々の仲は睦《むつ》まじかった。禰々は早くも懐妊《かいにん》しこの春には子が生まれる。二つ下の義理の娘美紗姫との間もうまくいっている。

さらに諏訪家にとってめでたい出来事があった。信虎が、突然長男によって駿河《するが》の今川《いまがわ》家に追放されたのである。後を継いだその長男晴信《はるのぶ》は今年ようやく二十二歳になる。しかも父信虎に比べて穏やかな若者として評判だった。

晴信、後の武田信玄《しんげん》である。

晴信は妹禰々を可愛がっていたという。禰々はいま頼重夫人、つまり晴信と頼重は義兄弟ということになる。晴信は評判通りの、どちらかといえば頼りない男だとしても、その部下たる甲州武士は頼りになる。武田との同盟は、諏訪の平和を磐石《ばんじやく》なものにするはずであった。美紗姫も誠之助も諏訪の民衆も、強国武田への篤《あつ》い信頼と期待がある。武田こそ長らく戦乱の続いた諏訪の、平和の礎《いしずえ》となってくれるのではないか。そのためにも信虎が追放されたことは、もっけの幸いであった。穏やかな晴信ならなおよい。それが諏訪の領主から百姓まで、誰もが抱くこの春への思いであり、その期待が込められた神事、それが御神渡りの拝観であった。

美紗姫は先程から、盛り上がった氷塊を首を傾《かし》げながら見ている神官の動きが気にかかっていた。顔も青白く何か気掛かりな様子である。声をかけるのは憚《はばか》られた。神事に無用の差し出口は許されない。美紗姫は神官を励ましたい気持ちをじっと抑えた。

やがて神官は顔を上げ、意を決したように笏《しやく》を握り締めて、姫の前に進み出た。

「神意はなんと出たのじゃ」

美紗姫は緊張して尋ねた。

「おそれながら、大凶でござります」

頭を下げて神官は泣くような声で答えた。

「何と申した」

美紗姫は思わず聞き返して、はっと口をつぐんだ。これほどのこと、まちがうはずはない。神官は頭を下げたまま、まるで凶意が自分の責任でもあるかのように、うなだれていた。誠之助らお付きの者も驚きを隠し切れず、息をひそめて成り行きを見守っていた。気まずい沈黙があたりを支配していた。さしあたって沈黙を破るのは、美紗姫でなくてはならなかった。それが大祝の娘の義務である。若年ながら美紗姫はそれに気が付く聡明さを持ち合わせていた。

「して、凶意の子細は」

かすれた声で美紗姫は神官に尋ねた。

ひとくちに凶といっても、いろいろの種類がある。

「兵乱でござる」

「へいらん？」

意外な答えに美紗姫は戸惑《とまど》った。久しぶりに平和が保証された、この諏訪の国にどんな乱が起こるというのか。

「東より凶来たる。これぞ神意」

神官はおごそかに宣言した。

2

美紗姫は館《やかた》への道すがら、諏訪明神のもたらしたお告げを考えていた。東、大凶、兵乱と揃《そろ》えば、それは武田がらみでしかない。諏訪の東にはまさしく武田がある。だが武田とは恒久の和を結んだばかりである。

「誠之助、そちはどう考えます」

途中、休息した本宮《ほんみや》で、美紗姫は誠之助の考えを聞いた。

諏訪大社は四つの社《やしろ》で構成されている。上社《かみしゃ》は前宮《まえみや》と本宮。下社《しもしゃ》は春宮《はるみや》と秋宮《あきみや》。この四社で一つの「諏訪大社」なのである。だが、あえて優劣をつけるとすれば、やはり格の高いのはここであった。その休息所で美紗姫は控えている誠之助に尋ねたのである。誠之助はそのような問い掛けをされたのは初めてだった。

張り切って熟慮の末に誠之助は答えた。

「武田家に騒動が起こるのではありませんか。御当主晴信様と御弟《おんおとうと》君信繁《ぎみのぶしげ》様は不仲と聞き及びます」

「そのようなこと、軽々しく口にするものではありません」

「でも」

どう考えるかと尋ねるから答えたのに、その言い方はないと、口をとがらせる誠之助を見て、美紗姫は微笑を浮かべた。

「ほれ、すぐにそのような顔を。誠之助は武士としての胆力《たんりょく》がない」

悪意のある物言いではなかった。それは誠之助にもよくわかっていたが、武士としての素質をうんぬんされたのでは黙っていられない。

「いかに姫様の御言葉とはいえ、聞き捨てなりませんぞ」

誠之助は小声ながらはっきりと抗議した。

「では、どうする、誠之助」

美紗姫は明らかに面白《おもしろ》がっていた。

「ここで誠之助の胆力をお見せします」

「ほう、どうしやる」

「腹を切ります。今ここで」

誠之助は雛《ひな》人形のようだと、朋輩《ほうばい》にからかわれた端整な白っぽい顔が、一気に紅潮した。本気で切ってもいいと思った。武士としての意地だけではない。そうすることによって、姫に自分の真心《まごころ》を示すことができる。

「なりませぬ」

美紗姫はぴしゃりと言った。

「いえ、切ります」

誠之助も意地になっていた。このままでは引っ込みがつかない。

美紗姫はあわててはいない。

「誠之助、ここは神域ですよ」

そう言われて、口惜《くや》しそうに誠之助は脇差から手を離した。神域を血で汚すことは大罪である。

くすっと美紗姫が笑った。


館に帰った姫の報告に、頼重は信じられぬという表情を見せた。

「なんとしたことじゃ。大神のお告げがそのようなものとは」

諏訪頼重、美紗姫の父にして諏訪明神を祭る最高位の神官、そして諏訪武士団の棟梁《とうりよう》でもある。まだ三十そこそこ、細面《ほそおもて》の、武将というには少し物足《た》らないところがある。

美紗姫はこの父が若年の頃に愛した側女《そばめ》の娘である。母は既にこの世にはいない。だが美紗姫は武将としては物足らない父が好きだった。父は大凶の暗示に気を揉《も》んでいた。それを笑い飛ばすことなどとうていできない人である。

「刑部《ぎようぶ》」

と、頼重は家老の蓮蓬《れんぽ》刑部に意見を求めた。

「おそらくは武田家に内々の争い事が起こるものと考えまする」

刑部は率直におのれの見解を述べた。諏訪家随一の剛勇の士で、大将頼重の片腕の蓮蓬刑部と、おのれの意見が一致したことに、末座に控えていた誠之助は満足した。

「内々の争い事とは」

頼重はさらに質問した。

「おそれながら、御当主晴信様と御舎弟《しゃてい》信繁様の御家督《かとく》争いかと、推察つかまつります」

「うむ」

刑部の言葉に、頼重はうなずいた。

武田の前の当主信虎は、嫡男《ちゃくなん》の晴信より次男の信繁を可愛がり、ついには晴信を廃し信繁を当主にしようと画策したことすらあると、もっぱらの噂だった。晴信が父信虎を追放したのも、家督を信繁に奪われるのを恐れてのことだという風聞もある。それが事実ならば、晴信・信繁兄弟の仲はいいはずもない。

頼重は凶の正体を見届けたと信じた。それはその場に集まった諏訪家家臣一同の確信でもあった。東よりの兵乱、それは武田内紛のとばっちり以外に何が考えられるというのだ。

「いずれにせよ、当家は動かぬことが肝要かと存じます」

刑部は念を押すように言った。他家の内紛である。とにかく関わり合いにならぬようにするべきだ。一方に味方し、もし逆の目が出れば、後で面倒なことになる。それが刑部の判断である。

「晴信殿が助けを求められたら何とする」

頼重は言った。晴信は武田の正統な後継者である。援助を求めて来たらただちに応ずるべきではないのか。年下だが、禰々の縁により義兄にもあたる。

だが、刑部は渋面を作り首を振った。

「おやめなされい」

「何故《なにゆえ》だ」

頼重は刑部に不満の色を示した。

その反応を予期していたかのように、刑部は軽く頭を下げ、

「確かに晴信様は武田の御当主にございます。それゆえに申し上げておりまする」

「……」

「殿、晴信様が家臣すべてを掌握《しょうあく》なされておれば、たとえ信繁様が何を画策なされましょうとも、武田家は微動だにいたしませぬ。されど、当家の勢を借りねば家中を治められぬとなれば……」

「武田の棟梁たる器量に欠けると申すのだな」

「御意《ぎょい》」

「だが、信繁が棟梁の器《うつわ》とは限らぬぞ」

「それゆえ、事が収まるまで静観致すのでございます。落ち着く所に落ち着いた時、その者と新たなよしみを通じればよいこと。無用の手出しはかえって混乱を招きまする」

「そちの申し条あいわかった」

頼重は苦《にが》い顔で刑部の意見を採用した。

「皆のもの大儀《たいぎ》であった」

と、頼重は最後に一同に向かってその労をねぎらい、こう付け加えた。

「本日のことはこの場限り、口外無用じゃ。特に奥に知らせてはならぬ。よいか、しかと申し付けたぞ」

武田から頼重に嫁いできた禰々御料人を気遣《きづか》ってのことだった。禰々は懐妊している。余分な心配をさせたくなかった。

広間から家来が退出し、最後に美紗姫が誠之助と共に残った。

「姫、疲れたであろう」

頼重は慈愛のこもったまなざしを美紗姫にあてた。

「いえ、疲れませぬ。面白うございました」

美紗姫は白い歯を見せた。

「ほう、面白かったか。何が面白かったのかのう」

若い父は美しく育った姫をまるで妹のように感じていた。

「この誠之助が、急に腹を切ると申しまして」

と、美紗姫は後ろを振り返った。

誠之助は突然のことで、顔を赤らめるしかなかった。

頼重は驚いて、

「いかなる子細じゃ」

「いえ、さしたる子細などございませぬ」

美紗姫は笑顔で答えた。

頼重は不満げな誠之助に向かって、

「どうした、誠之助、なにやら言いたげじゃな。かまわぬ申してみよ」

誠之助は黙ってその場に平伏した。

「どうした」

頼重は催促したが、誠之助は動かない。

「強情な奴、わしの命《めい》が聞けぬと申すか。そちの主《あるじ》はわしであるぞ」

「――おそれながら、それは違いまする」

誠之助はおずおずと言い出した。

「なに、違うと申すか」

頼重は誠之助をまじまじと見つめた。

「はい」

誠之助は面《おもて》を上げてきっぱりと答えた。

「では、誰が誠之助の主か」

「姫様にございます」

何を今さらと言わんばかりの態度であった。

頼重は笑い出した。誠之助にそのように命じたのは、頼重自身なのである。

「姫はよい家来を持ったのう」

頼重は感心していた。いずれ姫は他家へ嫁ぐ。その折には誠之助は諏訪家を離れ、ついて行くのである。その婚家が諏訪家と常に友好関係を保つとは限らない。だから姫には犬のように忠実な子飼いの臣がどうしても必要なのだ。

「これも父上のおかげでございます」

美紗姫は心から父に感謝していた。もっとも美紗姫にとって、誠之助は頼もしい家来というよりは、面白い玩具《がんぐ》のような存在であったが。そうとも知らず、もっともらしい顔をして座っている誠之助に、美紗姫はまた微笑を禁じ得なかった。

頼重はふと思いついて、

「誠之助、そちには弟があったな。幾歳に相成る」

「公次郎《こうじろう》と申し当年八歳にございます」

「そうか八歳か」

頼重の脳裏《のうり》には、子を孕《はら》んだ禰々の姿があった。この春には子が生まれる。まだ後継ぎのない頼重だが、今度こそ男子に恵まれるような気がする。

（もし男子ならば公次郎を付けてやるか）

頼重はそう考えた。いずれ誠之助は諏訪家を去る。だが望月の家は誰かが残していかねばならない。公次郎が次期当主の側役《そばやく》となれば出世はまちがいない。美紗姫は頼重の心中を察し、誠之助の弟の幸運を喜んだ。誠之助はなぜ弟の年齢を聞かれたのか、わかっていなかった。

頼重はさっさと立ち上がり、

「大儀であった。下がって充分に休息するがよいぞ」

と、声をかけると広間を出て、夫人禰々の居室を訪ねた。武田晴信の妹で、まだ十六歳である。しかしその腹の中には、紛《まぎ》れもなく頼重の子が息をしていた。

「段々と大きゅうなるな」

頼重は嬉しそうに禰々の腹にさわった。

禰々は無言で微笑《ほほえ》んだ。

あの武田の姫というから、どんな猛女が来るかと恐れたこともあったが、それはまるで見当はずれ、禰々はおとなしい女だった。

甲斐《かい》の虎

1

若武者が一騎、枯野《かれの》を行く。

馬上の人は筋骨隆々、鍛え上げた体に日焼けした顔が、鋼《はがね》のような一種異様な力を感じさせる。

甲斐武田家の若き当主晴信である。のち信玄と号するこの若者は、まだ二十二歳になったばかり、実父信虎を追放して家督を握ってから一年も経《た》っていない。だが晴信には既に甲斐源氏《げんじ》の名門武田家の棟梁《とうりよう》にふさわしい風格があった。駒《こま》を進め、晴信は東光寺《とうこうじ》に入った。

東光寺は甲斐国の国府《こくふ》である甲府《こうふ》有数の名刹《めいさつ》である。臨済宗《りんざいしゆう》の寺で、創建は鎌倉《かまくら》時代にさかのぼり、宋《そう》の名僧蘭渓道隆《らんけいどうりゆう》もしばらく滞在したことがある。

供も連れない国主《こくしゅ》の突然の訪問に、驚きあわてる住職にかまわず、晴信はずかずかと書院に向かった。

「三河《みかわ》の浪人が来ておろう」

「は、はい」

住職はうわずった声で応答した。確かにいた。異相のみすぼらしい初老の男で、危《あや》うく門前払いにするところだった。そうしなかったのは武田家の重臣板垣信方《いたがきのぶかた》の添状を持っていたからだ。それにしても国主の知り人とは意外だった。

「呼んで参れ。内密の話があるゆえ、もてなしはいらぬぞ」

住職に命じ、晴信は書院の上座にどっかと腰を下ろした。

まもなく男はやって来た。

ものに驚かぬ晴信も、初めてその男を見た時は息を呑《の》んだ。異相である、むしろ醜怪といっていい。片目を鍔《つば》の眼帯で覆《おお》い、その顔は皮膚が松毬《まつかさ》のようにささくれ立っている。疱瘡《ほうそう》を病《や》んだことがあるにちがいない。歩き方も異様にぎごちない。どうやら片足が不自由のようだ。そのうえ小男であり若くもない。

執拗に人材を求めている晴信だが、この男にはまず苦笑が頰に浮かんだ。

「三河牛窪《うしくぼ》の産、山本勘助晴幸《やまもとかんすけはるゆき》と申しまする。以後お見知りおきくださいますように」

勘助は平伏した。

声までが、がらがらとして聞き辛《づら》い。

「はるゆき、と申したか」

「左様でございます」

「なんと書く」

「字でござるか。晴天の晴、さちの幸で」

「無礼者！　わしと同じ字ではないか、わしの『晴』の字はな――」

「御元服の際、将軍足利義晴《あしかがよしはる》公より御名の一字を賜《たまわ》ったものでございましたな」

勘助は落ち着いていた。晴信は気勢を殺《そ》がれた。怒っておいて、相手の虚を衝《つ》くのが、いつもの手なのだが。

「勘助、その方、何ができるのだ」

晴信はずばりと尋ねた。

「その体ではろくな武者《むしゃ》働きもできまいに」

さげすむ晴信に、勘助は傲然《ごうぜん》と頭を上げて言った。

「軍師《ぐんし》でござる」

「なに、軍師だと」

晴信は一瞬呆気《あっけ》にとられ、大声で笑い出した。

「軍師とはよう言うた。だが、勘助、天下六十余州に大名土豪数あれど、軍師など置く家は一つもないはず」

晴信の言う通りだった。

もともと軍師とは中国の兵書に出てくる、軍略の立案者を指す。『孫子《そんし》』『呉子《ごし》』等、軍略の要諦《ようたい》を述べた書は実在の軍師によって書かれた。かの国には諸葛孔明《しょかつこうめい》をはじめとして、歴史に名をとどめる軍師が数多くいる。だがこの日本国では、軍略を学んだ者はいても、専門の軍師などついぞ聞いたことがない。世は乱世の時代なのだが、軍師を務められるほどの知恵と知識のある者がいない。せいぜい老巧の武者が主君の相談に与《あずか》る程度だろう。その軍師をこの男はやれるという。

「武田家が本邦初の軍師役を置かれませい。御当家は旗印《はたじるし》に『孫子』の一節を使われておられる。軍師を置くにふさわしゅうござる」

勘助は平然としてうそぶいた。

なるほどそれで来たのか、晴信は勘助が武田を目指したわけがわかった。

武田家の旗印は二つある。

一つは「日の丸」で後冷泉《ごれいぜい》天皇が武田家の先祖に授《さず》けたという由緒ある旗、これは「御《み》旗《はた》」と呼ばれている。そしてもう一つは「孫子の旗」と呼ばれるもので『孫子』の軍争編の一節が記《しる》されてある。「疾如風、徐如林、侵掠如火、不動如山」の十四文字であり、これから「風林火山《ふうりんかざん》」の旗ともいう。つまり軍勢は「疾《と》きこと風の如《ごと》く、徐《しずか》なること林の如く、侵掠《しんりやく》すること火の如く、動かざること山の如し」でなければならぬという心得を述べたものである。

晴信はこの一節を好み、自らの旗印としていたが、今度家督を継《つ》いだのを機会に、改めて武田の大将旗としたのである。勘助はそれを知って、孫子好きの大将なら、軍師を置くかもしれぬと考えてやって来たのだろう。だが、晴信はその期待に副《そ》うてやる気は毛頭《もうとう》なかった。

「当家に軍師は無用じゃ」

晴信はにべもなく言った。

「何故でござります」

「当家には既に天下一の軍師がおる」

勘助は驚いて晴信を見返した。

晴信はにやりと笑い、そして言い放った。

「それは、このわしだ」

今度は勘助が笑《え》みを浮かべた。

「されば、その天下一の軍師殿にお伺《うかが》いしてもよろしゅうござるか」

「くるしゅうない、申してみよ」

晴信は挑戦に応じた。

「軍師殿は武田家をどのような身代《しんだい》に育て上げるおつもりか」

「知れたこと、近隣諸国を武田の旗の下にひれ伏させ、天下有数の大名にするのよ」

「あっははは」

勘助は大声で笑い、次いで決めつけた。

「望みがあまりにも小そうござる。それが天下一の軍師のお考えか」

晴信は満面に朱を注《そそ》いだ。しかし、そのまま怒りにまかせて勘助を手討ちにするような男ではない。

「さればそちの存念《ぞんねん》を申してみよ」

「天下を取り、武田幕府を開く、殿には将軍になって頂く。これでござるな」

勘助は真面目《まじめ》な顔で言った。

あまりのことに晴信は一瞬言葉を失った。天下を取るなど、月へ行くこと以上に現実感のないことである。応仁《おうにん》の大乱以来七十有余年、天下は乱れに乱れ足利幕府は有名無実と化した。中央でも地方でも下剋上《げこくじょう》の風潮が高まってはいる。しかし誰もが身近な領地争いに狂奔《きょうほん》し、天下のことなど考える余裕がないのが実情である。むろんこの甲斐でも事情は変わらない。評定《ひょうじょう》の席で天下取りの計略など持ち出そうものなら、乱心したかと思われるのがおちだ。

晴信は猛烈に腹が立ってきた。

「この大法螺《ぼら》吹きめ！」

「法螺ではござらぬ」

勘助は傲然として言った。

「口では何とでも言えるぞ」

「そのようにお疑いなら、勘助が天下取りの計略をお聞かせ致そうか」

「おう、言うてみい」

勘助は姿勢を正して、

「御当家が天下を制するには、まず信濃《しなの》を併呑《へいどん》することでござる。信濃は甲斐とは違い、よく米も穫《と》れ産物も豊かでござる。信濃と甲斐、この二国を併《あわ》せ持ち、力を蓄《たくわ》えつつ美濃《みの》から尾張《おわり》へ進出いたす。海道へ出てしまえば、後は京へ一筋《ひとすじ》道、殿は源氏の嫡流《ちゃくりゅう》でござるゆえ将軍宣下《せんげ》をお受けになるのに何の障害もござらぬ」

「――たかだか十五万石《ごく》の当家が、まことに天下の主《あるじ》となれると思っておるのか」

晴信は冷ややかに浴びせた。

「はて十五万石とは面妖《めんよう》な。甲斐の草高《くさだか》は二十二万石はござろう」

勘助はにやにやしながら言った。

2

(この男、単なる法螺吹きではない)

晴信はその一言《ひとこと》で勘助を見直した。

甲斐の草高つまり米の生産力は、勘助の言う通り二十二万石なのだ。いわば現実の確かな認識が戦略の基礎にある。おのれの領地の草高は答えられても、甲斐全体ではいくらか答えられない。それを別に恥とも思わない。それが武田の、いやほとんどの大名家の家風でもある。武士は算勘《さんかん》の道を卑《いや》しむのをよしとする気風がある。

(だが、それではいかぬ。これからの武士は算盤《そろばん》勘定にも強くなくては)

晴信はかねがねそう考えていた。この勘助という男にはそれがありそうだ。だが、まだ本物かどうかはわからない。

「信濃を取るとひとくちに言うが、あの国は難しいぞ」

晴信は言った。それは本音だった。信濃侵略は父信虎の代からの武田家の宿願である。甲斐は土地が痩《や》せており、むしろ貧しい国に属する。天下を狙《ねら》うどころか、家臣を充分に食わせることも難しい。武田家としては「食えない」という現実を、より豊かな国への侵略という方法で解決する他はない。

甲斐の周囲は、東が武蔵《むさし》と相模《さがみ》の国、南が駿河の国、そして北と西が信濃の国なのである。

このうち相模は北条《ほうじょう》、駿河は今川という有力大名の勢力範囲で、これと事を構えるのは得策ではない。それよりも信濃である。信濃は草高四十万石と、生産力は甲斐のほぼ二倍もある。そのうえ北条や今川のような統一勢力がない。小笠原《おがさわら》、村上《むらかみ》、海野といった豪族がてんでばらばらに勢力争いをしているのである。だがいくら統一勢力がないといっても、信濃侵略はそう簡単ではない。

甲斐から信濃への侵入路は二つしかない。佐久《さく》口と諏訪口である。このうち佐久は険《けわ》しい山々を越えねばならず、軍勢の移動が非常に困難である。それに比べて諏訪は平坦であるから、侵入路としては最も望ましいのだが、ここの障害は諏訪一族だった。諏訪一族が単なる武士の集団なら問題はない。だが彼らは諏訪明神の神官として、民衆に神聖視されており、その結びつきは単なる領主と領民の関係を超《こ》えている。うかつに手を出せば、武田は「神敵」ということになり、領主領民一体となった組織的反抗に悩まされることになるだろう。下手をすれば致命傷にもなりかねない。だから信虎は力による制圧を諦《あきら》め、娘の禰々を諏訪頼重に嫁がせたのだ。

「勘助、どのように信濃を奪うというのだ」

晴信は勘助の考えを尋ねた。

間髪《かんはつ》を入れずに勘助は答えた。

「諏訪でござる。手始めに諏訪を討ち滅ぼし武田のものとなされませ」

「たわけたことを申すな」

晴信は叱《しか》りつけた。

「諏訪の領主頼重は妹禰々の婿《むこ》だぞ」

「存じておりまする」

勘助はいささかも動じない。

「妹婿というばかりではない。諏訪氏は諏訪明神の神主を束《たば》ねる家柄でもある」

「それも存じておりまする」

「そちは何もわかってはおらぬのだ」

「いいえ、わかっておりまする」

勘助は押しかぶせるように言った。

晴信は勘助をにらみつけた。勘助はその視線を撥《は》ね返し、

「すべてを承知のうえで申し上げておりまする。殿が何をご心配かも、勘助しかと心得ております」

「何を案じておると申すのだ」

晴信は怒鳴りつけるように言った。

「うかつに諏訪を討てば、諏訪明神を信仰する領民どもの激しい抵抗に遭《あ》うと、そればかりを案じておられる」

「そうだ。だがそちにそれを防ぐ術策があると申すか」

晴信はまさかと思いながらも、聞かずにはおられなかった。諏訪氏を滅ぼし、しかも諏訪の民の反抗は受けないで済む、そんなうまい方法があればとうに実行している。それがないからこそ、武田は諏訪頼重と婚姻で和解し、信濃への侵攻は困難な佐久口を選ばざるを得なかったのだ。

「策はござる。あとふた月、今年の春は武田家にとって開運の春となるでござろう」

勘助の言葉に、晴信は首を傾げた。

その晴信に勘助は微笑すら含んで、

「禰々御料人《ごりょうにん》でござるよ」

「なに禰々がなんとした」

晴信は勘助の言わんとするところがわからなかった。

「御料人はめでたくご懐妊、この春にもご出産なさると伺っております」

「そうだ。だがそれが何の関わりがある」

「生まれる和子《わこ》は男子女子に拘《かか》わらず、武田の血を引く者、その御方を諏訪の跡取りとなされませ」

勘助はその片目だけで、上目遣《づか》いに晴信を見た。勘助の言ったことは、ごく当たり前の話である。諏訪頼重には先妻の子が一人いるだけで、それも娘だという。だから禰々が、女子はともかく男子を産めば、その子は確実に諏訪の跡取りになる。武田が口を出さずともそうなる。だが勘助が言いたいのはそんな単純なことではあるまい。

(こやつ、一体何を考えているのか)

晴信は不思議な動物でも見るように、勘助を見ていた。多弁だった勘助が、急に口を閉ざした。言うべきは言った。後は自分で悟れというのだろう。

(小面《こづら》憎い奴)

これまで晴信は自分より知恵のある男を見たことがない。知識は別だ。学問の師をはじめとして知識の豊富さを誇る者はいた。だがそんな男たちが、人生のほんのつまらぬことを処理できずに、右往左往するのを何度笑ったことか。いかに知識があろうと知恵なくば意味を成《な》さず。これが晴信の信念である。

(だが、今度はこちらが笑われる側に回ったらしい)

その時突然、晴信は勘助の言わんとするところに気が付いた。それは晴信の心胆を寒からしめるほどの、冷酷無残な策略だった。

勘助は晴信がそれを悟ったと見て取り、面《おもて》に気味の悪い微笑を浮かべた。

「勘助、そちは希代《きたい》の大悪《だいあく》じゃな」

晴信は扇子《せんす》を取り出し、ぱちぱちと開閉しつつ言った。

「恐れ入りたてまつる」

勘助は無表情だった。

その策略とはこうである。

まもなく諏訪頼重に子が生まれる。子の母は晴信の妹禰々だ。そこで子が生まれ無事に育つ見極《みきわ》めがついたなら、ただちに兵を起こし頼重を討つ。そして生まれた子を諏訪の当主に祭り上げる。当主といってもまだ赤子《あかご》だ。その母は妹でもあることだし、諏訪家は武田の思いのままに操《あやつ》れる。

だが晴信はさすがに心に咎《とが》めるものを感じた。

「実の兄のわしの手で、妹を後家《ごけ》にせよと言うのか」

「大義、親《しん》を滅《めっ》す、と申します」

「大義とは何だ」

「天下を安んじ、民に平穏な暮らしを与えること」

勘助は晴信をまともに見つめ、おそろしく真剣な調子で言った。

「では菩薩行《ぼさつぎょう》ではないか」

「いかにも、仏《ほとけ》の道でござる」

「妹婿を討ち、妹を後家にするのが、仏の道か」

激しい口調ではなかった。むしろ自嘲《じちょう》の気味がある。

勘助はそれに対しては何も答えなかった。晴信が内心では乗り気なのを、勘助は感じている。

晴信の脳裏には、諏訪へ嫁いだ日の、美しく可憐《かれん》な禰々の姿が浮かんでいた。

(あの禰々を泣かすことになるのか)

だが、晴信は勘助の計略に大いに魅力を感じていた。

(まさか武田が攻めて来るとは、頼重は考えてはおるまい。禰々に子が生まれれば、武田との絆《きずな》はますます固くなったと考えるのが当然だ)

そうなれば頼重は武田に心を許し、警戒を緩《ゆる》めることになる。勘助はそこを討てと言うのだ。

(うまくいく。おそらくほとんど兵を損せずに、諏訪はわしのものになる)

しかし、この計略にも問題がないわけではない。

「勘助――」

「どのような名目で兵を挙《あ》げるか、でござるな」

打てば響くように勘助は応じた。

「どうする」

なんといっても妹婿を、それも和平の約束を踏みにじって討つのだ。何か大義名分がなければ。

「高遠《たかとお》殿によしみを通ぜられませ」

勘助は言った。

晴信は舌を巻いた。この男どこまで悪知恵が働くのか。

高遠城主高遠頼継《よりつぐ》、諏訪氏の近しい一族であるが、古い名家にありがちな不満分子でもある。頼継は、本家の頼重に反感を持ち、さまざまな不平不満を口にしているという。本心は本家を乗っ取りたいのだろう。諏訪一族は昔から大祝《おおはふり》の座をめぐって、一族同士が争ってきた。武田が後押しすると約束すれば、頼継は必ずや立つだろう。そして頼重と頼継を争わせ、その内紛に乗じて諏訪を取る。

（これならできる）

晴信は確信した。

「殿、いかがでござる」

勘助が言った。

「見事じゃ、山本勘助。そちを知行《ちぎょう》百貫にて召し抱える」

百貫、米になおせば五百石になる。新参者としては破格の優遇であった。だが勘助はにこりともせず、

「ご当家には軍師としてお仕えするのでござるか」

と、念を押した。

晴信は苦い顔で、

「身分は足軽大将とし、その身は板垣信方《のぶかた》に預けおく。よいか、しばらくの辛抱じゃ」

新参者をいきなり軍師役に抜擢《ばってき》すれば、家中の嫉妬を買う。皆が勘助の実力を認めるようになるまで、そうしておくのが得策である。

「だが、わしと二人の時はどんどん献策するがいい」

「かしこまりました」

「勘助、早速わしに言うことがあろう」

晴信は意地の悪い視線を勘助に向けた。

「はて、何でござるか」

と、勘助は首を傾げた。

「たわけ、他に誰もおらぬ時は、遠慮せずに物を言えと申し付けたばかりではないか」

「たしかに承《うけたまわ》りました」

「では、申せ。主君に落度《おちど》があれば、それを正すのが家臣の道であろう」

晴信は勘助に一矢《いっし》を報いてやろうと考えていた。やられっぱなしでは腹の虫が収まらない。

「今の殿には何の落度もございません」

「この、うつけ者が！」

晴信は怒鳴りつけて、

「甲斐の国主たる身が、供《とも》も連れずに他国者と会っておる。不用心だとは思わぬのか」

勘助は平気な顔で立ち上がり、障子《しょうじ》をからりと開け放った。池があり庭石があり、古びた松が陰を作る禅味のある庭である。

「お庭にお控えのご近習衆《きんじゅ》、殿がお帰りでござるぞ」

勘助は人影のない庭に呼びかけた。だが、人がいないのではなかった。松の木陰で、何者かが動く気配がした。

「はっはっは、勘助、わしの負けじゃ。――かまわぬ、出て参れ」

晴信は庭に向かって言った。

獣《けもの》のように敏捷《びんしょう》な動作で、庭の左右からそれぞれ一人ずつ、若々しい侍が出て来た。

（これが殿の近習か。なかなかの面魂《つらだましい》じゃ）

勘助は感嘆した。主君の最も身近に仕え、日常の雑務から警護の役まで務める近習。その者の質を見れば、大名の質もわかる。

「勘助、引き合わせておこう。わしの手足となって働く者どもじゃ」

晴信が言った。

勘助は廊下に座り一礼した。

「山本勘助にござる」

「秋山新左衛門《あきやましんざえもん》」

「春日源五郎《かすがげんごろう》」

ふたりの近習は名乗りを挙げた。

新左衛門のほうは骨が太く猪首《いくび》で力が強そうである。それに対して源五郎は色が白く、ほっそりとした美男子だ。どうやら対照的な二人を競わせているらしい。これも晴信の工夫にちがいないと、勘助は見て取った。工夫と言えば、心底の知れぬ者には単身で会うと見せ、相手の反応を探るのもそれだった。暗殺の企《たくら》みでもあれば、相手は必ず何か行動に出る。

それを勘助は簡単に見破ったのだ。

「勘助」

「ははっ」

「百貫では安い。そちの知行は二百貫とする」

晴信は苦笑しながら言い渡した。

禍福の春

1

諏訪の地に春が来た。

長い冬に悩まされる諏訪者には、春はなんとなく心が浮き立つ時である。諏訪一族にとって、天文十一年のこの春はいつにもまして喜ばしい春だった。領主諏訪頼重の妻禰々が子を産むのである。男子であれば、待望久しい嫡男の誕生だった。

頼重の娘美紗姫は、その日暖かな風に誘われて野に若菜摘《つ》みに出ていた。こおれ、野ぶき、たらの芽、かんず、もちぐさ、まさに草萌《も》える野である。

「誠之助、そこにもありますよ」

「は、はい」

たらの芽を摘もうとした誠之助は、湿った地面に足を滑らせ袴《はかま》を汚した。

「本当に誠之助はあわて者ですね」

くすくす笑って美紗姫は籠《かご》を取り上げた。

誠之助は口惜しそうに泥を払った。同い年なのに美紗姫は自分を子供扱いにする。それが嫌で、何もかも手早く済ませようとするのだが、かえって焦《あせ》りが出て失敗してしまう。

美紗姫はそんな誠之助を、家臣というより弟のように思っていた。

もっとも誠之助はそれが口惜しい。頼もしい一人前の男として見てほしいのだ。今のところ美紗姫はそんな気はまるでなさそうだった。

若菜摘みを続けている美紗姫たちの耳に、馬蹄《ばてい》の響きが聞こえてきた。

野原の向こうから侍が、馬を飛ばしてやって来る。

「何事でございましょう」

誠之助は美紗姫を振り返った。

「嬉しげな顔をしていますね」

美紗姫がつぶやいた。

「えっ」

誠之助は怪訝《けげん》な顔をした。

「使者の顔です。どうやら悪い知らせではなさそうな」

姫の予想は当たった。

使者の侍は数歩手前で馬を下りると、飛ぶように走って来て平伏した。

「姫様、申し上げます」

「何事ですか」

やわらかな物言いだった。

使者は満面に喜色を浮かべて、

「お喜びください。若君ご誕生にございます」

「なんと、それはめでたいこと」

美紗姫は驚いた。

義母の禰々御料人は初産《ういざん》である。もう少し遅れるものと誰もが思っていたからだ。

「それで母上はご無事か」

「ご安心くだされ。お健《すこ》やかにお過ごしでございます」

父頼重の嬉しそうな顔が目に浮かんだ。

美紗姫はさっそく館《やかた》に戻り、禰々を見舞った。

禰々は侍女にかしずかれて、産室の床に就《つ》いていた。その脇には生まれたばかりの赤ん坊が、大切そうに絹の産着《うぶぎ》にくるまれていた。

「母上様、おめでとうございます」

美紗姫は枕元で義母に言った。義母といっても禰々とは二つ違い、姉のようなものである。

「ありがとう、美紗殿ももうすぐですね」

禰々は産後のせいか、面《おも》やつれしていたが声はしっかりしている。透《す》き通った肌がとても美しい。

「わたくしなどは、まだまだです。だって嫁入り先も決まっておりませんもの」

美紗姫はにこやかに応じた。

そう答えながらも、美紗姫はいつか母となる日のことを考えていた。

（わたしもいつか嫁ぐ。一体どんな殿御《とのご》の子を産むことになるのだろうか）

そんな想像に顔を赤らめた時、廊下がなにやら騒がしくなった。

「殿様のお越しでございます」

侍女があわてて告げた。

「禰々、でかしたぞ」

上機嫌で頼重が入って来た。禰々が体を起こそうとしたので、頼重は首を振りとどめた。

「そのままでよい。体にさわる」

頼重はすやすやと眠っている赤ん坊に歩み寄り、

「これ、わしがそなたの父じゃ」

と、抱き上げようとした。

「あっ、まだ首が座っておりませぬ」

老女の吉野《よしの》が注意した。頼重は残念そうに唇を噛み、

「そうか、よしよし。ではまずそなたに名を授けよう。ことしは寅年《とらどし》じゃによって、寅王《とらおう》丸《まる》というのはどうじゃ。よい名であろう」

と、禰々に向かって言った。

「まあ、まだお七夜《しちや》も済んでおりませぬのに」

禰々は夫の無邪気な喜びように、幸せを噛み締めていた。そんな禰々の姿を見て美紗姫も思わず微笑を漏らした。

「よし、不服なければ、それでよし。そなたは今日《こんにち》ただ今から、諏訪家の後継ぎ寅王丸じゃ。これ寅王丸、左様心得るのだぞ」

頼重は赤ん坊に向かって言った。その声があまりに大きかったので、赤ん坊は目を覚まし火の点《つ》いたように泣き出した。

「ああ、これはいかぬ。なんとかせい」

頼重のあわてぶりに侍女たちが一斉に笑った。

「殿様、無事男子出産と甲府の兄に伝えてくださりませ」

「そうであったな。晴信殿も喜ぶであろう」

禰々の言葉に頼重は大きくうなずいた。

寅王丸誕生を知らせるべく、晴信のもとへ使者が出立《しゅったつ》した。諏訪館と甲府の間はわずか十五里、馬を飛ばせばそれほど時間はかからない。

諏訪からの使者は誠之助だった。諏訪家を代表しての使者であるから、本来ならもっと老巧の士が選ばれるべきだが、一度甲斐を見ておくのもよかろうと、頼重が特別に命じたのである。誠之助は急ぎに急いで晴信の館に入った。

晴信は甲府の一角に、一風変わった本拠地を構えている。躑躅ヶ崎館《つつじがさきやかた》というのがその名であった。通常の城ではない、といって諏訪館のように山城に付随した単なる住居でもない。町の中に、それも守り難《がた》しとされる平地の上に躑躅ヶ崎館はある。周囲に堀をめぐらし、柵を結《ゆ》ってはあるが城というより政庁である。この政庁から四本の大路が南へ一直線に延びている。そして東西にもこれと交差する大路があり、その路と路の交差で囲まれた区画が町になっている。武田一門や有力家臣の屋敷町もあれば、大工や鍛冶《かじ》屋の職人町、市《いち》が開かれる商人町、寺社を集めた寺社町などもある。

極《きわ》めて機能的に整備された町の、最北部に躑躅ヶ崎館は鎮座している。この当時、城下町という言葉はまだなかったが、それに非常に接近した町造りなのである。もとはといえば晴信の父信虎が、唐《とう》の長安《ちょうあん》を模して造ったのだが、追放した父の事業の中で、晴信はこの躑躅ヶ崎を中心とした町造りだけは気に入っていた。

背後の山には堅固な山城がある。積翠寺《せきすいじ》城またの名を要害《ようがい》城ともいい、その名の通り要害堅固な城である。晴信はここで生まれた。しかし晴信は要害城をできるだけ使いたくなかった。守りの姿勢は人の心を萎《な》えさせるからである。

（人は石垣、人は城、だ。いかに堅固な城でも守りに入ってはもろい。それよりも、外へ出て戦うことだ）

それが晴信の信念だった。

その躑躅ヶ崎館に誠之助が入ったのは、その日の昼過ぎである。誠之助は、初めての大役に張り切っていた。馬を下りた誠之助は、隣国からの使者として丁重に接見の間に通された。

やがて近習・小姓を従えて晴信が上座に着いた。重臣たちも着座している。

「諏訪家家臣、望月誠之助でございます」

誠之助は緊張で身体を固くしていた。

「晴信じゃ。遠路大儀である」

にこやかな、人に警戒心を抱かせない笑顔だった。

「して、御使者のおもむきは」

誠之助は晴信に魅《み》せられていた。

惚《ほ》れ惚れとするような若大将である。固く引き締まった体、朗々として張りのある声、諏訪家にはこのような武将はいない。

晴信は微笑を浮かべたまま尋ねた。

「御使者殿、いかがなされた」

誠之助ははっと我に返った。

ぼんやりと晴信を見ていた自分に気が付いたのだ。

「しゅ、主人諏訪頼重申しますには――」

あわてたので、声がうわずった。

「本朝、妻禰々に無事男子誕生。母子ともつつがなく過ごしおりますれば、晴信殿にもご安堵《あんど》くださいますようにとの、頼重の口上にございます」

誠之助は来る途中、何度も暗唱してきた文句を一気に述べた。

「それはめでたい」

晴信は嬉しそうに叫んだ。

「めでたいことじゃ、禰々が男子をのう。いま少し遅れるかと思っていたが」

と、晴信は何度もうなずいた。

誠之助も晴信の喜びように、使いに来てよかったと思った。

「殿、よろしゅうございましたな」

居並ぶ重臣たちも、口々に祝いの言葉を述べた。

晴信は上機嫌で誠之助に向かって、

「お世継《よつぎ》誕生めでとうござる。この晴信わがことのように喜んでおる。ただちに祝賀の使者をお送り致すと、頼重殿にお伝えくだされ」

「かしこまりました」

誠之助はほっとした。相手の返事を貰《もら》えば使者の役目は終わる。

「御使者殿はお若いの。いくつになられる」

退出しかけた誠之助を、晴信は呼び止めた。

「十四に相成ります」

誠之助は背筋を伸ばして答えた。

「お父上はご健在か」

「はい、ただ、病いのため、体が動かなくなりました」

「ほう、それは不憫《ふびん》な。それで早々に家督を継がれたのだな」

「はい」

晴信は小姓に向かって、

「これ、御使者殿に菓子を参らせよ」

と、命じた。

「菓子はいりませぬ」

誠之助はびっくりするような大声を上げた。

晴信は驚いて、

「どうした、菓子は好まぬか」

「それは女子供の食するものでございます」

子供っぽい面影を残した誠之助が言ったので、一同がどっと笑った。

晴信も苦笑して、

「これは失礼した。では何を召し上がるかな」

諏訪家を代表しているのだ、あなどられてはならじと、誠之助は思い切って言った。

「酒を賜《たまわ》りたいと存じます」

一同はどっと笑った。

誠之助は真っ赤になり拳《こぶし》を握り締めた。

「これは頼もしい。されど、そなた、酒など飲んだことがあるのか」

晴信は面白がっていた。

「酒など毎日頂いております」

誠之助は強がりを言った。

「そうか、それでは斗酒《としゅ》なお辞せずの酒豪じゃな」

酒豪という言葉に、また一同はどっと笑った。

誠之助はむっとしたが、唇を嚙んで黙っていた。

晴信は小姓に向かって、

「これ、何をしておる。御使者殿に酒じゃ。酒がお好みゆえ、たんと参らせよ。おお、そうじゃ、当家で一番の盃を与えてとらせ」

まもなくその大盃が運ばれて来た。

誠之助はそれを見て肝《きも》をつぶした。なみなみと注《つ》げば、軽く一升は入ろうという朱塗りの大盃である。

(困ったな)

実のところ誠之助は、正月や祝い事の席でたしなんだぐらいで、たくさん飲んだことなど一度もないのだ。

「どうした。御使者殿。あまりの大きさに臆《おく》されたかな」

からかうような晴信の口調だった。また列座の家臣らが笑い声を上げた。

「いえ、ただ――」

「ただ、どうされた」

誠之助は咄嗟《とっさ》に浮かんだ知恵で、

「本日は大事なお役目がありますゆえ、控え目にしておきたいと存じます」

と、頭を下げた。

晴信も負けてはいない。

「左様か。ではいつもの半分ならよろしかろう。これ注いで差し上げろ」

まだ元服前の前髪の取れない小姓が、瓶子《へいじ》を持って進み出た。誠之助と小姓たちはほとんど年の差がない。だが元服した誠之助は大人の扱いである。それが気に入らなかったのか小姓たちは争って、誠之助の大盃に酒を注いだ。

「いや、これにて充分」

誠之助はあわてて止めた。

それでも五合はある。

晴信も、武田の家臣たちも、誠之助がどうするかにやにやしながら見守っていた。

(飲み干すしかない。そうしなければ武田衆に諏訪者が馬鹿にされる)

誠之助は呼吸を整えると、大盃を摑《つか》み目をつぶって一気に飲み干した。

「ほう見事」

「これにて失礼致しまする」

胸のつかえを我慢して誠之助は言った。

その時背後から声がかかった。

「御使者殿、しばしお待ちくだされ」

2

誠之助は後ろを振り返った。

廊下に、こちらを向いて若武者が立っていた。その怒りに燃えた顔は、どことなく晴信に似ている。

その姿を見たとたん、晴信の表情が一変した。

「控えろ、左馬助《さまのすけ》。諏訪殿の御使者の前で無礼であろう」

晴信は怒鳴りつけた。

(これが信繁殿か)

誠之助は噂だけは知っていた。

武田左馬助信繁またの名を典厩《てんきゅう》信繁、四つ違いの晴信の弟である。

晴信の父で、現在追放中の信虎は、長男の晴信より二男の信繁を可愛がり、一度は家督を譲ろうとした。いや、晴信が父を追放しなければ、確実にそうなっていただろう。そのため信繁は兄晴信を憎み、兄弟の仲はどうしようもないほどこじれていると、もっぱらの評判である。

信繁は兄の怒鳴り声など一向に気にならない様子で、ずかずかと接見の間に上がり込んで、重臣筆頭の板垣駿河守《するがのかみ》信方の前に立った。

「駿河、そこをどけ。そこはわしの座る場所じゃ」

晴信は再び怒鳴りつけた。

「たわけ者、控えぬか。諏訪殿の御使者の前だと申しておろうが」

信繁は上座の兄をにらみつけて、

「御使者の前だからこそ申しております。隣国の使者の接見の場に、わたくしが同席せぬことこそ非礼の極《きわ》み」

「黙れ、左馬助。そちはわが弟とはいえ無役《むやく》の身じゃ。この席に出る資格はない」

晴信はにらみ返し、低い声で言い渡した。

「下がれ、下がらぬとあれば、弟とはいえ容赦せぬ。斬って捨てるぞ」

信繁は頬をぴくぴくと痙攣《けいれん》させていたが、やがて物も言わずに部屋を出て行った。

「お見苦しいところをお見せした」

左馬助が行ってしまうと、晴信は誠之助に軽く頭を下げ、

「兄弟というものは、一度こじれると難しい、いや、これは愚痴《ぐち》かな、はっはっは」

誠之助は相槌《あいづち》を打ちそうになり、あわてて表情を引き締めた。

「ときに、そなたは諏訪家でどのようなお役に就いておられる」

晴信は話題を変えた。

「姫様のお側衆《そばしゆう》でございます」

誠之助は誇らしげに答えた。

「ほう、今度生まれた和子《わこ》の姉上じゃな。名はなんと申される」

「美紗姫様と申されます」

酒の酔いが回ってきたのか、誠之助はいつもよりずっと饒舌《じようぜつ》になっていた。

「ほう、おいくつになられた」

晴信はにこやかな表情を崩さない。

「十四歳になられまする」

「さぞかし、お美しい姫であろうの」

「それはもう。諏訪随一、いや天下一の美しさと誰もが申します」

嬉しくなって誠之助は自慢した。それを聞いて、晴信の目が輝きを増したのにも、気が付かなかった。

「では、頼重殿は姫をことのほか愛されておるのだろうな」

「はい。殿は姫の申されることなら、なんでもお聞き届けになります」

晴信の知りたいのは、もしも頼重から人質を取るとして、美紗姫が人質として価値があるか、ということである。誠之助は晴信にそんな意図があろうとは夢にも思っていない。

晴信は誠之助の返答に充分満足していた。それほど可愛がっている姫ならば人質にもなる。だが、それ以上に晴信の心を揺さぶったのは、姫が素晴らしい美人であるということだった。

（一度会ってみたいものだ）

晴信はまだ見ぬ美紗姫の可憐な姿を思い浮かべた。

誠之助は晴信のその表情に、本能的な危険を感じた。笑顔は笑顔でも、今までとは違う淫靡《いんび》なものを、そこは子供に近いだけに感じ取ったのである。

「こ、これにて、お暇《いとま》致します」

長居は無用とばかりに、誠之助は一礼した。

酒の酔いで部屋がぐるぐると回って見えた。

「まだ、よいではないか。もう少し話していかれよ」

晴信は止めたが、誠之助はそれを振り切るように、

「いえ、家中の者も心配致しますゆえ」

勢いよく立ち上がろうとした誠之助は、目眩《めまい》に襲われ、見事に床に転んだ。

また一座の衆がどっと笑い声を上げた。

誠之助は赤面し、したたかに打ちつけた膝の痛みをこらえ、片足を引きずりながら退出した。その様子が滑稽《こっけい》だったので、また笑い声が起きた。

誠之助が行ってしまうと、晴信は重臣を去らせ、板垣信方だけを呼び止め小声で命じ

た。

「勘助をわしの居間に寄越せ」

「かしこまりました」

晴信はすぐに居間に戻り勘助を待った。

やがて廊下をやって来る人の気配がした。

「勘助か」

がらりと乱暴に引戸が開けられた。

それは目を血走らせた左馬助信繁だった。

「ここには来るなと申したはずだぞ」

晴信は叱りつけた。

「兄上、もう我慢がなりませぬ」

信繁は怒っている。

晴信は別にあわてる様子もなく言った。

「まあ、そこに座れ」

信繁は憤然として、腰を下ろした。

晴信は、近習の春日源五郎に命じて、戸を閉めさせ、

「何が我慢がならぬのだ」

と、尋ねた。

「子供騙しの猿芝居——」

信繁が吐き捨てるように言った。

「猿芝居じゃと」

「左様でござる。諏訪の使者と申すから、どのような男かと出てみれば、尻の青い小僧ではございませぬか。あのような者に芝居を打ったところで、何の役にも立ちませぬ」

信繁は兄に詰め寄った。

「おそれながら、それは料簡《りようけん》違いと申すものでございます」

と、戸の向こう側から、しゃがれ声がした。

「勘助か。入るがよい」

晴信が声をかけた。

「御免」

勘助が戸を開け一礼して中に入って来た。

「勘助、料簡違いとはどういうことだ」

信繁が勘助に矛先《ほこさき》を向けた。勘助はちらりと晴信を見た。晴信は軽くうなずいた。

勘助は信繁に向かって、

「子供といえども口はございます」

まず、そう言った。

「当たり前ではないか」

「口がございますゆえ、諏訪に戻れば本日見聞きしたことを諏訪殿に話しまする。たとえ話さずとも諏訪殿は必ずお尋ねになります」

「それがどうした」

「つまり、殿とあなた様が相変わらず仲がお悪いと、諏訪殿はお思いになる」

「――」

「あなた様はあのような子供相手に、と仰《おお》せられますが、子供は三年も経てば立派な若武者に育ちます。若年ながら使者に選ばれる、これは頼重様がお目をかけているということ。あの若者、いずれは諏訪家の侍大将になるかもしれませぬ。かような若者に、武田に内紛ありと思わせておくこと、決して無駄ではありませぬ」

勘助は諄々《じゅんじゅん》と説いた。

信繁は怒りを収めずに、

「そもそも、わしは兄上と不仲の芝居など、したくないのだ。このようなことをして何の益がある」

それは信繁の本心だった。追放された父信虎は、晴信より弟の信繁を可愛がった。秘蔵の太刀《たち》を贈り、年賀の席で晴信より先に盃を与えた。いずれも、気に入らぬ子晴信への当てつけである。だが信繁は兄晴信こそ武田家を隆盛に導く男と信じて、父を裏切ってまで兄に付いた。それなのに何故こんな芝居が必要なのか。

「勘助、教えてやれ」

晴信はうんざりしたように命じた。

「はっ」

勘助は軽く頭を下げ、再び信繁に向き直って、

「殿とあなた様が不仲であると、信じさせることは、武田家にとって大きな益があるのでございます。まず他国で武田家を攻めんとする者は、必ずあなた様に誘いの手を差し伸べるでございましょう。すなわち、よからぬ動きを事前に察知することができるのでございます」

「それだけか」

信繁は口をとがらせた。

勘助は大きく首を振り、

「とんでもござらぬ。まだまだあり申す。これは家中でも同じこと。もし殿に何らかの害意を抱く者あれば、同じくあなた様によしみを通じるはず」

「たわけめ、わが家中にそのような不届き者はおらぬわ。下衆《げす》の勘繰《かんぐ》りもたいがいにせい」

「おる、おらぬは問題ではござらぬ。あくまで万一への備えでござる」

「小賢《こざか》しい。そのような猿知恵で――」

「やめい、左馬助」

ついに晴信が怒鳴りつけた。

「兄上――」

信繁は訴えるような目で晴信を見た。晴信も信繁の気持ちはよくわかっていたが、あえて非情に突き放した。

「これ以上の口応《ごた》えは許さぬ。下がれ」

家長である晴信の命令は絶対である。信繁は無言で、勘助をひとにらみして出て行った。

「どうも堅物《かたぶつ》でいかんな」

腹を立てたまま弟が出て行くと、晴信は勘助に愚痴を漏らした。勘助は首を振った。

「いえ、弟御《おとうとご》はあれぐらい固いほうがよろしゅうございます」

「そうかな」

「弟は兄を超《こ》えてはなりませぬ。器量、野心ともに逞《たくま》しければ、兄に取って替わろうとするでございましょう」

「こいつ、相変わらず言いたいことを言う」

晴信は笑い出した。勘助は別に笑いもせずに、

「殿、諏訪殿にめでたく男子誕生のよし、承《うけたまわ》って参りました」

「聞いたか。では、何のためにそちを呼んだかわかるな」

「諏訪をいつ討つか、その時期でござりまするな」

晴信は大きくうなずき、ずばりと聞いた。

「いつがよい」

「あと、三月《みつき》お待ちください」

勘助は答えた。

「なに、三月じゃと」

晴信は不満げな顔をした。

「勘助、なぜ待たねばならぬ」

勘助はむずかる子をあやすように、

「理由はいくつかございます」

と、微笑して見せた。

「申してみよ」

晴信は促《うなが》した。

「まず、和子《わこ》様が無事にお育ちになるかどうか。少なくとも、ひと月は様子を見ねばなり

ませぬ」

勘助はそう答え、独眼を光らせて、

「次に田植えの時期がござります」

と、続けた。

「田植えがどうした」

晴信は意外な答えに不審を持った。

「田植え以前に兵を挙げ、もし万一戦いが長引くようなことになれば、今年の米は不作となります」

勘助はそう答えた。全国どこでも、足軽は土地の百姓から選ばれる。選ばれるというよりはむしろ、農作業の合間に百姓が足軽を務めている、といったほうが正しい。専門の軍人というのは、どこの国でも身分の高い侍だけである。したがって、農繁期に兵士を動員すれば、ただでさえ少ない甲斐の米の生産がさらに減少することになる。理想をいえば兵士と農民は完全に分離し、それぞれ専門職となるべきだが、兵農分離はまだ全国どこの国でも実現していない。理由は簡単で、費用がかかりすぎるからだ。専門の兵士とは、ふだんは生産的な仕事に従事しない人間のことでもある。生産に従事しない人間を大量に養う余裕のある国など、どこにもないのである。その意味からも勘助の進言は当然だった。

「手早く、片付ければよいではないか」

それでも晴信は言った。ただちに兵を挙げ田植えまでに戦いを終わらせばよい。

「殿、焦ってはなりませぬ。いずれ諏訪の米も殿のものとなります。田植え前に攻め込んで田を荒らすより、苗を植えさせてから、まるごと手に入れたほうがよろしいではございませんか」

「なるほど、道理じゃ」

晴信は感心した。やはり勘助は並みの男ではないと思った。

「いまひとつ、高遠殿が煮え切りませぬ。あと三月の間に、その気にさせねばなりませぬ」

勘助は言った。まず諏訪家に内紛を起こさせる。そのためには親族の高遠頼継に反乱を起こさせる必要があるのだ。頼継は晴信の誘いにも、いまひとつはかばかしい返事をしてこない。

「どうやって、その気にさせる」

「この勘助がじかに口説《くど》いて参りましょう」

「よかろう、そちに任せる」

「かしこまりました」

「あと三月、梅雨明けの六月だな」

晴信は待ち遠しいという顔をした。

無欲大欲

1

「この里の春色はよいのう」

勘助は初めて見る諏訪の春景色に目を細めた。青く澄んだ湖が大きく広がり、後方の山々に続いている。ところどころを霞《かすみ》に覆《おお》われた山々の頂《いただき》は、まだ残雪が至るところに見られる。

「山里の春もなかなかよいではないか、源五郎」

勘助は連れの若い侍に話しかけた。

「山本様は山里のお生まれではございませぬのか」

若侍は面白くもなさそうに答えた。晴信の近習春日源五郎である。ふだん晴信の側《そば》近くに仕える源五郎を、今度の旅に特に伴《ともな》ったのには理由がある。晴信の命令である。

「ひとつ、源五郎に軍略のなんたるかを実地に教えてやってはくれぬか」

晴信はそう言った。勘助は喜んで受けた。

晴信はみどころのある若者を選んで近習に取り立て、評定《ひょうじょう》や密談の場にも立ち合わせて実地教育をしている。優秀な若者ならば出身は問わない。現に源五郎は百姓の息子である。だが、実地に教育するといっても、主君晴信のやり方を側で見ているだけであるからどうしても経験に欠けることになる。そこで晴信は、高遠への密使を務める勘助に、源五郎を同行させることにしたのである。いずれは武田を背負って立つことになるかもしれない若者である。他国を見聞させておくのも悪くない。まして勘助との二人旅である。得るところは大きいはずだ。

晴信はそれを期待していたが、源五郎はあまり愉快な気分ではなかった。勘助という人間が好きではないのである。この片目で満足に歩行もできない五十がらみの小男を、晴信がどうしてあのように買っているのか、源五郎には理解できない。このような法螺《ほら》吹きに惑《まど》わされてよいものか、源五郎はそう思っている。天下を取るとか、一兵も損せずに諏訪を取るとか、大言壮語《たいげんそうご》はするが、実際に手柄を立てたことは一度もない。言葉で国が取れるなら何の苦労もいらない。

（軍師殿のお手並み拝見といくか）

そういう意地悪な目で、源五郎は勘助を見ている。失敗を期待しているといってもいい。

その勘助は諏訪湖の湖面を見ながら言った。

「海を見たことがあるかな」

「うみ、でござるか」

「そうだ、この湖水のような小さな水溜まりではない。向こう岸の見えぬ大海原《おおうなばら》を、だ」

（何を言い出すのだ、この法螺吹きめが）

源五郎は不快そうに眉《まゆ》をひそめた。

勘助には源五郎の心の動きなど、手に取るようにわかる。

「法螺ではないぞ、源五郎。海というものはな、果てしがない。空と一対《つい》の大きなものだ」

勘助は三河国牛窪の生まれである。幼少の頃から海は身近な存在だった。

だが山国育ちの人間には、海は理解を超《こ》えたものである。海をまったく見たことのない者のほうが多い。特に甲斐ではそうだ。そもそも甲斐とは山の狭《かい》からきた国名である。狭すなわち山と山に挟まれた狭い場所という意味だ。甲斐を一歩も出たことのない源五郎が、海の大きさを信じないのも無理からぬことではあった。

（いずれこの若者にも海を見せてやりたい）

勘助は心からそう思った。

いつになるかはわからない。だが、武田が天下を取るならば、絶対に海のある国を押さえねばならぬ。京へ出るためにも、海のある国々と戦うためにも、それは必要だ。その時まで勘助自身生き延びられるかはわからない。既に五十の坂を越えてしまった。これから死ぬまで続くであろう戦いの日々に、勝ち残ったとしても寿命がもたぬかもしれぬ。それゆえに勘助は源五郎を鍛えておかねばと、固く決心している。武田の旗を京へ立てるのは、この若者たちの仕事である。

「腹が減ったな。源五郎、あのあたりで何か食することにせぬか」

勘助は少し離れた山裾《やますそ》にある集落を指した。百姓家が数軒ある。

「わたしは空腹ではございりませぬ」

源五郎は素っ気なく答えた。

まだ太陽は中天高く輝いている。真昼である。甲斐ではこの時刻には食事をせぬのが普通のことだ。合戦や田植え刈り取りの時は別だが、今日《こんにち》いう昼飯はまだ行なわれていない。

「源五郎、腹が減っては戦《いくさ》はできぬぞ」

「ですから、空腹ではござらぬと申しております」

「そうか、だが空腹でなくても、ついて参れ。腹を満たすだけが食事ではない」

勘助はそう言うと、さっさと百姓家に向かった。

（また、わけのわからぬことを）

源五郎は内心舌打ちしながらも、仕方なく後について行った。勘助はあまり豊かではなさそうな一軒の戸を叩き、顔を見せた農夫に笑顔を向けた。

「旅の者だが、何か食するものはないか」

「へえ」

農夫は勘助を値踏みするようにじろじろと眺め回した。

勘助は農夫の心配がよくわかる。早速、懐中から巾着《きんちゃく》を出して、中身の銅銭を示した。

「どうだ、銭はある。米もあるぞ。好きなほうをやろう」

「へえ」

農夫はとたんに愛想よく揉《も》み手を始めた。勘助と源五郎は囲炉裏《いろり》の前に案内された。

「お武家様、雑炊《ぞうすい》とワカサギの煮付けしかねえが、かまわねえか」

「ああ、それでよい」

勘助は笑顔でうなずいた。農夫は土臭い女房に命じ、食事を調《ととの》えさせた。

「――山本様、わたくしは」

と、源五郎が小声で言うのを、勘助は押しとどめて、

「いいから食え。これも修行だ」

源五郎はむくれた顔で箸《はし》をつけた。

「ああ、これはうまい。天下の珍味じゃ。このあたりにはよいものがあるのう」

勘助は一口食べると、大きな声で味を褒《ほ》めた。そして、勢いよく平らげていく。褒められて気を悪くする人間はいない。農夫の顔から警戒の色が消えた。

「お武家様はどちらから、いらせられた」

「わしか、わしはもともとは三河の者じゃが所用あって関東に行き、今は帰国の途中じゃ」

「それはそれは、また遠回りの道中でございますな」

関東から三河へ出るならば、なにも山深い信濃を通らなくても、海沿いの平坦な道を行けばよい。それが常識だった。勘助は真面目《まじめ》な顔をして、

「わしは三河者だが、家は代々諏訪明神を信仰しておる。一度は諏訪の大社を参拝したいと存じてな、こうしてはるばる参ったのじゃ」

「それはご奇特なことで」

農夫は嬉しそうに言った。

このあたりの民はすべて諏訪明神の氏子《うじこ》である。同じ神を信じていると言えば、好感を持たれぬはずがない。それが勘助の狙いだった。源五郎にもそれぐらいはわかる。

（だが、百姓相手に猿芝居を打ったところで何になる）

源五郎はあくまで冷ややかな目で勘助を見ていた。勘助は今度は笑みを浮かべて、

「ときに、この地のご領主は明神様の神主じゃというが」

「諏訪家の殿様でござりますな」

農夫はかしこまって答えた。

「どのような御方かな」

勘助の言い方はあくまでさりげない。

「それはもう、慈悲深い御方で」

「そうか、慈悲深いお方か」

勘助は人が変わったように愛想がいい。

「それはよい。領主というものは慈悲の心こそ肝要じゃ。無慈悲な領主は国を暗くする」

勘助はそう褒めておいて、

「だが、ご亭主、それだけではちと心配じゃな」

と、付け加えた。

「なぜでござります」

「人がよいと、必ずそれに付け込む不心得者が出る。諏訪の周《まわ》りにはそのような者はおらぬかな」

農夫は笑って、

「そんな奴がもし出たら、わしらが許さねえ。ご領主様のためなら、村中が駆けつけるだよ」

「それは頼もしい。御亭主は戦場《いくさば》に出られたことはあるのか」

勘助の問いに、農夫は心外だという表情で、

「馬鹿にするでねえ、これでも、甲斐の武田の奴らを何度も蹴散らしたもんだ」

「ほう、武田をのう。御亭主は歴戦の古強者《ふるつわもの》じゃな」

「そうよ。武田はもう味方になったが、誰であろうと明神様の地を汚す奴は許さねえ。諏訪者なら誰でもそうさ」

「ははは、そうか。いや、これで安堵《あんど》致した。御亭主のような古強者ある限り諏訪は安泰じゃな」

勘助は礼を言って銭を払い、一言も口を挟まなかった源五郎を伴って外へ出た。

「源五郎、何が人を動かすと思うか」

高遠へ続く道へ戻ると、別人のように鋭く振り返って言った。

「人を、でございますか」

源五郎は突拍子もない質問に面食らった。勘助は黙ってその片目で源五郎を見つめている。

「義でございましょうか」

「違うな」

源五郎の言ったのは「正義」ということである。だが勘助はにべもなく否定した。

「欲だ。人すべて欲の塊。欲で動かぬ者はおらぬ」

源五郎は苦々《にがにが》しい気分を抑《おさ》え切れなかった。確かにそうなのかもしれぬが、この勘助にそこまで言い切られると、腹が立った。

「あの百姓はどうです」

あえて源五郎は言った。

浮世の塵《ちり》にまみれた勘助よりも、諏訪家に異変あれば駆けつけるという、あの百姓のほうがよほど立派な男に思えるのである。

「あれも欲だ」

「欲でしょうか」

「おのれを義人《ぎじん》に見せたいという欲だ。欲の中でも少しはましな欲だ。だが欲にはちがいあるまい」

（なんと嫌な奴だろう）

源五郎はそう思った。

「殿様ですら欲で動いておられる。この乱世を平定されようという欲じゃ。これは大欲《たいよく》、だが世のため人のためになる欲じゃ。欲の中でも最上の欲じゃな」

勘助は決めつけた。

聞いていて源五郎は、尊敬する主君を侮辱されたように感じた。その反発心が言葉になった。

「それは義ではございませぬか」

勘助はゆっくりと首を振って、

「覚えておくがよい。もともと義などというものはない。あれは人の心の中に本来はないものを、唐《から》の学者がさもあるかの如く作り上げたものだ。だが欲は違う。はるか昔から人の命と共に必ずある。人を動かすにはまずその者の持っている欲を知ることだ。欲の中身を知れば、人を操《あやつ》ることができる」

源五郎はまだ納得がいかない。勘助は、懐から紙包みを出した。中を開けると、ワカサギの切れ端が入っている。勘助はそれを近くの草むらの中へ投げた。源五郎はそちらの方を見た。

大きな猫がいた。目の前に投げられた魚に猫は飛びつくか飛びつくまいか、迷っているようだ。

「あの猫、なかなか勘がよい」

「――」

「わしが、狙っているのを察しておる」

勘助の右手にいつの間《ま》にか礫《つぶて》が握られていた。

「餌は食いたし、命は惜しい、といったところだな」

そう言うと勘助は礫を捨てた。たちまち猫は魚に食いつき、素早くその場を走り去った。

「見たか源五郎」

「はい」

源五郎は一応返事はした。

「あれは猫ではないぞ」

勘助はまた妙なことを言い出した。

「猫でなければ、なんだとおっしゃるのです」

うんざりして源五郎は尋ねた。

「わからぬか」

勘助は逆に聞いた。

「わかりませぬ」

源五郎はほとんど考えもせずに答えた。

「あれは高遠頼継だ」

意外なことに勘助は、これから使いに行く相手の名を言った。

「どうして高遠殿なのです」

「餌に食いついたからだ」

「しかし、高遠殿は餌に食いつかぬではありませんか」

「そうだ源五郎、高遠殿はまだ餌に食いつかぬ。では、あの猫のように食いつかせるにはどのようにすればよい」

勘助は真面目な口調で言った。

源五郎は、勘助の言わんとするところが、わからないのではない。

武田が諏訪を攻めるには、まずその前提として、諏訪一族に内紛が起こらねばならぬ。それには諏訪本家に不満を持ち、大祝の座を狙っている高遠頼継に反乱を起こさせるのが、絶対の条件である。だが、頼継はなかなか誘いに乗ってこない。勘助に言わせれば、頼継は猫だということになる。それも餌に食いつこうとしている猫だが、なぜかこの猫は食いつきそうで食いつかない。勘助の問いたいのはその理由であろう。それはわかっていたが、源五郎はまずその勿体《もったい》ぶった聞き方が嫌だった。

「どうした源五郎、おのれの考えを申してみよ」

勘助は催促した。

「怖いのでございましょう」

源五郎は投げやりに言った。

「何が怖い」

曖昧《あいまい》な答えを勘助は許さない。

「しくじりが、でございます」

「しくじりと申しても、色々あるぞ。どのようなしくじりか」

「それは――」

と、言いかけて源五郎は、そこを突き詰めて考えていなかったことに気が付いた。頼継が失敗を恐れていると、ただ漠然と考えていただけなのだ。

「どうした」

勘助はにやにやしていた。

源五郎はかっとして、

「頼継は臆病《おくびょう》なのでございましょう。臆病者ゆえ戦を始めるのが、恐ろしいのでは」

「何が恐ろしい？」

「ですから、戦を始めることがでございます」

「その理由を問うておる」

「臆病だからでございましょう」

源五郎は意地になっていた。

勘助は憐《あわ》れむような目付きで、

「源五郎、わしが問うておるのは、頼継がどうして臆病になっておるのか、その理由だ」

源五郎はいらいらしてきた。臆病など生まれつきではないか、生まれつきの性質などに、理由があるか。さすがに口に出したりはしなかったが、勘助に対する反発心は頂点に達した。むくれ顔の源五郎に、勘助は一転して厳しい口調で、

「誤ってはならぬぞ。頼継が食いつかぬのは理由がある。臆病といえば確かに臆病、だがそれは理のある臆病じゃ」

源五郎はもはや問い返しはしなかった。ただ黙って勘助をにらんだ。勘助は別に怒りもせず言った。

「片目では世の中は見えぬ。両の目で見なくては、な」

源五郎は呆気にとられ、次いで笑いを嚙み殺した。

「お手前様は片目ではございませぬか」

ついつい無礼な言葉が口をついて出た。

その勘助が、片目では世の中は見えぬと言うのだ。源五郎が吹き出したのも無理はなかった。

勘助が無表情で、

「そうだ、わしは目を一つしか持たぬ。だが、わしは片目になって、初めて両目で物を見ることができるようになった」

「――」

「そなたは両目を持ちながら、両目で物を見てはおらぬな」

「いえ、見ております」

源五郎は言ったが、勘助は大きく首を振り、

「見てはおらぬではないか、そなたは一つの目、武田の目でしか見ておらぬ。もう一つ、高遠の目で見るがよい」

「高遠の目」

源五郎は聞き返した。

「左様、高遠の目で見れば、何故頼継が煮え切らぬかわかるはず」

勘助は断言した。

源五郎は初めて勘助のかけた謎を真剣に考えてみる気になった。

(高遠の目で見るとは、高遠頼継の気持ちになって今度の計略を考えよということか)

源五郎は初めから検討し直した。頼継が武田の支援のもとに兵を挙げ、本家の諏訪頼重を討つ。つまり武田と高遠が対諏訪同盟を結ぶということだ。頼継にとっては長年望んでいた本家の棟梁になれる、願ってもない機会である。

(これなら文句はあるまい。頼継は何故ためらう)

首を傾げる源五郎に、勘助は一言言い添えた。

「わからぬか、源五郎。わが殿晴信様は頼重殿と義兄弟にあたるのだぞ」

あっと源五郎は思った。

目から鱗《うろこ》が落ちる思いだった。

(頼継はわが殿を疑っている)

考えてみれば当然の話だった。晴信と頼重は義兄弟である。一方頼重と頼継とは仲が悪い。その頼継のところへ、晴信から頼重を討つ話を持って行っても、容易に信用されないのは当たり前である。むしろ頼継は、晴信と頼重が組んでひと芝居打ち、自分を騙し討ちにしようとしているのだと思い込むだろう。いや現に思い込んでいるにちがいない。

だからこそ武田の誘いに乗らないのだ。

(なるほど、高遠の目で見るとはこのことか)

頼継に与えた餌だけに気を取られ、相手の心がわかっていなかったのだ。

「餌は申し分ない。だが、頼継の目には礫が見える。ないものが見えておる。どうすればよい、源五郎」

「礫など在《あ》るはずもなしと言って聞かせれば——」

源五郎は口にしたとたんこれは駄目だと思った。

はたして勘助は一笑に付《ふ》した。

「そなたが頼継なら、それで納得するのか」

「いえ」

源五郎は目を伏せた。そう言われると一言もない。それで済むなら、これまでの使いで話はついている。話がつかなかったからこそ、こうして高遠へ向かっているのだ。

「高遠は証拠《あかし》が欲しいのだ。確かに武田が諏訪を討つという証拠がな」

「どうしたらよろしいのでしょう」

源五郎は真剣に尋ねた。もはや勘助を軽んじる気は失《う》せていた。

「考えてみよ。頭を使うのも武士のたしなみじゃ」

勘助は突き放すように言うと、歩みを早めて先に進んだ。あわてて源五郎はその後を追った。しばらく無言で二人は歩いた。やがて源五郎が言った。

「人質を送るというのは、いかがでございましょう」

考えた末の結論がそれだった。

「誰を送る」

振り返りもせずに勘助が聞いた。

「ご重臣のご子弟を選びまして――」

「それでは駄目だ」

「なぜでございます」

「諏訪との縁は義兄弟の縁。それを超えるには、さらに血の濃い人質を送らねばならぬ」

「それでは」

「うむ、せめて若君お一人は必要であろうな」

武田晴信には今のところ二人の男子がいた。正室の産んだ五歳と二歳の幼児である。そうは言ったが、勘助にその気はなかった。

「源五郎、案ずるな。人質を送る策は取らぬ」

「まことでございますか」

源五郎は安堵の声を漏らした。あのいたいけな幼児を人質になどしたくない。だが、勘助が人質策を取らぬのは、そんな感傷的な理由ではない。

(たかが諏訪を取るのに、いちいち若君を人質にしてはおられぬわい。高遠ふぜいに人質を送れば、これからそれが慣例になってしまう。武田の代を継ぐ若君を何度も危ない目に遭わせるわけにはいかん)

「では、山本様、どのようにして説き伏せるのですか」

源五郎の問いに、勘助は、

「まあ、見ておるがよい」

と、自信ありげにうなずいた。

翌日の昼、勘助と源五郎は目指す高遠城に入った。

2

高遠城の主《あるじ》高遠頼継は、一見すると凡庸《ぼんよう》そうな、眠たげな目を持つ太った中年男だった。

しかし、勘助は内心舌打ちした。

(これはいかん。ただ欲深いばかりの男ではないらしい)

城内の広間である。

上座に頼継が座り、左右に重臣が並ぶ。その背後の板戸の向こう側は、武者隠しになっているようだ。数人の侍が頼継の合図でいつでも飛び出せるように待機していると、勘助は見た。もちろん勘助と源五郎を斬るためである。しかも斬られる可能性はかなりある。

勘助はそっと背後に控えている源五郎の表情を窺《うかが》った。源五郎は、武田を代表して初めて他家を訪れたという緊張感からか、頬を紅潮させ精一杯の虚勢を張っている。当然、場合によっては自分の生涯があと少しで終わるかもしれない、などという危惧《きぐ》は少しも持ってはいない。

(若者はいい。何も知らぬ白紙ということはよいものだ)

勘助は皮肉ではなく思った。

その時ふと浮かんだのは、あの諏訪の使者として武田館を訪れた若侍のことである。望月誠之助とかいった。勘助はあの時武者隠しにいて、晴信とのやりとりを逐一見ていたのである。あの若者も自分がどういう役割を果たしているのかまったく知らず、晴信にいいように操られていた。だがそんな無垢《むく》の魂が、世俗の垢《あか》にまみれた勘助には何となく好ましく思えたものだ。

今の源五郎がまさにそれであった。

もしも周囲に、頼継や高遠の家臣がいなければ、勘助は温かい苦笑を浮かべつつ源五郎にこう言って聞かせるだろう。

「よいか源五郎。頼継は欲の深い男だ。だがその欲、ただ領土が欲しい、地位が欲しいという欲だけではない。むしろこの男、自分が馬鹿でないと人に誇りたいのだ。騙すことはあっても、死んでも騙されまいという欲がある。武田が投げた餌を思い切るために、絶対に騙されぬために、この男、わしらを斬るかもしれぬ」

いや、斬るかもしれぬなどという生やさしい事態ではない。頼継は九分九厘《くぶくりん》斬るつもりでいる。頼継は自分が怖いのである。それほど武田が投げた餌は魅力的なのだ。うっかりすると乗せられるかもしれない。頼継はそんな自分が怖いにちがいない。それを断念するには勘助を斬るのが一番いい。使者を斬ってしまえば、武田とは完全に断交するという最も確実な意思表示になる。だが、そんな危機が迫っていることを、源五郎に説明している暇はなかった。

（俎《まないた》の鯉《こい》とはこのことだな）

だが勘助は少しも恐れてはいなかった。

最大の危機といえば、むしろこの城に入った直後だったろう。頼継がおのれの欲念を断つために、有無を言わさずに使者を斬る。それこそ勘助の最も恐れたことである。問答無用で斬られてしまっては、得意の弁舌を生かすことができぬ。勘助も源五郎もまったくの犬死に終わってしまう。城の中に通され一応会ってくれたということは、まだ脈があるといえる。ただし、か細い脈である。それが証拠に武者隠しには、殺気をみなぎらせた人数が配せられている。殺す前に何を言うか、ひと通りは聞くというだけの話だ。

源五郎はそんな切所《せっしょ》にいるとは露知らず、肩を怒らせて座っている。

（気楽なものだな）

もっとも当の源五郎は気楽だとは夢にも思ってはいまい。

いつもの勘助なら頬に苦笑を浮かべるところだが、この場ばかりはそうはいかない。下手に笑顔など見せると、相手を刺激し激発させることになる。笑顔は禁物である。並みの男なら、ここで笑顔で美辞麗句を並べ立て、頼継にとって今度の武田との提携がいかに有利であるかを、とうとうと並べ立てたであろう。しかし、そうすれば命はなかった。

頼継は斬るつもりでいたのである。

勘助は高飛車に出た。

「何かお考え違いをなされておられるようですな。わが殿はあなた様に諏訪の地を差し上げるとは、申しておりませぬ」

頼継は初めて表情を変えた。

「なんじゃと、では何を寄越すと申される」

話が違うと、頼継は思った。

これまで武田からの使者は三度来た。いずれも満面に笑みを浮かべ、諏訪の大祝の座を差し上げる、諏訪本家の棟梁の地位もお取りなされ、諏訪の地は高遠と武田で山分けにすればよろしゅうござる、とまくし立てた挙句、見返りの条件については、ただ諏訪頼重討伐の兵を挙げてくれればよいと小狡《こずる》そうな口で言ったのである。そのとき頼継は家臣に向かって、

「その手に乗るか。頼重と武田晴信は義兄弟の間柄、諏訪本家に楯突《たて》くわしを、示し合わせて騙し討ちにする気であろう。見え透《す》いた手を使うわ」

と、笑い飛ばしたものだった。

この四度目の使者たる片目の男は、諏訪の地をやるつもりはないという。では一体何を高遠にもたらすというのか。

「大祝と諏訪家総領の座、これのみでござる」

勘助はにこりともせずに言った。

頼継は勘助をにらみつけた。

「諏訪の地は一寸たりとも渡さぬと言うのか」

「当然でござりましょう。上原《うえはら》城も桑原《くわばら》城も攻め落とすのはわが武田の軍勢。高遠様は高みの見物をして頂くだけでござるからな」

勘助がうそぶくと、当の頼継よりも取り巻きの家来どもが激高した。後ろで見ていた源五郎も一瞬身構えた。

（一体何を言い出すのだ）

源五郎には、どうして勘助が頼継の機嫌を損《そこ》ねるような真似《まね》をするのか、まったくわかっていなかった。怒りに震える家来どもを頼継は制して、

「高遠勢は頼むに足らぬと言うか、性根を据《す》えて返答せい」

と、怒鳴りつけるようにして言った。

「とんでもござらぬ」

勘助はこの城に入って初めて笑みを浮かべて、

「左様なことは申しておりませぬ。ただ攻め落とすのは武田勢にお任せくださいと、申しております」

「同じことではないか」

「いえ、これはひとえにご当家にご迷惑をおかけせぬための措置でございます」

「何を申す。口のうまい男じゃ。武田は諏訪の地を独《ひと》り占めするため、わしに手を出すなと言うのじゃな」

獲物が針にかかったのを勘助は感じていた。餌を減らしたために、かえって頼継は匂いを嗅《か》いでみる気になったのだ。人間とは奇妙なものだった。

「左様なことはござりませぬ」

勘助は相変わらず笑みを浮かべながら、

「ひとえにご迷惑をおかけせぬためでございます」

「言うな、しらじらしい」

頼継は言ったが、勘助はたじろがずに、

「もしも高遠様が力を貸してくださるならば、これほど喜ばしいことはござらぬ。しかしそれは無理であろう、そのようなことは望んではならぬと、主人晴信は申しました」

「なに、何故そのようなことを言う」

頼継は聞き返した。

「諏訪頼重殿と晴信は義兄弟の縁を結んでおるからでございます。晴信が申しますに、こちらが何を言っても高遠殿は罠《わな》ではないかと疑うであろう。それは至極もっともなことゆえ、高遠殿に過分の手助けを望んではならぬ、ただ諏訪討伐の兵を挙げることだけを、伏してお願いして参れ、とのことでござりました」

それを聞くと、頼継は膝を乗り出した。

「待て待て、晴信殿がそういう御心ならば、わしとてさらに肩入れせんでもない」

（魚は針を呑《の》み込んだ）

勘助は内心ほくそ笑み、針糸を手繰《たぐ》り寄せにかかった。

「肩入れと申されますと」

勘助はとぼけて聞き返した。

「知れたこと、城攻めに加勢するのよ」

頼継は自分から言い出した。

「ご加勢くださいますのか」

勘助は満面に喜色を浮かべ、それでも若干の疑いを語尾に込めた。はたして頼継は敏感に反応した。

「わが言葉を疑うのか」

「滅相《めっそう》もない」

勘助はあわてたふりをして言った。

「それならよい。だが、ただでは加勢せぬぞ、条件がある」

頼継はあくまで用心深かった。

「承《うけたまわ》りとうござる」

「よし、まず、領地じゃ。頼重の治める土地の半分を貰いたい。これが一つ」

勘助は黙って頼継の要求を聞いていた。

「城攻めの先陣は武田勢が行なうこと。これがいま一つの条件じゃ」

「それだけでござるか」

「そうだ」

「あいわかり申した」

「返答はいかに」

頼継は尋ねると、勘助はあっさりと、

「よろしゅうござる。その条件お受け致しましょう」

「よいのか、晴信殿に復命せずとも」

あまりあっさりと勘助が認めたので、頼継は拍子《ひようし》抜けした。

「よいのでござる。拙者、主人よりすべて任せると申しつかって参った。いずれ主人より正式に御返事致すでござろうが、その条件確かに承諾致した」

勘助は胸を張って言った。

「信じてよいのだな」

「これは心外な。この山本勘助、子供の使いではござらぬぞ」

「これは失礼した。では山本殿、先陣の件しかと晴信殿に伝えてくれ」

頼継は最後にその点を念押しした。勘助はその意味がわかる。晴信が義兄弟頼重を攻める気持ちに嘘がないなら、まず武田のほうから攻めて見せろというのだ。それを見届けてから、武田の尻馬に乗って頼重を攻めようというのだろう。いわば武田が先陣を切ることが、罠ではないとの証拠になるのだ。

「承知つかまつった。確かにお伝え致す」

勘助と源五郎はその場を退出すると、その足で甲斐に向かった。一刻も早くこの吉報を晴信のもとへ届けるためである。夜道を急ぎながら、源五郎は勘助の知恵に舌を巻いていた。武田が諏訪を討つという確かな保証、それを、欲しがっていた当の相手が、考えてくれたのだ。相手の欲を巧みに操って、勘助がそうするように仕向けたのだ。

（さすが軍師、水際《みずぎわ》立ったものだ）

源五郎は勘助を見直していた。

途中、馬を雇って諏訪湖の近くまで戻って来た勘助と源五郎は、若侍数人に呼び止められた。

「馬を下りられい」

先頭の一人が言った。

源五郎は一瞬顔を蒼白にした。高遠への密使の件が、知れたのかと思ったのだ。だが勘助は、さすがに年の功で露ほども心配していなかった。警戒している表情ではない。相手が若ければ若いほど心の内がそのまま顔に出る。

「何事でござるか」

すぐに馬を下り、勘助は愛想よく言った。

「その方は何者じゃ」

若侍は尊大な口の聞き方をした。

「三河の浪人にて山田勘三《やまだかんぞう》と申しまする。これは甥《おい》の源助《げんすけ》でございます」

勘助は偽名を名乗った。

「三河者が何用あって参った」

「手前どもは先祖代々諏訪明神様を信仰致す者でござるが、この源助の父が急な病いに倒れ、病気平癒《へいゆ》を祈願するため急ぎ本宮に参るところでございます」

万一見咎《みとが》められたら、そう言おうと、あらかじめ考えておいた口上だった。諏訪明神の信者であること、急ぎの旅であることを相手に悟らせ、警戒心を緩《ゆる》めようとの意図がある。

（うまいものだ）

勘助の後ろで黙って頭を下げながら、源五郎は感心していた。これなら馬を飛ばしていても怪しまれない。

「左様か。だが、本宮に入るのはしばし待て」

若侍は気の毒そうに言った。

「それはまた何故でございます」

勘助は尋ねた。

「諏訪のお殿様がお成りになっておる。若様の初参りじゃ」

「それはおめでたいことで。では目立たぬところで控えておりましょう」

勘助はそう言って、源五郎と共に諏訪本宮に向かった。本宮への道は甲斐とは反対の方向である。

「山本様、これでは」

源五郎は不審に思った。

「よいのだ。本宮へ行くと言った手前、形だけでも参詣せねば怪しまれる。それに諏訪一族の主立《おもだ》った者の顔を拝《おが》めるかもしれぬ」

勘助は器用に手綱を操りつつ、

「源五郎、諏訪頼重の顔を見たことはあるか」

「ございませぬ」

源五郎が近習に取り立てられたのは、つい最近のことである。そんな機会は一度もなかった。

「では、見ておくことだ。功名《こうみよう》手柄を立てるには、普段の心掛けが大切なのだ」

勘助は諭《さと》すように言った。

諏訪頼重と夫人の禰々御料人にとって、久しく待ちかねた嫡男寅王丸の、初めての宮参りだった。頼重は生まれたばかりの寅王丸のために、盛大な行列を組ませ、禰々や美紗姫と共に本宮へ向かった。誠之助もむろん美紗姫の供をしている。

「誠之助、父上のあんなに嬉しそうなお顔を見たのは初めてです」

本宮の近くで駕籠《かご》を下り歩いて行く途中、少し後ろについてきている誠之助に美紗姫は小声で言った。

「なにしろ、男のお子ですから」

と、誠之助はうなずいた。

それを聞くと美紗姫は、

「おや、女子《おなご》ではいけませぬか」

と、振り返ってにらんだ。

誠之助はあわてて顔を真っ赤にして、

「いえ、そのようなことは」

「よいのです」

美紗姫は笑顔で首を振った。

「やはり諏訪の家を継ぐのは男でなくては。国中みな喜んでいるのがわかります」

沿道には若君誕生を心から祝福する人々が並んでいた。諏訪氏は単なる領主ではない。諏訪明神の神官の長でもある。その家の跡を継ぐ男子が生まれたことは、諏訪家に仕える武士のみならず、民百姓にとっても大きな喜びだった。

「きゃあ」

その前を歩いていた禰々が急に悲鳴を上げた。頼重が驚いて、

「いかが致した」

「あ、あそこに鬼が」

「なんじゃと」

禰々の指さす先に片目の異相な男がいた。沿道の群衆の中からこちらを見ていたが、禰々の悲鳴と共にあわてて目を伏せた。頼重は嫡男の晴れの門出にけちがついたような気がして、腹を立てた。

「誰か、あの者を引っ捕らえよ」

男は逃げなかった。勘助である。逃げればかえって怪しまれる。また逃げ切れるものでもない。勘助は源五郎には他人のふりをするように命じ、頼重の前にひとり引き据えられた。

「そちは人か」

頼重が思わず言った。それほど男の人相は醜怪で人間離れしていた。

「三河の浪人山田勘三と申す者にござります。ご無礼の段、ひらにお許しくださいますよう」

勘助はその場に平伏した。

「父上、お許しください。片目はこの者の罪ではござりませぬ」

いつの間にか美紗姫が来ていた。勘助はついそちらを盗み見て、声の主の美しさに衝撃を受けた。

（これが諏訪の姫か）

恐ろしいものを見たと勘助は思った。

疾風の如く

1

梅雨が明けた。

天文十一年六月二十四日、武田晴信は五千の軍勢を率《ひき》い国境を越え、信濃に侵入した。同時に高遠頼継は、諏訪下社神官金刺《かなざし》氏、本宮神官矢島《やじま》氏らと気脈を通じ打倒頼重の兵を挙げた。

諏訪氏の本城上原城を、東西から挟撃する態勢である。

武田は晴信以下、板垣駿河守信方、甘利備前守虎泰《あまりびぜんのかみとらやす》、飯富兵部少輔虎昌《おぶひょうぶしょうゆうとらまさ》ら、いずれ劣らぬ猛将である。この三人は先代信虎からの宿将で、板垣信方は晴信の幼少の頃からの傅役《もりやく》であり、飯富虎昌は嫡男太郎《たろう》の傅役を命じられている。武家の棟梁にふさわしい男に育て上げるため、傅役には家中きっての豪勇の士が選ばれるものなのである。また甘利虎泰は無類の戦上手《いくさじょうず》と近隣諸国に名を轟《とどろ》かせている。武田軍は強行軍を重ね二日間で諏訪上原城の南西四里まで進出し、御射山《みさやま》神社上社に陣を張った。

晴信は上機嫌だった。父の時代から垂涎《すいぜん》の地であった諏訪が、ようやく手に入るのだ。諏訪は単なる土地ではない。武田が信濃を制し天下を制するための要《かなめ》の地である。

「みさやま、か。諏訪の姫も確か美紗姫といったな。どうだ美女だったか」

晴信は近習の春日源五郎に尋ねた。源五郎は先日高遠への使いの折、勘助と共に美紗姫を見た。

「存じませぬ」

幾分の嫉妬を込めて源五郎は答えた。

晴信は男色趣味もある。もともと源五郎はその輝くばかりの美少年ぶりを買われて、近習に取り立てられたのだが、最近の晴信はむしろ将来の武田を背負って立つことを期待している。それはそれで嬉しいことではあったが、晴信が美しい女に関心を示すのは、気に入らない。晴信は明らかに美紗姫に大きな関心を抱いていた。源五郎にはそれがよくわかった。

「殿、女子《おなご》などに心を移している時ではございませぬぞ」

源五郎の言い草に、晴信は苦笑した。

「わかっておるわ」

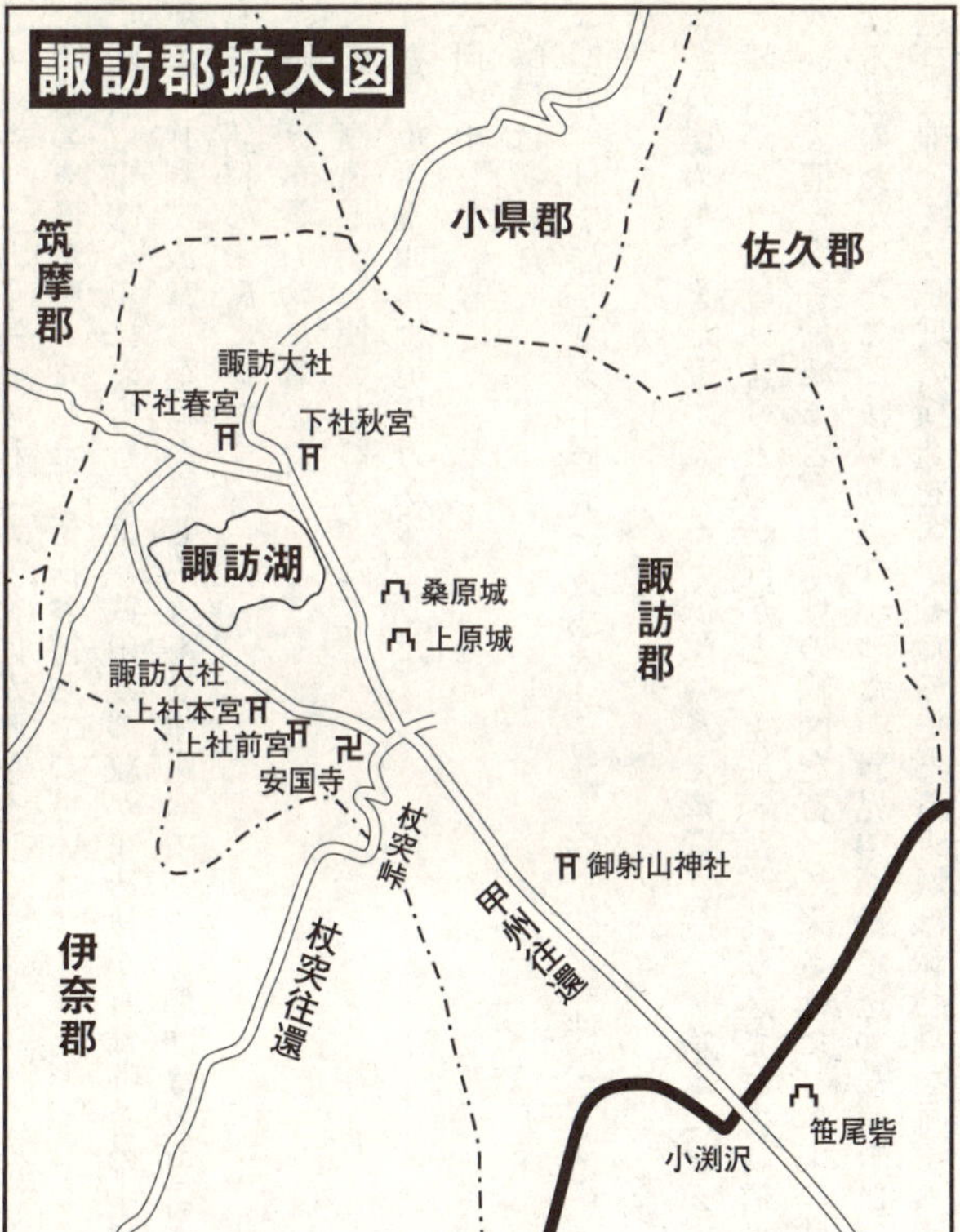
諏訪郡拡大図
小県郡
佐久郡
筑摩郡
諏訪大社
下社春宮
下社秋宮
諏訪湖
桑原城
上原城
諏訪郡
諏訪大社
上社本宮
上社前宮
安国寺
杖突峠
御射山神社
伊奈郡
杖突往還
甲州往還
笹尾砦
小渕沢
高遠城
甲斐
至甲府

そこへ、これも近習の秋山新左衛門が晴信を呼びに来た。

「軍議の支度が整いました。皆様お待ちでございます」

晴信は軍議の場におもむいた。武田菱《びし》の紋が染め抜かれた陣幕の中に、篝火《かがりび》が焚《た》かれ、板垣、甘利、飯富ら宿将が身じろぎもせず座っている。勘助は板垣信方配下の足軽大将として、諸将の末席にいた。

晴信は軍議の席に着いた。

「殿、高遠殿から使いがござった」

と、重臣筆頭の板垣信方が報告した。

「何と申した」

晴信は尋ねた。

「明朝、杖突《つえつき》峠を越え上原城に攻め寄せるゆえ、先陣の件よしなに、との口上でござった」

「あの狸めが、まだ疑っておる。欲深いうえに疑り深い。始末におえぬ男よ」

晴信が苦々《にがにが》しげに言うと、一同がどっと笑った。釣り込まれて晴信もひとしきり笑い、次いで表情を引き締めると、上原城の絵図を持って来させた。本来、城の図面は機密に属するものだが、そこに抜かりはなかった。義兄弟の縁で送った使者に、物覚えのよい者を選び、帰ってから城の構造を書かせたのである。城は諏訪湖を見下ろす小高い尾根の末端の平たくなった三角形の敷地に建てられている。全体に堅固な山城である。兵糧の蓄《たくわ》えもあり井戸もある。その気になれば籠城は容易だ。この城をまず武田のほうから先に攻めて、断固たる決意を示さねばならないのだ。そうしなければ、高遠頼継は兵をまとめて引き揚げてしまうだろう。

晴信は今度の戦いを、諏訪家の内紛という形にしたかった。たとえ実際に働くのが武田の軍勢であっても、後々のことを考えればどうしてもその形は必要だ。飢えた虎が兎《うさぎ》を食ったというより、兎同士が争い倒れた形にしたいのだ。そのためには頼継の参戦は欠かせない。数では晴信のほうが圧倒的に多いが、あくまで主体は高遠勢であるとしたい。そうするための条件として、頼継はまず武田のほうから拳《こぶし》を振り上げろと言ってきている。

晴信は信方に、

「上原城にはどれくらいの人数がおるかな」

と、尋ねた。

「一千がせいぜいかと存じます」

「一千か」

武田勢は五千いる。しかし城攻めには籠城している兵の数倍の人数が必要である。

（総掛かりで攻めるか）

晴信はそう思い始めた。この城は早く落とさねばならぬ。信濃者はこの攻防戦を見て、武田の実力を測ろうとするにちがいないからだ。

「よし、信方。明日全軍をもって上原城を攻めることにするぞ」

「あいや、その儀はしばらくお待ちくだされ」

勘助だった。

「何事じゃ、勘助」

「殿、拙者にお任せくだされば、その城、百の手勢で落として御覧に入れまする」

勘助の発言に、一同は呆気にとられ、次いで憤慨した。

「控えい、勘助」

勘助を晴信から預かっている信方でさえ、怒りの声を上げた。一千の兵が籠《こ》もる上原城を、勘助はただの百人で落としてみせると豪語したのだ。城攻めの寄せ手は、城兵の数倍は必要なはずなのに。大法螺として笑い飛ばすことはできなかった。何といっても神聖な軍議の席である。冗談でないとすれば、これは武田の宿将に対する重大な侮辱であり挑戦だった。いや宿将に対してだけでなく、全軍による城攻めを決断した晴信に対しても、無礼の極《きわ》みである。

晴信も勘助の真意を測りかねていた。

一千の兵が籠もる堅固な山城を、たかだか百の手勢で落とせるとは思えない。だが、本当に落とせる自信があるなら、それをこの場で言ってしまわずに、後でこっそり献策してくればいいのだ。勘助は、軍師役として公認されてはいないものの、晴信に内密に会い助言できるという重臣並みの特権がある。

（それをなぜ使わぬ）

晴信は腹を立てていた。こんな公《おおやけ》の席で、大言壮語すれば諸将の反感を買うに決まっている。

（勘助、おまえほど知恵のある男が、どうしてそれがわからぬのか）

だが勘助は執拗《しつよう》だった。

「ぜひぜひ、この勘助めにお任せくだされ」

信方が再び勘助を叱《しか》りつけた。

「勘助、わかっておるのか。そのようなことを申して、首尾ようい̇かねば死んでお詫《わ》びするしかないのだぞ」

勘助はいささかも動ぜずに、

「もとより覚悟のうえでござる。事が万一成《な》らぬ時は、腹かっさばいてお詫びつかまつる。殿、山本勘助一世一代の願いでござる。何卒お聞き届けくだされ」

晴信に全員の視線が集中した。叱りつけて願いを退《しりぞ》けるか、聞き届けるか決断を下さねばならない。晴信は勘助という有能な家来を、つまらぬことで失いたくなかった。

（百の手勢で、上原城を落とすだと。本当にそんなことができるのか）

だが、目の前で両手をつく勘助は、自信に満ちあふれた顔をしている。

（ひとつ、やらせてみるか）

晴信は突然そんな気持ちになった。

「よかろう、勘助。許すぞ」

信方は驚いて、

「殿、それは」

「言うな。勘助も命を懸《か》けておるのだ」

晴信は諸将のざわめきを鎮《しず》めた。

「ありがたき幸せにござります」

勘助は額《ひたい》を地にすりつけるように平伏した。

晴信はいったん軍議を終わらせた後、近習の春日源五郎に命じて、ひそかに勘助を呼び寄せた。

「山本様、本当にできるのでございますか」

源五郎は心配そうに聞いた。

勘助はいつもと変わりない。

「まあ、任せておけ。勝算は十二分にある。それよりも、源五郎」

「はい」

「一緒についてこぬか。殿にお願いしてやってもよいぞ」

勘助の誘いに、源五郎は答えをためらった。まだ戦場に出た経験はない。武士としてそれは自慢になることではない。一刻も早く実戦の経験を積みたかった。

（だが一千対百では。それに相手は堅固な城の中だ）

源五郎にとっては初陣《ういじん》だ。勝ち目のない戦いはしたくないし、生まれて初めての戦いで死にたくもない。

「源五郎、臆《おく》したか」

勘助はからかうように言った。源五郎はむっとして、

「臆してなどおりませぬ」

「では、ついて参れ。安心せよ。軍略を知るにはまたとない機会だ」

勘助は返事も聞かず決めてしまった。源五郎は仕方なくうなずいた。

晴信は、近習の秋山新左衛門ただ一人を従え、陣所で待っていた。

「勘助、功を焦ったな」

開口一番、晴信は浴びせた。

「滅相もございませぬ。この勘助、若かりし頃ならいざ知らず、功を焦ったことなどございませぬ」

勘助は笑顔で答えた。

「おのれを早く軍師として家中に認めさせたいと、考えたのではないか」

晴信は不機嫌である。

「それもござる、ござるが、そればかりではござらぬ」

「では、何だ」

「おわかりになりませぬかな、殿」

勘助は問い返した。

「聞いておるのは、わしだぞ」

晴信は怒りの表情を見せた。

勘助は平気な顔で、

「寅王丸様でござるよ」

「寅王丸が何とした」

諏訪頼重と晴信の妹禰々の間に生まれた子である。

「上原城を力攻めにすれば、寅王丸様はいかが相成ります?」

晴信ははっとした。

全軍をもって上原城を攻めれば、落城させることはたやすい。だが、そうすれば寅王丸は殺されるだろう。敵の手に渡すよりはと、頼重自ら寅王丸の命を絶つにちがいない。もちろん禰々も同様の運命にある。

「寅王丸様も禰々様も、ぜひともお救い申し上げねばなりませぬ」

勘助は言った。同情してのことではない。禰々が主君晴信の妹であるからでもない。頼重を滅ぼした後の諏訪を治めるため、必要な「道具」だからである。

それは晴信にもよくわかっている。ただ、父祖以来の垂涎《すいぜん》の地諏訪が手に入る、その興奮のため失念していたのだ。それを勘助は指摘したのである。

しかし晴信はまだ文句をつけたい。

「寅王丸が上原城におるとは限らぬぞ」

諏訪には上原城の他に桑原城という城がある。兵法で言う「詰《つめ》の城」である。本城が陥落した際の最後の拠点となる城だ。頼重は、高遠頼継謀叛《むほん》の知らせを聞いて、既に家族を桑原城へ移したかもしれない。それはよくあることだ。現に、晴信自身、躑躅ヶ崎館の詰の城積翠寺《せきすいじ》城で生まれた。当時、父信虎は合戦に出ており、身重の妻を詰の城に避難させていたのである。

勘助は首を振って、

「どちらにいらっしゃろうと同じことでございます」

「そうかもしれぬ」

そう言われてみて、晴信は勘助の言葉をもっともだと思った。いずれにせよ堅固な城の中にいるのである。力攻めにすれば、寅王丸と禰々はまちがいなく殺される。助けることは不可能だろう。

「だが、百人で城が落とせるのか」

晴信は信じられない。勘助は胸を張って、

「百人だからこそ落とせるのでございます。それればかりではございません。禰々様も寅王丸様もお救いし、諏訪衆の恨《うら》みを残さぬように頼重様のお命を頂戴致します」

「ははは、そのようなことができれば誰も苦労はせぬわ」

晴信は笑ったが、勘助はあくまでも生真面目な態度を崩さない。源五郎は他人事ながらはらはらした。もう一人の近習秋山新左衛門は、どうなることかと成り行きを見守っている。

「頼重を討てば、諏訪者の恨みを買うのは致し方あるまい」

それを封じる方法などないはずだと、晴信は暗に言った。

「恨みを買わぬための策はござる」

「ほう、あるなら申してみよ」

「頼重殿を二度殺すのでござる」

「二度？　命は一つではないか」

晴信はその意味がわからない。

「武将は二つの命を持っております。武将であれば、どなた様でも」

「それでは、わしも持っておるのか」

晴信の問いに勘助は重々しくうなずいた。

勘助はそれ以上説明しようとはしない。

晴信のほうが焦《じ》れた。

「申せ、二つの命とはどういう意味じゃ」

勘助は首を振った。

「殿にはじっくりと考えて頂きとうござる」

「焦らすな、勘助」

「これから勘助が、どのようにするか、御覧になればおのずとわかり申す」

勘助の自信ありげな物言いに、晴信は毒気に当てられたように、

「こやつ、申すことよ。だが、勘助、本当に百の手勢で上原城を落とせるのか」

「先程申した如く、百だからこそ落とせるのでござる。二百や三百ではまずうござる」

「わからぬな、そちの申すことは」

晴信も、近習の源五郎と新左衛門にも、勘助の考えは読めていなかった。敵は一千、しかも籠城しているのである。

「勘助、なにやら策があるのだな。それを申してみよ」

「殿には、おわかりになりませぬか」

「ええい、憎い奴じゃ」

晴信はむかむかしてきた。勘助のこの思わせぶりな態度はどうだ。しかし勘助には蛙《かえる》の面《つら》に水だった。

「殿、拙者、殿の命により源五郎に軍略のなんたるかを伝授致しました。その要諦は、ただ一つしかござらん」

「何だと言うのだ」

むっとした声で晴信は言った。

「両の目で物を見ること、これでござる」

勘助はしゃあしゃあと答えた。その話は晴信も、源五郎の口から聞いていた。要するに、味方ばかりでなく敵の視点からも物を見よということだろう。

「わしはいつもそうしている」

晴信は勘助をにらみつけた。

「それなら、おわかりのはずでございます」

「――」

晴信は言葉に詰まった。わからないとは意地でも言えなくなった。

「それはそれとして、殿にお願いがござる」

勘助は間をもたせるように膝を進めた。

「――何だ、申してみよ」

「秋山殿を城攻めの大将としてお迎えしたい、何卒お許しくだされ」

「新左衛門じゃと」

晴信もだが、それ以上に当の新左衛門が驚いた。新左衛門は同役の春日源五郎よりは年上だが、まだ実戦の経験はない。

「そちはどうするのじゃ」

「拙者、先日高遠への使いの折、頼重殿に三河浪人山田勘三として、顔を見られており申す。されば、足軽に身をやつして同行致します」

「なぜ、新左を選ぶ。頼重は新左を見知っておるぞ」

晴信は勘助をなじった。

「存じております」

勘助はあわてる様子もない。

諏訪頼重が望月誠之助に目をかけ、さほど重要でない隣国への使いに起用し経験を積ませているように、晴信も新左衛門を儀礼的な使いとしてあちこちへ派遣している。もちろん頼重のところへも行ったことがある。

(こやつ、上原攻めが失敗した折には、新左衛門にすべての責めを負わせるつもりではあ

るまいな)

晴信は疑った。実のところ脇で控えている新左衛門も同じ思いだった。新左衛門は戦場に出てみたい。初陣を飾るにはふさわしい年齢になったし、武士として戦場経験がないということは恥ずかしいことなのだ。しかし、このような怪しげな、勝算の見えない戦いは、正直言って御免こうむりたい。その心理が勘助には手に取るようにわかった。

「秋山殿、ご心配のようだが、拙者がすべての責めを負うのでござる。どうか、ご安心あれ」

図星をさされて新左衛門は顔を赤くした。晴信は新左衛門をちらりと見て、

「勘助、この新左はわしの気に入りの者だ。むざむざと犬死させるわけにはいかん。上原城をどう攻めるか、言うてくれぬか」

と、一転して下手《したて》に出た。勘助は苦笑した。そうまで言われては話さぬわけにはいかない。

「どうするのだ、勘助。夜討ちでもかけるのか」

晴信は興味深げである。武将として、この作戦に興味を抱くのは当然だった。

「とんでもござらん。白昼堂々、威儀を正して正面から上原城に乗り込むのでござる」

その答えに、晴信も新左衛門も源五郎も呆気にとられた。

「気は確かか、勘助」

晴信は言った。

「確かでござる」

勘助は答えた。悪びれた様子はない。

晴信は膝を叩いて、

「わかったぞ。どこぞの軍勢に化けるのだな」

「いえ、武田の旗を先頭に立てまする。秋山殿に大将になって頂くのでござるゆえ、そのような真似はできませぬ」

言われてみればその通りだった。勘助はわざわざ、頼重に顔を知られた新左衛門を大将にと望んだのである。

「殿、殿と頼重殿は義兄弟の間柄でござるぞ」

そう言って勘助はにやりとした。

晴信は突然笑い出した。

「ははは、そうか。勘助、おのれは何と悪知恵の働く男か」

豹変《ひょうへん》した主君に、新左衛門も源五郎も目を白黒させた。

2

高遠頼継謀叛の知らせは、このところ慶事の多かった諏訪館に、今年初めての凶報としてもたらされた。

諏訪頼重は激怒した。

同族でありながら、本家に反旗をひるがえすとはなんたることか。

「頼継め、許さぬ。皆殺しにしてくれる」

さっそく頼重は戦いの準備に入った。

陣太鼓を打ち鳴らして兵を集め、麓《ふもと》の館を捨てて、山上の上原城に入った。御家の一大事とばかりに馳《は》せ参じたのは、騎乗の士が二百、兵が八百、合わせて一千の軍勢である。来るなら来てみろと、頼重は武者震いした。高遠は何といっても分家に過ぎない。兵を掻《か》き集めたところで、せいぜい八百が限度であろう。しかも正義はこちらにある。領民も諏訪の正統である自分を支持するに決まっている。

「何よりも諏訪大明神の加護があるにちがいない」

頼重は確信していた。

夫人禰々と娘美紗姫、それに老人や重臣の家族らは少し離れた桑原城へ移した。これは万一を考えたというよりは、足手まといになるのを避けたのである。

望月誠之助は父徳助《とくすけ》、弟公次郎と共に、桑原城へ入った。父は体が利《き》かず、弟はまだ幼く、誠之助自身は姫の側衆なのだから、当然と言えば当然のことなのだが、誠之助は不満を抱いていた。危急存亡のこの時に、望月の家から戦士が一人も出ていないことが、気に食わないのである。父徳助はそんな誠之助を叱りつけた。

「心得違いを致すな。そちはあくまで姫様をお守りするのが務めじゃ」

「父上、わたくしも戦場《いくさば》に出とうございます」

「はやるでない。万一不覚を取れば、わしのようにご奉公がかなわぬことになる」

そう言って、徳助は情けなさそうに腰を叩いた。戦場での傷がもとで、徳助は杖にすがらねば歩けないのである。誠之助は言葉を返せなくなった。八歳の公次郎が黙って、つぶらな瞳で二人のやりとりを聞いていた。

その頃、上原城に武田の旗を押し立てた百の軍勢が到着した。頼重はその知らせを城中の大広間で聞いた。

「武田家からの援軍じゃと」

「はい、このたび高遠殿謀叛にあたり、義兄弟の縁に連なる者として、いささかなりと援助つかまつりたい。未熟者ばかりの手勢でござるが、ご存分にお使いくだされとの、晴信様の口上でござる」

取り次ぎの家来がそう伝えた。

「かたじけないことだ。さすがは晴信殿」

頼重は感涙にむせんだ。

「早速、お通し致せ。丁重にな」

頼重は家来に命じた。

「お待ちくだされ」

突然、その場にいた家老の蓮蓬《れんぽ》刑部《ぎょうぶ》が止めた。

「何事じゃ、刑部」

頼重はいぶかしげである。刑部は皺《しわ》の多い顔を傾げて、

「その援軍、いささか不審がござる」

「なに不審とな」

「左様、まことに援軍でござろうか」

「贋者《にせもの》じゃというのか、まさか高遠の手の者だというのではあるまいな」

頼重は刑部に尋ねた。

「いえ、そうではござりませぬが、万一ということもござりますゆえ」

刑部は微妙に言葉を濁した。頼重の顔に、しばらくして赤みが射《さ》した。刑部の言わんとするところを悟ったのである。

「まさか、その方、晴信殿を疑っているのではあるまいな」

怒りを含んだ声だった。刑部は黙ったまま否定はしない。

「馬鹿者、何を考えておる。晴信殿は禰々の兄だぞ」

頼重は今度は本当に怒鳴りつけた。

「でもござりましょうが、今は非常の時にござります。慎重のうえにも慎重にお考えくだされ」

刑部は頼重を直視し進言した。頼重はようやく気を取り直して、取り次ぎの家来に向かって尋ねた。

「晴信殿の手勢は百と申したな」

「はっ」

家来は答えた。

「大将は誰だ」

「はい、秋山新左衛門様でございます」

「はて、秋山殿とな」

頼重は記憶を探った。

「おお、あの若者か――」

たびたび慶弔の使いとして、諏訪館を訪れたことがある。頼重もそのたびに接見している。しかし、手勢を率いて戦った経験があるようには見えなかった。

「介添《かいぞえ》には誰ぞ老巧の武者が、付いておるのだろうな」

「いえ、副将は春日殿とか申されるお若い方でございます」

頼重はしばらく考えた。もしも晴信に害意があるなら、この城にそんな若侍を寄越すだろうか。しかも手勢はわずか百、こちらは一千だ。その気になれば、どうにでもなる。

「刑部、取り越し苦労じゃ」

ついに頼重は決断を下した。

「晴信殿も申されておる、未熟者ばかりの手勢だとな」

秋山新左衛門を大将とし、春日源五郎を副将とする足軽隊百名は、首尾よく上原城に入城した。

軍師山本勘助は足軽に変装し一緒に城内に入った。未熟者の集団という触れ込みだったが、それは大将と副将だけで、残りの足軽は武田の各隊から選《え》りすぐられた古強兵《ふるつわもの》である。

勘助は城に向かう途中、彼らに繰り返し叩き込んだことがある。

「よいか、諏訪勢を欺《あざむ》くのじゃ。気取《けど》られてはならぬ。すべてわしの下知《げち》に従っておればよい」

新左衛門も源五郎も同様の指示を受けている。頼重は機嫌よく二人を接見した。

「苦労である。援軍というのは、いかなる時でも嬉しいものじゃが、今回は特別の嬉しさじゃ」

「お言葉痛み入ります」

新左衛門は頭を下げながらも、あまりいい気持ちはしなかった。相手はこちらを信じ切って感謝すらしているのだ。それを騙すというのは、何となく心が痛む。

（戦場で堂々と名乗りを挙げ一騎打ちしたいものだ）

源五郎も同じ思いだった。だが、それは許されない。晴信は二人に、絶対に勘助の命令に背《そむ》いてはならぬと、厳命している。新左衛門は話題を変えた。

「ときに敵の軍勢の動きはいかがでござる」

頼重はうなずいて、

「頼継め、杖突峠を越えたところで動きを止め、何やら様子を窺《うかが》っておる。あるいは武田の援軍を恐れて二の足を踏んでおるのかもしれぬ。そなたたちが、来てくれたからのう」

と、愉快そうに笑った。新左衛門は無理に追従《ついしょう》の笑いを浮かべ、勘助の指示で用意してあった進物を贈った。陣中見舞いと称して、極上の酒が大量に用意してあったのだ。

「これはかたじけない」

「敵も諏訪殿の勢いを恐れ退散の気配ですな。今夜はこれで前祝いの酒盛りをなされませ。なに、警護はわれわれがつかまつります」

新左衛門のこの言葉も、あらかじめ勘助が教えておいたものだった。

もちろん高遠頼継に軍の動きを止めさせたのも、勘助が晴信に使いを出してもらったからである。

その勘助は足軽と共に二の丸の櫓《やぐら》にいた。格子《こうし》窓から外を見ている。

「何をしておられる」

源五郎の問いに勘助は答えた。

「夕焼けがきれいじゃのう」

確かに夕焼けは美しかった。

眼下に諏訪湖を望み、はるかに木曾《きそ》の山並みが見える。その山々の間に沈みゆく夕日は、この上原城が高台にあるだけに息を呑むような見事さである。だが、新左衛門と源五郎の不審は、それを言ったのが勘助であることだ。この、したたかな猫のような軍師に、夕日を愛《め》でるような優しさがあるのだろうか。

「わしがこの城に入る時、最も案じていたこと、それが何かわかるかな」

突然、勘助は言った。二人は顔を見合わせた。

「新左衛門、どうじゃ」

「われらが謀《はかりごと》が露見《ろけん》致すことでございましょう」

「違う」

と、勘助は含み笑いしつつ、

「雨じゃ」

「雨？」

「そうじゃ。今夜、雨が降ることを恐れていた。雨が降れば、諏訪家もいま少し生き延びられたであろう」

「……」

「だが、その心配はもうない。この夕焼けならば明日まで雨が降ることはあるまい。諏訪家の命運は尽きた」

勘助は表情を引き締め、源五郎に命じた。

「組頭を集めよ」

百人の足軽は十人ずつ十組に分けられ、それぞれに組頭を決めてある。いずれも長年戦場で鍛え抜いた猛者《もさ》である。その十人がひそかに集められた。

「今宵《こよい》、子《ね》の刻、城内の者が寝静まったら、手分けして各所に一斉に火を放て」

勘助は組頭たちの顔をひと通り見渡し、

「よいか。それまではかまえて気取られてはならぬ。配下への指示も細心の気配りを忘れるな。ここは敵の城ぞ。万一悟られたら、全員の命はないものと思え」

と、厳しく申し渡した。

「火を放つと同時に、一の家老蓮蓬刑部を討つ。蓮蓬を討ち果たした後、火事で大騒ぎになろう。そこへ、その方らはこう叫ぶのだ、『蓮蓬殿裏切り』とな」

聞いていた源五郎はあっと思った。今まで考えたこともない方法だった。

「どうしてそんなことを言うんで？」

組頭の一人が尋ねた。

「わからぬか、この一言で、城の衆は互いが信じられなくなる。つまり一千の軍勢は烏合《うごう》の衆となるのじゃ。門を開ければ、大方の兵はわれ勝ちに逃げ出すであろう」

組頭たちは納得して戻って行った。

新左衛門はぜひとも聞きたいことがある。

「頼重はわたくしが討つのですな」

「いや、そなたではない」

勘助は首を振った。

新左衛門は耳を疑った。

名目とはいえ、城攻めの大将を仰せつかったのである。しかも、通常の戦いとは異なり、言わば騙し討ちである。大将たる自分が、諏訪頼重の首を取る、それが当然ではないのか。その不満を新左衛門は勘助にぶつけた。

「山本様、これは異なことを承る。拙者が頼重を討たずして、一体誰が」

「しっ、声が高い」

と、勘助はまず注意をした後、

「そちの不平はもっとも。じゃが、わしには別の思案がある」

穏やかな声だった。新左衛門はふと傍《かたわ》らにいる源五郎の存在に気付いた。

（もしや、源五郎をひいきにして、手柄を立てさせるつもりではあるまいな）

それは考えられぬことではない。勘助はつい先頃、源五郎を伴って諏訪から高遠を訪れている。その旅以後、源五郎の勘助に対する評価が一変した。あれほど嫌っていた勘助を、近頃の源五郎は褒《ほ》めちぎる。まるで神のように尊敬している節《ふし》が見られるのである。

しかも、新左衛門は源五郎にかなわないと思っている点が一つあった。

（殿は、自分より源五郎を好んでいる）

それが実感だった。

晴信は武将には珍しく、男も女も端整な顔立ちの者を好む。武将の場合、女はともかく男のほうは荒々しいのをよしとするのが普通である。男は何よりも猛々《たけだけ》しく強くあれというのが、武将の考える、男の理想像である。新左衛門は源五郎よりも、その理想像に近いと自負していた。いや、これは衆目の一致するところでもある。だが、晴信は、猪首《いくび》で武者としては理想の顔立ちをしている自分よりも、女のように人形のように整った顔立ちの源五郎を好んでいるようだ。

(もし殿が自分を差し置いて源五郎に手柄を立てさせようと、山本殿に命令していたとしたら――。許せぬ、源五郎と刺し違えてでも、そうはさせぬ)

勘助は新左衛門が、何をどう邪推したか、とっくに見抜いていた。

「新左、心得違いを致すでない。源五郎にも頼重は討たせぬ」

勘助の言葉に新左衛門は詰め寄るように、

「納得がいきませぬ。寄せ手の中で士分《しぶん》の者は、拙者と源五郎、それに貴殿だけではございませぬか。源五郎が討たぬなら、一体誰が」

「誰でもない。頼重は討たぬ。逃がしてやるのだ」

勘助は意外なことを言った。

今度は源五郎もわが耳を疑った。諏訪頼重は主君晴信の義弟とはいえ、いまや敵である。敵の大将を討たずに逃がしてやるという法はない。将棋で言えば、王将を詰めてこそ勝ちなのである。まして今回は上原城が落ちても、詰の城桑原城がある。頼重を逃がせば、その桑原城に逃げ込むに決まっているのである。武田が敵に回ったと知れば、頼重は今度こそ貝のように頑《かたく》なに籠城するだろう。そして徹底的に抵抗し、とどのつまりは妻子を道連れに自害し、城に火を放つことになる。それでは頼重夫人の禰々と一子寅王丸を救うことはできなくなってしまう。

「合点《がてん》がいきませぬ」

源五郎は言った。

「なぜだ、源五郎」

勘助は源五郎をちらりと見て言った。

「山本様のなされることとも思えませぬ。頼重を逃がせば桑原城に籠もるのは、わかり切ったこと」

「その通りじゃ」

あっさりと勘助が認めたので、源五郎と新左衛門は顔を見合わせた。

「では、なぜ、そのように？」

勘助は微笑を浮かべ、

「新左も源五郎もよく聞くがよい。わしは殿の前でこう申した。禰々御料人も寅王丸様もお救い致し、諏訪衆の恨みを買わぬように頼重殿のお命を頂戴するとな」

二人はうなずいた。

だが、二人ともが、そんなことが可能だとは信じていない。頼重を滅ぼそうとすれば、頼重は必ず妻子を死出の旅の道連れにしようとするだろうし、どんな形でも頼重を殺せば、諏訪者は武田に恨みを抱くにちがいない。そもそも無理な話なのである。

「わしはそのためにどうすると申したかな。源五郎、覚えているか」

勘助は自信に満ちた顔をしている。源五郎は気圧《けお》されたように、

「確か、頼重を二度殺す、とか申されましたな」

「うむ、二度殺す、まさにそのように申した。そのために、頼重はこの城では殺してはならぬ」

勘助の言葉はまるで判じ物であった。新左衛門はかっとなって、

「山本様、拙者は禅問答をするためにこの城へ来たのではござらぬぞ」

と、怒鳴りつけた。勘助は笑って、

「血の気の多い男じゃの。そなたには家老蓮蓬刑部を討ち取ってもらおう。それに源五郎、そなたにも格別の役目がある。よく聞いて誤りのないようにするのだぞ」

と、膝を乗り出し指示を与え始めた。


夜も更《ふ》け、皆が寝静まった頃。

その城の中で、唯一生き生きと動き回る集団があった。山本勘助率いる精鋭の足軽百名である。一人一人が百戦錬磨の強者《つわもの》であった。まず城内の要所に立っていた見張りの兵が忍び寄った武田兵に一人また一人と消され、城への入口である大手門の番兵も、全員が音もなく命を絶たれた。そして、各所に一斉に火が放たれた。

梅雨も明け、よく乾燥した城内は、内側からの放火にはもろい。火はあっという間に城

全体を包み、眠り呆《ほう》けていた諏訪家の面々が気が付いた時は、手のほどこしようもないほど燃え広がっていた。城内奥の間の居室で休んでいた城主諏訪頼重も重臣たちも、その騒ぎでようやく目を覚ました。

「何事じゃ、この騒ぎは」

一の家老蓮蓬刑部が寝呆《ねぼ》け眼《まなこ》に、それでも刀を取って廊下へ出たとたん、槍を構えた若武者の攻撃を受けた。

「秋山新左衛門でござる。刑部殿、お命頂戴致す」

「おのれ、この騙《かた》り者め」

武田の裏切りを知って刑部は激怒した。刀を振りかぶって斬りつけようとする刑部に対し、新左衛門は腹の中心を狙って一気に槍を突き込んだ。

「ぐえっ」

刑部の刀が届く前に、新左衛門の槍が刑部を腹から背まで貫《つらぬ》き通していた。

刑部の断末魔の痙攣《けいれん》が槍を通して伝わってくる。

（これが人を討つということか）

新左衛門は、刑部が絶命した後も、しばし呆然としていた。口では勇ましいことを言っても、人を殺すのは初めてである。勘助には繰り返し注意を受けた。

（新左、よいか、相手は鎧《よろい》を着けてはおらぬはず、じゃによって腹を狙え。老人のこと

でもあり、腹は一番動きが鈍《にぶ》く的《まと》が大きい。腰を入れて槍を突き込むのだ。心配するな。油断さえせねば簡単に討てる)

心配などするものか、と思っていた新左衛門だったが、いざやってみて勘助の注意は実に適切だったことを思い知らされた。勘助はこうも言った。

(討ったら、ぐずぐずせずに、すぐに死体を隠せ。火の中に放り込むのがよい。首は取らずともよいから、かまえて諏訪衆に姿を見られるな)

はっと気が付き、新左衛門は足軽たちに命じて、その通りにした。やがて、城内のあちこちから叫びが上がった。

「蓮蓬刑部殿、裏切りでござるぞ」

蓮蓬殿裏切り——その一言で上原城はもろくも崩れた。言葉の槌《つち》が要害堅固な諏訪氏の本城を打ち崩したのである。最も信頼され、城内の者が頼りにしていた家老の反逆。その偽りの情報によって、諏訪衆の団結は崩壊し、闇と炎が全員を恐怖のどん底に陥《おとしい》れた。

中には刑部の裏切りを信じかねる者もいた。だが、現実に「刑部裏切り」が連呼され、当の刑部は姿を見せない。しかも、城が炎に包まれているのである。刑部を信じようとする少数の者も、それを確かめる手段がないまま右往左往するしかなかった。そのうちに、流言を信じた者が刑部の家来と斬り合いを始めた。

同士討ちが始まったのである。もう、武田兵が叫ぶ必要はなかった。諏訪衆が既に刑部裏切りを既定の事実として受け止めていた。

勘助の命令を受けた源五郎は、その機会を待っていた。源五郎はただ一人で頼重のもとへ走った。頼重は近臣に守られ奥の間にある。

「何者じゃ」

頼重の近臣たちが、背に主君をかばうようにして尋ねた。

源五郎はその場にひざまずいて、

「武田隊の副将春日源五郎にございます」

と、頭を下げ相手の返事も待たずに後を続けた。

「既にお聞き及びのことと存じますが、家老の蓮蓬刑部めが高遠勢に通じた模様でございます」

「まことか、まこと、刑部が裏切ったのか」

蒼白の頼重が叫ぶように言った。

源五郎は重々しくうなずいて、

「既に刑部の家来とご家臣方の斬り合いが起こっております」

「おのれ、裏切り者めが、討ち果たさずにおくものか」

頼重が歯嚙みして口惜しがった。

「お待ちください。城内は既に敵の勢に押さえられ、このままではお命が危のうございます。ここはひとまず桑原城へお引きくださいますよう」

源五郎は言った。

頼重はなおも不満な様子を見せた。

源五郎は立ち上がり近臣を叱咤《しった》した。

「ええい、何をしておる。一刻も早く、お屋形様をお落とし参らせよ。お命に関わるのだぞ」

はじかれたように近臣たちは頼重の手を取り、大手門へ向かって進んだ。

「拙者が先導つかまつる」

源五郎は先に立った。要所に武田兵を配し、大手門までの道は確保されている。

城主諏訪頼重はこうして上原城を捨てた。

「これでよし、頼重はこれで生ける屍《しかばね》じゃ」

背後からの声に、門のところで頼重一行の落ちてゆくのを見守っていた源五郎は、驚いて振り返った。足軽姿の勘助がそこに立っていた。

「屍と申されましたか」

意外に思って源五郎は尋ねた。頼重は生きている。しかも無傷で要害の桑原城に向かったのだ。それもこれも勘助の指示なのである。

「そうじゃ、源五郎。これで頼重は死んだ。二つのうち一つの命を失ったのだ」

「――」

源五郎には理解できなかった。なぜそうなのか質問しようとする源五郎を制して、勘助は足軽たちに何事か指示した。やがて城内に次々に叫ぶ声がこだました。

「殿がお逃げ遊ばしたぞ。殿が」

この一言が、城内に残っていた者を完全に浮足立たせた。小競り合いをしていた者も、火を消そうとしていた者も、先を争うようにして城門から逃げ出した。ふと気が付くと、城内に残っているのは武田兵ばかりである。

（まるで魔法《あやかし》のようだ）

源五郎は感心するよりも、狐につままれたような気持ちだった。まさに一兵も損することなく、百の手勢で一千の守兵を駆逐《くちく》し、上原城は陥落したのである。

放心したような面持ちで新左衛門もやって来た。

「頼重は、どうした」

新左衛門は源五郎を見つけて言った。

「この城から落とし参らせた。今頃は桑原城近くまで行っているだろう」

「馬鹿な、なぜ追って首を取らぬ」

「しかし、山本様の言い付けには背けぬ」

「ええい、面倒な。拙者が行く、行って頼重の首を取る」

新左衛門が馬を探しに戻ろうとした時、勘助が再び出現した。

「待て、新左。勝手な真似は許さぬぞ」

勘助は大喝した。さしもの新左衛門が縮み上がるほどの迫力に満ちた音吐《おんと》である。新左衛門は一瞬気を呑まれたが、すぐに文句をつけた。

「なぜでござる。なぜ頼重を討ってはならぬのでござるか」

「新左、そちには別の役目がある。殿へ上原城奪取の旨をお知らせするのだ。よいな、しかと申しつけたぞ」

厳しい顔で命じた勘助は、一転して表情を和《なご》ませて言った。

「新左衛門、いまにわかる時がくる」

亡国の人々

1

諏訪頼重はわずかな供回《ともまわり》を連れて、馬を飛ばし半里の距離にある桑原城に入った。深夜、上原城が突如炎上し城主が逃げ込んできたので、桑原城の人々は驚きを隠せなかった。

誠之助も急いで身支度を整え、主君を迎えに出た。既に禰々も美紗姫も心配そうに頼重の顔を見つめていた。

「刑部めが裏切りおったわ」

物問いたげな視線の集中に、耐え切れなくなったかのように、頼重は吐き捨てた。一同からふうっという驚きの声が上がった。

「まことでございますか、あの刑部が」

禰々が信じられないように、目を見開いた。誠之助も思いは同じである。どうしていいかわからない人々ばかりの中で、美紗姫だけが冷静だった。

「父上、まこと刑部が裏切ったのでございますか」

美紗姫は尋ねた。頼重は怒鳴るように、

「そう申したではないか、耳はないのか」

「伺《うかが》いました。ただ、わたくしが、伺いたいのは、父上ご自身の目でそれを確かめられたかということです」

「――」

頼重は一瞬言葉に詰まった。

「しかし、皆が申しておったのじゃ。刑部が裏切り高遠に通じたと」

「そのこと父上に最初に申し上げたのは、どなたです」

「それは武田の――」

頼重はそう答えて初めて、心の中に武田への疑惑が浮かんでくるのを覚えた。美紗姫はそれ以上の言葉は口にしなかった。禰々がいるからである。

「いかがなさいました」

その禰々が言った。

「いや、何事もない」

頼重は首を振った。

武田への疑惑が消え失せたのではない。むしろ増している。ただ、何も知らずにいる愛しい妻に、それを告げるのは残酷すぎる。頼重は家来を従えて、そのまま大広間に入った。善後策を協議するためである。そんな父の姿を痛ましげに見送り、美紗姫は廊下に立ち尽くしていた。

「姫様、お体が冷えまする」

お付きの侍女がぼんやりしているので、代わって誠之助が注意した。美紗姫はそんな誠之助を見て静かに言った。

「誠之助、もしかしたら諏訪家は滅ぶかもしれません」

誠之助は驚いて姫を見返した。

翌朝、まだ明け切らぬうちから、武田勢五千と、それに協力する高遠勢八百が、焼け落ちた上原城に入城した。武田晴信は、わざわざ高遠頼継と轡《くつわ》を並べて、同時に城の門をくぐった。

「いかがでござる、高遠殿」

晴信は馬上の頼継に向かって言った。

「いやあ、あざやかなお手並み、この頼継、ほとほと感服致した」

頼継は本心から言った。なにしろ要害堅固なこの城が、たった一晩で呆気なく落城するとは、夢にも思っていなかったのである。

「すべて、あの男の働きによるものでござる」

晴信は出迎えに門のところまで出て来ていた勘助を指さした。

「山本殿でござったな。晴信殿はよいご家来をお持ちじゃ」

「お言葉、痛み入る」

だが、晴信はにこりともしなかった。そして、城内の焼け跡の一角に陣所を設けると、すぐに勘助を呼び出した。呼びに来たのは、晴信のもとに上原城奪取を伝えた新左衛門である。新左衛門の顔を見ると勘助はいきなり頭を下げた。

「なにをなさる、山本様」

むしろ後ろめたいのは新左衛門のほうだった。昨夜、晴信のもとへ報告に行った際、つい腹立ちまぎれに、勘助が頼重を逃がしたことを散々に非難したのである。それを聞いて晴信も怒った。この呼び出しは、それを糾問するためなのである。

「新左、これからそちは殿の御前で、必ずやわしに怒りを覚えるであろう」

「――?」

「その時のため、今こうして謝っておこう。許せよ、新左」

新左衛門も、横で聞いていた源五郎もなぜ勘助がそんなことをするのか、さっぱりわからなかった。

「さて、参ろうか。源五郎もついて参れ」

晴信は陣所の奥で、近習だけを従えて待っていた。

そして勘助の姿を見るなり大喝した。

「勘助、何故頼重を逃がした。性根を据えて返答せい」

勘助はにやっと笑って片膝をついた。

「殿、おめでたいことでござる。これで諏訪の地は手に入ったも同然」

晴信は顔に青筋を立てて、

「そんなことは聞いてはおらぬ。勘助、返答の次第によっては許さぬぞ」

と、怒鳴りつけて近習の差し出す陣太刀に手を伸ばした。

（危ない、殿は本気で怒っておられる）

源五郎は背筋が冷たくなるのを感じた。

「殿、どうせお手討ちになるならば、勘助、今生《こんじょう》の名残りに、ぜひ承りたいことがござる」

勘助は落ち着いた声音で言った。晴信は太刀の柄《つか》に手をかけ、

「よし、申してみるがよい」

と、怒りを抑えて促した。

「殿、理想の君主とはどのようなものでござろうか、お考えをぜひとも承りたい」

「なに、なんだと」

晴信は虚を衝かれた。命乞《ご》いか別の願いか、勘助の問いがそのようなものだと思っていたのである。晴信は内心の動揺を抑えるために、しばし時間を必要とした。

「――外に対しては戦に強く勇猛果敢な武将であり、内に対しては民を慈《いつく》しむ仁慈《じんじ》の君であることだ」

咄嗟《とっさ》のことでもあるので、晴信はいつも心掛けている二カ条をそのまま口にした。勘助はわが意を得たとばかりにうなずいて、

「まさにその通り、さすがは殿でござる」

「世辞を言うのか、勘助」

晴信はまだ怒っている。勘助は首を振って、

「世辞ではござらん。確かめておきたかったのでござる。勇猛な武将にして仁慈の君、結構でござる。この二つ、どちらが欠けてもなりませぬ。いかに仁慈の君とて、武将としての才がなければそれまで。民の信頼を得て、国を保っていくことはできませぬ」

「そんなことは百も承知じゃ」

勘助はかまわず続けた。

「もし、ある君主が武将として頼むに足らずと見做《みな》されましたら、その男は民の信頼を失

ったことに相成ります」

「なんだと」

晴信はうなった。

勘助の論理の飛躍をたどれる能力ある者は晴信しかいない。晴信はようやく勘助の意図をおぼろげながら察した。

「頼重のことを申しておるのだな」

晴信の問いに勘助は直接には答えず、

「あのまま討てば、諏訪の家来も百姓までが、主君を騙し討ちにされたと怒りましょう。その怒りはそのまま武田への怨念《おんねん》と化し、何十年の長きにわたって残るにちがいござらん。されど、秋山・春日両名の働きによって、あの者は城を捨て家来を捨てて逃げたのでござる。その場で腹を切ったほうが数段ましでござった。逃げたという汚名はもうつぐなえませぬ。すなわち、武将としての諏訪頼重はもはや死に申した」

勘助は断言した。

「なるほど、それが二度殺す、ということか」

晴信は感心して言った。

「御意」

勘助は軽く頭を下げた。

「だが、勘助。確かに諏訪者は頼重を見放すであろうか」

晴信は念を押した。

「ご心配には及びません。諏訪頼重が、武田の未熟者にまんまと騙され、城を捨てて逃げ出したとの噂を、村々に広めさせております。現に上原城はこの通り落ちておりますゆえ、誰もがこの噂を信じることでございましょう」

勘助がそう言うと、それまで黙って聞いていた秋山新左衛門が怒りの声を上げた。

「山本様、この新左を未熟者と仰せられるか」

顔を真っ赤にして新左衛門は迫った。主君の前で未熟者呼ばわりされるのは、武士としての誇りが許さない。まして、未熟者として、その名を村々に広められるのは、たまったものではない。勘助は穏やかに、

「新左、忘れたか」

「――?」

「わしは、こう言ったはず、そなたは必ず殿の御前でわしに腹を立てるであろう、それゆえあらかじめ許しを乞うておく、とな」

新左衛門は思わずあっと叫んだ。確かにそうだった。勘助はその通りのことを言ったのである。

「源五郎にも申しておく」

と、勘助は上原城攻めの大将・副将を務めた二人の若者に言って聞かせた。

「おのれを未熟者と呼ばれるのは、確かに武士の誇りに関わること、腹を立てるのも当然かもしれぬ。だが、このたびの上原城攻めは、老巧の武者では意味がない。手勢も少なく未熟者の将を使ってこそ、頼重の受ける傷は大きくなるのだ。それゆえ許せと申した」

勘助の言葉に、まず晴信が大口を開けて笑った。

「ははは、許してやれ、新左、源五郎。勘助の知恵が勝《まさ》ったのじゃ。武田のために、我慢せい」

主君にそう言われては、二人ともこれ以上腹を立てるわけにはいかなかった。だが、晴信は笑ってばかりいるわけではない。

「勘助、武将としての頼重は死んだ。それは、そちの申す通りであろう。だが、桑原城に籠《こ》もり、まだ生きておる抜け殻《がら》をどう始末するのだ。それに――」

「禰々様と寅王丸様をどのようにお救いするか、ということでござるな」

打てば響くように勘助が応じた。

「そうだ、どうする」

晴信は尋ねた。

「下手に攻めれば全員城を枕に自害するにちがいない。

「高遠殿にもうひと働きして頂こうかと存じます」

勘助は意外な人物の名を上げた。

「頼継だと」

晴信は首をひねった。高遠頼継は頼重を討つための大義名分のためには必要だった。諏訪氏の本家と分家の争いに武田が介入する——これが勘助の描いた図式である。実際は武田の一方的な侵略なのだが、少なくとも表向きはそういう形を取りたくはなかった。諏訪者の反感を恐れてのことである。しかし、それはもう心配しなくてもよい。頼重があのように無様《ぶざま》な醜態をさらした以上、諏訪の人心は頼重から離れたのである。いまや頼重は死んだも同然。となると頼継の役目も終わったことになる。

「頼継をどう使う?」

いわば用済みの道具と化した頼継を、何の役に立てるのか、晴信は勘助の考えをじっくりと聞いてみたいと思った。

「桑原城攻めの先鋒に使うのでござる」

「頼継は受けるであろうか」

晴信は疑問に思った。今度の諏訪攻めにしても、あれだけ腰の重かった頼継である。武田の真意を疑い、武田が兵を挙げるまで動こうとしなかった頼継が、名誉ではあるが苦労の多い先鋒など受けるのだろうか。

「受けまする」

勘助は自信に満ちた表情で言った。

「あの時とは事情が違い申す。高遠殿が動かなんだは、武田に騙し討ちに遭うことを恐れてのこと。しかし、今はその疑いは晴れ申した。さすれば、このあと高遠殿が恐れるのはただ一つ――」

「なんだ、それは」

「獲物を殿に独《ひと》り占めされることでござる」

勘助は断言した。

「ふむ」

晴信は考えてみた。そうかもしれない。あとは諏訪の土地をどちらがどれだけ取るか、それが問題なのだ。山分けという約束は一応出来ている。しかし、最後の城桑原城を落とし、頼重を討ち取ったほうが大きな顔ができるのはまちがいない。既に上原城は武田の手で見事に落とされている。頼継にしてみれば桑原城ぐらいは自分の手で落としたいだろう。それでこそ武田と対等の立場になれる。それに桑原城攻めは、上原城攻めよりはるかにやさしい。主将頼重が人心を失っているからだ。

（なるほど、確かに頼継は勇んで桑原城めがけて突っ込んで行くに相違ない）

晴信は納得した。

「だが、勘助。わしが聞いておるのは頼重を討ち取る手立てだけではないのだぞ」

晴信は念を押した。勘助はもとより承知している。

「禰々様と寅王丸様をお救い申す手段でござるな」

「そうだ、どうする気なのだ、勘助」

晴信は膝を乗り出した。桑原城を高遠頼継に攻めさせる、そのことはうまくいくだろう。勘助の指摘した通り、頼継は勇んで向かっていくにちがいない。だが、すべてを頼継に任せておけば、頼重一族は皆殺しにされるだろう。分家の頼継が諏訪本家を完全に手中に収めるためには、頼重の血を引く者は幼子《おさなご》たりとも生かしてはおけない。頼継は城に乗り込み、寅王丸の首を挙げるまで戦うだろう。だが、それでは武田は困るのである。

「諏訪殿は頼継めをどう思いましょうかな」

勘助はつぶやくように言った。

「知れたことではないか。頼重は身内の裏切り者として、頼継を憎悪するであろう。腸《はらわた》が煮え繰り返る思いにちがいあるまい」

晴信が言った。

「殿と頼継めと、諏訪殿はどちらをより憎まれましょうな?」

勘助は主君に対する遠慮を忘れたかのように、言いにくいことを平気で言った。

晴信はややたじろぎながらも、

「――それは、わしよりも頼継であろう。わしは義兄弟の縁に連なるとはいえ、もともとは赤の他人。だが、頼継はまごうことなき諏訪の一族じゃ。分家の当主の分際で本家に逆《さか》らった者を、許すことなどとうていできぬ」

「その通りでござる。なまじ身内であるがゆえに腹が立つ、それが人というものでござる。殿、そこをうまく利用するのでござるよ」

勘助はにやりと笑った。

「どう利用する？」

晴信は目を光らせた。

「頼継めに桑原城を攻めるだけ攻めさせたところで、城内に使者を送り和議を申し入れるのでござる」

「和議だと？　たわけたことを申すな。頼重が乗ってくるはずがない」

晴信は呆れていた。

武田は一度頼重を散々に騙しているのである。いくら頼重が人がよくても、今度は騙されることはあるまい。

「いや、殿、それは違い申す。条件次第では、必ず諏訪殿は話に乗ってきましょう」

「どのような条件を出すというのだ」

「諏訪殿の最も欲しているものを与えればよろしゅうござる」

「それは何だ」

「高遠頼継の首」

勘助はずばりと答えた。

予想もしていなかった勘助の答えに、源五郎はまた驚かされた。

（殿はどうであろう）

源五郎は晴信の表情を盗み見た。晴信は平静を装っていた。だが、それが虚勢に過ぎないことは、身近に仕えている源五郎にはよくわかった。

だが、晴信は努めて抑えた声で言った。

「それで頼重は乗るか」

「要は話の持ちかけ方でござる。諏訪殿がいま一番腹の立つこと、最もさせたくないこと、それは裏切り者の頼継が諏訪本家の棟梁の座に就くことでござる。殿の力で、それをさせぬと約束なされば」

「わしの約束を頼重が信じるかな」

晴信は顎《あご》をしゃくって苦笑気味に言った。勘助は真面目な顔で、

「信じたいと思うでござろう。こうなった以上、以前のように諏訪の棟梁を続けられるとは、諏訪殿とて思ってはおりますまい。されど、頼継めがおのれに代わって棟梁の座に就くことだけは我慢ならぬはず。それゆえに殿が頼継の首を取ってやると仰せられれば、諏訪殿はそれを信じたいと思うはずでござる」

「確かに信じるか」

晴信は半信半疑の面持ちである。

「殿はいずれ諏訪の地をすべて手に入れるおつもりでございましょう」

勘助の問いに、晴信はうなずいた。

「それならば、いずれ頼継は血祭りに上げねばなりません。つまり頼継の首を取るとの約束は嘘偽りのない本音でございます。そこをうまく説《と》けば、頼重とて納得せぬものでもございますまい」

「ははは、嘘偽りなしか、まさにそうだな」

晴信はよほどおかしかったのか、大口を開けて笑った。

勘助は主君が笑いを収めるのを待って付け加えた。

「それにもう一つ、頼重が和議を受け入れざるを得ないわけがござる」

「何だ、それは？」

「禰々様と寅王丸様でござるよ。頼重は人一倍子煩悩《ぼんのう》な男と見受けます。それゆえ母子の命は助けたいと考えているに相違ござらん。されど、頼継相手では絶対に助命は叶《かな》いませぬ」

晴信はうなずいた。それはそうである。高遠頼継は本家を乗っ取るため、頼重の血筋を根絶やしにしようとするにちがいないからだ。

「なるほど、そこへわしが出て行き、頼継の首と寅王丸の助命を条件に、和議を持ちかけるというのだな」

2

勘助の予想した通り、高遠頼継は自ら桑原城攻めを買って出た。

「お任せくだされ、晴信殿。桑原は当国きっての堅城でござるが、これ以上、武田家のお手をわずらわせるのは忍びない。拙者、命に換えても、わが手勢だけであの城を落としてみせましょう」

頼継はそう言って、いかにも悲壮な面持ちで胸を叩いて見せた。

「かたじけない。では、お任せ致す」

晴信も同じような表情を作って頼継の手を握った。

心の中は違う。

(この狸め。家来からも領民からも見放された頼重を討つのに、何の苦労がいるものか。手柄を独り占めしたさに、武田の援助はいらぬと抜かす。初めとは大違いだ)

尾羽打ち枯らす――とは今の頼重のことだった。確かに桑原城は、上原城より一段高い山上にある天然の要害だ。だが、そこに籠もり、諏訪本家に最後の忠節を尽くそうとする兵は二百に満たなかった。勘助がこのあたり一帯に、足軽を使って巧みに広めた噂。諏訪の棟梁であり諏訪大社の大祝《おおはふり》でもある頼重が、武田の青二才に騙されてまんまと城を奪われたうえ、命からがら逃げ出したという噂が、諏訪衆の団結を崩壊させていたのだ。

勘助はさらに一手打った。それでも主君に従って最後の戦いをするため、桑原城へ入ろうとする者がいた。その者どもを、桑原城への道を巧みに封鎖することによって排除したのである。この策はまんまと図に当たり、もっと味方が増えると信じていた城内から、動揺した者が逃亡を始めた。勘助は封鎖の兵に厳命し、逃亡者はそのまま無事に通り抜けさせてやった。それを知った城内から、さらに逃亡者が続いた。ほんの数日前には、総数一千の士気にあふれた諏訪勢は、いまや二百を割る戦意喪失者の集まりだった。

「源五郎――」

と、山上の夕日に映《は》える桑原城を見て、晴信が言った。

「はい」

源五郎はひざまずいたまま返事をした。

あたりに人はいない。

「神代以来の名門諏訪氏に殉《じゅん》じようとする者が二百人か。――多いのか少ないのか」

「――」

「もし将来、わが武田が滅亡することあらば、何人が殉じてくれるかな」

「殿、そのような不吉なことを申されるものではありません」

源五郎は顔色を変えてたしなめた。

「そのように怒るな。武田の太陽はまだ昇り始めたばかりじゃ」

源五郎が本気になって怒ったので、晴信は笑顔を見せて、

「わしが考えていたのは、国主の器量ということだ」

「器量でございますか」

源五郎はそのことを、今まで真剣に考えたことがなかった。源五郎自身国主ではないし、身近な国主といえば晴信ただ一人。これまで他国の国主と比較することなど、思いもよらないことだった。

「頼重をどう思う」

晴信は源五郎に聞いた。今まで、そんなことを聞かれた経験はない。

「――はい、慈悲深い御方かと存じます」

とりあえず源五郎は答えた。頼重のことをあまりよくは知らない。ただ寅王丸の宮参りの折に、頼重は勘助の命を助けた。荒々しい大将なら手討ちにしていたかもしれぬのに。

返事を聞いて晴信は、

「そうか、慈悲深い男か」

と、源五郎に鋭い視線を浴びせ、

「それでよいと思うか、源五郎」

「は？」

「それでよいのか、国主は坊主ではないぞ、ただ慈悲深いだけでよいものか」

晴信の言葉に源五郎は勘助を思い出していた。勘助もそれではいけないと、暗に言っていた。

「殿は以前申されました。内に対しては仁慈の君、外に対しては猛《たけ》き大将。それでよろしいのではございませんか」

源五郎が言うと、晴信はふっと面《おもて》に笑みを浮かべた。

「源五郎――」

「はい」

「そちも大人になったものだ」

晴信が言うと、源五郎は何と答えていいかわからず、黙って一礼した。

（勘助に源五郎を預けてよかった）

晴信は、短い期間に勘助が挙げた成果に、満足していた。上原城奪取はむしろ小さな功である。何よりの大功は、頼重から人心を離反させたこと、それに源五郎と新左衛門をひとかどの武士に育て上げたことである。

（それにしても勘助を召し抱えねば、一体どういうことになっていたか）

晴信は背筋に冷たいものすら感じた。

桑原城は本丸と二の丸だけの小城である。だが、急峻な山の上にあって防備は固い。

諏訪頼重は城の中から、はるか麓《ふもと》に展開する軍勢を見て、激しい怒りに震えていた。

夕暮れの淡い光の中で、城に最も近い位置にある軍勢は、梶《かじ》の葉の旗を立てている。

「おのれ頼継め」

頼重は呪《のろ》いの声を上げた。梶の葉紋は諏訪家の正統を示す紋所《もんどころ》である。本来ならば分家ふぜいには許されるものではなかった。だが、高遠頼継は本家の頼重の許しもなしに、勝手に梶の葉紋を使っているのだ。おそらく、かねてから反逆の心を抱き、いつの日か先頭に立てようと、準備していたにちがいあるまい。頼重にはその旗しか見えなかった。高遠勢の後ろには、晴信率いる武田勢五千がいたのだが、その姿は頼重の目には映《うつ》っていない。勘助の進言で、武田勢はできるだけ目立たぬように、旗を伏せ事態静観の構えを取っていた。しかし、いくら目立たぬように振舞っても、五千の兵は隠しようもない。それなのに頼重の目には、高遠勢しか映っていなかった。憎悪が頼重の目をくもらせていたのである。

(攻撃は明日の夜明けか)

冷静さを失った頼重にも、それぐらいの読みはできた。

城内から逃亡者はほぼ出尽くし、残ったのは頼重のために一命を捧《ささ》げようという忠義な家来たちである。敵はこれ以上待っても得をすることは何もない。攻撃勢のほうが圧倒的に多いのだから、夜襲などという奇策を取る必要もない。敵は夜明けと共に、一斉に押し寄せてくるだろう。正攻法の場合は、日中の明るさを最大限に活用するのが得策なのだ。したがって攻撃開始は夜明けにちがいない。先陣を切ってやって来るのは、この布陣からみて頼継勢だろう。

（頼継め、何としてでも奴の首だけは取りたい）

頼重の心の中には、義兄弟の縁を踏みにじった武田晴信に対する憎悪もないわけではない。だが、それ以上に強く、はるかにそれを圧倒しているのは、裏切り者高遠頼継に対する憎悪だった。頼重は、先刻からどうやったら頼継と刺し違えることができるか、そればかりを考えている。顔は鬼面の如く、心は夜叉《やしゃ》の如く——。

「お父上」

背後から女の声がした。

振り返ったそこに誠之助を従えた美紗姫がいた。

「姫か、何用じゃ」

頼重の声はとげとげしかった。美紗姫はゆっくりと頭を下げ、

「明日のこと、美紗も承っておきたいと存じます」

と、落ち着いた声で言った。

「明日じゃと」

頼重はぎくりとした。

「はい」

美紗姫はまっすぐに父の顔を見つめた。

(明日にも敵の総攻撃があるのがわかっておるのか)

頼重も娘の顔をまともに見た。

「――そちが男子ならばよかったのう」

ふうっと溜め息を漏らし頼重は言った。美紗姫は明るく微笑《ほほえ》んで、

「今さら男にはなれませぬ。父上様、その儀ばかりはお許しくださいますよう」

と、もう一度頭を下げた。釣り込まれるように、頼重も微笑を浮かべた。

「――明日のことなど心配致すな。頼継ふぜいなど、わしの手で蹴散らしてくれる。そなたは奥で待っておればよい、吉報をな」

「それでよろしゅうございますか」

美紗姫も微笑を絶やさない。

「それでよい」

と、頼重は大きくうなずいた。

頼重に勝算はなかった。

あるはずもない。兵はわずか二百、敵は高遠勢八百に武田勢五千、合わせて五千八百の大軍である。援軍の来るあてもなく、敵が兵を引く望みもない。落城という結果は既に定まっているようなものだ。

（頼継の首だけは取ってやる。それが今のわしにできる最も大きな意趣返しだ）

頼重は美紗姫の笑顔を見ているうちに、不思議に闘志が湧いてくるのを覚えた。

「お父上様」

「なんだ」

「ご武運をお祈り致しております」

「おう、祈ってくれい。諏訪大明神も大祝の家をむげには見捨てまい」

頼重は笑った。戦いが始まって以来、久しぶりの笑顔だった。美紗姫は安心した。明日、この城は陥落し一族は滅亡するかもしれない。しかし、名門諏訪氏の最期はみじめなものであってほしくはなかった。頼重の心に余裕がなければ最期を飾ることは難しい。それは脇で見ていた誠之助にもわかった。

（賢く強い人だな、姫様は）

誠之助は心からそう思った。

夜明けと共に、頼継以下高遠勢八百は、桑原城に攻めかかった。

桑原城は三方を断崖絶壁に囲まれており、攻め口は西南側の山伝いの道しかない。もとより城側も、このことを熟知しており、西南側の斜面にはいくつもの柵が設けられてあった。

既に城方から逃亡する者は出尽くしており、残った者の覚悟は一夜明けて定まっていた。大将諏訪頼重が落ち着きを取り戻したことで、城兵の動揺も収まったのである。

高遠頼継は当てがはずれた。

（どうしたことだ。こやつら、強い）

城への登り口で指揮を執《と》る頼継は、額《ひたい》に脂汗《あぶらあせ》を浮かべていた。味方八百に比べて敵は二百以下、城に籠もるという有利さはあるにしても四対一だ。しかも城兵は戦意を失っているはずだった。

「源五郎、見よ、あれが死を覚悟した兵の恐ろしさだ」

苦戦する高遠勢をはるか山上に見て、勘助は源五郎に言った。柵を突破しようとする高遠勢を、城方の兵は奮戦し一歩も寄せつけなかった。遠目にも城方が死に物狂いで戦っているのがわかる。

「なぜ、あのように必死に戦うのでございましょう」

源五郎は成長していた。ほんの少し前なら、戦いで兵が奮戦するのは当たり前としか見えなかったろう。だが源五郎は勘助によって、人の心の見方を学んでいた。桑原城の戦意は、勘助の策によってくじかれたはずである。

「わからぬな」

勘助は素っ気なく答えた。

「軍師殿でもわからぬことがございますのか」

源五郎は言った。皮肉ではない、親愛の情を込めた、からかうような口調である。

「こやつ、一人前の口を利きおって」

勘助は苦笑したが、内心ではこう考えていた。

（城内にもまだ「人」がおるとみえる。さすがは名門、腐っても鯛《たい》か）

人心を鎮《しず》めたのが、美紗姫という少女であることは、さすがの勘助も知らなかった。

「当てがはずれましたな」

源五郎はなおも言った。あまり勘助の作戦が図に当たるので、少しはからかってみたくなったのである。

「なんの、源五郎。そちにはわかってはおらぬ。この戦い、城方が奮戦すればするほど、武田にとっては思う壺《つぼ》なのだ」

「ほう、それは何故《なにゆえ》だ、勘助」

それまで黙って二人のやりとりを聞いていた晴信が口を挟んだ。

勘助は、床几《しょうぎ》にどっかと腰を下ろした晴信の前に、進み出た。

「申し上げます。われらが最も恐れる事態は桑原城が簡単に落ちてしまうことでござる」

それだけの説明で、晴信にはわかった。晴信としては、あくまで頼重に和議を申し込みたい。もとより偽りの和議である。頼重から、夫人の禰々と嫡子寅王丸を奪ってしまえば、後はどうなってもいい。だが、そのためには、諏訪本家を滅ぼそうと目を血走らせている頼継の攻撃を止めさせ、城内に使者を送らねばならぬ。その機が難しいのである。頼継が勢いにまかせて火のように攻め立て、城が呆気なく落ちてしまえば、使者を送る機会は失われる。だが、城兵が頑強に抵抗し、寄せ手が攻めあぐめば――。

（なるほど、そうか、使者を送りやすくなる）

晴信は悟った。

「殿、この分では、いずれ高遠殿は援軍を求めてこられるでしょうな」

皮肉を込めて勘助は言った。

「頼継めが、泡を食っておるわ」

戦況を眺めつつ、晴信は愉快になってきた。敵味方の立場を離れて、城方の兵を応援したい気分である。

勘助も笑って、

「殿、高遠殿が参られましたら――」

「わかっておる。ふがいなさを咎《とが》め、兵をいったん引かせるのだな」

「はい、その隙にこの勘助めが城内に入り、頼重殿をこの舌先三寸で口説いて参りましょう」

「確かにできるか、下手をすると、今度ばかりは命がないぞ」

晴信はそう口に出してみて、よけい心配になった。なにしろ相手は気が立っている。勘助がいきなり斬られるということも、考えられないわけではない。

「そこは気合というものでござる」

勘助は、事もなげに言った。

「ははは、たいそうな自信じゃの」

晴信はいまや勘助に絶対の信頼を置いていた。どんな難しい工作も、勘助にさえ任せておけば、呆気なく成功しそうな気すらしていた。だが任されるほうの勘助は、表情に反して心の中は穏やかではなかった。

（今度ばかりは危ないわい。一歩間違えば血祭りに挙げられる）

勘助の脳裏に、自分の醜い首が槍の先に突き通されて、桑原城の門前に掲げられる光景が浮かんだ。可能性があるだけに、その映像はなかなか消えなかった。

3

はたして高遠頼継は援兵を求めてきた。桑原城に籠もる諏訪勢二百の頑強な抵抗に遭って、頼継配下の兵八百はなかなか城に取り付けない。一の柵、二の柵を破り、三の柵に取り掛かったところで、多勢の高遠軍は無勢《ぶぜい》の諏訪軍に押し戻された。

「ふがいない者どもよ」

味方として頼むに足らない高遠勢に、晴信は苦笑する他はなかった。高遠勢が弱ければ弱いほど、武田にとっては都合がいい。それはわかっているのだが、仮にも味方の陣営に加わった軍勢が、無様な戦いをするのは武将として気持ちのいいものではない。

「殿、高遠殿から使番《つかいばん》がやって来ますぞ」

勘助が注意を促した。

本陣で床几の上に腰かけている晴信の目にも、山の上から騎馬武者が一騎、器用に山肌を伝って降りて来るのが見えた。その使番を晴信は追い返した。

「あのような無様な戦ぶりでは、武門の恥じゃ。頼継殿に、いま少し気張られよ、とお伝えするのだ」

それが晴信の返答だった。源五郎は意外に思った。

勘助の策では、援軍の要請を受け入れて高遠勢を退《ひ》かせ、その隙に城内に使者を送るという手筈《てはず》だった。もし、これで頼継が力を出し、桑原城を落としてしまえば、寅王丸救出の機会は失われてしまう。新左衛門も思いは同じである。

（山本様はなぜ何も申し上げぬ）

勘助は晴信のすぐ脇に控えているのである。だが勘助は黙って晴信のやることを見ていた。代わって晴信が二人に向かって言った。

「あわてるな。あの腰抜けの戦ぶりでは、桑原城を抜けはせぬ」

晴信の言う通りだった。

しばらくして二度目の使番が来た。晴信はこれも追い返した。

「殿、あまりやり過ぎますと、機を逸《いっ》することになりますぞ」

勘助はさして深刻そうでもなかった。念のために注意したのである。勘助にも、高遠勢では城を落とせまいという判断があった。

「わかっておるわ、今度は援軍を出す」

晴信はうるさそうに言った。勘助は満足げにうなずいた。

（これでよい。できるだけ戦いを長引かせ、双方とも疲れさせれば、ますます好都合）

そうなれば高遠勢を退かせやすくなり、城兵も疲労して和議に応ずる下地が出来ることになる。

太陽が中天を過ぎ、高遠勢の苦戦を尻目に武田勢は悠々《ゆうゆう》と昼飯を摂《と》った。ふだんは二食が甲斐の習慣だが、戦闘の際には握り飯が配られるのである。武田勢は臨戦態勢を崩してはいない。だが、実際の戦いに参加した者はわずかだ。上原城攻略に従事した勘助以下百名ぐらいのものである。

「殿、そろそろ腰を上げられるべき時かと存じます」

重臣板垣信方がしびれを切らして晴信の陣所にやって来た。

「まだ早い」

「殿」

なじるような響きが、その声に込められていた。

(見えておらぬな)

晴信は少々失望した。

重臣筆頭の信方ですら、ただ戦闘の枠内でしか物を見ていない。戦略という大きな枠で物を見ることができるのは――

(わしと勘助しかおらぬ)

晴信はひそかにそう思った、不満げな信方を下がらせると入れ違いに、高遠頼継から三度目の使番がやって来た。今度は大地にひれ伏さんばかりにして援兵を求めた。

「ふがいなき高遠勢かな」

晴信はそれのみ言うと、自らの旗本を率いて桑原城へ向かった。これは極めて異例のことである。旗本は主君を守る親衛隊であり、戦いに出ることは少ない。よほどの激戦か負け戦でなくてはあり得ない。本来ならば、精強をもって鳴る板垣隊、甘利隊などを核として、諸隊を突っ込ませる。だが、それではこの場合はまずいことになる。桑原城を落としてしまうわけにはいかないからだ。もし晴信が通常の攻城戦のように、最後尾に陣取り諸隊を突進させたら、桑原城は血気にはやる諸隊によってあっという間に陥落させられてしまうだろう。いかに城兵が死を決していようと、武田勢が本気になって攻めれば、やはり数の差が物を言うことになる。晴信が先頭に出たのは、諸隊に対する押さえの意味もあった。

頼継は面目《めんぼく》を失って意気消沈していた。晴信は皮肉を込めて、

「ご苦労でござった。ここはわれらにお任せあって、貴殿はひとまず後ろに下がられるがよろしかろう」

多少の反発はあるかと、腹をくっていた晴信だが、頼継には意地のかけらもなかった。

「かたじけない。何卒《なにとぞ》お頼み申す」

頼継は深々と頭を下げた。

（負け犬めが）

晴信は、味方の抜け駆けを許さぬように、陣を敷いた。

「勘助、そろそろだな」

晴信は早速勘助を召して言った。

高遠勢が引いたので、城内は守りを固くして静まり返っている。

朝からの連続した戦闘で、城兵はかなり疲れているはずだ。

「左様、潮時でござろうな」

勘助はうなずいた。

（疲れてもいようが、気も立っているはず。ここは賭けだな）

戦いを厭《いと》う心が少しでも起こっていればいい。和議の申し入れは受け入れられやすくなる。

（問題は頼重だ）

と、勘助は思った。頼重さえその気になれば、なんとかなるだろう。だが、城内の士気が異常に高ければ、頼重自身がそれに引きずられる恐れがある。相手は一度死を決した兵たちなのである。

（頼重には欲がある。寅王丸を助けたいという欲と、高遠頼継を滅ぼしたいという欲だ。決死の覚悟が一度その欲を消した。それをもう一度燃え上がらせるのが、わしの役目だ）

勘助は一礼して立ち上がった。晴信は源五郎を呼んで、頼重への書状を勘助に預けた。

「その申す通りにしたためておいた」

晴信の言葉に勘助はさらに一礼して、

「かたじけのうございます。それでは勘助、これより参ります」

「うむ、首尾よういくよう祈っている」

勘助は微笑を返して御前を退いた。敵の柵は目と鼻の先にある。

「山本様、わたくしもお連れくださいませ」

「拙者も」

そこまで付き添ってきた源五郎と新左衛門が口々に言った。勘助は一笑に付した。

「若いのう、源五郎、新左衛門」

どちらかと言えば短気な新左衛門が、

「山本様はわれらをまだ未熟者と仰せられるのか」

「そうではない。考えてもみよ」

と、勘助は優しく諭すように、

「そちは頼重を一度騙しておるではないか、源五郎もまたしかり。そのような者が使者として顔を出せばどうなる？　頼重の怒りに油を注《そそ》ぐだけだ。――常に両の目で物を見よと申したではないか」

そう言われると二人とも一言もなかった。

「わしに任せておけ、この年になるまで無駄に生きてはおらぬ」

勘助は言い捨ててひとり城に向かって前進した。

数本の矢がうなりを上げて勘助を襲った。

(危ない)

離れて見ていた源五郎と新左衛門は、思わず叫びを上げそうになった。だが、勘助は信じられぬほど素早い動きを見せた。刀を抜き放ったかと思うと、あっという間に数本の矢を地べたに叩き落とした。二人は舌を巻いた。尋常な使い手ではない。勘助は油断していない。

今のは第一撃である。小手調べと言ってもいい。思わぬ動きに驚いた敵は、今度は気を引き締めて狙ってくる。敵が矢をつがえ、慎重に狙いを定める。その間合を読み、呼吸を合わせた。

(顔と足に当たらねばよいわ)

こういう時でも勘助は落ち着いていた。そのために重い鎧を着用しているのである。

第二撃が来た。

勘助はその二箇所に注意して、再び矢を叩き落とした。

(次も来る)

第三撃はそのすぐ後に来た。えてして戦巧者《いくさこうしゃ》は、他の者が矢を放ち終わったところを狙って、一呼吸はずしてくるものだ。数は少なかったが、狙いは、的確である。しかし、そうした矢のほうが勘助にはかわしやすい。狙いが正確なだけに、わずかに体を逸《そ》らせばよいのである。その攻撃もかわした勘助は、間髪を入れずに刀を納め、鞘《さや》ごと腰から抜いて右手に持ち替えた。これで右利きの勘助は、咄嗟《とっさ》の抜き打ちができなくなる。そのことは勘助を狙う敵からも、よく見えるはずである。敵は新しい矢をつがえようとしている。

そして勘助がどうして無防備になったのか、不思議に思うはずである。

（頭に血が上っておらねばな）

だが、そんなことを考えている暇はなかった。むしろ相手に考えるゆとりを与えないように、瞬時に行動に出たほうが得策だ。

「城内の方々に物申す――」

勘助は声を張り上げた。

この小さな体のどこからあんな声が出るのだろうと、味方の武田衆すらいぶかしく思った。それほどの大声である。

「拙者、武田の家臣山本勘助晴幸でござる。主君武田晴信の使いとして参上した。諏訪のお屋形様にお取り次ぎ願いたい」

勘助は一気に口上を述べると、そのまま城内の反応を待った。下手をすると問答無用で矢を射かけられる。そうなったら、今度は防ぎようがない。だが、恐れていた事態にはならなかった。城内の士は一応頼重に判断を仰いだらしい。

（それなら望みはある）

勘助は捕虜同然の扱いで、刀を取り上げられ両肩を押さえられて、頼重の前に引き出された。

「その方か、武田の使者と称する者は」

頼重は鎧を着用し床几に腰を下ろしていた。その背後には「南《な》無《む》諏《す》訪《わ》法性《ほっしょう》上下《じょうげ》大明《だいみょう》神《じん》」と大書された軸が掛けられている。

「武田家家臣山本勘助にござる」

勘助は平伏した。頼重は満面に朱を注いで、

「こたびはようも騙してくれたな。もう騙されはせぬぞ」

と、武田への怒りをぶつけた。

「お怒りはごもっともでございます」

神妙な表情をして勘助は顔を上げた。

「そちとは、どこかで会ったな」

頼重はその顔を見て言った。一度見たら忘れられぬ顔である。

「はい、過日、諏訪大社参詣の折、三河浪人山田勘三として、お目もじ致しました」

「黙れ！　参詣とは真っ赤な偽りであろう」

「いえ、かねてから日本一と評判の、諏訪の大社を参詣するのが念願だったのでございます」

「聞く耳持たぬわ。武田者の腹黒さには、もう懲《こ》りた。――この場で首を刎《は》ねてつかわそう」

頼重は本気だった。持参しているという晴信の書状など見るつもりもなかった。もう騙されるのは御免である。勘助はそれを聞くと笑みを浮かべ、

「よろしゅうござるのか。この勘助の首、お屋形様がお望みならば喜んで差し上げる。されど、さすればあの男、さぞかし喜びましょうな」

「あの男？」

「左様、お屋形様が最もお嫌いな、あの男でござる」

そう言って、勘助は再びにやりとした。

頼重は焦れて、つい勘助の手に乗った。

「誰のことだ、晴信がことか？」

「とんでもござらぬ。お屋形様には既にわかっておられる」

「――」

「高遠頼継めでござる」

勘助はようやくその名を口にした。頼重は勘助をにらみつけて、

「何故じゃ。何故、そちの首を刎ねれば、頼継が喜ぶ」

勘助は表情を引き締めて、

「知れたこと、おのれの命が助かるからでござる」

「なんだと」

頼重の目に光が宿った。それは現世を生きる生臭い人間のものである。

頼重は大きく息を吸い込んでから勘助に尋ねた。

「何故、そちの首を刎ねれば頼継の命が助かるのだ」

「拙者、高遠殿の命運を断ち切りに参ったのでござる。もっとも、それはお屋形様次第でござるが――」

勘助は思わせぶりに言葉を濁した。

「わし次第だと?」

「はい。もし主君晴信の申し入れを、お屋形様がお受けになれば、高遠殿に明日はござらん。されど、どうあっても、この首刎ねると仰せならば、高遠め、命拾いを致しましょう」

「騙されぬぞ。もともと、その方らは頼継と組んで、わしを滅ぼそうとした――」

「いかにも、左様でござる」

頼重に皆まで言わせず、勘助は認めた。あまりあっさりと勘助が事実を認めたので、頼重はちょっと驚いた。そのことについては、少しは弁解するかと思ったのである。

「認めるのか、おのれの企《たくら》みを」

「いかにも。当初はそのつもりでござった。されど、ここに至って主君晴信は、おのがあやまちを悟ったのでござる」

「あやまちとは？」

「あのような腰抜けの頼継めと、手をたずさえたことでござる。この桑原城攻めで、主君晴信は頼継めの腰抜けぶりに愛想が尽きたのでござる。それに引き替え諏訪ご本家の方々の強いこと、強いこと。とても比べものになり申さぬ」

勘助の言葉は快《こころよ》い響きを伴って聞こえた。頼重にとってみれば、自分の家来の強さを褒められることは、決して不快なことではない。だが、頼重は緩みかけた表情を引き締めて、さらに問い詰めた。

「晴信は、わしと頼継を天秤《てんびん》にかけようというのだな」

「早い話が、そういうことでござる」

「ぬけぬけと申すわ」

「恐れ入りたてまつる」

勘助は頭を下げた。

「騙されぬぞ、晴信め。わしを甘い餌で釣り上げるつもりだな」

頼重は言った。しかし、その言葉には、先程までのとげとげしさがなかった。

（あと少し）

勘助はここで逆手《さかて》に出た。

「いえ、甘い餌などとんでもござらん。諏訪全土の仕置《しおき》は武田に任せて頂きます」

「なんだと、では、わしはどうなる？」

頼重は思わず言った。

（条件の話に入ってしまえば、こちらのものだ）

勘助は手応えを感じていた。

「おそれながら諏訪家本来の御役目を果たされればよろしいかと存じます」

勘助は言葉を選びながら言った。

「本来の役目とは？」

「諏訪大明神をお祭りするのが、諏訪家本来のお役目。館にお戻りになり、そのようになされればよろしゅうござる」

助命という言葉を使わないように、勘助は注意していた。助命という言葉は、武田晴信が諏訪頼重を助けてやる、との響きを持つ。誇り高き名門の末裔《まつえい》が、それでは話に乗ってはきまい。

「大祝のみ務めよ、ということか」

頼重は確かめた。

「御意」

勘助は大きくうなずき、無駄なことはしゃべらず、頼重の反応を待った。後は自分に都合のいいように、頼重は解釈してくれるだろう。

はたして頼重は乗ってきた。

「大祝として、武田の統治を助けよと、抜かすのだな」

「平たく言えば、そうでござる」

勘助はあっさりと認めた。列座の家臣の中に、怒って刀の柄に手をかける者も出た。しかし、頼重はそれを叱りつけた。

「この者たちはどうなる」

叱りつけた後、頼重は家来の処置を尋ねた。最後までついてきてくれた忠義な者たちを、このままにはできない。

「大祝のご家臣としてはちょうどよき数かと存じます。そのまま館にてお召し抱えくだされ」

「罰したりはせぬだろうな」

「何の咎《とが》がござろう。ご家来衆は誰一人、武田勢に手をかけてはおりませぬ」

勘助の言う通りだった。朝方から彼らが戦ったのは高遠勢だけだ。

頼重はひと息ついて、

「この者たちをどうやって食わせていく？」

「諏訪大明神の御神領として、当家より年三千貫寄進致します。大祝家にてご自由にお使いなさればよろしかろう」

勘助の弁舌に、頼重は疑いの目を向けて、

「信じられぬわ。そちの舌先三寸に騙されるものか」

「拙者の一存ではござらぬ。御覧くだされ、主人晴信、神明に誓ってお約束つかまつる」

勘助はここで初めて晴信からの書状を披露した。そこには勘助が口頭で述べた講和の条件が、逐一記されており、最後に天地神明に誓ってこれを遵守《じゅんしゅ》するとの晴信の誓詞《せいし》があった。

「この話、もし断わればどうなる」

「頼継めが涙を流して喜びましょう。邪魔者がいなくなったうえに、大祝の座が転がり込んでくるのですからな」

勘助はその点を強調した。

「わかった」

頼重はついにうなずいた。

掌中の玉

1

その日の夕刻、桑原城は開城した。

城主にして諏訪大社の大祝《おおはふり》諏訪頼重は、家族と近臣数名を連れて、城外へ出て来た。

武田勢はその大半が既に甲信国境まで退《しりぞ》いていた。城攻めの先鋒を務めた高遠勢も同様である。

高遠頼継は突然の引き揚げ命令に仰天した。

「晴信殿、一体どういうことでござる」

頼継は本陣にやって来て抗議した。

「お伝えした通り、和議が成立致したのでな。これ以上の滞陣はご無用に願いたい」

言葉は丁寧だが、有無を言わせぬ態度だった。

「何を馬鹿な、和議じゃと。あと、一歩で城は落ちるではござりませぬか」

頼継は目を剝《む》いた。

そんな頼継に、晴信は冷ややかな視線をあて、

「貴殿ほどの武将が全力を尽くしても落ちなんだ城でござる。このまま力攻めしては、損害が大きくなるばかり」

「――で、では、拙者にお任せあれ。これより攻め寄せ、必ずや城を落として御覧に入れる」

頼継は必死の形相《ぎょうそう》で言った。本家の頼重とその一族を滅ぼしておかねば、枕を高くして眠れない。それどころか、諏訪一族の棟梁の座を手に入れることも、難しくなる。

「もう遅い」

晴信はあくまで冷たかった。

「遅くはござらん」

「いや、頼継殿、もはや互いに誓詞を交換致した。頼重とわしは、諏訪の大神《おおかみ》に和平を誓ったのでござる。――まさか、諏訪の一族である貴殿が、神への誓いを破れとは申されまい」

頼継は返答に窮《きゅう》した。確かにそれは諏訪一族にとって禁句である。晴信は初めて笑顔を見せ、

「よいではないか。わしは頼重と和睦した。だが、諏訪の棟梁に戻すとは言うておらん」

それだけ言って意味ありげにうなずいて見せた。

「なるほど、左様でござったか」

頼継の顔がぱっと明るくなった。

「高遠に帰って吉報を待たれよ」

吉報というところに晴信は力を込めた。頼継は納得して帰って行った。

一方、城を出た諏訪頼重は、門のところで武田の重臣筆頭である板垣信方の出迎えを受けた。

「晴信殿はいかがされた」

頼重は不審に思った。信方は一礼して言った。

「殿は甲府にてお待ちでござる」

「甲府じゃと」

頼重は首をひねった。

和睦が成った以上、晴信が本国へ戻るのは当然である。しかし、その前に一言挨拶ぐらいあってもいいはずだ。

(挨拶は甲府まで出向いてせよというのか)

信方は頼重の心の内を見透《みす》かすように、

「拙者、甲府まで先導つかまつる」

と、先回りをした。

「これからすぐに出立《しゅったつ》せよというのか」

頼重は不満に頬をふくらませた。

「今宵は諏訪館にてゆるりとお休みくだされ。出立は明朝でよろしゅうござろう」

「――」

「諏訪のお屋形様。わが殿がひと足先に甲府に戻られたのは、歓迎の準備を整えられるためと、戦の支度のためでござる」

「戦の支度とは」

「お忘れでござるか、お約束の高遠頼継追討のためでござる。お屋形様にはぜひともお力添えを賜りたいゆえ、枉《ま》げて甲斐へお越しくだされというのが、わが殿の口上でござる」

これだけのことを言うのに、信方はかなり苦労した。それもそのはず、この台詞《せりふ》は主君晴信から何度も念を押され覚え込まされたものである。もっとも、その大もとは勘助であった。勘助はそのように言うべしと、晴信に献策したのである。それが勘助の考え出した知恵であることを、晴信は信方に告げてはいない。そんなことを知ったら、信方はへそを曲げてしまうだろう。

勘助を晴信に推薦したのは信方である。また武田軍の組織では、形式上のことではあるが、信方は勘助の直属の上司にあたる。その意味からも口上を考えたのが勘助と知ったら、信方はいい気持ちがしないだろう。だから、その策を聞いた時、晴信は勘助に言った。

「どうして、そち自身が言わぬ。口下手《べた》な信方に言わせるより、そちが言ったほうが効果があろう」

勘助は首を振った。

「ここは弁舌巧みな者よりも、朴訥《ぼくとつ》な武骨《ぶこつ》者のほうがよろしゅうございます。そのほうが諏訪殿も信用なさるはず」

「なるほど、それで信方か――」

「いえ、そういうわけでは」

勘助はあわてて言った。

「ははは、よいではないか。信方は信方、そちはそちじゃ」

晴信は笑い飛ばした。頼重を引き寄せるため、晴信は甲斐へ戻らねばならぬ。代わって頼重を迎えるにはできるだけ地位の高い者がいい。やはり信方が適任であった。

諏訪館に戻った頼重は、その夜ごく内輪でささやかな酒宴を開いた。最初静かだった一同も、酒が回るにつれて、騒ぎ始めた。一度捨てたはずの命を拾ったのである。無理もないことだった。

「また、そなたの酌《しやく》で酒が飲めようとはな」

はしゃぎ踊り回る家来たちを見て、頼重はしみじみと妻の禰々に言った。

「はい。ほんに嬉しゅうございます」

頼重の盃に酒を注《つ》ぐ禰々の顔は桜色に上気していた。禰々は今回の講和を本当に喜んでいた。夫と実の兄との殺し合いが回避されたのである。自分の身が助かったことより、禰々は夫の無事が嬉しかった。

「そなたも明日は甲斐へ行くのだ」

頼重は言った。意外な顔をする禰々に、頼重は優しい声で、

「晴信殿がぜひ寅王丸を連れて里帰りせぬかと申されておる」

「兄が、でございますか」

「そうだ。ここにいては、高遠頼継めがまた攻めて来ぬとも限らん。一緒に行ってくれたほうが、わしも安心だ」

禰々は一瞬喜びを露《あら》わにしたが、すぐに不安な顔をした。

「どうした」

頼重が尋ねた。

「あの、甲斐へ行って、大丈夫でございましょうか」

おずおずと禰々が答えた。

「何を心配しておる。晴信殿はそなたの兄ではないか」

「でも、殿のお身の上に万一のことが」

「取り越し苦労じゃ」

やはり女だと、頼重は思った。

（晴信がわしを殺すつもりなら、桑原城で和議など持ち出すはずはない。諏訪の大祝たるわしを殺せるものか。下手に殺せば諏訪の民が黙っておらぬ）

その諏訪の民から見放されたことに、頼重はまだ気付いていなかった。

（晴信め、やはり諏訪を治めるには、わしの力が必要だと悟ったにちがいない。成り上がり者の頼継などと、わしを天秤《てんびん》にかけたのが、そもそものまちがいだ）

頼重はそう考えていた。

「お父上――」

美紗姫がやって来た。

「おう、姫か、近《ちこ》う寄れ」

上機嫌で頼重は手招きした。

「わたくしは留守を致せばよろしいのでしょうか」

父の前に座り一礼して美紗姫は尋ねた。

頼重は笑みを浮かべて首を振った。

「そなたも甲斐に行くのだ」

「わたくしも？」

固い表情を崩さないまま美紗姫は聞き返した。

「どうした？　甲斐が恐ろしいか。晴信殿はそなたの義理の伯父《おじ》にあたるのだぞ」

「どうしても行かねばなりませぬか」

「何を恐れておる。晴信殿の招きじゃ、和睦した以上挨拶に行くのは礼儀というもの。案ずるな、武田家もそなたを粗略には扱うまい」

「わたくしが案じていますのは――」

と、美紗姫は思い切って言った。

「お父上のお身の上でございます」

「わしの？」

頼重は思わず苦笑した。

大の男が、まだ少女の娘から、心配されるとは。

だが美紗姫は真剣な目で、

「父上様、唐《もろこし》の故事で『漁夫の利』というのをご存知でございましょう」

頼重はうなずいた。

『戦国策《せんごくさく》』という書物に出てくる有名な話である。

ある時、川の中洲に蚌《はまぐり》がいた。そこへシギが飛んできて蚌を突ついた。蚌は怒って殻《から》を閉じ、シギのくちばしを挟み込んだ。シギと蚌はそのまま意地を張り合って、互いに譲ろうとしなかったので、通りがかりの漁師に双方とも捕らえられてしまったという話である。これから転じて、二者の争いに乗じて、第三者が利益を横取りすることを「漁夫の利」という。

「それがどうした」

頼重は言った。

美紗姫は眉をくもらせて、

「お父上がそのシギにならぬかと、案じられてなりません」

「はっはっはっ、小賢《こざか》しいことを言う。わしがシギなら、頼継めがハマグリか。そして晴信殿が漁夫というわけだな」

「お父上」

なじるような口調の美紗姫に、頼重は余裕の笑顔を見せて、

「存じておる。晴信殿の腹の内も、わしがシギであることもな」

「――」

「ものは考えようだ。わしがシギだからこそ、晴信殿はわしを殺せなんだのだぞ。頼継を討ち取るためには、わしの力添えが必要なのだ。諏訪を安泰に治めるためにもな」

そう言って頼重は機嫌よく盃を干した。

（お父上は、甘い）

美紗姫はひそかにそう思った。

翌朝、頼重ら一行は諏訪館を出発し、甲斐の甲府に向かった。頼重は馬に乗り、禰々と寅王丸それに美紗姫は輿《こし》を使った。

望月誠之助はその輿を守るため、ぴたりと脇に付いていた。

「誠之助、そなたの父上は」

美紗姫は休息の時、小声で尋ねた。

「はい、あの体ではお供がかないませぬゆえ、留守居の衆に加えて頂きました」

今度の戦いでは、体の不自由な誠之助の父も弟の公次郎も、討死を覚悟して桑原城に籠もっていた。実のところ、誠之助は和議が成立して、とても嬉しかった。父も弟も、そして何よりも美紗姫が死なずに済んだからである。だが、当の美紗姫の顔色は優《すぐ》れなかった。

「姫様、ご気分でもお悪いのですか」

思わず誠之助が声をかけたほどである。美紗姫はさびしげに笑って、

「誠之助、そなたもこのたびの和睦を喜んでいるのですね」

それで会話は途切れた。姫が再び輿に乗ったからである。誠之助は姫の言葉の意味を考えた。

（武田との和睦、めでたいことではないか。この和睦、もし成っておらねば、姫様も主君頼重様も、父も弟もわたしも、桑原城と共に滅んでいたのだ。死んでしまえば、何もかもが終わりだ。死なずに済んだだけでもめでたい）

誠之助は姫がどうして悩んでいるのか、何を案じているのか、よくわからなかった。

（初めて国を出るのが怖いのだ、きっと）

そう思って誠之助は、あたりを見回してみた。

最後まで頼重に従った忠義の士二百のうち付き従っているのはわずか二十名ほどである。逃げたわけではない。他国へ和睦の挨拶に行くのに、すべての手勢を連れてはいけない。二十名が頼重と二つの輿を守り、その諏訪衆全体を取り囲むようにして、板垣信方率いる約五百名がいる。

だが、諏訪衆は恐れを感じてはいない。もし自分たちを殺すつもりなら、あの桑原城で武田勢はそれを実行できたのである。城方は確かに奮戦した。しかし、多勢に無勢、武田勢が本気になって攻めれば城は落ち諏訪衆は全滅したはずである。そうしなかった以上、これからもすることはあるまい――それが頼重のみならず諏訪衆全体の考えである。誠之助もむろんそうだった。

女連れのことでもあり、道中は二日かかった。二日目の夕方、頼重一行は甲府に入った。

（おや、これは――）

初めに不審を抱いたのは望月誠之助だった。

（躑躅ヶ崎館へ向かうのではないのか）

頼重一行を先導する板垣信方配下の武田勢は、館とは別の方向に向かっていた。誠之助にはそれがわかる。先日、頼重の使者として躑躅ヶ崎館に晴信を訪ねた。その時は道を聞く必要すらなかった。甲府の町中は道がよく整備されており、極めてわかりやすい。話に聞く京の都のように、大路をたどって山の方角へ向かえば、自然に館に着く。武田勢は明らかに館とは違う方向に進んでいた。誠之助はささっと前に出て、武田家の侍に尋ねた。

「お尋ね申す、どちらへ向かうのでござる」

最初、その侍は誠之助の問いを無視した。若僧とあなどってのことだろう。誠之助はごまかされまいと、必死に詰め寄った。

「――躑躅ヶ崎の御館に決まっておるではないか」

侍はうるさそうに答えた。

「偽りを申されるな。拙者、お館には一度参上したことがある。この方角ではなかった」

「――」

「いかがなされた。しかと返答されよ」

侍は不機嫌な表情を露骨にし、だんまりを決め込んだ。腹を立てた誠之助が、刀にかけても答えを引き出そうと決心した時、輿の中から声がかかった。

「誠之助、どうしたのです」

美紗姫だった。誠之助は急いで駆け寄り、事の次第を告げた。

「わかりました。輿を止めるよう」

号令がかけられ、輿が地上に下ろされた。信方が何事かと馬を進めて来た。

「駿河殿。今宵は武田館に入るのではなかったのか」

馬を下りた信方に、美紗姫はきつい調子で咎めた。

「これは申し訳ないことを致しました」

信方はすぐに頭を下げて、

「旅のお疲れもございましょう。今宵は近くの東光寺にてご休息なされ、館入りは明日になされるがよい、との殿のお言葉でございます」

「それは、父上にも申し上げたであろうな」

美紗姫は信方をじっとにらむようにして言った。信方はその視線にたじろいだ。百戦錬磨の信方も、美紗姫の何もかもを見透かすような視線には、一種の恐怖すら覚えた。

「申し訳ござらん。ただちに言上《ごんじょう》致しましょう」

信方はもう一度頭を下げた。

信方からそのことを聞いても、頼重は別に気にも留めなかった。既に日は落ち、これから晴信に会うのは気が重い。近くの寺に一泊して、体を休め英気を養ったうえで、会ったほうがよい。そんな頼重の心を知ったのか、甲府に雨が降ってきた。暗い夜の雨、月もなくぬかるんだ道を、頼重の一行は東光寺へと進んでいた。美紗姫は輿の中で、屋根に当たる雨だれの音を聞きながら、物思いにふけっていた。

（敗者への礼としては丁重に過ぎる）

それが美紗姫の不審である。晴信は勝者である。それも圧倒的な勝利を収めている。その勝者が敗者を呼びつけるのに、この行き届いた心遣《こころづか》いはどうであろう。本来なら囚人同様に護送し、館に連れて来てもおかしくはないのだ。どうして晴信はそうしないのか。まさか、根が優しいというわけでもあるまい。父にそのことを言えば、おそらく父は次のように答えるだろう。

「案ずるな。晴信は諏訪平定のためには、わしの力が必要だと思っている。諏訪明神の大祝としてのわしの、機嫌を損ねては支障《そこ》をきたすと思っておるのだ」

だが、そんなに甘い相手だろうか、と美紗姫は心配になってきた。やがて一行は東光寺に到着した。住職をはじめとする寺僧の丁重な挨拶を受け、頼重は書院に入った。寺では一行のために夕餉《ゆうげ》の膳を用意しており、頼重らを歓待した。

頼重はおおいに満足していた。武田家全体からみれば、取るに足らないほどの歓迎ぶりだった。もし、躑躅ヶ崎館で同じ歓迎をしようとすれば、莫大な費用がかかったはずだが、頼重はそんなことは気にならなかった。明日はどうせその館に行くのである。晴信が歓迎の費用を惜しんだとは思わない。むしろ逆で、このような仮の宿ですら歓迎を惜しんではいないのだ。

(晴信め、よほどわしの機嫌を損じたくないとみえる)

酒の酔いも手伝って、頼重はますます気が大きくなってきていた。

「住職殿、出家の身であるそなたの前で、酒を飲む非礼を許されたい」

「いえいえ、どうぞおかまいなく。武田のお屋形様より、ご接待に手落ちのないよう厳しく申し渡されておりますでな」

老住職は愛想笑いを浮かべて言った。

「そうか、晴信殿がそう申されたか」

盃を片手に頼重は大きくうなずいた。

2

翌朝——。

東光寺に泊まった頼重一行のところに、晴信から使いが来た。

「対面の儀は夕刻執《と》り行ない、続いて歓迎の宴があるそうじゃ」

頼重は禰々や美紗姫にそのように告げ、禰々に対しては、

「晴信殿はまずそなたに会いたいと申しておるそうな。かまわぬ、行ってやれ」

と、笑顔で言った。

「まあ、よろしゅうございますのか」

「よいよい、そなたと晴信殿は血のつながった兄妹じゃ。ついでに寅王丸も見せてやれ」

頼重は何の心配もしていなかった。儀式の手順から言えば、禰々はともかく、嫡男である寅王丸は頼重と一緒に対面の座に臨《のぞ》むべきだった。嫡子をうっかり敵の館に送ったりすれば、人質に取られる恐れもある。だが、頼重の心の中で、晴信は既に「敵」ではなくなっていた。

それでも禰々はためらった。兄を疑ったのではない。そうではないが、そこまで兄にすべてをゆだねてよいものだろうか。

「ははは、何を心配しておる。さあ、早《はよ》う行ってやれ」

屈託のない頼重の笑顔に、禰々はようやく重い腰を上げた。

「それでは行って参ります」

寅王丸を連れて禰々は向かった。美紗姫はその場に残り、夕刻頼重と共に館に向かうこ

とにした。昼までは何事もなく過ぎた。午前中降っていた雨がやんで、明るい日差しが雲間から漏れてきていた。館から老女が美紗姫を迎えに来たのは、雨が上がってしばらくしてのことである。

「義母上《ははうえ》様がわたくしを」

「はい、お迎えの支度について伺っておきたいことがあると、仰せられまして」

使いの老女はにこやかに言った。

「はて、何であろう」

迎えの支度といっても特別なことがあろうはずはない。まして禰々が向こうにいれば、大概のことは判断できる。

「姫様、さ、早くお支度を」

美紗姫は乞われるままに立ち上がった。老女は巧みに美紗姫を急《せ》かして、考える隙を与えなかった。美紗姫は父への挨拶もそこそこに東光寺を出た。

そして、それをまるで待っていたかのように、その日三人目の使者が東光寺の門をくぐった。その使者は内密の用件があると言って、頼重を寺の離れに呼び出した。

勘助である。

何事じゃ——そう言いかけた頼重はあっと驚いた。勘助は黙って三方《さんぼう》を差し出した。その三方の上には小刀が置かれている。

「わ、わしに腹を切れというのか」

声が思わず震えた。

「御意にございます」

低い声で勘助は答えた。

「なぜだ。なぜ、わしが腹を切らねばならぬ」

「主君晴信の意向にございます」

「晴信じゃと」

頼重は激高して立ち上がった。

「晴信め、わしを騙したのか」

「お静かに」

勘助は冷ややかな目で頼重を見つめた。それに比べて頼重はますます激して言った。

「わしは腹など切らぬぞ。晴信めの思い通りになってたまるか。――これ、誰かある、誰か」

先に勘助が人払いを願ったので、頼重に近侍《きんじ》している者はいなかった。他国者の使者に単独で会うなど、うかつといえばうかつな話である。

「もはや、誰も参りませぬ。この部屋の周囲は蟻《あり》の這《は》い出る隙間もなく固めてござる」

「おのれ、痴《し》れ者」

頼重は脇差を抜いて、勘助へ襲いかかった。勘助は騒がず、頼重の手首を摑み、その体を投げ飛ばした。大きな音がして、頼重の体は畳に叩きつけられた。と同時に、一斉に襖《ふすま》が開いて、信方配下の侍が押し重なるようにして入って来た。

「騒ぐな、大事ない」

勘助は叱りつけ、頼重の脇差を拾い上げた。

「下がれ、早く下がらぬか」

その見幕に押され、侍たちは部屋から出た。勘助は、ようやく起き上がった頼重に、

「御覧の通りでござる。諏訪の棟梁として恥ずかしくない御最期を遂《と》げられますよう」

と、一礼した。

頼重は憎悪に燃えた目で勘助をにらみつけていた。勘助は目を伏せ無言で頼重の決断を待っている。頼重にはもう逃れる術《すべ》がなかった。もし、あくまでも脱出しようとすれば、先程の侍たちに取り押さえられ、斬り殺されるだけだろう。そんな事態は頼重の自尊心が許さない。道は一つしかないのである。

「――わかった。腹を切ろう」

ついに頼重は自ら決断した。

「ただいま検視役が参上つかまつります」

勘助は一礼して、部屋の外へ声をかけた。やがて板垣信方が姿を現わした。

「信方か、大儀である」

　頼重は声をかけた。信方は黙って一礼した。頼重は必死の思いで、ふだんと変わりなく振舞おうとしていた。ここで見苦しい振舞いをすれば、末代までの恥辱になる。頼重はそう思っていた。だが、それこそ勘助の思う壺《つぼ》でもある。後々のことを考え、勘助は頼重に自ら腹を切らせたかった。たとえ、そうせざるを得ない状況に追い込まれた、当人にとっては選択の余地のない決断であっても、こちらが寄ってたかってなぶり殺しにするのとは違う。

「装束を改めたい」

　頼重は言った。

「次の間に支度が致してございます」

　勘助が答えた。

「そうか」

　頼重は立ち上がった。勘助が進み出て、次の間に通じる襖を開けると、そこには白装束と着替えを手伝う者が既に待機していた。

「用意のいいことだ」

　頼重は精一杯の皮肉を言った。

　勘助は襖を閉めた。信方は苦々しげに座っていた。頼重をこのような形で死に追いやることには、信方は賛成していない。

「勘助――」

信方は言った。

「はい」

「わしはそちを殿に推挙したのは、あやまりではないかと思うようになってきた」

「恐れ入りまする」

勘助は頭を下げた。

「その面《つら》だ、その面――」

信方は扇子で勘助を指して、

「気に食わぬわ。そちほどの武辺者《ぶへんもの》が、何故策を弄《ろう》する。頼重殿とて、戦場で華々しく散らせてやることができたはず」

信方と議論する気は、勘助にはなかった。しょせん水と油である。ただ一つ言えることは、信方のやり方では天下を平定するどころか、信濃一国すら手に入るまいということだ。

（まともに戦っていては、百年かかっても埒《らち》があかぬ）

だが、勘助は口には出さなかった。苛立《いらだ》った信方が、さらに問い詰めようとした時、襖が開いて白装束に着替えた頼重が入って来た。

「酒を所望じゃ。今生《こんじょう》の名残りにな」

「承知致した」

勘助は人を呼び、支度を命じた。

美紗姫は、躑躅ヶ崎館に到着した。

「まもなく奥方様がお見えになります。しばらくこちらでお待ちください」

老女の案内で館の一室に案内された後、美紗姫はかなり長い間そこで待たされた。館の中庭はさすがに見事だった。源氏の末裔《まつえい》の家にふさわしく、このあたりでは有数の造作《ぞうさく》である。

雨は上がり、木々の若葉のしずくが、陽光を受けて輝いていた。美紗姫の心は重く沈んでいる。

（遅い）

いくら何でも遅過ぎると思った。確かに御殿の作法は悠長である。名門の武田家なら、なおのことそうかもしれない。だが、それにしても長過ぎた。

（あるいは——）

美紗姫は思った。

長い時間待ちぼうけを食わせることにより、武田家では勝者の優位を示そうとしているのだろうか。武田と諏訪は同格ではないことを、ぴしゃりと思い知らせようというのか。

「誠之助、誠之助はおらぬか」

美紗姫は侍女では頼りにならぬので、誠之助を呼んだ。次の間から誠之助が急ぎ進み出て、

「御用でございますか」

「誠之助、急ぎ義母上《ははうえ》様のもとに参り、美紗は既に参上致しておりますと、念のためお伝えしてくれぬか」

「かしこまりました」

まず、この広い館のどこに禰々がいるのか、探し出さねばならない。誠之助は長い廊下を玄関の方へ戻りかけたところを、武田家の侍にさえぎられた。

「いずこに参られる」

その侍は小馬鹿にしたように言った。

誠之助はむっとしたが、怒りを呑み込んで一礼し、

「諏訪のご正室《せいしつ》様へ、姫のお言葉を伝えに参ります」

「ならぬ」

「ならぬ、とは、何故でございますか」

相手の態度は無礼であった。戦争に負けたとはいえ、こちらは客である。客の振舞いを

咎め立てするならば、それ相応の理由がいる。何も説明せず、ただ「ならぬ」とは、無礼千万であった。

「殿のご命令じゃ。お手前方はここでじっとしていて頂こう」

誠之助は怒りを必死にこらえ頭を下げた。

「では、貴殿にお頼み申す。姫のお言葉を伝えてくだされ」

「ほう、どのようなお言葉かな」

「姫が首を長くしてお待ちになっている、ということでござる」

「それなら、あえてお伝えするまでもあるまい」

侍はにべもなく言った。

誠之助は頭に血が上った。知らぬ間に手が脇差に伸びている。

「やる気か」

相手の侍は余裕たっぷりだった。誠之助は本気だ。

（これ以上の侮辱は許せぬ。諏訪者の意気地《いくじ》を見せてやる）

「これは面白い」

誠之助の目の光を見て、相手は身構えた。

「いつなりとも、お相手致そう」

（よし）

誠之助がまさに脇差を抜こうとした時、廊下の向こうが何やら騒がしくなった。禰々がやって来たのだ。双方とも急いで道を開けた。

「誠之助、何事です」

禰々が、その場の異様な雰囲気を悟って、声をかけた。

「いえ、何事もございませぬ」

誠之助は表情を取りつくろい、

「姫様が先程からお待ちでございます」

「左様か」

禰々はそれ以上は追及せずに、美紗姫の待つ部屋に入った。

「義母上《ははうえ》様、御用は何でございましょう」

美紗姫は顔を合わせるなり、まずそれを尋ねた。

「用とは」

禰々は妙な顔をした。

美紗姫ははっと青ざめ、

「義母上様からの御使者が参ったのでございます。急ぎこの館に参るようにと」

禰々も顔色を変えた。

「――わたくしは、そのような使いは出しておりませぬ」

禰々の言葉が意味するものは明白である。

贋《にせ》の使者を出したのは、この館の主《あるじ》に違いない。晴信は何故そのようなことをするのか。

（お父上が――）

美紗姫は禰々に、

「義母上様、なにやらお父上の身の上が案じられてなりませぬ。東光寺へ戻りたいと存じます」

「それがよい。わたくしも参ります」

禰々もうなずいた。胸中には激しい不安が渦巻いていた。だが、二人の出立は許されなかった。警護の侍たちにはばまれたのである。ふだんはおとなしい禰々が怒り狂った。

「道を開けなさい。無礼は許しませぬぞ」

「何と申されましょうと、殿のご命令でござる。お通しするわけには参りませぬ」

押し問答の末に、にらみ合いになった。騒ぎを聞きつけたのか、晴信がやって来た。

「兄上、頼重殿はご無事でございましょうな」

厳しい声であった。晴信はきまりが悪そうな顔をし、顎《あご》をつるりと撫《な》でた。

頼重は白装束で切腹の座に着いていた。

朱塗りの盃で酒をたてつづけにあおり、頼重は辞世の筆を執った。

おのづから枯れはてにけり草の葉の
主《ぬし》あらばこそ又もむすばめ

それが頼重のこの世に残す最後の歌であった。自分はいま枯葉のように散っていくが、いずれ春に花が咲くように諏訪氏を再興する者が現われるだろう。予測というよりは希望を込めた歌である。今の頼重には「希望」ほど程遠いものはない。

だが、勘助はあり得ぬことではないと思った。たかだか五十有余年の生涯でも、勝つも一時《いっとき》負けるも一時が、ふつうのことであった。武田と諏訪の違いは何か、それは武田の棟梁が晴信であり諏訪の棟梁が頼重である、ただそれだけの違いなのである。国の大きさ兵の多少は問題ではない。仮に両者が逆の地位にあったとしても、やはり晴信は頼重に勝つだろう。しかし、晴信とて永遠に武田の棟梁でいられるわけではない。人間には寿命があり運命がある。

「そちにはいかい世話になったのう」

頼重が低い声で言った。

憎悪と感嘆をない交《ま》ぜにした響きがある。勘助はそれを賛辞と受け取ることにし、黙って一礼した。

「寅王はどうなるのじゃ」

「はい、諏訪の大祝家を継いで頂きます。後のことはご心配なく」

それは本当のことだった。諏訪家は寅王丸を当主として、武田の支配の下に存続を許されるのである。諏訪の民心を得るためにも、既に用済みとなった高遠頼継を討つためにも、それは必要な措置《そち》である。

「では、美紗は。いかが相成る」

「殿の御心次第でござるが、姫御前《ごぜ》のことゆえ、命まで取ろうとはおっしゃりますまい」

勘助は答えた。女子ゆえに殺さず、尼寺にでも入れるのが、よいであろう、これは常に考えていたことである。頼重はうなずいて、

「この頼重、最後の酒の肴《さかな》が、腹を切る刀になろうとは夢にも思わなんだわ」

と、腹をくつろげ小刀を摑んだ。

「介錯《かいしゃく》無用」

叫んだ頼重は一気に腹を搔《か》き切った。

「――わ、わしほどの侍に腹を切らせるとは、晴信め、冥加《みょうが》な男よ」

それが最期の言葉だった。

「兄上」

禰々は血を吐くような叫びを上げた。さすがの晴信も目を逸《そ》らした。心に咎めるものを

感じたのである。

「お答えください、兄上」

禰々はごまかしは許さないとばかりに、兄の晴信をにらみつけた。晴信はたじたじとなって後ろに下がった。これまで敵に後ろを見せたことのない晴信が、である。美紗姫は二人のやりとりを見て直感した。

（お父上は既に殺された）

おのれの運命も決まったと、美紗姫は思った。武田の血を引く禰々や寅王丸と異なり、おのれは武田にとっては無用の存在である。どうせ命を絶たれるなら、せめて敵将晴信と刺し違えて死のう。凄《すさ》まじい覚悟は一瞬にして定まった。誠之助や侍女たちの力を借りるつもりは毛頭なかった。おのれ一人が死ねば済むことなのである。美紗姫はすうっと前に出た。万一の用意に短刀は懐《ふところ》に忍ばせてある。

「――武田のお屋形様」

美紗姫は晴信に向かって頭を下げた。

「ほう、これは」

顔を上げた美紗姫を見て、晴信はその美しさに感嘆の声を上げた。

何という清楚で可憐な乙女だろう。

（さすが名家の姫、このような女人《にょにん》は甲斐にはおらぬ）

自然、晴信の頬は緩んだ。

「諏訪の美紗姫殿だな」

「はい、お初にお目にかかります」

美紗姫は高まる憎悪を抑えて、微笑さえ浮かべようとしていた。晴信は激しく美紗姫に引きつけられる自分を感じていた。そのすぐ脇にいた春日源五郎にも、その心の動きは容易に見て取れた。源五郎は面白くない。たとえ相手が女人とはいえ、晴信が深い関心を抱くこと自体、面白くないのである。

その意識が美紗姫を「敵」として見た。それが晴信にとっては望外の幸運であった。

「お屋形様」

美紗姫は言った。

「うむ、何かな」

「父頼重を騙し討ちにされましたな」

そう決めつけると、美紗姫は懐剣を抜き、驚く晴信の胸を狙って突いた。

「殿、危ない」

間一髪のところで、源五郎が飛びつき晴信を救った。たちまち美紗姫も、助勢しようとした誠之助も取り押さえられた。晴信は呆気にとられて言った。

「とんだ暴れ馬だな」

二兎《にと》を得るには

1

夫を殺されたと知り、激しい狂乱状態に陥《おちい》った禰々をなだめ、医者を付けて別室に引き取らせた後、晴信の脳裏には美紗姫のことが残っていた。

「勘助を呼べい」

その言葉にも、いつもの潑剌《はつらつ》とした響きがなかった。

(殿は迷っておられる)

源五郎は晴信の呼吸を知っている。今の命令は、軍勢を進める時の呼吸ではない。迷いがある時は、自然声音《こわね》も弱々しいものになるのである。勘助はすぐにやって来て、晴信の顔を見るなりにやりとした。

「殿、諏訪の姫のことでござろう」

見抜かれた晴信は、照れ隠しの笑いを浮かべ、

「勘助、知恵を貸せ」

「惚《ほ》れなされたか」

勘助は無遠慮に言った。

「ああ、惚れた。あの美しさもさることながら、悍馬《かんば》のような気性も気に入った。勘助、何とかせい」

晴信は正直に言った。

「難しゅうござるな。殿は姫にとって父の敵《かたき》、憎むべき仇敵《きゅうてき》でござる」

「言いにくいことを言う奴じゃ」

晴信の言葉にも勘助は一向にひるまず、

「そのうえ重臣の方々も反対なさるでござろうな。敵のかたわれを武田家に迎えるなど、とんでもないことでござるとな」

「勘助、そちも反対するのか」

「いや、拙者は殿のお味方でござる」

「なぜだ。重臣どもの反対には理があるではないか」

と、晴信はわざと心にもないことを言った。勘助は首を振り、

「そうとも思えませぬ。諏訪はご承知の如く難治《なんち》の地、今後武田の血と成《な》し肉と成すため

には、殿が諏訪の姫に子を生ませ、そのお子に諏訪の名跡《みょうせき》を継がしめるのが最もよい方策でござる」

「寅王丸が既におるではないか、あれに諏訪の名跡を継がせるのではなかったのか」

「当面はそれでよろしゅうござる。されど、寅王丸も一個の意志を持った男子。成人の暁《あかつき》に殿に従うとは限りませぬ」

「ふむ」

晴信は、先の先まで見透《みす》かした勘助の知恵にうなった。寅王丸にとっても晴信は父の敵《かたき》なのである。

「しかし、勘助。姫が承知するか」

「承知させまする」

「どうやって、させる」

「いつもの手でござる。当人の最も欲しがるものを与える。これこそ極意でござる」

「それは何だ?」

勘助はもう一度にやりとした。

「知れたこと、殿の首でござる」

勘助の言葉は、当の晴信より近侍していた源五郎や新左衛門を驚かせた。

「山本様、それはあまりに——」

源五郎がたまりかねて口に出すと、勘助は笑って、

「馬鹿者、言葉を額面通りに受け取るでない。見よ、殿はちゃんとおわかりになっておられる」

勘助の言う通りだった。晴信はにやにや笑っていた。源五郎はわけがわからず目を白黒させた。

「勘助、わしの首を餌に、姫を釣り上げようと言うのだな」

源五郎らにわかるように、晴信がわざわざ言ってやった。

「御意にござります」

勘助はうなずいた。

「手順はどうする」

「姫の気が鎮まった頃を見計《みはか》らって、拙者が申し上げましょう。殿のお情けをお受けにならぬか、と」

「怒るであろうな」

愉快そうに晴信が言った。あの美少女の眉が吊《つ》り上がるのが、目に見えるようだ。

「左様でございましょうな。されど、拙者はそこでさらに付け加えまする。殿が憎ければ、いつでも隙を見てお討ちなされ、と」

「そちの口車に乗るかな、姫は」

「これが気の弱い女子《おなご》であれば、乗せることは難しゅうございましょう。あの悍馬のような気の強さが、もっけの幸いと申すもの。まずうまくいくと考えまする。もっとも――」

と、勘助は晴信を見て、意味ありげな笑いを浮かべた。

「何だ」

晴信は尋ねた。

「殿があっさり寝首を掻かれておしまいになれば、元も子もなくすことに相成ります」

勘助はそう言って笑った。晴信もつられて笑い、

「たわけたことを申すな。年端《としは》もいかぬ女子ひとり操れぬようで、どうして天下が取れよう」

「そのお言葉、この勘助、確かに承りました。くれぐれもご油断召さるな。相手が荒武者であろうと女子であろうと、刀で胸を刺されれば人は死にまする」

「わかっておるわ」

晴信はうるさそうに手を振り、ひと膝前に乗り出して、

「勘助、しかと頼んだぞ」

「はい、承知致しました」

勘助は頭を下げたが、それで退出はしない。晴信ははっと気付いた。女のことなどよりも、今はもっと早く決めておかねばならぬことがある。

諏訪をどう治めるか、である。

上原・桑原の両城を落とし、諏訪の棟梁頼重を自害させたとはいえ、武田の支配が固まったわけではない。主《あるじ》を失ったとはいえ、諏訪館には一族に連なる者が残っているし、棟梁の座を虎視眈々《こしたんたん》と狙っている高遠頼継もいる。頼重が謀殺されたと知れば、いかに頼重を見放した諏訪の民衆とて、動揺しないとは言えない。いや、必ず動揺するだろう。自分たちはこれからどうなるのか、どんな領主が来てどのような政治をするのか、今のところ何もわかっていないのだ。

晴信は美紗姫のことばかり考えていた自分を恥じた。頼重を殺した以上、一刻も早く手を打たねばならぬ。

「勘助、まず何をすればよい」

諏訪という地名を聞かなくても、勘助は万事呑み込んでいる。

「取り急ぎ上原城を修築なさいませ」

勘助はまずそれを言った。晴信は意外な顔をした。

もっと他にやるべきことがあるのではないか。その疑問に勘助は答えた。

「国の中心にある城でござる。城が焼け落ちたままにてあれば、人心が動揺致します」

「しかし、わしが修築すれば、武田の城になるのだぞ」

「敵の城であろうがなかろうが、肝心《かんじん》なことは国の中心に堅固な城があること。そのような城があれば民の心はひとまず落ち着くものでござる」

「そういうものかな」

晴信は半信半疑だった。

「そこで用心せねばならぬことがございます」

「何だ」

「修築に際し人手が必要でござるが、百姓を狩り集めてはなりませぬ。狩り集め、ただ働きをさせるのではなく、高札《こうさつ》をもって人を集め、必ずお金をお与えなされ。それも少し多目に払ってやるのが、よろしゅうござる」

「武田の水は甘いと、教えてやるのだな」

「左様でござる」

「それから、どうする」

晴信は続けて尋ねた。

「次に、殿自ら諏訪大社に参詣なされませ。これより先は諏訪の大神《おおかみ》を信仰すると、すべての者に知らしめるのでござる。ことのついでに、神前に大枚の金を寄進なさり、これまで諏訪殿のもとでは絶えていた数々の祭りを復興なさるがよろしかろう。そのうえで諏訪の民に布令《ふれ》を出されませ、これより年貢を減免致すと」

「なるほど」

晴信はうなずいた。

「ただし、その布令は殿の御名で出してはなりませぬぞ」

と、勘助は釘を刺した。

「わしの名でなければ、誰の名で出すというのだ」

勘助は答えず、ただ晴信の顔を仰いだ。

「そうか、寅王丸だな」

「御意」

勘助はうなずいた。寅王丸はまだ赤ん坊で、おのれの意志というものを持っていない。したがって晴信の思う通りに操れるのである。

「寅王丸様はそのまま上原城に入れて、当家より傅役《もりやく》を付け、そのまま諏訪の地ににらみを利かして頂きます」

「にらみを、のう」

晴信はおかしそうに言った。

「赤子《あかご》とは申せ、諏訪の正嫡。誰にも文句は言わせませせぬ」

勘助のほうは真顔《まがお》である。

「諏訪館の者どもはどうする」

晴信が言った。二百に満たぬとはいえ、一度は死を決した面々である。放っておけば、一族の生き残りを押し立てて、反旗をひるがえさぬとも限らぬ。

「放っておかれませ」

勘助はあっさりと言った。

「かまわぬのか」

「かまいませぬ。寅王丸様ある限り、諏訪の正統はこちらのものでござる。頼重の親族が騒ぎ立てたところで、どうにもなるものでもございませぬ。兵を差し向け皆殺しにするのも一策でござるが、そのようにして無用の波風を立てるよりは放っておき立ち枯れを待つのが得策でござる。兵の数は比べものにならぬ以上、やがて館の者どもは逃げ散って行くものと考えます」

「あくまで反抗し、われらを襲ったら何とする」

「それはそれで、降りかかる火の粉《こ》として、払えばよろしゅうござる。寅王丸様をお守りするのが武田家となれば、武田家への反抗は諏訪本家への反抗と相成ります。逆臣として討伐しても、一向に差しつかえはござらん」

「ようも、そのような悪知恵が働くものだ」

晴信は笑って、

「――では高遠頼継めも、同じだな」

勘助はうなずいた。

「殿が城を修築し、寅王丸様の保護者たらんことを知らしめれば、頼継め、どうすることもできませぬ。口惜しまぎれに兵を挙げれば、ますます好都合」

「ひと揉みに、揉みつぶすか」

晴信はますます愉快になってきた。

2

躑躅ヶ崎館の大広間で、重臣たちを集めた評定《ひょうじょう》が開かれていた。上座には武田家の家宝である御旗《みはた》と楯無《たてなし》が安置されている。御旗は皇室より下賜されたと伝えられている「日の丸」の旗であり、楯無とは源氏の正統を示す鎧のことである。楯が必要ないほど丈夫な鎧という意味だ。いずれも先祖重代の神宝として尊ばれ、武田家の重要な決定はすべてこの宝前でなされる。この場での議論が紛糾した時、当主には最後の切り札がある。

「御旗、楯無も照覧《しょうらん》あれ」という言葉だ。武田家の当主が、その言葉と共に何事か決断を下した時、もう一切の議論も反抗も許されない。それが武田家代々の掟《おきて》だった。

晴信はまだこの言葉を使ったことがない。父信虎を追放する時も、使わずに済んだ。信虎を追放することは、ほとんどの家臣が賛成したし、反対したのは一緒に追放したほうがいいような連中だった。

晴信はいま御旗・楯無を背にして座り、今回の諏訪攻めについて論功行賞を行なっていた。といっても、いつもの華々しい戦いの後の行賞ではない。諏訪攻めでは武田の兵はまるで働く場所がなかった。敵とまともに刀を交えたのは、春日源五郎と秋山新左衛門ぐらいのものだ。最も功ある者といえば勘助である。板垣信方をはじめとして、他国者の勘助を嫌っている重臣たちの多くも、勘助の手柄が一番であることを認めざるを得なかった。だからよけい面白くない。ほんの二、三人を除けば、勘助が一番の恩賞を得るところを、見たくない者がほとんどである。晴信にはその微妙な心のあやがわかる。そこで、晴信はまず信方を呼んだ。いの一番に呼ばれた信方は、むしろ不安げな面持ちで進み出た。

「信方、わしの名代《みょうだい》として諏訪に行ってくれ。これよりは諏訪郡代《ぐんだい》として上原城に入り、かの地を治めるのだ。よいか、しかと申しつけたぞ」

晴信の言葉に、信方は驚きのあまり礼を述べるのすら忘れていた。郡代といっても、実質上は諏訪の領主のようなもので、知行《ちぎょう》もこれまでの数倍になる。驚くべき好遇だった。

「どうした、信方、気に入らぬのか」

晴信が微笑と共に言った。

「滅相もございませぬ」

信方はあわてて床に額をこすりつけた。涙がにじんできた。今度の戦いで、ろくな働きもしなかったのに、この好遇はどうだろう。

（かたじけないことだ）

ふと、辞退すべきではないか、という気がした。何の働きもない自分が、恩賞を受け取ってはいけないのである。重臣筆頭たる自分がそのような行動に出れば、家臣たちは皆それに倣《なら》うだろう。武田家の規律のためには、好ましくないことだ。

「おそれながら――」

信方が決心して顔を上げると、晴信はそれをさえぎるように、

「辞退はならぬぞ。諏訪は武田の花が大きく咲くための根になるところ。なまなかな者はおけぬ。若者や新参者をその任にあてるわけにはいかぬのだ。そちのように老巧な重代の家臣でなければな。――わかったか、信方」

「わかりましてございます」

信方は頭を下げた。晴信の言葉は、信方をいたく感激させていた。晴信が新参の勘助に諏訪の仕置《しおき》を任せるようなことになれば、信方は家督を息子に譲って引退しようとすら思っていたのである。

「わかれば、よい」

晴信は笑顔でうなずくと、次に秋山新左衛門を呼んだ。

「上原城攻めにおいて、そなたは諏訪家家老蓮蓬刑部を討ち取るなど、働き見事であった。よって知行を五十貫加増し、以後使番《つかいばん》を命じる」

春日源五郎はその次だった。

源五郎も五十貫の加増を受け、使番に取り立てられた。主人の警護兼雑用係でもある近習と違って、使番はより軍務に踏み込んでいる。一種の連絡将校である。戦場において、本陣と各部隊の連絡にあたるのが主な役目であり、武将としての戦略眼を養うには最適の部署だ。武田家では、近習から使番を経て侍大将に取り立てられるのが、最も認められた若者の通る道であった。新左衛門も源五郎も、感激に頬が紅潮している。

「さて、これで今回の行賞はよかろう」

晴信は重荷を下ろしたような口調である。

一座の者は驚いた。本来なら真っ先に恩賞を与えられるべき者が、まだ何も貰《もら》っていない。晴信は軽くあくびをすると、信方に同意を求めた。

「これでよいな、信方」

「よろしゅうございます」とは、さすがの信方も言えなかった。衆目の見るところ、勘助は最も功ある者なのである。それを差し置いて、信方は既に充分過ぎるほどの恩賞を貰っている。武田家筆頭重臣としても、勘助のために一言弁じてやる責任があった。そうしなければ、今度は信方が家中の妬《ねた》みを受けることになる。

「おそれながら」

「何だ。言いたいことがあれば、かまわぬ申してみよ」

「はっ、山本勘助めにも、恩賞あってしかるべきかと存じますが」

「勘助には何もやらずともよい」

晴信があっさりと言ったので、一座の者はまたまた驚いた。

「これはしたり、こたびの第一の手柄は勘助ではござらぬか」

先程まで勘助の功名を快く思っていなかった信方が、今は勘助のために抗議していた。

それこそ晴信の思う壺である。晴信は新左衛門と源五郎にも尋ねた。

「その方たちはどう考える。遠慮なく申してみよ」

「はい、板垣様が申される通りかと存じます」

新左衛門がまず答えた。

「源五郎はどうだ」

「わたくしも秋山殿と同じでございます」

重臣筆頭の信方が、勘助の功を認めたのである。二人が賛意を表するのに何の斟酌《しんしゃく》もいらない。

「そうか、では、山本勘助、前へ出い」

晴信が呼ぶと、勘助は借りてきた猫のようにおとなしく、頭を低くして進み出た。晴信はにこりともせず、

「勘助、皆がそちに恩賞を与えよと申しておる。何でも望むがよい」

勘助は一礼して、

「いえ、せっかくのお言葉ながら、辞退させて頂きとう存じます」

「辞退だと、何故だ」

「拙者、このたびの諏訪攻めにおいて、汗を流すほどの働きは何一つしておりませぬ。ただ策を献じただけでございます」

「そちの働きは恩賞に値《あたい》せぬ、と申すのだな」

「はい」

「たわけ者！」

晴信は雷の轟くような大声で、勘助を怒鳴りつけた。勘助はびくっと体を震わせ平伏した。

「恩賞の沙汰《さた》は、武田家の当主たるわしが決めること、家臣の口出しは一切許さぬ」

「も、申し訳ございませぬ」

勘助は額に脂汗《あぶらあせ》を浮かべていた。

すべて芝居である。

晴信は、脂汗まで流してみせた勘助に、危うく噴き出すところだった。だが、武田家の当主たる晴信も相当な役者である。新参者の勘助に過大な恩賞を与えれば家中の反感を買う。かといって何も与えないわけにはいかない。そんなことをすれば、誰も武田家のために命を懸けて働かなくなる。難しいところである。晴信と勘助が芝居を思いついたのは、そのためだった。

そしてもう一つ狙いがあった。晴信は一座の者を見渡して言った。

「皆の者にも改めて申しておく。家臣の賞罰は今後ともわし一人で決める。口出しは一切許さぬ、よいな」

一同は晴信の威に恐れを為《な》し、無言で頭を下げた。これこそ晴信の真の狙いであった。若い晴信は、父を追放したのち重臣たちに担《かつ》ぎ上げられる形で、当主の座に就いた。当然、当主の座は脆弱《ぜいじやく》な基礎の上に成り立っている。板垣・甘利・飯富《おぶ》といった先代からの老臣が、晴信のやり方に色々と口を出すのである。晴信は重臣たちの考え方では、新しい時代に対応できないと信じていた。確かに彼らは歴戦の古強者《ふるつわもの》だ。しかし、その意見はすべて過去の経験から割り出されており、新しい考え方を認めようとしない。戦闘を重んじ謀略を軽んじるなど、その最たるものだ。なるほど軍団の最も重要な機能は戦闘能力である。これが弱ければどうしようもない。しかし戦闘一点ばりの集団でも困るのだ。それは必要以上の敵を作り、武田家の領土拡張を遅らせることになる。その点を改めるためにも、晴信が当主としてとりあえず独占しなければならないのは、家臣に対する賞罰の権限だった。これを専権事項にしてこそ、晴信の権力は確立する。老臣たちが賞罰に口を出すことを認め続けては、家臣の腰がふらつくことになる。信方を諏訪郡代にしたのも、その含みからである。

信方は単純に喜んでいるが、実は政権の中枢から遠ざけたのだ。諏訪へ常駐してしまえば、躑躅ヶ崎館の評定にも滅多に出て来れなくなる。うるさい口出しに悩まされずに済む。そして軍人としての信方が必要な時には、一片の指令を発すれば済むのである。

(一石二鳥とはこのことだ)

晴信は内心の喜びを隠し切れなくなった。

まだ勘助に褒美《ほうび》を与えるという仕事が残っていた。晴信はあえて気難しげな顔をしたまま言った。

「勘助、こたびの働きは抜群であった。特に望みのものあらば言うてみよ」

「――」

勘助は平伏したまま答えない。

「申せ。遠慮はいらぬ」

「されば、申し上げます」

と、勘助は顔を上げ、

「知行百貫お預かり致しとう存じます」

「預かる、とは?」

晴信は尋ねた。

「その百貫にて、拙者生国《しょうごく》の三河より幾人か呼び寄せ、ご当家のために働かせたく」

「そちの縁者か？」

「いえ、ただいずれも一芸に秀《ひい》でた、召し抱えても損のない者どもでございます」

「勘助の申し条、奇怪千万《きかいせんばん》である」

突然、信方が吠《ほ》えるように言った。

晴信も勘助も、その反応は予期していた。

「信方、異論があるなら申してみよ」

晴信は落ち着いた声で言った。信方は進み出て、

「他国者を召し抱える必要がどこにござろう。この甲斐国は武辺者の国、武士も足軽も人材には事欠かぬ。同じ百貫あてがうなら、当国の者にすべきでござる」

晴信は視線を勘助に向けて、

「どうだ、勘助。信方はあのように申しておるが――」

「おそれながら、申し上げます」

と、勘助は一礼して間を置き、

「当国が武辺者の国であり、御当家の武者が一騎当千の強者であることは、誰もが認める事実でござる。したがって、この勘助も他国の武者を召し抱えるべきだと、申し上げているのではござらぬ」

「武者の他に、どのような者を召し抱えよと申すのだ」

晴信が聞いた。

「山師《やまし》でござる」

勘助は答えた。

山師――今でいう鉱山技師である。いや、それよりも意味が広く、治山・治水・土木工事にたずさわる総合的な技術者を指す。

「たわけたことを、そのような者を雇って何の益がある」

呆れたように信方が言った。その表情には軽蔑の色がある。それは信方だけでなく、居並ぶ重臣たちも同じだった。勘助は内心落胆した。

(この程度のことがわからぬようでは、先が思いやられる)

晴信も難しい顔をしている。

勘助は腹に力を込めて説いた。

「そもそも、兵を養うのに必要なものが二つござる。米と金《かね》でござる。この二つ、多く取れれば取れるほど、国は豊かになる。豊かになれば、多くの兵を養うことができまする。そこで当国の地勢をつらつら見まするに、気候寒冷地味《ちみ》磽确《こうかく》、米の多く穫《と》れる土地ではございませせぬ。されど、この国にも天の恵みが一つ――」

「何だ、それは?」

晴信が言った。

「黄金《こがね》でござる。この地は黄金を産む山々に恵まれてござる」

勘助の答えに、晴信は顔をしかめて、

「そちは何も知らぬのだ。確かに黄金の山はあった。だが、ご先代様がすべて掘り尽くしてしまわれたのだ」

それは嘘ではなかった。先代の信虎の時代に、甲斐国内の金山はことごとく掘り尽くされてしまったのである。

「拙者、ご当家にお仕えする前に、当国の山々を子細に調べ申した。その結果を申し上げる。――当国はまだ半分以上も黄金を残しておりまする」

一同から驚きの声が上がった。それが事実なら、甲斐の国力は一気に増大する。

「まことか、勘助」

晴信もその件は初耳だった。勘助との芝居は、他国者を召し抱えるというところまでである。

「天地神明に誓って事実でござる。掘り尽くされたと思われたのは、山を掘る技《わざ》のつたなさゆえでございます」

勘助はわかりやすく説明した。甲斐の金山を掘った技師たちは、二流以下の技術しか持ち合わせていなかった。これは想像ではない、採掘の跡《あと》を目のある者が見ればわかるのである。金脈を発見するのも、それがどこまで続いているか見極めるのも、技術である。おそらく、甲斐者はそのような技術を正当に評価せず、当然のことながら充分な報酬も与えていなかったにちがいない。充分な報酬が約束されていなければ、一流の人材は集まらない。おそらく山師の一流の技術を持つ者は、今川氏の駿河や北条氏の伊豆《いず》に行ってしまっている。この両国は近頃、金山の発見が相次いでいるのである。しかし、甲斐の金山も埋蔵量は引けを取らない。ひょっとすると両国を上回るかもしれないのだ。以上のことを勘助は、甲斐者の誇りを傷付けないよう配慮しつつ説明した。

勘助の話が終わっても、一同はしばらく沈黙していた。夢のような話である。落とした財布の中身が二倍になって戻ってきたようなものだ。

「そちの知る山師を連れて来れば、確かに金山は生き返るというのだな」

晴信は珍しくも声をかすれさせた。

「左様でござる。金山ばかりではございませぬ。彼らの優れた技を用いれば、山崩れ、洪水なども大いに防ぐことができ、米の収穫も増えましょう」

勘助は確信を持っていた。だが、晴信はいま一つ納得がいかない。

「そのような技の持ち主が、百貫の知行で満足するか。百貫というても、一人にすべてを与えるわけではない。人数が多くなれば一人の取り分は減るのだぞ」

「もとより承知致しております。百貫はいわば支度金。そうでなければ、山師どもは話に乗ってはきますまい」

「では、さらに何百貫と報酬を与えよ、と申すのか」

とてもできぬ――と晴信は思った。たかが山師ふぜいにそのような高禄を与えれば、譜代の老臣が黙っていない。

禄とは人の評価の基準でもある。武士こそこの世で一番偉いと考えている老臣どもが、山師ふぜいより低い評価に甘んじるわけがないのである。そんなことを強行すれば、老臣どもは一斉に反発し、晴信の棟梁の座すら危うくなるかもしれなかった。それに第一、武田家にはそんな金はない。諏訪が手に入ったといっても、実入りがあるのはこれからである。だが、勘助はちゃんと対策を用意していた。

「請負《うけおい》にすればよろしゅうござる」

勘助は要点を先に言った。一種の成功報酬制度というべきものであった。つまり山師どもが金の採掘を請け負い、首尾よく金が掘り出されたなら、その金の中から歩合《ぶあい》を決めて報酬を払うのである。

「山師というものは、おのれの技に自信を持っておりまする。さればこそ、請負にても不平は言いませぬ。黙々と仕事に励むでござろう。もし万が一、採掘にしくじりましても、ご当家は一銭も損にはなりませぬ」

「ははは、一兵も損せず、の次は、一銭も損せずか。勘助、そちはよほどの吝嗇《りんしょく》とみえる」

晴信は笑い出した。

「吝嗇こそ富国への道でござる。殿、何卒、百貫預かりの儀、お許しくださいますよう」

「よかろう、許すぞ」

晴信の言葉に、今度こそ異論はなかった。

散る花 咲く花

1

（これは難しいわい）

勘助はひとり溜め息をついた。諏訪の美紗姫である。晴信は美紗姫を好《す》いている。武田の将来のためにも、それは悪いことではない。だが、姫にとって晴信は父の敵《かたき》なのである。

そのうえ勘助は、女という生き物がどうも苦手であった。男なら理で動く、それが利であろうが義であろうが、読み切るのはさして困難ではない。だが、女は情で動く。情というのは理で割り切れないものである。当然、さしもの勘助も相手の出方が読めなくなる。その読み切れない相手を説得し、晴信の意に従わせなければならないのだ。

（さて、どうする、勘助）

と、勘助は自問自答した。あまり時間はない。諏訪の政情を安定させるため、晴信はこひと月の間には、再び甲斐を出なくてはならない。できればその前に決着をつけておきたいのである。当の美紗姫は、躑躅ケ崎館の奥に軟禁状態にある。身の回りを守るはずの家来からも遠ざけられ、武器も取り上げられて、わずかな侍女と共にいる。その姫に、勘助は思い切って正面からぶつかることにした。

「山本勘助と申す者がお目通りを願っておりますが」

武田家の侍女がそう告げるのを聞き、美紗姫の顔が怒りで赤くなった。その男こそ晴信に次ぐ第二の仇敵《きゅうてき》である。諏訪攻めの計略を考え出し、父をあのような運命に陥《おとしい》れたのが、勘助だということを、美紗姫はいつの間にか知っていた。殿中の噂がそれとなく耳に入ったのである。

(勘助とやら、一体何の用がある)

それが不審だった。こんな時、誠之助でもいてくれたら、少しは頼りになるのだが、姫が晴信に襲いかかった時、加勢しようとして取り押さえられ、そのままどうなったかわからないのである。

「いかがなされます」

そう聞いた侍女の語調には、同情の響きがあった。いかに敗者とはいえ、父を騙し討ちにされた、よるべのない姫君である。同情を引くのは当然かもしれない。だが、美紗姫はかえってそれが嫌だった。たとえ、どんな境遇であれ、見ず知らずの他人にむやみに同情されたくはない。そう思った時、ほぼ無意識に美紗姫は答えていた。

「ここへ通すがよい」

（この男）

ひと目、勘助を見た時、美紗姫は思い出した。寅王丸の初参りの折、諏訪大社の社頭で出会った男である。あの時、義母禰々は勘助のあまりの容貌の醜怪さに悲鳴を上げ、腹を立てた父頼重は勘助を成敗《せいばい》しようとした。その命を助けてやったのは、美紗姫自身なのである。

「そなた何をしに参った」

開口一番、美紗姫はきつい言葉を浴びせた。勘助はしおらしい声で、

「いつぞやは姫様のおかげで、危うい命をお救い頂きました。その御礼にと遅まきながら参上した次第で」

と、畳に手をつき深々と頭を下げた。

「――わたしは、そなたを助けたことを悔《く》いています」

「――」

「あの時、お父上をお止めするのではなかった。そなたのように身も心も醜い人がいると

は、わたしがうかつでした」

「恐れ入り奉《たてまつ》る」

勘助は顔を上げられなかった。いかに勘助とはいえ、その心は木石《ぼくせき》ではない。美しい女人《にょにん》から罵倒の言葉を浴びせられて気持ちのよかろうはずはない。

「用が済んだら下がりなさい。それとも、この場で腹を切りますか。そなたが腹を切れば、少しは父の無念も晴れるかもしれぬ」

「姫様——」

と、勘助は初めて美紗姫を直視した。

「なんです」

美紗姫はいささかもたじろがない。

「拙者の首はまだ差し上げられませぬが、もしお望みならば、姫様が最もお望みの首を差し上げられるかもしれませぬ」

「戯言《ざれごと》を申すでない」

「戯言ではございませぬ」

勘助は胸を張った。美紗姫は小馬鹿にしたように、

「たわけたことを。それが武田第一の切れ者の申すことか」

「姫様、拙者、確かに武田家の御為《おんため》に、他国の者を欺《あざむ》くのが仕事でござる。されど、い

ま申し上げたことは嘘偽りではございません。——いま一度申し上げる。拙者、姫様がお望みの首を差し上げまする。主君武田晴信の首を」

勘助の言葉に美紗姫は息を呑んだ。

「いかがでござる」

「そのようなたわけた話が信じられるものか。勘助とやら、わたしはそのような愚か者ではありませぬ」

「ごもっともながら、何もただでとは申しておりません。かけがえのないものを差し上げるには、それ相応の代価を払って頂かねば」

勘助はじわりと本題に迫った。

「何を渡せばよいのじゃ」

からかうような口調で美紗姫は言った。もとより本気にはしていない。ただ勘助が戯言を言う真意が、どこにあるのか、いぶかしく思うだけである。

「姫様、ご自身でござる」

勘助は照れも恥じらいもなく率直に言った。美紗姫は最初その意味がわからなかった。

「わが命ということか」

「いいや、違い申す」

勘助は大きく首を振り、後は黙った。やがて美紗姫はその意味を察した。察すると同時に、姫の顔は怒りと屈辱で真っ赤になった。

「いかがでござる」

もう一度、勘助が言った。あまりの怒りに、美紗姫の口からすぐに言葉が出なかった。

「――わたしに、晴信の情けを受けよ、というのか」

「御意」

勘助はうそぶいた。その傲慢《ごうまん》とも見える態度に、美紗姫は怒りを倍加させた。

「下がれ、下がりおろう。そなたの顔など見とうはない」

「よいのでござるか、姫。お父上の敵《かたき》をお討ちになる、またとない好機でござるぞ」

「聞く耳、持たぬわ。この人でなし」

美紗姫は叫んだ。勘助は負けずに言い返した。

「殿は申されておる。姫よ、いつにても、わが首を狙《ねろ》うてかまわぬ、とな。たとえわずかでも、機会があれば、父の敵を討とうとするのが、子としての道でござろう」

「おのれ、賢《さか》しらなことを」

目の前にいるのは本当に人間だろうか。美紗姫は思った。人の皮をかぶった獣《けだもの》ではあるまいか。勘助はすっと後ろに下がり、障子の前でもう一度頭を下げた。

「よくお考えなされませ。子としての道を貫くには、他にも道がござる。寺に入り尼となって、生涯父上の菩提《ぼだい》をとむらうのも、あるいは姫様にふさわしい生き方かもしれませぬ」

ここで勘助は初めて笑みを浮かべ、

「お父上の敵を討つのが恐ろしければ、寺に入りなされ」

「下がれ」

美紗姫は扇を投げつけた。勘助はにやにやしながら、これをかわし、部屋を出際に言った。

「明日、御返事を承る」

美紗姫は憤怒《ふんぬ》に燃えていた。

父を殺し国を奪っておいて、挙句の果てに自分の情けを受けよとは、何という男だろう。人でなし、極悪人――美紗姫は言うべき言葉を知らない。だが、美紗姫の憎しみは本来向けられるべき晴信よりも、勘助に集中していた。不思議なものであった。勘助は晴信の意を体して動いているに過ぎないのに。

父頼重を殺したのも、諏訪の地を奪ったのも、晴信の仕業《しわざ》である。だから、晴信こそ最も憎んでしかるべきなのだが、心の動きはそうならなかった。それは、美紗姫自身が自覚していないことではあったが、晴信の端整な容貌に魅せられたためかもしれなかった。それにひきかえ勘助の醜怪さはどうであろう。美紗姫は心根のやさしい娘だった。身体の不自由な者にも、容貌の醜い者にも、かえってそれゆえに温かく接してきた。そういう者たちには、かえって五体満足な人よりも美しい心があった。だが、勘助は――。

（あんな男の思い通りになってやるものか）

美紗姫は歯ぎしりする思いだった。

勘助の下心はとうに読めている。晴信への反感をうまく操り、結局は結びつけようとの魂胆《こんたん》であろう。では、どうするか。このまま寺に入って尼となるのも、まっぴらである。そんな生ける屍《しかばね》のようにはなりたくない。かといって晴信の情けを受けるなど論外のことである。自害するという手もあった。勘助の面目を失わせるためには、これが一番いいのかもしれない。しかし、美紗姫はそれも嫌だった。死は敗北である。それも卑怯《ひきょう》な逃避に過ぎないというのが、この大人びた娘の考え方だった。第一、自害するために必要な懐剣は既に取り上げられている。首をくくるという方法はあるが、美紗姫の趣味には合わなかった。そんな女々《めめ》しいのは嫌なのである。

（逃げよう）

美紗姫はそう思った。この場合、逃げることは敗北ではない。うまくいけば、勘助の面目を失わせ、晴信にも失望を味わわせることができる。もちろん見張りはいる。しかし、夜半にそっと脱け出せば、うまくいくかもしれない。見つかってもかまわない、やってみようと、美紗姫は決心した。

望月誠之助は牢の中にいた。

あの日、晴信に襲いかかった美紗姫に、何の手助けもできなかったことが悔やまれてならなかった。なぜもっと早く気が付かなかったのだろう。気が付けば、二人で同時にかかれば、あるいは晴信を討ち取れたかもしれない。

（姫様も一言おっしゃってくだされればよかったのに）

誠之助はうらめしくさえ思った。身の回りの者に害が及ばぬようにと、自分ひとりを犠牲にするつもりだったことはよくわかる。しかし、それは水臭い。君臣の間とはそのようなものではないはずだ。姫が死ぬなら、誠之助だって生きてはいないのだ。そのことを姫はわかってくれていない。それが悲しかった。だが、悲しんでばかりはいられない。姫は今頃どんな目に遭っているか、早く助け出さねば大変なことになる。

（一刻も早く助け出さねば）

それにはこの牢を抜け出すことである。誠之助は牢を抜けるためには、鬼になることも辞さない。あの山本勘助のような、武田晴信のような外道《げどう》の鬼になってやる。そうしなければ奴らに勝つことはできない。

誠之助はそう思い詰め、一つの思案を実行に移していた。牢番の老爺《ろうや》を騙すことである。可愛がってくれた祖父に似ているというのが、誠之助の騙しの手だった。好人物の老爺に隙あらば話しかけ、なついて見せた。時にはほろりとさせるような話をした。心の痛むことではあったが、そうするうちに、老爺は誠之助に自分の孫に対するような親しみを見せ始め、食事などにも気を遣《つか》ってくれるようになった。そして、誠之助は破牢《はろう》を決行した。まず牢の床に伏せ、もがき苦しむふりをした。老爺がその悲鳴を聞いて、急いで駆けつけて来た。

「どうしたのじゃ」

誠之助は返事をしなかった。その代わりに呻《うめ》き声を上げて七転八倒した。老爺は顔色を変え、錠をはずすと戸を開けて中に入って来た。

「どうした、どこが痛む」

老爺が上からのぞき込んだところで、誠之助はいきなりくるりと向きを変え、拳《こぶし》を老爺の鳩尾《みぞおち》に突き込んだ。

(許せ)

老爺は呻き声も上げずに崩れ落ちた。

気絶した老爺を牢内に残したまま、誠之助はそっと外へ出た。出る前に他の牢をのぞいてみたが、諏訪家の家来は他にはいなかった。

(晴信め、きっと皆殺しにしたにちがいない)

誠之助は憎しみをつのらせた。空には満月が出ている。誠之助は物陰に身を潜《ひそ》め、武田の番兵をやり過ごしながら、美紗姫のいる奥御殿に向かった。躑躅ヶ崎館の中は広い。しかし、幸いにも誠之助は主な建物の配置は頭に入っていた。御殿の端にたどり着くと、床下へもぐって誠之助は進んだ。

（急がねば――）

誠之助は少し後悔していた。あの老いた牢番にとどめを刺さなかったことを、である。目を覚まして騒ぎ立てられたら、たちまち警戒が厳重になる。だが、誠之助には、孫に対するような親しみを見せる老人を、自分の手にかけることはどうしてもできなかった。

（目を覚ましたら、覚ました時のことだ）

誠之助は腹をくくることにした。無抵抗の、侍でもない老人を殺すという後ろめたさに比べれば、このほうが気が楽だ。誠之助は汗みどろになって、ようやく美紗姫のいる部屋の近くまで来た。見張りがいる。今度は侍である。月明かりに照らされた、その若い男の顔を見て、誠之助ははっとした。

（あいつ）

晴信に襲いかかった美紗姫を、間一髪のところで取り押さえた若い近習――春日源五郎という名は後で知った。牢番の老爺が教えてくれたのだ。このたびの功で、五十貫の加増を受けられたそうな――老爺の言葉が耳に残っていた。

（よし、吠《ほ》え面をかかしてくれる）

見たところ、寝ずの見張りは春日源五郎ひとりのようだ。廊下にもっともらしく座っている源五郎を、何とかすればいい。誠之助はその場で着物を脱いで、下帯一つになった。それから庭の木の枝に帯を結びつけ、物陰でもう一つの端を握り締めた。

(見ていろ)

誠之助は帯を引っ張った。がさがさという音がして木が揺れた。

「何者だ」

源五郎が気付いて庭に飛び降りた。誠之助が背後から忍び寄って、いきなり着物をかぶせた。

「うわっ」

「思い知ったか」

右手に握った大きな石で、誠之助は源五郎を殴りつけた。

2

「誰です」

部屋の中から弾んだ若々しい声がした。

「姫様」

思わず叫びそうになった誠之助は、声を抑《おさ》えて庭にひざまずいた。

「誠之助が参りました」

障子が開いて美紗姫が姿を見せた。その顔が喜びにぱっと輝いた。

「誠之助、無事でしたか」

「姫様もご無事で」

誠之助は嬉しさに思わず涙ぐんだ。微笑《ほほえ》んだ美紗姫は、庭に倒れている源五郎に気が付くと、

「殺したのですか、誠之助」

と、眉をひそめた。

「いいえ」

誠之助は笑って首を振り、

「気を失っているだけでございます」

と、源五郎のもとに歩み寄り、腰に帯びていた脇差を奪い取った。

「さあ、姫様、お支度ください」

そう言って、誠之助は初めて美紗姫が寝間着《ねまき》姿でないのに気が付いた。

「今夜、逃げ出そうと思っていたのです。よいところに来てくれました」

美紗姫はそっと障子を閉めて、廊下に出た。誠之助が懐《ふところ》から草履《ぞうり》を出して、さっと

前に置いた。牢から抜け出す時に失敬しておいたものである。美紗姫は誠之助を見て、にっこりとした。そのまま無言で二人はその場を離れた。源五郎を残して。この男はとどめを刺してもいいと、誠之助は思っていた。牢番の老爺とは違い、この男は武士だ。武士である以上、不覚を取れば討ち取られる。それは覚悟しているはずだ。だが、脇差を抜こうとした誠之助を、美紗姫は押しとどめた。

（なぜです）

目で問う誠之助に、美紗姫は黙って首を振った。

（殺生《せっしょう》は好まれぬのだ、姫様は）

議論している暇はなかった。誠之助は姫に従った。門のところまで行くと、そこには不寝番の兵士が二人立っていた。それればかりでなく、門に付随するように番屋がある。その中にはさらに数人の兵士が寝泊まりしているにちがいない。少しでも番兵が声を上げれば、たちまち番屋の中から何人も飛び出して来ることになるだろう。

（同時に二人を、それも声を立てさせずに倒せるか）

誠之助は物陰から、血走った目で番兵を見つめた。

誠之助は焦った。門を抜ける以外に脱出の方法はない。塀は高く、堀もめぐらしてあるので、他には脱出路がないのである。

（何かうまい方法はないか）

誠之助は必死に考えた。だが、どう考えても、門番の目をごまかして外へ出る方法は思いつかなかった。

突然、半鐘《はんしょう》が闇に轟いた。その半鐘の音を聞きつけて、番小屋からも何人か飛び出して来た。

「しまった」

誠之助は思わず声を出した。あの老爺か、あるいは源五郎が息を吹き返し、急を告げたにちがいない。番兵は十数人にふくれ上がり、あちこちで篝火《かがりび》まで焚《た》き始めた。

「誠之助、これまでですね」

美紗姫が静かに言った。誠之助は大きく首を振った。

「まだ手はあります。こちらへ」

美紗姫の手を引いて、誠之助はもと来た道を戻った。

（なんとしても姫を逃がさねば）

そのためには命を捨ててもと、覚悟をしている誠之助であった。

「誠之助、どこへ行くのです」

美紗姫が不思議そうに尋ねた。

「お任せください。かくまってもらうのです」

誠之助が自信ありげに答えた。

「かくまう？　一体誰がかくまってくれるのです」

美紗姫の疑問はもっともだった。ここは武田館の中なのである。

「信繁殿です」

誠之助はどんどん前に進みながら言った。

「信繁殿とは、あの晴信の弟御《おとうとご》か」

美紗姫は驚きに目を見張った。

「はい。信繁殿は兄と仲が悪いのです。ですから、信繁殿におすがりすれば、きっとかくまってくださるにちがいありません」

「それは確かなのですね。確かに、兄弟の仲は悪いのですね」

美紗姫はくどいほどに念を押した。

「まちがいありません。わたくしはこの目で見たのですから」

誠之助の脳裏には、初めてこの館を訪れた日の光景が浮かんでいた。あの日、晴信と信繁は公《おおやけ》の席で兄弟喧嘩《げんか》をした。諏訪の正使としての誠之助の面前で、人目も憚《はばか》らずにである。信繁は兄の晴信を憎んでいるにちがいない。問題はどうやって信繁の居所を突き止めるかだ。

（信繁殿が姿さえ見せてくれたら）

誠之助は天に祈りたい思いだった。

（信繁殿はいずこにおわす）

誠之助は血走った目であたりを見回した。館の中には武田の一門や重臣の屋敷が軒《のき》を並べている。武田の家来ではない誠之助には、どれがどの屋敷かわからない。館内がだいぶ騒がしくなってきた。あちこちで人が起き出し、捜索に加わる声が聞こえる。誠之助は立ち上がった。

「どうするのです？」

美紗姫が不安そうな顔を見せた。

「館の裏へ回ります」

この時誠之助が言った館というのは、主殿の意味である。評定や他国の使者との接見に用いられる、館の中心にある建物のことだ。晴信が昼間いるのもここである。その裏側には奥殿がある。晴信の家族はここにおり、夜には晴信もここで過ごす。いわば私宅にあたる部分だった。

信繁は晴信の弟である。弟である以上、その屋敷は奥殿の近くにあるはずだ。仲が悪いといっても、弟をへんぴな場所へ追いやったりはしていまい。いや、ひょっとしたら追いやっているかもしれない。この弱肉強食の世にあって、不満を抱く肉親というのは危険な存在である。

だが、晴信がまだそうしていないことに、誠之助は賭けた。暗がりや茂みをたどって、誠之助は美紗姫の手を取って進んだ。裏手の一番いい場所は、当然ながら晴信が取っているだろう。その隣りか後ろに、信繁の屋敷がないだろうか。裏手に回ると、武田菱《びし》の紋所を門扉《もんぴ》の留め金に使いながら、晴信のにしてはいささか小さい屋敷があった。

（これかもしれぬ）

見ると、夜にもかかわらず門は開け放たれ、篝火が焚かれてある。おそらく警戒を伝える半鐘が鳴ると、このようにするのが掟なのだろう。ちょうど捜索に向かったのか、門の周りには誰もいなかった。誠之助は美紗姫を促し、一気に屋敷内に駆け込んだ。

「誠之助の肝《きも》の太いこと」

美紗姫はこんな時でも笑顔を見せて、

「もし、これが信繁殿の屋敷でなかったら、なんとするのです」

「なんとかなります」

誠之助は青い顔に無理に笑みを浮かべて、

「外を逃げ回っているよりは、こちらのほうが見つかりにくいでしょう」

「しっ、誰か来ます」

美紗姫の声に、誠之助はあわてて身を伏せた。

それは侍ではなく、屋敷の小者だった。おそらく他の連中は捜索に狩り出されたのだろう。あたりに人影はない。

（よし）

誠之助は脇差を抜いて小者の背後へ忍び寄り、いきなり首を押さえつけて刃を喉《のど》に当てた。

「大声を出すな」

小者は恐怖に目を見開いた。

「尋ねることだけに答えるのだ、よいな」

「は、はい」

「ここはどなた様のお屋敷だ」

「左馬助《さまのすけ》様のお屋敷でございます」

その答えを聞いて誠之助はほっとした。目の前が明るく開けるようにすら思えた。晴信と不仲の弟左馬助信繁なら、美紗姫をかくまってくれるだろう。

「信繁殿は今いずこにおられる」

「――」

小者はさすがに答えをしぶった。誠之助の目的がわからないからだろう。

「答えねば、この喉を掻き切るが、それでもよいか」

刃の先が小者の喉に触れた。

「ひいーっ」

「答えろ、信繁殿はいずこに」

「――奥に、奥におられます」

小者はようやく言葉を吐き出した。

「では、案内致せ」

誠之助は美紗姫の方を見て目で合図した。美紗姫はうなずいた。小者が背後の姫に気付かないように、誠之助はその肩をしっかりと摑んで、ゆっくり前に進んだ。庭を抜けて、奥の間の方を見ると、灯のともっている部屋がある。

「あれか」

誠之助の問いに小者はうなずいた。

「――これにてお待ちください」

ほとんど唇の動きだけで、美紗姫にそう言い、誠之助は小者を引き立てるようにして座敷の前まで進んだ。

「左馬助信繁様に御意を得たい」

小者を放してやり、誠之助は堂々と叫んだ。中から障子が開けられ、若い男が縁側に出て来た。その驚きの顔は、まさしく信繁である。

「何者だ」

「諏訪美紗姫様の従者、望月誠之助でござる」

それを聞いて、信繁は目を丸くした。誠之助は必死の形相で、

「信繁様を武士と見込んでお頼み申す。諏訪の姫様をおかくまいくださいませぬか」

「わしが、姫を、か」

「はい」

「何故わしのもとに参ったのだ」

信繁は不思議そうに尋ねた。

「お兄上には色々とご不満がおありのように、お見受け致しましたので」

誠之助は正直に言った。

「なるほど、左様か」

信繁はあたりを見回して、

「姫はお近くにおられるのか」

と、尋ねた。誠之助はすぐには答えず、

「おかくまい頂けますのか、まずご返答を賜りたいと存じます」

「おかくまい致そう」

信繁は即答した。

「かたじけない。では、姫様をこれにお連れ致します」

誠之助は、隠れていた美紗姫を、信繁の前に連れて来た。

「美紗姫殿ですな、お初にお目にかかる。武田左馬助信繁でござる」

信繁のほうからそう言って頭を下げた。美紗姫は黙って一礼した。

「何はともあれ、まずお上がりくだされ」

信繁は家の女中を呼ぶと、美紗姫の汚れた足を清めさせ、そのまま座敷に上げた。誠之助も後に続いた。座敷の中で、信繁は美紗姫に改めて尋ねた。

「それにしても、何故この夜更けにお逃げなされた。それほど、この館がお気に召さぬのか」

物柔らかな口調である。美紗姫は信繁を見た。兄よりは線が細いが、その分好男子であるといえるかもしれない。だが、その顔を見て美紗姫は、逆に晴信への憎しみをつのらせた。

「晴信殿は、わたくしに妾《めかけ》になれと申されました」

「なに、それはまことか」

信繁は今夜は驚かされることばかりである。

「それもご自身でおっしゃるならまだしも、あの勘助とか申す男を、使者として遣《つか》わされたのです」

美紗姫はまるで目の前にいるのが、晴信であるかのように抗議していた。

「――わたくしは父の敵《かたき》の思い通りにはなりませぬ。ですから、逃げて参りました」

「自害されようとは、思われなんだのか」

思わず信繁はそう尋ねていた。美紗姫は微笑して首を振り、

「死ぬのは嫌でございます。命を捨てるのなら、晴信殿と刺し違えとうございます」

信繁は内心舌を巻いた。

（何という気の強い女だ。それを望む兄上も兄上だが）

「とにかく、今宵は奥にてゆるりとお休みくだされ」

心とは違い、口のほうでは穏やかに、信繁は言った。


人の気配で美紗姫は目を覚ました。

（――？）

一瞬、自分がどこにいるのか、わからなかった。

やがて思い出したのは昨夜の逃避行である。

（左馬助信繁殿の屋敷）

あれから別室を与えられ、夜具に入ったとたん、疲れが出て泥のような眠りに落ち込んでしまった。

「姫、お目覚めかな」

障子の外で声がした。若い男の声だ。

（信繁殿）

美紗姫はあわてて身づくろいをして答えた。

「はい」

「失礼致す」

突然、遠慮会釈《えしゃく》もなく障子ががらりと開いた。そこに立っていた男を見て、美紗姫は驚きのあまり茫然《ぼうぜん》とした。信繁ではなく晴信が、そこに笑みを浮かべて立っていたのである。

「そのまま、そのまま」

憤然として立ち上がろうとする美紗姫に、晴信は機先を制して声をかけ、その前にどっかりと腰を下ろした。

「姫、きょうは物騒なものは持っておられぬようだな」

晴信に対して、美紗姫は咄嗟《とっさ》に言葉が浮かんでこなかった。

「昨日は、勘助などを走り遣いにしたわしが悪かった。ははは、確かに武士にあるまじき卑怯な振舞い。改めて、わしの口から申そう。姫、わしの側室《そくしつ》になってはくれぬか」

晴信はまるで世間話でもするように、すらすらと言ってのけた。姫は目眩《めまい》すら覚えた。

何という図々しい男だろう。父親を騙し討ちにしておきながら、その娘に自分の妾になれなどと、よくも言えたものだ。

「のぶ、信繁殿は——」

美紗姫の口から出たのは、まずはそのことだった。何とかして、この場を逃れたかった。

「信繁か。あれはわしの忠実なる弟だ。そなたはどう考えておるか知らぬが、あれとわしとは仲がよいのでな。——ところで姫、まだ返事は聞いておらぬぞ」

晴信は膝を乗り出した。美紗姫は首を振って後ずさりした。

「嫌です」

大声で叫んだ。

「あなたは父の敵《かたき》、誰が言うことをきくものですか」

晴信はそれを聞いても顔色すら変えない。

「では、どうする。ここで自害なさるか」

晴信はさらりと言った。

（死ぬ気などないことを知っているくせに）

美紗姫は晴信をにらみつけた。怒りに紅潮した顔を、晴信は美しいと思った。

「それとも、尼になられるか。髪を下ろすなら早速、手伝わせよう」

調子に乗って晴信は、美紗姫の逃げ道を塞いだ。だが、それはやり過ぎだった。美紗姫はそれを受けたのである。

「――髪を下ろさせて頂きます」

きっぱりと言った。晴信は改めて姫を見つめた。

「ほう、この晴信、かほどまで女人に嫌われるとは、一世一代の不覚だな」

「支度を致します。どうか、お引き取りください」

尼になるなど気の進まぬことであったが、やむを得ない。

(この男の意に従うよりはましだ)

晴信は少し焦り過ぎたと思った。ここで髪を下ろされては、今までの苦労が水の泡だ。

(しくじったな、詰めを急ぎ過ぎた。まさか、尼になると言い出そうとは)

どうすればいいか、さすがの晴信も考えが浮かばない。美紗姫はそれと知って、攻めに出た。

「いかがなされました、武田のお屋形様。甲斐の国主ともあろう御方が、一度口にしたことをひるがえされますのか」

「――」

晴信は苦笑した。

だが、それから先がただの男ではなかった。待ちに出た。そのまま居直ったのである。

確かに理は美紗姫にある。しかし、世の中すべて理の通りには動かない。晴信は美紗姫と違って、そのことを知っている。美紗姫は信じられなかった。晴信は答えず動かず、そのまま居座っている。なんという図々しい男なのか。美紗姫は焦れた。焦れた挙句に失敗した。

「早く髪を下ろしたいのです。介添の者を呼んでください。――誠之助という者が、いるはずです」

晴信は突破口を見つけた。

「姫、誠之助という若者のことはお忘れなされよ」

それを聞いて美紗姫は顔色を変えた。

「まさか、誠之助を――殺したのではありますまいな」

晴信は気味の悪い微笑を浮かべた。

「かの者が死のうが生きようが、姫には関わりがないはず」

「なぜです」

美紗姫は斬りつけるような口調で言った。晴信は真面目な顔に戻って、

「姫は尼になられると申された。出家することは、俗世《ぞくせ》との縁をすべて絶つということ。俗世での家来など、すべて放逐《ほうちく》する覚悟がなければなりませぬ」

理屈と膏薬《こうやく》はどこにでもつくものだと、晴信は内心苦笑した。こう言ってしまえば、美紗姫は誠之助のことを尋ねられなくなる。あくまで出家に固執する限りは――。形勢は逆転して、今度は美紗姫が焦り出した。誠之助の安否が気遣《きづか》われてならない。

「誠之助は武田衆を死なせてはおりませぬ」

「左様か、しかし、その誠之助とやらわしの家来を傷付けておる。傷付けられた者は、当然かの者の首を欲しがるであろう、いや、これはあくまで俗世間の話でござった。これから尼になろうという姫には、一切関わりのない話でござる」

晴信はそう言って、美紗姫の反応を待った。美紗姫は唇を嚙み締め、着物の裾を強く握り締めた。

（卑怯者）

立ち上がって晴信の顔を足蹴《あしげ》にしたいとすら思った。その晴信は驚くほど澄んだ目で、美紗姫を見守っている。澄んだ目の人間に悪人はいない——それは嘘だと美紗姫は知った。

「さて、姫、どうなさる。あくまでご出家なさると申されるなら、誰ぞに手伝わせよう。ただし、誠之助とやらは、出すわけには参らぬがな」

晴信は返答を促した。

「わたくしが御意に従えば、誠之助の命は助かるのですね」

美紗姫の瞳の中に、青い炎がめらめらと燃え上がっているように見えた。晴信は気圧《けお》されまいと胸を張り、無言で大きくうなずいた。

「あなた様の約束は信じられませぬ。それを信じたばかりに、父は非業の最期を遂《と》げました」

美紗姫は恨みを込めて叫んだ。晴信はまっすぐに美紗姫を見据えて、

「もっともだ。だが、今度ばかりは嘘ではない。もし、わしが約束を破れば、その時はそなたにわしの命をくれてやろう」

言い切った。美紗姫は目を閉じた。

（お許しください。父上様）

父頼重の霊に詫《わ》びた。

（この場は晴信に屈します。が、いつか必ず、この男を地獄に送ってやります）

そして美紗姫は大きく息を吸って言った。

「御意に従いまする」

流離の雲

1

誠之助はその朝、寝ているところをいきなり大勢に取り押さえられ、高手小手に縛り上げられた。

「残念であったな、誠之助」

真っ先に飛びかかってきた若侍が、憎々しげに浴びせた。誠之助に殴りつけられ失神した春日源五郎である。どうしてここにいることがわかったのか、誠之助はそれが不思議だった。そのまま屋敷の庭に引き据えられると、主《あるじ》の信繁が姿を見せた。その表情には何の驚きもなく、ただ少しきまりの悪そうな影が浮かんでいるだけだ。

（まさか、信繁殿が）

信じられないことだった。

そう言って、晴信は庭に引き据えられた誠之助に視線を移した。

「望月誠之助とか申したな」

誠之助はぷいと横を向いた。

「無礼者！」

源五郎が一喝したが、晴信はそれを制して、

「そなたのような勇気ある若者を、わしは好む。そこでものは相談だが、わが家に仕える気はないか」

その場にいる誰もが晴信の言葉に驚かされた。誠之助の仕える諏訪家の棟梁頼重を、殺したのは晴信だ。その晴信に、誠之助が従うはずがないではないか。

「兄上、それはあまりに――」

「黙っておれ」

口を挟もうとした信繁を黙らせ、晴信はもう一度言った。

「どうだ、わが家に仕える気はないか」

誠之助は呆れて物が言えなかった。目の前にいる、この晴信という男は、人間の規格を超えた外道《げどう》なのか。

「どうだ、誠之助」

晴信の再三の勧誘に、誠之助は黙っていられなくなった。

「主君の敵《かたき》に仕える武士がどこにござろう」

嘲《あざけ》りを込めて言ったつもりだった。しかし晴信は軽く受け流して、

「主君と申したな、その主君とは誰のことだ」

「知れたこと、諏訪のお屋形様でござる」

馬鹿馬鹿しいと思いながらも、誠之助は言い返した。

「では、あるまい」

晴信は真面目な顔で言った。

「そうでござる」

誠之助はあくまで言い張った。晴信は首を振った。

「違う、そなたの主は美紗姫ではないか」

誠之助は虚を衝《つ》かれたような顔をした。

「違うか、誠之助」

晴信は詰め寄った。誠之助も違うとは言えない。それはまったくの事実であるからだ。

晴信は会心の微笑を浮かべ、

「では、申しておこう。そなたはもはやわしの家来も同然の身なのだ。これから、そなたの主はわしだ」

何を馬鹿な、と誠之助は思った。その侮蔑《ぶべつ》の表情を見た晴信は、さらに言葉を継いで、

「偽りではないぞ、誠之助。そなたの主美紗姫は先刻わしに仕えることを承知した。すなわち美紗姫の家来は、わしの家来でもあるのだ」

「嘘だ」

　誠之助は思わず叫んで立ち上がり、晴信に向かって突進しようとした。源五郎らがあわてて、誠之助の縄尻を捕らえ、その場に再び引き据えた。

「嘘ではない」

　激高する誠之助に、晴信は根気よく言い聞かせた。

「姫はわしに仕えることを承知したのだ」

「嘘だ」

　源五郎らに押さえつけられながら、誠之助は必死に叫んだ。

（姫が御父君の敵の晴信に仕えるだと——馬鹿な、そんなはずはない）

「頑固な奴め」

　散々に暴れる誠之助を見て、さすがの晴信も説得を諦《あきら》めた。

「牢に入れておけ、少し頭を冷やしてやったほうがよい」

　落ち着いたら姫の口から直接説得させようと、晴信は考えた。誠之助の命を奪わなかったのは、その器量を惜しんだというよりは、むしろ美紗姫の機嫌を損《そこ》ねないためである。誠之助を殺してしまっては、美紗姫が言うことをきかなくなる。いわば人質だ。しかし、ずっと牢に入れておいても、美紗姫はいい顔はしまい。だから、武田家に仕えさせるのが一番いいと考えたのだ。

（いずれ落ちる）

晴信は楽観していた。美紗姫がこちらの手にある以上、誠之助を意のままに従わせるのは難しくないはずだ。誠之助は再び牢に戻された。評定の間に帰ろうとする晴信を、信繁が呼び止めた。

「兄上」

「何だ、左馬助」

振り返ると、そこに信繁の思い詰めた顔があった。

「諏訪の姫を側室になされるおつもりか」

「そうだ」

「兄上、それはおやめなされ」

信繁ははっきりと言った。

晴信は表情を変えずに、

「何故だ」

と、聞き返した。信繁は兄を正視したまま、

「あの姫と兄上は敵同士、敵同士が無理に添おうとしても、憎悪を深めるだけでございま

す」

「小賢《こざか》しいことを言う」

晴信は一笑に付した。

「姫はきっと兄上の命を狙います。かような者を近づけてはなりません」

「左馬助、わしの命を狙う者など、この広い天地に掃《は》いて捨てるほどおるわ。これからも増え続けるだろう」

「――」

「信濃を平定し、天下を平定するとは、四方すべて敵になるということだ。命を狙う者をいちいち気にしていては話にならぬ」

「しかし、命を狙う者を好んで身辺に近づけるなど、賢者のすることではありません」

晴信は笑みを消し真面目な顔になって、

「わしは諏訪を奪った。だが、それは単に武力で押さえたというだけで、諏訪の民が心服するかは、まだわからぬ。姫のように、わしを不倶戴天《ふぐたいてん》の敵と思っている者もいよう。だが、その者たちを心から武田の支配に服させ、諏訪も武田もない世にせねばならぬ。美紗姫をわが心に従わせることはその第一歩。逃げるわけにはいかんのだ、左馬助」

「では、あえて申し上げるが、美紗姫があれほどの美女でなくても、兄上はかようになされたのか」

信繁の逆襲に、晴信は言葉に詰まった。

「いかがでござる」

「――した、であろうな」

晴信は苦しそうに答えた。

「兄上！」

「もう言うな、左馬助」

晴信は一喝した。

「武田の棟梁であるわしが、一度決めたことだ。くつがえすことはできぬ。それでは家臣への示しがつかぬ」

「――しかし、憐れでございます」

信繁はつぶやくように言った。

「憐れ、とは」

晴信は妙な顔をした。

「美紗姫殿でございます」

父の敵に身を任せるとは――とまでは弟の身では言えなかった。

晴信はたいして気にした様子もなく、

「女の幸せは男が決めるものだ。わしという男を得たのは、姫にとっての幸運ではないか」

堂々とした態度だった。信繁もそれ以上は何も言えず口をつぐんだ。晴信は自分の館に戻って行った。


一人いる。

美紗姫は館の一角に与えられた部屋に一人いる。夜は更けた。武田の待遇は気味の悪いほど丁重だった。汚れた衣裳に替えて、新しいものが与えられ、体を清めることも許された。だが、嬉しくはない。自分は籠《かご》の鳥なのだ。国を奪われ父を奪われたうえ、最後のものまで奪われようとしている。逃げ道はなかった。障子ひとつ隔《へだ》てた廊下にも隣室にも、見張りが寝ずの番をしている。こうなるともはや自害することもできない。どうすることもできない。しかし、美紗姫は諦めることもできなかった。

（このまま晴信の思い通りにはなりたくない）

そう思ってもどうしようもない。美紗姫は冷たく厳しく沈んだ面持ちで、ぴくりとも動かず座っていた。突然、廊下の方が騒がしくなった。あたり憚《はばか》らぬ足音である。

（晴信――）

美紗姫は直感した。

この館でいちばん傍若無人《ぼうじやくぶじん》に振舞える男、それこそ当主武田晴信である。

「姫──」

晴信はからりと障子を開けた。

美紗姫は身を固くして、その視線をはずした。

「月を賞《め》でに参った」

晴信は言った。

(月を──?)

不審げな顔をちらりと見せた美紗姫に、晴信はかまわず座敷に上がり脇差をはずして座り込んだ。障子は開け放たれたままである。

「よい月ではないか、のう、姫」

思わずつられて夜空を見上げると、そこには十五夜の月が輝いていた。

「どうじゃ、あのような月を見ておると、人間同士、下界《げかい》で実に下らぬ争いをしておると思わぬか。下らぬ恨みや妬《ねた》みさえ忘れれば、この世は極楽かもしれぬ」

晴信は月を見つめたまま、そっとささやくように言った。

(晴信はずるい)

美紗姫は怒りに震えた。恨みを買うようなことをしておいて、その恨みを忘れようとは、どういうことか。

「おまえたちは下がれ」

晴信は見張りの者を全部下がらせた。そして晴信は姫に背を向け肘枕《ひじまくら》をして、畳に寝そべった。

「脇差を取ってくれぬか」

その背の後ろに無造作に脇差が置かれてある。

（今なら刺せる）

美紗姫は血走った目でそれを見つめた。

美紗姫は震える手で脇差を摑んだ。晴信は無防備に背中を見せたまま寝そべっている。鞘《さや》を払った。美紗姫の右手には抜身《ぬきみ》がある。これを振りかぶって、晴信の背中を貫けば、呆気なく武田の当主は死ぬ。あたりには誰もいない。今なら刺せるのである。柄《つか》を握る手に力がこもった。

（晴信、父の敵《かたき》じゃ、覚悟）

一歩踏み出した。

「どうした」

向こうを向いたまま晴信が言った。気合というものであった。美紗姫は出端《ではな》をくじかれた。くるりと晴信が向きを変えた。憎悪の炎が燃える美紗姫の眼と、静かな湖のように落ち着いた晴信の眼が、互いを捉えた。

「それでは刺せぬな」

脇差を振りかぶったまま、凍りついたように動かない美紗姫を見て、晴信は嘲笑《あざわら》うように言った。美紗姫の顔が怒りで紅潮した。

「父の敵、覚悟」

今度は声に出して叫んでみた。おのれを奮い立たせるためである。それに応えるように、晴信がにやりと笑って見せた。美紗姫は逆上して、躍《おど》りかかった。晴信は駆け寄って来る美紗姫の足を、自分の足で軽く払った。それだけのことで、勢い余った美紗姫はたたらを踏んで前のめりになった。晴信はその機を逃さず、身を起こし、美紗姫の右手首をねじり上げた。激痛に思わず美紗姫は脇差を落とした。

「どうだ、姫、わしの勝ちだな」

晴信は暴れる姫を押さえながら言った。

(おのれ)

美紗姫はもがきにもがいた。だが若く逞《たくま》しい晴信の腕は、美紗姫をがっちり捕らえて放さない。

(けだもの)

美紗姫は大声で叫びたかった。晴信を恐れてはいない。しかし、大声を出せば、そう思われる。それが嫌なのである。晴信はそれを見抜いていた。

(気の強い娘——だが、気に入った)

放してなるかと、晴信は思った。

「無態《むたい》な。武田の当主として天に恥じるところはないのですか」

「姫、弱い者が強い者にひれ伏す。それが乱世の掟《おきて》だ」

晴信はかまわず美紗姫を抱き上げ、次の間の襖《ふすま》を開けた。そこには夜具があった。

2

翌朝、晴信のところへ勘助が早速現われた。

「殿、昨夜の城攻め、うまく参りましたかな」

勘助は挨拶もそこそこに尋ねた。晴信は珍しく照れ臭そうに顎《あご》を撫でた。

「――城は陥《お》ちた」

「おめでとうございます」

勘助は真面目な顔で賀詞を述べ、

「して、けさのご様子はいかに？」

と、尋ねた。美紗姫が屈辱のあまり死を選ぶことを、何よりも恐れたのである。

「心配致すな」

晴信はその点には自信があった。

「一言も口を利かなんだわ。だが、死ぬような女ではあるまい。そこが強さでもあり弱さでもある」

美紗姫の、氷のように冷たい視線が目に浮かんだ。侮蔑と憎悪を氷のように凝結させた瞳。

「頑《かたく》なな心をほぐさねばなりませんな」

勘助が言うと、晴信は笑みを浮かべ、

「それは姫がことか、それとも諏訪の民のことかな」

「両方でござるが、取り急ぎ行なわねばならぬのは、諏訪の民心を安《やす》んじること」

「すぐにか?」

「すぐでござる」

勘助はうなずいた。晴信は不思議に思って、

「まだ上原城の修復も成ってはおるまい」

「それでござる」

勘助は苦い顔をした。

(何か言いたいことがあるのか)

晴信の周囲には、補佐役として二、三の重臣がいる。重臣筆頭の板垣信方は、既に諏訪郡代として上原城に在《あ》り、他の重臣もふだんはほとんどが知行地《ちぎょうち》にいる。おのが領地に

館を構え、その土地土地の小領主として君臨しているのである。この小領主たちは、毎月の定められた日に躑躅ヶ崎館に集まり、武田家の方針を決める大評定に参加する。その他にも戦争や緊急の議題がある時には招集される。しかし、細かいことでいちいち全員を集めるわけにはいかないので、大方のことは晴信が独断で決める。その補佐役がいる。駒井高白斎《こまいこうはくさい》という中年の男がその筆頭である。他にもいるが物の数ではない。その高白斎に勘助は話を聞かれたくないらしい。

「勘助、庭の躑躅《つつじ》を見よう」

晴信は先に立って庭へ出た。

花の盛りはもう過ぎている。

だが、勘助は黙って従った。

「申せ」

「板垣様のことでございます」

「信方がどうかしたか」

それだけで晴信には察しがついた。だが、あえて勘助に尋ねていた。

「申し上げにくいことながら、板垣様は上原城修築にあたり、諏訪の民を酷使し、ろくろく銭を払わぬよしにござりまする」

勘助は目を伏せたまま答えた。晴信は舌打ちした。

「信方め、新付《しんぷ》の民には気遣いを忘れるなと申したに」

そこまで言って、晴信はふと気が付き勘助を見た。

「勘助」

「はい」

「諏訪の様子を、いかにして知った。そちは千里眼か」

「滅相もない」

勘助はあわてて否定した。

「手の者の知らせにございます」

「ほう、手の者か。いつの間にそのような網を作った」

晴信はそちらのほうが気になった。

武田の当主たる自分の了解なしに、諜報網が作られたとしたら、それは許されぬことだ。晴信が目指している独裁権の確立とも矛盾する。

「いえいえ、左様なものではございませぬ。ただ、先日ご承諾を得ました三河者に――」

「三河者」

晴信は怪訝な顔をした。

「はい、知行百貫お預かりし、それを元手にものの役に立つ者を呼び寄せる件にございます。手始めに拙者の故郷の三河より呼び寄せましたが、ことのついでに諏訪の様子を見届けさせた次第で――」

「こいつ、抜け目のない奴じゃ」

晴信は苦笑したが、すぐに表情を引き締めると、

「信方にも困ったものだ。勘助、やはり武骨者には新付の地を任せるべきではないな」

「御意。これからは、物腰の柔らかな者を殿の代官として、差し向けられるのがよろしかろうと存じます」

軍人としての才能と民政家としての才能は、往々にして一致しない。優れた軍人は民政が不得手で、逆に優れた民政家は軍務が苦手だ。この二つを兼ね備えれば、大国の主となる資格は充分である。この甲斐の国で、とりあえずその資格を満たしているのは晴信をおいて他にない。勘助はそのように見ていた。その晴信が言った。

「これからのことは、よい。さしあたって、どうすればよいのだ」

勘助は膝を乗り出すと、

「早速、寅王丸様を奉じて諏訪大社本宮に参詣なされませ」

「やはり、その手か」

「はい、もう一つ、勘助によき思案がござる」

晴信は物問いたげな視線を勘助に向けた。

「当家の旗印《はたじるし》でござる」

勘助は答えた。

「旗印？」

晴信は妙な顔をした。周知の如く、武田の旗印は二つある。

一つは先祖伝来の日の丸の旗、いわゆる「御旗《みはた》」であり、もう一つは「風林火山」の旗である。それが一体、諏訪の民心安定と何の関わりがあるのか。

「殿、もう一つ旗印を増やされませ。その旗を風林火山の旗と共に、武田軍の先頭に掲げるのでござる」

「どのような旗だ」

「その旗には大きく次の文字をしたためまする。——諏訪南宮上下大明神と」

晴信は思わずあっと叫んだ。考えてもみなかったことだった。昨日までの敵の旗を、ぬけぬけと今日は味方の旗にするとは。

「ようも考えたものよ」

晴信は率直に感嘆した。よくよく考えてみれば、諏訪鎮撫《ちんぶ》軍の名目上の大将は、頼重の遺子寅王丸である。すなわち鎮撫軍は、形式的には諏訪勢ということになる。もちろん、あくまで形式の上でのことであり、実質はまったくの武田勢だ。しかし「寅王丸の軍勢」という形式を、より確固たるものにするには、諏訪明神の旗を使うのに越したことはない。旗というものは、遠くからでもよく見えるものである。

寅王丸を奉じた武田勢が、諏訪の祭りを復興し平和と安定をもたらす使者であることを、これほど雄弁に物語るものはない。確かに理詰めで考えれば、諏訪明神の旗を武田軍の軍旗に加える効用は大きい。問題はそのような発想ができるかどうかだ。思いつくのと、人に言われて気付くのとでは、天と地の違いがある。

晴信は勘助という男を改めて見直した。

「その旗の調製は拙者にお任せくだされませ」

勘助は志願した。

「ほほう、そちは職人の真似事をするというのか」

晴信は笑った。勘助は真面目な顔で、

「武田衆には任せておけませぬ」

と、自分が武田の一員ではないような言い方をした。

「なぜだ」

晴信が尋ねた。

「ご当家の衆に任せておけば、おそらく諏訪衆をあなどって粗末な旗を作りかねませぬ。それではかえってまずいのでござる」

勘助は遠慮がちに答えた。

「ふむ」

晴信はうなずいた。ありそうなことではあった。武田は諏訪に勝ったのである。当然、武田衆の中には諏訪を見下す心がある。そのような者に、敵の守護神である諏訪明神の旗を作らせたら、どういうことになるか。まず、ろくなものは作らないとみていい。敗者の旗印に、勝者が尊敬の念など抱くはずはないからだ。

「むしろ諏訪明神の旗はできうる限り美麗に豪華に調製致すべきでござろうな。粗末な旗が武田の陣頭に立てば、諏訪の者どもは、おのが神が侮辱されたと感じ、武田に反感を抱くに相違ござらん」

晴信は勘助の言葉がいちいち納得できた。諏訪の旗印を採用することを思いついたばかりでなく、その旗の調製にまで細心の注意を払うとは。

「その旗の文字、諏訪明神の神号《しんごう》は、わしが書こう」

「それがよろしゅうござる」

勘助は満足げにうなずいた。そのことを晴信が言い出さねば、こちらから言い出そうと思っていたのだ。

「殿、神号を揮毫《きごう》なされます時は——」

「わかっておる。身を清め諏訪明神を拝し、敬虔《けいけん》なところを見せておけと申すのだろう」

さすがに晴信であった。わかりが早い。勘助は何も諏訪明神を心から信仰しろと言っているのではない。ただ、あくまでも敬虔な態度を示しておくことが絶対に必要だった。晴信が神号をないがしろにすれば、それは必ず噂となり諏訪まで伝わる。もともと諏訪者を見下しがちな武田衆が、喜んではやし立てるにちがいないからである。それとは逆に、晴信が率先して敬虔な態度を示せば、家来も自然にそれに従うにちがいない。まして、その神号が主君の手によって書かれているとなればなおさらだ。無礼を働くわけにはいかなくなる。

「早速、作るがよい。費用に糸目をつけるな」

旗一つで諏訪の民心を収攬《しゅうらん》することができるなら、安いものであった。

「かしこまりました」

「神号は明日にも皆の前にて書いておこう。――幾日で出来るか？」

晴信は尋ねた。

「まず五日、急ぎに急いでもそれぐらいはかかりましょう」

「わかった。万事そちに任せよう」

晴信は上機嫌だった。

誠之助は三日ぶりに牢から引き出され、縄を解《と》かれると、館の一室に案内された。そこには美紗姫が待っていた。

「姫様」

やつれてはいるが、美紗姫の無事な姿を見て、誠之助は眼に涙を浮かべた。情けないとは思うのだが、どうしても涙が流れてきてしまう。

美紗姫は誠之助を見ても、表情を変えなかった。まるで能面のように、感情を抜き去った顔である。

「――?」

誠之助は、何も言わない美紗姫の顔をいぶかしげに見つめた。やがて、美紗姫はおもむろに口を開いた。

「誠之助、申し渡すことがあります」

「はい」

何事かと誠之助は美紗姫の口許《くちもと》を注視した。

「そなたに暇《いとま》を取らせる」

美紗姫の言葉に、誠之助は耳を疑った。

「姫様」

誠之助は叫んだ。美紗姫はもう一度繰り返した。

「わかりましたね。そなたとの主従の縁はこれまでです」

「何故に、わたくしを放逐《ほうちく》なさるのです」

誠之助はどうしても信じられなかった。

「わたくしに何か落ち度がございましたのか？」

「――」

必死で叫ぶ誠之助に、美紗姫はあくまでも冷たかった。

「とにかく諏訪へお帰りなさい。帰って、父に孝養を尽くすもよし、他家に仕えるもよし、好きなようになさい」

「――姫様のお世話は誰がするのです」

「わたくしは武田家に仕えることになったのです。ですから、武田家の者が世話をしてくれます」

美紗姫は淡々とした口調で答えた。誠之助には信じられないことばかりである。なぜ、姫は自分を放逐するのか。なぜ、姫は父の敵の武田に従おうとするのか。

「わかりませぬ」

誠之助は首を振った、泣いた、怒りで顔が真っ赤になった。

（許せ、誠之助。こうしなければ、そなたの命が危ないのです）

美紗姫は心で詫《わ》びていた。晴信は、誠之助を説得して武田家に仕えるようにせよ、と言った。しかし、それはできない。

美紗姫には晴信の魂胆が読めている。誠之助を家来にした後、いつか機会を見つけて殺す気なのだ。もちろん誠之助が武田への恨みを忘れて誠心誠意勤めれば、晴信はそれに報い侍大将にでも取り立てるかもしれない。だが、誠之助は主君の恨みを忘れて、わが身の栄達だけを考えるような人間ではない。それは美紗姫が一番よく知っている。おそらく晴信もそう見ているだろう。ただ、いま殺してしまっては、美紗姫を思うように操れなくなる。そこで武田家に取り込もう、あわよくば腹心の家来にしてしまおうというのが、晴信の考えであった。しかし、そんなことができるはずはない。純粋な誠之助が、晴信に心を許すはずがないのである。だから、ここで誠之助をむりやり武田家に仕えさせても、いずれは衝突する。そうなれば誠之助には死の運命しかない。武田の当主と誠之助——残念ながら知恵も力も比べものにならないからだ。誠之助の命を助けるためには、こうする他はない。つらいが、やむを得ないのである。

誠之助はその姫の心がわからなかった。美紗姫は誠之助が納得するように説明することはできない。

そんなことを口にすれば、かえって誠之助の命が危なくなる。東光寺で切腹させられた父のように、騙し討ちにされるかもしれない。障子の向こうで、聞き耳を立てている晴信の目付《めつけ》に聞こえるように、

「誠之助、話はそれだけです」

そう言って美紗姫はさっさと立ち上がった。

「お待ちください」

誠之助は血を吐くような声で叫んだ。その必死の視線から、美紗姫はあえて目を逸らして、

「誠之助、武士は進退を潔《いさぎよ》くするものですよ」

心を鬼にして言った。誠之助は力なく両手を畳についた。熱い涙がぽとりと落ちた。廊下を去る美紗姫の目にも涙が浮かんでいた。

「殿、してやられましたな」

勘助が言った。事の次第を目付が晴信に報告したのを、脇で聞いていたのである。晴信は苦い顔をしてうなずいた。確かにまんまとしてやられた。美紗姫は晴信の命令に反して、誠之助を逃がす手段を講じたのである。それも「逃げよ」などと言えば、絶対に言うことをきかない誠之助の気性を見越したやり方である。

「あの若者、命拾いしたな」

晴信が言うと、勘助は大きく首を振った。

修羅《しゅら》の道へ

1

晴信はおやと思い勘助を見た。勘助は黙ってこちらを見つめている。

「斬れ、というのか、あの若僧を」

鼻白《はなじら》む思いで晴信は言った。

「御意」

あっさりと勘助は認めた。晴信は呆れたように、

「あのような若僧、放っておいても、どうということもあるまい」

勘助は首を振って、庭の楠《くすのき》の大木を指さした。館が出来る前からその場所にある、館で一番古い木である。

「あれがどうした、勘助」

「今はふた抱えもある大木でござるな。伐《き》り倒そうとしても、容易なことではございませぬ」

「伐れというのか」

「いえ、もののたとえでござる。あの木は殿の敵ではございませぬゆえ、伐る必要はございらん。されど、もし伐るとすれば、若木のうちに伐っておくのがよろしゅうござる。あの大木とて若木の頃があったはず、その頃ならば子供の力でも容易に折ることができ申す」

「禍根《かこん》は芽のうちに摘《つ》み取れと申すか」

晴信の問いに、勘助は大きくうなずいた。

「しかし、いま討てば、美紗姫は怒るであろうな」

ふと、美紗姫の怒りに燃えた顔が目に浮かんだ。

「何も、この館の中で討つことはござらぬ。ここは姫の望まれる通り、誠之助を放逐しておき、討手を差し向けて内々に討ち取ってしまえばよろしゅうござる」

「そうだな」

「必ず討ち果たされませい。悔いを後々に残さぬためにも」

勘助はくどいほど注意すると出て行った。

誠之助は武田館を追い出された。意気消沈している誠之助を、武田家の侍はまるで捨て猫をするように放り出した。誠之助は反抗する気力もなく、とぼとぼと歩き始めた。あてはない。諏訪には父がいる、弟もいる。しかし、どの面下《つら》げて帰れよう。その足はいつの間にか、諏訪とはまるで方角違いの東光寺へ向かっていた。主君諏訪頼重が切腹させられた寺、そこには墓もあるはずだ。

（墓前で殿様にお詫びして腹を切ろう）

誠之助はこっそり境内に忍び込んだ。真新しい白木の墓標の前で、誠之助は脇差を抜き懐紙で巻いて逆手《さかて》に持った。

「待て、早まるな」

背後の声に振り向くと、そこに笠をかぶった僧が立っていた。

「お止めくださるな」

誠之助はかまわず脇差を腹に突き立てようとした。

「たわけ者」

一喝して僧は錫杖《しやくじよう》で誠之助の手首を打った。

「何をする」

誠之助は右手を押さえて怒りの声を上げた。

「若いくせに、何故死に急ぐ」

「貴殿の与《あずか》り知らぬことだ」

誠之助は僧をにらんだ。僧は笠を取り、穏やかな声で、

「その若さで追腹《おいばら》を切ることもあるまい、殉死などは老人のすることじゃ」

岩のようにごつごつとした顔の、目玉の大きな男だった。僧というよりは荒法師という感じである。

「殉死ではない」

誠之助は言い返した。頼重は主筋ではあるが、本当の主人は美紗姫である。美紗姫が生きている以上、殉死というのはおかしい。僧は笑った。

「なら、なおのことやめておけ。どんなわけがあるのかは知らんが、死ぬほどのことではあるまい」

「わけはある」

断固として誠之助は主張した。

「ほう、では話してみるがいい」

「話す義理などない」

「そう言うな。わしも仏に仕える身、人が無駄に命を捨てようとしておるのを、見過ごしにはできぬ」

誠之助は相手にならず、脇差を拾い上げようとした。僧は素早く錫杖で、脇差を払い除《の》けた。

「無礼な」

誠之助は憤然とした。

「わけを話せ。そのうえで、わしがもっともじゃと思えば、何もそなたが腹を切らずとも、首を刎《は》ねてやろう。遠慮はいらぬ。わしは首切りは得意でな」

「――御坊《ごぼう》、一体何者だ」

僧は何も答えない。

誠之助はいらいらして再度尋ねた。だが、やはり僧は答えない。誠之助ははっと気付いた。

「拙者、望月誠之助と申す者。御坊の名は」

僧は再び笑みを浮かべ、

「ほう、礼儀を思い出したか。よきかな、よきかな、身の回りのことに気が配れるようになれば、少しは落ち着いたと申すもの」

僧のからかったような言葉に、誠之助はまたかっとした。

「さあ、話すがよい。わしがそなたの愚痴《ぐち》をとっくりと聞いてやろう」

僧は近くの大石に腰を下ろした。

「愚痴ではない」

誠之助は僧の方を向いて言った。

「であるか、ないかは、わしが判断してやろう。さあ、話せ」

誠之助はやけになっていた。この分だと、どうせ自害しようとしても邪魔されるにちがいない。それならば手早く話して、追っ払ったほうがいい。誠之助は話し始めた。話し出すと、あらいざらいぶちまける形になった。話しにくいはずのことも、僧が巧みに挑発するので、ついつい話してしまう。気が付くと、誠之助はすべてを話していた。

「ふむ」

聞き終わると僧は首をひねった。

この若者の主君である姫は、この若者の命を助けたくて、そのような措置を取ったのであろう。しかし、そのことに気付いていない若者に、説明してやるのが本当の親切かどうか。姫の心を知れば、若者はむざむざ割腹するのは思いとどまるだろう。しかし、そのまま武田館に斬り込まないとも限らない。それでは姫の厚意が無駄になる。なんとか、それはせずに、腹立ちまぎれの憤死だけはやめさせねばならない。それにはどうすればよいか。その手段を考えていたのである。誠之助は僧が何も言わないので焦れた。

「御坊、何とか申されよ」

僧は、怒った誠之助を見て、くすっと笑った。誠之助はますます怒って、

「笑うな、なぜ笑う」

と、詰め寄った。僧は笑顔のままで、

「そなた、思う壺という言葉を知っておるかな」

「――？」

「知らぬのか、茶壺のことではないぞ」

（馬鹿にするな）

誠之助は思った。

「そなたの今が、まさにそれじゃ。――敵方の思う壺」

僧の言葉の意味を、誠之助は解きかねた。

「なぜじゃ」

「わからぬのか、そなたがここで腹を切ってしまえば、武田衆は厄介払いができる。自ら手を汚さずとも、勝手に死んでくれるのは助かる。そなたはどう考えておるのか知らぬが、まるで武田衆の手伝いをしているようなものではないか。だから、思う壺と申したのじゃ」

僧はにやにや笑っている。誠之助はどうもこの男の言葉が素直に耳に入らない。

「いい加減なことを言うな」

「何がいい加減じゃ。むしろ、いい加減に死のうとしておるのは、そなたのほうではないか」

一転して真面目な顔になり、僧は諭すように言った。誠之助は言葉に詰まった。

「ほうれ、返す言葉がなかろう。そなたがいかにいい加減に生きておるか、返す言葉がないのがその証拠じゃ」

　僧は決めつけた。

「──では、御坊、どうすればよいのじゃ」

　誠之助は情けない声を出した。

「たわけ者！」

　僧は一喝した。

　誠之助はびっくりして首をすくめた。

「そなたの命であろうが、それぐらい自分で決めずに何とする」

　言われてみればその通りだった。誠之助は姫に命を預けたつもりでいた。その姫から、おまえの命はいらぬと投げ返され、どうしていいかわからなくなったのだ。しかし、もともとは自分の命である。自分で決めるのが本当だ。

「どうだ、まだ死にたいか、かほどまでに言って聞かせて、まだ死にたいとあればやむを得ぬ。わしがこの錫杖で頭を叩きつぶしてくれよう」

　僧は錫杖を木刀のように握り、大上段に振りかぶった。

「お待ちくだされ」

　誠之助はあわてて右手を上げた。

「どうした、まだこの世に未練があるか」

「――」

誠之助は答えに詰まった。僧は凄味《すごみ》のある微笑を浮かべ、

「では、死ね。おまえのような意気地なし、生きておっても仕方がない」

と、大上段からうなりを上げて錫杖を振り下ろした。ぶうん、という凄《すさ》まじい音がした。誠之助はすれすれに身をかわした。ぐわん、と錫杖は大地をえぐり、大きな穴があいた。誠之助はぞっとした。背筋に冷たいものが走った。

「なぜ逃げる、死ぬのではなかったのか」

僧はもう一度錫杖を上段に構えた。

(ただの坊主ではない)

誠之助は脇差を拾い上げて、反撃の姿勢を取った。相手はもと武士、それもかなりの剛の者だったにちがいない。

(殺されてたまるか)

誠之助はいつの間にか、そう思っていた。

必死の反撃をしようと構える誠之助、まるで猫に狙われた鼠《ねずみ》が開き直ったようなものだった。その必死の表情を見て、僧はくすっと笑い、錫杖を下ろした。

「――?」

「その意気があればよい」

僧は満足げにうなずくと笠を拾った。

「なぜ、やめる」

誠之助は構えを崩さずに叫んだ。

「ははは、もう忘れたのか。わしとそなたは恨みおうて争ったのではないぞ。死にたいというそなたの手伝いをしてやろうとしただけだ。当のそなたに死ぬ気がなくなったというのに、これ以上何をするというのだ」

誠之助は呆気にとられた。僧はさっさと笠をかぶると、

「一つしかない命じゃ。せめて、おのれの好きなように使ったらどうかな」

それだけ言うと、僧はその場を立ち去ろうとした。

「御坊、お名前をお聞かせくだされ」

誠之助はその背に向かって呼びかけた。

「名乗るほどの名は持ち合わせておらぬ」

僧は振り向きもせず言った。誠之助は走り、僧の前に回って大地に両手をついた。

「何卒、お聞かせくだされ」

誠之助の懇願に負けて、僧は名乗った。

「伝海《でんかい》じゃ」

「伝海様、どちらの寺院にお住まいでございます」

誠之助は尋ねた。伝海は笑って、

「寺などないわ。この空の下がすべてわしの修行の場。この空の下で、善光寺《ぜんこうじ》様にお仕えするのが、わしの生涯の道じゃ」

「善光寺様」

信濃者なら知らぬ者のない大寺である。

わが国に初めて異国から伝来したという阿弥陀如来《あみだにょらい》が本尊《ほんぞん》で、その名は信濃一国にとどまらず全国に知られている。誠之助は諏訪明神を信仰しているが、善光寺に対しても少なからぬ畏敬《いけい》の念を抱いていた。

「そなたの生涯の道は何になるのか、楽しみじゃな」

伝海は去った。誠之助はその姿が見えなくなるまで、頭を下げて見送った。

（一つしかない命、おのれの好きなように使え、か）

いま自分の最もやりたいことは何だろうか。誠之助はそれを考えていた。

2

晴信は機嫌がよかった。諏訪は手に入れたも同然である。まだ高遠頼継の抵抗が予想されたが、物の数ではない。武田勢の力と、諏訪の正統たる寅王丸という看板があれば、諏訪は完全に押さえられるだろう。そればかりではない、美紗姫という大きな獲物も手に入れた。

(なつかぬ猫のようなものだが、先が楽しみじゃな)

晴信には既に正妻がいる。

だが、既に二人の男子をもうけた妻と、晴信はこのところしっくりといっていなかった。妻は京の公家《くげ》右大臣三条公頼《さんじょうきみより》の娘である。暇さえあればこのような草深い田舎は嫌だと言う。右大臣の娘が、はるばる東《あずま》に下り嫁いできたのだ。ある程度の愚痴はやむを得ないかもしれないが、たび重なると嫌になる。晴信の足は、生家の名を取って三条殿と呼ばれている妻から、遠ざかりがちであった。その代わりとなる女性が見つかったのである。晴信の頰が緩むのも無理もなかった。

「殿、お呼びでございますか」

春日源五郎が現われた。

「うむ、源五郎、庭へ出るか」

晴信は先に立って陽光降り注ぐ庭に出た。梅雨は明け既に夏である。蟬時雨《せみしぐれ》がやかましい。その陽光の下で、晴信は改めて源五郎を見て、感心した。

(見事な若者になっている)

近習から使番《つかいばん》に取り立てた時は、まだ少し早いかなと思った。体の線が細く、顔にも幼さが残っていた。だが、今はどうだ。使番に任じてから、ほんのわずかだというのに、もう堂々たる武士の顔になっている。

(なるほど若者は成長するわい)

自分もどちらかと言えば若者なのに、晴信はそう思った。源五郎は庭に片膝をつき、澄んだ瞳で晴信を見つめている。

「源五郎」

「はい」

晴信はその時まで別のことを命じようとしていた。だが、源五郎の顔を見て、考えが変わった。

「——源五郎、どうして、そちはあの夜、美紗姫の番などしておったのだ」

晴信の問いに、源五郎は戸惑《とまど》った顔をした。

「そちは使番。姫の見張りなどしなくてもよいのだぞ」

晴信は笑みを浮かべながら言った。

「はい、実はあの夜、朋輩《ほうばい》が風邪《かぜ》をひきまして」

源五郎は冷や汗をかきながら答えた。

「だからと申して、そちが見張り番を代わってやることはない。そちはもう近習ではない、使番なのだ。おのれの職分を果たすことを考えよ」

「はい、申し訳もございません」

「無事に務めるならまだしも、諏訪の小僧に不覚を取るとは」

晴信はそう言って笑った。源五郎は屈辱で真っ赤になった。その小僧を討て——と、晴信は源五郎に命ずるつもりであった。今、それを命じれば、源五郎は勇んで飛び出して行くだろう。もちろん、一人で行かせるようなことはしない。腕利きの兵を付ける。源五郎はその兵の指揮を執ればいいのである。

(だが、やめた)

晴信は咄嗟《とっさ》に決心した。なぜだかは、よくわからない。勘助の言うことはもっともである。現に、この源五郎も逞しく成長している。あの誠之助が将来武田の大敵にならないとも限らない。それは理屈としてはわかるのだが、この明るい庭で、若芽を摘むような命令は出したくなかった。

「下がってよいぞ」

晴信は言った。源五郎は不審な顔をした。

(何か、御用があったのではないのか)

「よい」

晴信は重ねて言った。源五郎は一礼して去った。入れ替わりに勘助がやって来た。桐箱を捧《ささ》げ持った職人体《てい》の男を連れている。

「勘助か」

晴信は、ひざまずいた勘助に声をかけた。

「殿、本日はお日柄もよく、めでたい限りでござる」

「いつもはいきなり用件に入る勘助が、この日は珍しくそんなことを言った。晴信は笑って、

「旗が出来たか」

と、尋ねた。

「はい、この者に命じまして」

勘助は控えていた男に合図をした。男は前に進み出て、箱を前に差し出した。

「染物の職人にて、米次郎と申す者です。お見知りおきくだされ」

と、勘助が言った。

「中身を見せてみい」

晴信が命じた。米次郎は箱の蓋《ふた》を開け、中から一旒《いちりゅう》の旗を取り出した。

「ほう、見事な」

広げられた旗を見て、晴信は嘆声を上げた。柿色の地に「諏訪南宮上下大明神」と白く染め抜かれている。それだけではない。その晴信の書いた「諏訪南宮上下大明神」の文字を取り巻くようにして、六十三の梵字《ぼんじ》が黒く染めつけられている。つまりこれは諏訪大明

神を、梵字で象徴される三千世界の仏たちが守護するという関係を示している。

「この梵字は、そなたの工夫か?」

晴信は米次郎に尋ねた。米次郎は平伏したまま答えない。

「よい、直答《じきとう》を許す。申してみよ」

「はっ、山本様のお指図でございます」

米次郎はようやく答えた。

「勘助、そちの悪知恵には、ほとほと感心するわ」

晴信は苦笑して言った。

「恐れ入りまする」

勘助は頭を下げた。諏訪明神は敗者の神である。その神号をうやうやしく軍勢の先頭に掲げれば、武田勢の中には面白く思わぬ者も出てこよう。中には仏の道の篤信者《とくしんしゃ》もいる。

晴信自身は、日常の哲学は禅に学びつつも、特定の神仏を保護する立場は取っていない。理由は簡単で、ある特定の神仏を信仰すれば、他の神仏を信仰する者と疎遠になるからである。国主として、それは忌《い》むべきことだ。しかし、このたび諏訪を平定するにあたっては、諏訪明神を信仰する態度を示す必要がある。だが、これも難しい。露骨にやれば武田衆の反感を買うし、かといって気のないそぶりを見せれば、諏訪者の憤激を招く。だが、この旗の意匠は、双方の顔を立てていた。

「ご苦労であった。褒美《ほうび》を取らそう」

晴信は米次郎に声をかけ、懐《ふところ》から取り出した巾着《きんちゃく》の中から、小石大の金塊を与えた。

「へえーっ、もったいのうございます」

米次郎は目を丸くした。

武田の碁石金《ごいしきん》と呼ばれるものであった。

文字通り碁石の形をした金の塊である。信賞必罰を心懸ける晴信は、いつもそれを携行していた。

「頂いておけ、ありがたくな」

勘助が言うと、米次郎はそれを押し戴《いただ》き感激して帰って行った。

「勘助、これですべて調《ととの》ったな」

「御意」

晴信は館に戻ると、ただちに諏訪遠征軍の編成を命じた。

諏訪への道がまっすぐに続いている。望月誠之助はその街道の脇に立って、はるか上原城の方向をじっと見つめていた。生涯の道、それは一体何だろう。思い続けるうちに、誠之助はようやく考えを固めつつあった。

（武田晴信を倒す）

これである。暗殺という手段を考えなかったわけではない。しかし、それは極めて困難な道だ。晴信は大勢の家来たちに囲まれ、何千人もの兵を動かせる立場にある。一対一の勝負など挑《いど》めるわけがない。隙を見て襲うという手もあるが、それは誠之助のほうが嫌だった。騙し討ちは嫌だ。

（おまえと同じ手は使わぬ）

誠之助はそう思った。晴信を倒すのに謀略を用いれば、それは自分が晴信と同じ外道《げどう》になってしまうということである。そんなことは絶対に嫌だった。あくまで正々堂々とした手段で、晴信を倒したい。だとすれば道は一つ、それは晴信に敵対する武将に仕えることである。さしあたっての心当たりはなかった。今まで他家に仕えることなど考えたこともない誠之助である。信濃の大名のうち、誰がよいかなどとは考えたこともない。だが、ひとつはっきりしていることは、晴信は必ず信濃を全部取ろうとするにちがいない、ということである。それならば信濃の武将は、晴信相手に生きるか死ぬかの戦いをしなければならなくなる。その武将に仕えれば、晴信相手に思う存分戦うことができる。生命を懸けて、生涯を懸けて、誠之助は晴信と戦うことを決意した。その道が目の前にある。

（行こう）

誠之助は一歩を踏み出した。道の先には諏訪がある。諏訪は生まれ故郷、父も弟も親しい友もいる。だが、誠之助は故郷を捨てねばならぬと思い定めていた。いま諏訪は晴信の地、いわば敵地である。

（いつの日か必ず武田を滅ぼします。姫、待っていてくだされ）

誠之助はもと来た方角を振り返り、甲斐に向かって深々と一礼した。晴信にではない、武田館にいる美紗姫に惜別の礼を取ったのである。

（見ていろ、晴信、必ずこの甲斐へ戻って来る。武田を滅ぼす軍の先鋒として）

誠之助は固く心に誓った。

離合集散

1

天文十一年の夏が、ようやく秋への気配を示し始めた頃、晴信は五千の兵を率いて甲府を出発した。

目指すは諏訪上原城である。

先頭には「風林火山」の旗と「諏訪明神」の旗を並べて掲げ、その後に武田家の紋所「四ッ菱」の旗が何十本と続く。

威風堂々たる進軍であった。出発がここまで遅れたのには理由があった。妹禰々である。諏訪頼重の未亡人であり、その嫡男寅王丸の母でもある禰々は、寅王丸の諏訪行きをこばんだ。晴信が頼重に腹を切らせたあの日以来、禰々は兄と口を利くどころか、顔さえ合わそうとはしなかった。晴信も心に咎めるものがあったので、無理には会わずにいたのだが、今回はやむを得ない。使いの者では埒《らち》があかぬと直々《じきじき》に会って、寅王丸を渡すように命じた。禰々は晴信をにらみつけた。ろくろく食事も摂《と》らず、痩せ細った禰々は久しぶりに口を開いて、一言叫んだ。

「寅王丸まで殺そうとおっしゃるのですか」

その言葉は晴信の胸を刺した。妹はこの世のものとは思われぬ夜叉《やしゃ》の目をしている。

「――馬鹿なことを申すでない」

晴信は気を落ち着けてから言った。

「わしは寅王丸を、ゆくゆくは諏訪の領主にと考えておる。そのことを諏訪の民に知らしめるため、諏訪大社に参詣しようと申しておるのだ。寅王丸のためになることなのだぞ」

「兄上の言葉は信じられませぬ」

禰々は寅王丸をしっかりと抱き締めて、

「あなた様の言葉を信じたばかりに、頼重殿は無念の最期を遂げられました。寅王丸は渡しませせぬ。もしどうあってもと仰せになるなら、わたくしをお斬りになってください」

「何を申す、妹を斬れるものか」

「妹の夫《つま》は斬れても、でございますか」

さすがの晴信も返す言葉がなかった。晴信はいったん自分の館に戻り、勘助を呼んだ。

「寅王丸様をお渡しになりませんか」

開口一番、勘助は言った。晴信は苦笑して、

「そう先回りするものではない。――だが、勘助、策はあるか」

「ござる」

「そちは女子《おなご》は苦手ではなかったのか」

「女子は苦手でござるが、軍略は得意でござる。寅王丸様をすぐにここへお連れ致しましょう」

勘助は事もなげに言った。

晴信は驚《う》いた。

「安請け合いを申すな」

勘助は首を振って、

「安請け合いではござらぬ。確たる自信があって申し上げていることでござる」

「そちはまさか――」

禰々を斬るつもりではあるまいな――その言葉を晴信はかろうじて呑み込んだ。いくら諏訪を手中に収めるためとはいえ、それだけはしたくなかった。

「手荒なことは一切致しませぬ」

勘助は笑みを浮かべて言った。

「では、どうする。禰々は意地でも寅王丸を放さぬ構えだが――」

「なんの、拙者にお任せくだされば、ただちに寅王丸様をお連れ致します」

晴信は首をひねった。どう考えても、うまくいくとは思えないのである。

「ただちに、とは、ここ二、三日のうちにということか」

晴信の念押しに、勘助は首を振って、

「ただちに、は、ただちに、でござる。半刻《はんとき》(一時間)もあれば充分」

「なに、半刻だと」

「左様でござる」

晴信には勘助がどうするつもりなのか、見当もつかなかった。

「――面白い、では、これから半刻の間に寅王丸をここへ連れて参れ」

「かしこまりました」

勘助は間髪を入れずに答えた。

「ただし、禰々には一切危害を加えてはならぬぞ」

「もとより承知でござる」

「無理矢理かどわかすのか」

晴信は言った。勘助は笑って、

「そのようなことは致しませぬ。第一、それでは禰々様が黙ってはおられますまい」

と、晴信を安心させた。

「では、行って参りましょう。殿、決してお待たせは致しませぬ」

勘助はいったん退出した。半信半疑で待つ晴信のところへ、勘助が本当に半刻足らずで戻って来た。館の女中に赤ん坊を抱かせて連れている。その赤ん坊は諏訪家の「梶《かじ》ノ葉」の紋所をちりばめた産衣《うぶぎ》を着ていた。

「勘助、どう、してのけたのだ」

晴信は狐につままれたような面持ちである。

「まずはご検分くだされ」

「うむ」

赤ん坊の頭をのぞき込んだ晴信は一転して怒り出した。晴信が怒るのも無理はなかった。その赤ん坊は寅王丸《ぐろう》ではない、まったくの別人である。

「勘助、わしを愚弄するか」

「滅相もない。拙者、申し上げた通り、寅王丸様をお連れ致したのでござる」

「これが、寅王丸か、別人ではないか」

「左様。されど、それがおわかりになるのは、殿だけでござる」

晴信は虚を衝かれた顔をした。勘助はそれ以上抗弁せず黙っている。

（こやつめ）

晴信はいまいましかった。

「諏訪にはこの者を身替わりに連れて行けと申すのだな」

「御意」

勘助は短く答えた。

「それでよいか」

「よろしゅうござる。寅王丸様は生まれたばかり。生まれたばかりの赤子《あかご》の見分けがつく者などおりませぬ。肝心《かんじん》なことは、諏訪寅王丸様が殿とご一緒に諏訪本宮に参詣したという評判でござる。寅王丸様が当歳の赤子であることは、もっけの幸い。これが成年男子であれば身替わりなど立てられませぬからな」

「なるほど」

晴信は素直に兜《かぶと》を脱いだ。

「ときに勘助。頼継めはいかが致しておる」

「これはお人の悪い。殿のほうがご存知ではございませぬか」

勘助は笑った。高遠頼継である。晴信と手を結んだ頼継は、本家を裏切り諏訪頼重を攻めた。その時点で頼継は武田にとって必要だった。頼継と頼重、諏訪一族の内々の争いに武田が介入するという形を取りたかったからだ。結局は、晴信と頼継が協力して頼重を滅ぼした形になった。晴信は頼継と諏訪を山分けしている。宮川《みやかわ》という川を境に、東は晴信が、西は頼継が取った。だが、晴信はいつまでも西諏訪を頼継に預けておくつもりはない。頼継の利用価値がなくなった今、一刻も早く西諏訪も手に入れたいのだ。晴信が尋ねたのは、その攻略法である。

（どうすれば、最も手早く西諏訪を手に入れられるか）

「勘助、申してみよ」

と、晴信は催促した。西諏訪を手早く手中に収める方法をである。

「頼継めに先に手を出させる、この一手でござろうな」

勘助は即答した。

「挑発か」

「左様。頼継めを怒らせ、兵を挙げさせるのでござる」

「できるかな」

晴信は首をひねった。諏訪本家を倒す時も、あれほど腰の重かった頼継である。慎重居《こ》士《じ》の頼継を決起させるためには、ひと工夫もふた工夫もいりそうであった。その工夫を晴信は勘助に問いたい。

「どうだ」

晴信は期待を込めて言った。勘助はその問いをはぐらかすように、

「殿、上原城の修築は拙者にお任せくだされ」

「なに、上原城だと」

突然、何を言い出すのかと晴信は眉をひそめた。諏訪の主城である上原城は、既に諏訪郡代に任じた板垣信方に修築を命じてある。そのやり方がいかにも勝利者の傲慢に満ちており、民衆の反感を買っていることは、勘助の報告で知っていた。しかし、今さら修築奉行を替えても大差はあるまい。信方に注意すれば済むことだと、晴信は考えていた。もっとも勘助の築城術を見てみたいという気もする。古今の軍略に通じている勘助なら、見事な城を造るだろう。

「そなた、三国一の堅固な城でも造ってみせるというのか」

晴信は尋ねてみた。

「とんでもござらん」

勘助は笑って、

「どのような愚将が攻めても、たやすく落ちる城、三国一の攻めやすい城を造って御覧に入れましょう」

「——?」

他の家来がこのようなことを口にすれば、晴信は怒って叱りつけただろう。しかし、勘助である。その言葉の裏にある意味を探るのに、晴信は少しの時間が必要だった。やがて晴信の目が輝いた。

「そうか、上原城を餌にすると申すか」

「ご明察でござる」

勘助は頭を下げて、

「城が修築成《な》りました暁《あかつき》には、何らかの口実を設けて、板垣様を甲斐に召し返されるのがよろしゅうございます」

晴信はうなずいた。そうすれば、頼継は手薄になった上原城を攻め取りたくなるにちがいない。

勘助にはまだまだ策がある。

「さらにいま一つ、寅王丸様を――」

「なに寅王を」

晴信は思わず聞き返した。

「上原城に置かれ、仮の城主となさいませ。さすれば頼継め、板垣様の留守を狙って、必ずや上原城を攻めましょう」

勘助の言葉は、晴信にはいちいち納得できた。諏訪の正統はあくまで寅王丸である。頼継は一族とはいえ傍流に過ぎない。だからこそ、諏訪本家乗っ取りを狙う頼継には、寅王丸は目の上のこぶなのだ。主家の血筋を根絶やしにして初めて、頼継は誰にも憚《はばか》ることなく、諏訪の正統を名乗れる。寅王丸がこの世にある限り、その野望は実現不可能だ。当然、寅王丸が無防備状態で上原城にあれば、一石二鳥とばかりに城を襲うだろう。

「勘助、その寅王丸は、そこにおる寅王丸のことだな」

「御意」

本物の寅王丸ではない。家臣の子の中から、当歳の赤子を探し出して連れて来ている。

だが、贋者《にせもの》でも、頼継を引き寄せる餌としては充分に役に立つ。

（だが、このような赤子を政争の犠牲にするとは）

晴信は少し心が痛んだ。下手をすると、この子は頼継に殺される。勘助は晴信の心を読んで、安心させるように、

「討たせは致しませぬ。頼継めがまんまと針にかかれば、早速われらはこの子を連れて桑原城に逃げ込みましょう」

「そこをわしが攻めるか」

晴信は言った。当然、近くに兵を伏せておくのである。

「気取《けど》られてはなりませぬゆえ、あまり近くまでおいでになりませぬよう。なに、あの桑原城は無傷の要害、この勘助が籠もればひと月やふた月持ちこたえて御覧に入れます」

「ははは、相変わらず大言《たいげん》を吐く奴じゃ」

晴信は思わず笑った。上原城に「寅王丸」を入れ、本来護衛に付くべき板垣隊を甲斐に呼び寄せ、隙を見せる。頼継は兵を挙げ、上原城奪取と寅王丸討伐を図《はか》るにちがいない。

だが、実は晴信は引いたと見せて、すぐに頼継を討てるように兵を隠しておくのである。

そして籠城軍が上原城から桑原城に移り、頼継を引き付けている間に、晴信率いる軍勢が一気に頼継を叩く。背後から退路を断てば、頼継は袋のねずみである。

「出来たな」

晴信は満足げにうなずいた。

2

誠之助は諏訪に戻って来た。既に諏訪館には人がいなかった。晴信に攻められた時、決死の覚悟を決め、頼重に殉じようとした二百人余りの勇士が、その忠誠の対象を突然失ったのである。だが、これほど人の心は冷えやすいものか。館には諏訪一族の者すらなく、それぞれが皆知行地《ちぎょうち》に帰り、息をひそめて事態の成り行きを見守っていた。団結し、武門への意地を見せる者がいるだろうと、心の底では期待していた誠之助は、完全にその期待を裏切られた。頼重亡き後、一族の中心となるべきは、その叔父にあたる諏訪満隣《みつちか》であろう。寅王丸を除けば最も正統に近い血筋であり、しかも二人の男子を持つ堂々たる壮年の武者である。だが、この満隣はいま一つ態度を鮮明にしていなかった。満隣が檄《げき》を飛ばし、武田に徹底抗戦する姿勢を見せれば、かなりの人数がこれに呼応することは明らかであった。しかし、満隣はそんな気配をまるで見せない。誠之助は不満を抱いて父の屋敷に戻った。

「たわけ者！」

床に伏したままの父は、どこからそんな声が出せるのかと驚くほどの、大声で怒鳴りつけた。誠之助はありのままを話した。それが父を怒らせたのである。

「御主君を敵の手に奪われ、おめおめと帰って来るとは。わが子ながら、なんたる恥知らず、ええい、腹を切れ、腹を。せめて腹を切ってお詫びせい」

父は興奮して、まくし立てた。

「切りませぬ」

断固として誠之助は言った。父は激怒して、

「切らぬじゃと、この卑怯者め」

「今ここで腹を切ったとて、何になりましょう。晴信めを喜ばせるだけでございます」

誠之助は落ち着いた声音で答えた。

「晴信だと、晴信がどうして喜ぶ」

「おのれの命を狙う者が一人減りますからな」

「なんじゃと」

父は誠之助をじっと見つめて、

「どうせ死ぬなら、晴信と刺し違えようと申すか」

「晴信のみではございませぬ。武田一族を根絶やしにするまで、戦う所存でございます」

父は息を呑んだ。

（いつの間に、誠之助はこのような猛々《たけだけ》しい男になったのか）

それは新鮮な驚きだった。

先頭に風林火山の旗と諏訪明神の旗を押し立て、武田勢三千は諏訪に入った。大祝《おおはふり》頼重の遺子寅王丸を、武田の当主晴信が送って来たというのが、表向きの形である。だが、これが武田勢の進駐であり、武田家による諏訪支配の始まりであることは、知らない者はいない。ただ、民衆は行列を見て安堵《あんど》した。先頭には武田家の旗と同格に諏訪明神の旗がひるがえり、騎馬の晴信に対し寅王丸は乳母に抱かれて輿《こし》に乗っていた。一見すると、寅王丸の輿に晴信が家来として従っているようだ。そうでないことは百も承知の民衆も地侍も、それを見て安心した。昨日までの仇敵武田勢が何となく頼もしい味方に見えてくる。

もっとも晴信のほうはいささかも油断していなかった。

武田勢は甲州往還《おうかん》を進み甲信国境を越えると、上原城の手前で道を左に折れ、諏訪大社の上社本宮へ向かった。大社は上《かみ》と下《しも》の社《やしろ》に分かれ、上社が前宮と本宮、下社が春宮と秋宮に分かれる。都合四つの社のうち、最も格式があるのが上社本宮である。まず本宮に参詣し、諏訪明神への挨拶を済ませ、しかるのちに上原城に入城するという段取りである。晴信が、いや寅王丸が、本宮へ参詣することを既に沿道の民は知っていた。武田勢はそのことを積極的に宣伝するように努めたし、当の本宮にも「寅王丸参詣」を伝えてある。たとえ占領軍であっても、前領主の遺子を丁重に扱い、その神に恭敬な態度を示す武田勢に、反感を抱く顔は少なかった。

(やはり頼重は頼むに足らずと見做《みな》されたのだ)

馬上の晴信には、それがよくわかった。勘助の策を入れ、頼重を「二度」殺しておいたのが、ここにきて役立ったのである。本宮の周囲は大勢の見物衆が取り巻いており、神官の長官を勤める守矢頼真《もりやよりざね》という者が衣冠《いかん》の正装で、他の神官を従えて迎えに出ていた。

頼真の職は神長官《かんおさ》と呼ばれ、大祝が大社全体の統括者であるのに対し、そのすぐ下で各々《おのおの》の社を統率していく役目である。晴信はこの男に丁重な書状と礼物を届け、寅王丸の参詣をとどこおりなく済ませられるよう依頼していた。

「晴信じゃ、諏訪の正嫡寅王丸殿をお連れした」

晴信は頼真に向かって大声で言った。

「祝着《しゅうちゃく》に存じます」

頼真は歓迎の意を露わにした。

晴信は、乳母に抱かせた赤子と共に、上社本宮の本殿に昇り、神長官頼真の祝詞《のりと》を聞いた。諏訪の大祝が代替わりしたことを、諏訪明神に報告したのである。頼真はこれも仕方がないことだと、自らに言い聞かせていた。目の前にいる武田晴信が、大祝諏訪頼重を殺したことは知らないわけではない。だが反抗したところで、どうなるのだ。命を失うだけである。それだけで済むならまだしも、怒りに駆られて晴信は諏訪大社を焼き払ってしまうかもしれない。晴信のほうにはそんなつもりはまるでなかったが、頼真にしてみれば、その不安はぬぐえない。だが、晴信は、寅王丸を奉じてこの本宮に参詣し、諏訪の大神に頭を下げてくれた。頼真はこの時、晴信についていく肚《はら》を決めた。いまや大祝の跡《あと》を継ぐ寅王丸と、晴信は一体である。晴信に逆らうことは、寅王丸の身を危うくすることになる。結論は一つだった。諏訪家の正統を継ぐ者を守り、諏訪大社を守っていくことこそ、神長官を代々勤める守矢家の使命である。

「神長殿《じんちょう》、この晴信、早速神前に祈願致したいことがある」

神長とは神長官を略した、やや親しみのある言い方である。頼真はその言い方に好意を持った。

「何を祈願なされます」

「この寅王丸は諏訪の大祝――」

と、晴信は寅王丸でも何でもない赤子の方をちらと見て、

「だが、寅王丸が年端《としは》もいかぬ赤子であるのを幸い、その座を危うくしようとする者が出ぬとも限らぬ。そうではないか、神長殿」

「左様でございますな」

頼真は軽い気持ちでうなずいた。晴信は表情を引き締め、

「かような者は、諏訪大神に楯を突く逆賊と申してもよかろうな」

と、たたみかけた。

「はい」

頼真はそう答える他はない。晴信は破顔して、

「その逆賊どもを退治する、戦勝祈願を致したい。神長殿、ここに願文《がんもん》をばしたためおいた」

晴信は頼真にそれを渡した。頼真はようやく晴信の意図に気が付いた。これを大神の前で読み上げてしまえば、寅王丸と晴信は大神のしもべとなり、正義の軍となるのだ。

晴信は急に思い出したように、

「忘れておった。祈願にあたり、具足一領《ぐそくいちりよう》馬一頭を、神前に寄進致す。なお、逆賊覆滅《ふくめつ》の暁には、百貫文の地を神領として寄進致そう」

と、頼真に告げた。頼真は願文を読み上げ、神前に祈願を行なった。こうなってはもう後戻りは利かないのである。それに百貫文の地が、手に入るのはありがたい。それだけあれば、この戦乱の世で絶えていた様々な祭りが復興できるのである。祈禱《きとう》が終わると、晴信は帰り際に、また一通の書状を差し出した。

「神長殿、これに連署《れんしょ》を願いたい」

手渡された書状は、大祝諏訪寅王丸から高遠頼継あてに出された形を取っていた。もちろん祐筆《ゆうひつ》の手になるものである。

内容を読んで、頼真は仰天《ぎょうてん》した。

「これは――」

「どうした。何か不審があるのか」

晴信は首を傾げる仕草を見せた。

「い、いえ」

頼真はあわてて首を振った。それは頼継に対して「不法」に占拠している西諏訪の地を、正統な領主である寅王丸に返納するよう求めた書状であった。

(冗談ではない。諏訪が二つに割れたのは、もとはと言えば武田のせいではないか)

しかし、書状はそんなことはおくびにも出していない。あくまで頼継の不法を責め、勝手に占領した地を早く返すように求めている。これに連署するということは、この書状の内容を支持していることを示すことになる。今度こそ本当に後戻りは利かない。

「武田のお屋形様、このような書状を頼継殿に出されれば、戦になるのではございませぬか」

頼真は蒼《あお》ざめて言った。しかし、それこそ晴信の望むところである。

「かまわぬではないか。頼継めがあくまで大祝に逆意を抱くならばそれこそ逆賊。いま神前にお誓い申した通り、この晴信、命を懸けて逆賊どもを討ち果たして御覧に入れよう。――さあ、早く、連署されい」

頼真はためらった。晴信は冷ややかな視線を浴びせ、

「神長殿、まさか逆賊どもに心を寄せておるのではあるまいな」

「滅相もない」

そう言われてはもう逃げ場はなかった。大祝諏訪寅王丸とある末尾に、頼真は神長官頼真と自らの名を記した。

3

「おのれ、馬鹿にしおって」

怒りに顔を真っ赤にして、高遠頼継はその書状を床に叩きつけた。諏訪寅王丸と神長官頼真の連名の書状である。頼継が手に入れた西諏訪を一刻も早く返すように求めている。

(ふざけるな、西諏訪はわしが自分の力で勝ち取ったものだ。それを赤ん坊なんぞに渡せるものか)

家臣たちも激高した。

「殿、ただちに兵を挙げ、寅王丸殿を討ち取るべきでござろう」

頼継はしばらく黙っていた。

「殿、いかがなされた」

「――晴信のすることだ。油断はできぬ」

頼継はうめくように言い、

「物見《ものみ》の者を上原へ放て。晴信の動静、上原城の防備、しかと見て参るのだ」

と、命じた。

（晴信め、わしを罠にかけるつもりなら、その手には乗らんぞ）

だが頼継は出陣の準備も同時に命じた。晴信が寅王丸を担いだ以上、いずれは対決せねばならない。頼継があくまで自重して、この伊奈《いな》の高遠城を動かなくても、西諏訪奪取を図る晴信は、いずれはここまで攻め寄せるつもりにちがいない。それならば今のうちに上原城を奪い、領土を広げておいたほうがいい。本拠地の高遠で戦うよりも、それ以外に前進基地があったほうが、いざという時もねばり腰の戦いができる。ただし、上原城に晴信の罠がないことが、絶対の条件である。だから頼継は物見の報告を待った。一日千秋の思いで待った。二日かかって帰って来た物見は喜色を浮かべていた。

「殿、お喜びください」

物見はまず言った。頼継は身を乗り出した。

「上原城はいまや空城《からじろ》も同然でござる。留守居の兵はわずか二百」

「なんと」

頼継は目を丸くして、城代《じょうだい》の信方はどうしたのだ」

「晴信はどうした、城代の信方はどうしたのだ」

「関東の上杉《うえすぎ》が動いた様子でございます。晴信が甲斐を留守にした隙を衝き、国境に出兵したとのこと。晴信も信方も血相変えて甲斐へ戻るのを、この目で見届けましてございます」

「そうか、上杉殿が動いたか」

上野国《こうずけのくに》の領主上杉憲政《のりまさ》、かつて武田の先代信虎が信濃に出兵した際、敗北した海野、真田《さなだ》の両一族が憲政を頼った。以来、武田と上杉は対立関係にある。

「晴信め、天罰じゃ」

頼継は快哉《かいさい》を叫んだ。

(関東の上杉が動いたとなれば、晴信めの尻に火が点《つ》いたも同然。これで晴信は諏訪に兵を出す余裕はなくなる)

上杉家は、室町《むろまち》幕府から関東管領《かんれい》に任じられたほどの名家である。全盛期に比べればその勢力は衰えてはいるが、関東を中心にまだまだあなどれない力を持っている。武田が本国甲斐から西へ進み、諏訪を攻めている間に、反対の東側から上杉が甲斐を攻めれば、晴信は容易に動けなくなる。諏訪経略も一時中止せざるを得ない。

（まさに天佑神助《てんゆうしんじょ》じゃ）

頼継はさらに物見の者に尋ねた。

「それで上原城に、寅王丸は確かにおるのだな」

「はい、入城以後、動いた気配はございません。そのうえ上原城の防備でございますが
——」

と、物見は膝を乗り出し、

「いまだ先の戦での痛手が回復せず、各所で柵はこわれ、築地《ついじ》は破れ、攻めるにはいと易《やす》き状況にございます」

「そうか」

頼継は満足げにうなずいた。やはり晴信に天罰が下ったのだと、頼継は思った。上原城の修復が完全に終わらぬうちに、東の方に火の手が上がったのが、何よりの証拠である。天が本当に晴信に味方するつもりなら、せめて修復が終わるまで凶事は起こさぬはずである。すなわち天道はこちらにあるということだ。

「よし、陣触れを致せ。これよりただちに上原城攻めじゃ。各地に檄を飛ばせ。他国者の晴信に諏訪を奪われてよいのか、心ある者は味方せよ、とな」

頼継はついに決断を下した。その日のうちに、高遠勢二千が城を出て杖突《つえつき》往還を北へ向

かった。峠を越えれば、そこはもう上原城と目と鼻の先である。

勘助は春日源五郎と共に、その上原城にいた。晴信に乞うて、城の守備を任されたのである。もっとも名目上の守備隊長は、あくまで源五郎であり勘助は陰に隠れていた。敵を騙すのには、そのほうが都合がよいからである。

「どうじゃ、おのれが攻め取った城の城代となった気分は？　なかなかよいものであろう」

物見櫓《やぐら》の上で、勘助は源五郎に言った。

「面白うはござりませぬ」

源五郎は憤然として答えた。

「ほう、面白うないか」

勘助はくっと笑った。源五郎は怒って、

「笑い事ではござりませぬ」

「何をそんなに腹を立てておる」

「この城の普請《ふしん》に――」

「不審があると申すか」

勘助が洒落《しやれ》で受けると、源五郎はますます怒って、

「このような穴だらけの城、攻められればひとたまりもございません」

「その通りじゃ、よう見た」

勘助は真面目な顔をして褒《ほ》めた。

「では、何故――」

作業を督励せぬのか、と源五郎は言いたかった。上原城の再建作業は遅々《ちち》として進まない。勘助は、郡代の板垣信方が甲斐に向かった後、城普請に狩り集められていた百姓を帰してしまった。普請はまだ終わっていないというのに、銭を与え酒を飲ませ帰してしまったのである。後は留守を任された二百の兵が、交代で塀をつくろい柱を立て屋根を葺《ふ》いている。しかし、そのやり方といったら、素人《しろうと》の源五郎が見ても呆れるほどの、のんびりしたものだった。こんな状態では、敵の来襲にはとうてい耐えられない。一体どういうつもりなのか。

「源五郎、心配致すな。この城はな、高遠頼継めにくれてやるのだ」

勘助は種明かしをしてやった。

「頼継に？　では、この城は囮《おとり》でございますか」

源五郎は驚いて言った。勘助はうなずいた。

「しかし、どうして、みすみすこの城を？」

「頼継をおびき出し、叩くためだ。この上原城と寅王丸様、二つの大きな餌があれば、あの用心深い頼継とて食らいついてくるであろう」

勘助はそう言って、兵たちが立てている柱を指さした。

「今、この城をどう見る、源五郎」

「どう、とは――」

源五郎は首を傾げた。

「そなたは留守居役じゃ。その目から見てどうだ、守りやすいか、守り難《がた》いか」

「それは、守り難うございます」

「そうであろう。だが、これが頼継の手に渡ればどうだ。守り難き城、すなわち武田にとって攻めやすい城になるであろうが」

勘助の言葉に、源五郎は再び目を開かされる思いだった。

「では、山本様。上杉が兵を出したというのも、偽りなのでございますか」

源五郎の問いに、勘助は満足げにうなずいた。

「上杉出兵の噂は、わしが広めたのじゃ。殿にこの城を空《から》にして頂くためにな」

「しかし、板垣様は血相を変えておられましたが」

源五郎は小声で言った。板垣信方は芝居のできるような器用な男ではない。その信方が真剣な顔で、ほとんどの兵を引き連れ、城門を出て行ったのである。

「板垣様には、とりあえず計略は知らせておらぬ。知っておるのは、殿とわしだけ。そのほうがよいのだ。謀《はかりごと》は密なるをもってよしとする、敵を欺《あざむ》くにはまず味方から、と申してな」

勘助が言うと、源五郎は呆れて、

「板垣様は後で激怒されるでしょうな」

「そのようなことは気にせずともよい。わしが憎まれ役になれば済むことじゃ」

勘助は事もなげに言った。

「それにしても、山本様、高遠頼継めはこの計略にかかりますか」

源五郎は不安を見せた。上杉出兵が根も葉もないことだとすると、頼継はこちらの罠に気付くのではないのか。

「かかる」

勘助は自信を持っていた。源五郎は勘助の顔をまぶしげに見た。

「源五郎、頼継には欲がある。武田の手に渡った東諏訪の地と、諏訪大明神に仕える大祝の座、この二つが欲しいということだ。わしはそれをきゃつの目の前に転がしてやった。だが用心深い頼継は、それだけでは手を出さん。そこで上杉が兵を出し、武田が動けぬという話を作ってやったのだ。きゃつの心の中には、上杉が動いてくれぬかという願望がある。上杉さえ動けば武田の動きは牽制《けんせい》される。動かぬか、動かぬかと思っているところへ、動いたという話を見せてやったのだ。きゃつの目にはいま上杉出兵が本当のこととして見えておる。——源五郎、これを欲目《よくめ》と言うのだ。覚えておけ、欲目があると、人は人に騙される」

勘助は嚙んでふくめるように教えた。

「しかし、上杉は何故動かぬのでございましょう」

源五郎には、今度はそれが不思議に思えてきた。武田が諏訪攻略に全力を注いでいる今こそ、本国甲斐を攻撃する絶好の機会ではないのか。

「それは上杉にそなたのような名軍師が付いておらぬからだ」

からかわれたと思い源五郎は頰をふくらませた。勘助は嬉しそうに笑い、

「ははは、怒るな。わしはそなたを褒めておるのじゃ」

勘助の言葉は偽りではなかった。

主《あるじ》を失った諏訪館に、久しぶりに人が集まった。生き残りの諏訪一族であった。殺された頼重の叔父にあたる満隣を中心に、その子新六郎頼豊《よりとよ》や、一族に連なる矢島・小坂《こさか》・千野《ちの》といった人々がいた。彼らにあてて、二つの書状が来ていた。一つは高遠頼継、もう一つは諏訪寅王丸からのものである。頼継の書状は、諏訪一族が団結して武田晴信を討とうと呼びかけていた。寅王丸の書状は、自ら大祝となったことを宣言したうえで、大祝の座を狙う逆賊頼継を討つべしと、これまた呼びかけていた。その去就を決めるために、一族はこうして参集したのである。上座にある満隣も迷っていた。本心を言えば、どちらに

は、何を今さらという思いがある。本家を裏切り滅ぼそうとしたのは頼継自身ではないか、その頼継が舌の根も乾かぬうちに、団結しようなどと言っても、まともに相手にするつもりなどない。かといって、寅王丸の書状にすんなり従えるものでもなかった。差出人は確かに寅王丸だが、背後の黒幕は晴信であることははっきりしている。晴信は、寅王丸の父であり諏訪の棟梁でもある頼重を、騙し討ちにした男である。そんな男の命令には従いたくない。だが、どちらかに決めねばならなかった。この両者を同時に敵に回せば、それこそ諏訪一族は滅亡する他はないのである。

(筋目からいけば、武田に付くべきであろうな)

満隣はその考えに傾いていた。やはり正しい血統に従うべきだろう。何といっても寅王丸は諏訪本家の正嫡、この事実はたとえようもなく重い。

だが、武田ははたして諏訪一族を生かしておくだろうか。

心配なのは、そのことだった。一族が武田に味方すれば、おそらく頼継は敗れるだろう。だが、問題はその後だ。目の上のこぶの頼継を滅ぼした後、寅王丸以外の諏訪一族は、武田にとってむしろ邪魔になる。皆殺しにされないという保証はない。それにひきかえ頼継は、裏切り者とはいえ同じ一族だ。運よく武田に勝てば、頼継は決して一族を粗略には扱うまい。頼継のほうが身の安全を保つにはいいかもしれない。裏切りという不快な事実にさえ目をつぶれば。だが、兵力は武田のほうがある。

「新次郎、何を迷うておる」

突然、満隣は名前を呼ばれ驚いて振り返った。

「兄者」

満隣は意外な人物をそこに見た。兄の満隆《みつたか》であった。殺された頼重の父にあたるのが長兄の頼隆《よりたか》である。その下に満隆がおり、その下が満隣になる。三兄弟だ。しかし、長兄の頼隆は既に亡く、次兄の満隆も戦場の負傷がもとで寝たきりの生活を送っている。本来なら満隆こそ、頼重亡き後の一族の要《かなめ》となるべき人物なのだろうが、子もなく体も弱いとあって、弟の満隣が代わりを務めていたのである。だが、その満隆が杖にすがって出て来たのだ。満隣はあわてて立ち上がり、満隆を抱えるようにして上座に着かせた。諏訪大明神の神号を背にして、満隆はようやく座った。それだけでもう荒い息をしている。

「兄者、大丈夫か」

満隣は声をかけた。だが、満隆は顔面に朱を注いで、

「馬鹿者、一族の危急存亡《ききゅうそんぼう》の秋《とき》じゃ。寝てなどおられるか」

と、弟を怒鳴りつけた。一座の空気はぴいんと張り詰めた。満隆は全員をひと通り見回してから、おもむろに口を開いた。

「武田に味方する。皆、すぐにおのが在所に戻り、戦の支度をせよ」

異論を挟む余地のない、威厳に満ちた声音である。満隣はそれを聞いてほっとした。頂

点にあって決断するほど、つらいことはない。自分の決断で一族の命運が決まってしまうのである。その一番辛《つら》い部分を病身の兄が肩代わりをしてくれた。満隣は内心兄に感謝していた。その兄は、一族の者が退出した後、満隣の息子で当年十四歳の頼豊に言った。

「新六郎、座をはずせ。そなたの父と話がある」

元服を済ませたばかりの頼豊は、伯父の命令にすぐ従った。館の大広間に、満隆と満隣の二人だけが残された。満隣は何事かと、痩せ衰えた兄の顔を見た。

「小太郎はいくつになった」

満隆は聞いた。小太郎とは満隣の二男で、新六郎頼豊には弟にあたる。妾腹《しょうふく》の新六郎に対して、正妻の腹から生まれたので小太郎と名付けたのである。

「七歳に相成ります」

「そうか」

満隆は軽く目を閉じて、次いで恐るべきことを言った。

「不憫《ふびん》じゃが、放逐致せ」

満隣は仰天した。兄は少しも気負った様子がない。閉じていた目を開き、弟を黙って見つめている。

「小太郎に何の咎がございましょう」

満隣は怒りすら含んで反問した。いかに兄の命令とはいえ、あまりに理不尽である。

「小太郎に罪はない」

満隆は答えた。

「では何故、放逐せよなどと、おっしゃるのですか」

「一族のためじゃ」

「一族のためとは？」

満隣はあくまで追及した。満隆は腕組みをして、

「諏訪一族は武田に味方する。いったん味方すると決めた以上、粉骨砕身《ふんこつさいしん》奉公するのが武士の道。だが、強大な武田とて、いつなんどき滅びるやもしれぬ。いや、それより前に、わが一族が武田に滅ぼされるやもしれぬ。いずれにしても、かような事態に至れば、神代からの名門諏訪一族の血統は絶える。そうなってはご先祖様に申し訳が立たぬ」

ようやく満隣にも兄の言わんとすることがわかってきた。万一の事態に備え、小太郎を諏訪以外の地に避難させ血統を絶やさぬようにしておけ、ということなのだ。

（そこまでする必要があるのか）

何といっても小太郎はまだ七つである。そんな幼児を、将来あるかどうかわからない事態に備えて、故郷から追放せねばならないとは。だが、家長の命令は絶対であった。

「仰せに従いまする」

満隣はそう言って頭を下げる他はなかった。

満隣の子、新六郎頼豊は館の外で、父が出て来るのを待っていた。

呼ばれたので頼豊が振り返ると、そこに望月誠之助が立っていた。

「新六郎様――」

「誠之助ではないか」

二人は同年ということもあって、幼馴染《おさななじ》みだった。誠之助は頼豊に、一族談合の結果を尋ねた。

「そなたは出ておらなんだのか」

頼豊はそこまで言って気が付いた。誠之助は美紗姫付きの臣だったはずだ。

「事情がございまして。それよりも結果をお聞きしとう存じます」

誠之助は頭を下げた。

「そうか」

頼豊はわけは尋ねず、短く答えた。

「武田と決まった」

「左様でございましたか」

誠之助は唇を噛み、もう一度丁重に一礼した。

(今度、お会いする時は敵味方だ)

誠之助は万感の思いを込めて、その場を去った。

諏訪《すわ》平定

1

天文十一年九月十日。高遠頼継は兵二千を率いて諏訪に入った。

本拠地高遠のある伊奈郡と、諏訪郡の境である杖突峠を越すと、諏訪郡の入口である安《あん》国寺《こくじ》に出る。ここから上原城までは一里とない。その上原城を視界に捉えて、頼継は舌なめずりをした。

「見ろ、わしの城だ。まもなく、あの城はわしのものになる」

頼継は弟の頼宗《よりむね》に言った。頼宗は出家して蓮芳軒《れんぽうけん》と名乗っている。その蓮芳軒が大きくうなずいた。

「いよいよ兄上の宿願が果たされますな」

宿願、それは諏訪本家の棟梁の座を奪い、諏訪大社の神官の最高位大祝《おおはふり》となることである。主家乗っ取りと人は言う。しかし、頼継に言わせれば、それはとんでもない言い掛かりなのである。はるか昔、頼継の先祖に同名の頼継という者がいた。この者は諏訪本家の長男であったにも拘わらず本家を継がず、その弟信嗣《のぶつぐ》に継がしめた、という言い伝えがある。その信嗣の子孫が、頼重であり寅王丸なのだ。だから、自分こそが諏訪本家の正統なる子孫であると、頼継は考えていた。また、本家の座を失った先祖の名が、同じ「頼継」であることに、頼継は因縁すら感じていた。

（頼継が失ったものを、この頼継が取り返す、天地に恥じるところはない）

それが頼継の正義だった。今、少し離れた山上に上原城が見える。それこそ、長年待ち望んだ諏訪一族の棟梁の座でもあるのだ。頼継は勇躍して全軍に号令をかけた。

「いざ、進め。あの城は空城《からじろ》も同然じゃ。留守居の勢など物の数ではないわ。皆殺しにして、武田の片割れ寅王丸も討ち取ってくれる」

全軍がこれに呼応し、凄《すさ》まじい鬨《とき》の声を上げた。いつの間にか、軍勢は三千近くにふくれ上がっていた。

頼継の軍勢だけではない。同じ伊奈郡箕輪《みのわ》の城主藤沢頼親《ふじさわよりちか》が応援の兵を送ってくれていたし、諏訪一族の幾人かも頼継の呼びかけに応じて馳《は》せ参じていた。頼重の叔父の諏訪満隣が来ないのは不満だったが、上社の禰宜《ねぎ》を勤める矢島満清《みつきよ》が来てくれた。満清は神長官《かんおさ》の守矢頼真が武田方に付いたのを不服とし、あわよくば神長官の座を奪わんと頼継に付いたのである。頼継軍は怒濤の如く上原城へ進撃した。

勘助と源五郎は、頼継の来襲を既に知っていた。杖突峠にも安国寺付近にも、物見が出してあったのである。勘助はただちに国境で待機している晴信に使いを出した。書状は書かない。万一使者が頼継に捕らえられれば、計略がばれてしまう。

勘助は口移しで口上を教えた。

「よいか、こう言上《こんじょう》致すのだ。頼継は反武田勢力を糾合《きゅうごう》するはず、それを充分にさせてから討ち取るのがよろしゅうござる。殿におかせられては、ゆるゆると軍をお進めなされませ。よいか。くれぐれも、ゆるゆる、とな」

使者はかしこまって出て行った。勘助は、鎧に身を固めて大将としての初舞台に張り切っている源五郎に、にやにやしながら言った。

「さて、大将殿、そろそろこの城を引き払いますかな」

源五郎は驚いて、

「えっ、一戦も交えずにですか」

と、聞き返した。

「左様」

勘助はうなずいた。源五郎は憤然として、

「では、逃げるも同然ではございませぬか」

　この上原城は囮《おとり》で、敵に与える餌だということはよくわかっている。しかし、いくら頼継軍が大軍だからといって、一戦も交えずに桑原城へ逃げ込むとは、どういうことだ。

「逃げるのだ。逃げるのも兵法のうち。三十六計逃げるにしかず、と古人《こじん》も言うておる」

「では武門の意地はどうなります」

　源五郎は言い返した。

「それは武田家という意味か、それともそなたの意地か」

「両方でございます」

　決して面子《めんつ》だけではない。勇猛でなる武田兵が頼継と一戦も交えず逃げ出したとあっては、今後の戦いにも影響する。敵は、武田兵与《くみ》しやすしと見るからだ。勘助は首を振り、諭すように、

「むしろ、ここで一戦すれば、必ず頼継が勝つ。敵の首二つ三つ取ったところで、こちらは寅王丸様をお守りして桑原城へ引かねばならぬ。仮にこちらの取った首が多くとも、世間は戦い終わって引いたほうを負けと見るのだ。それならば、最初から戦わぬほうがよい」

「結局はこの城を取られるのです。同じことではありませぬか」

「いや、そうではない、源五郎」

勘助はあくまで言い張った。

「戦わずして兵を引くのと、一戦してのち兵を引くのでは、世間の見る目はまったく違う」

勘助は懇々《こんこん》と諭した。意地を張って頼継軍と戦うよりも、最初から桑原城に引いてしまえば、決戦は後に延ばされる。誰もが、武田と高遠の決戦は後日と見る。しかし、ここで一戦を交え、一度でも頼継軍に勝鬨《かちどき》を上げさせてしまえば、世間は頼継が武田との前哨戦に勝ったと見るだろう。

「最後に勝つのは武田でございます。途中に勝とうが負けようが、同じことではございませぬのか」

源五郎はなおも不服そうである。

「それは違う。いま諏訪全土の民が、この戦いがどのように決着するか、息をひそめて見守っておる。これから先のこともあるのだ。いかに武田が強いか、常勝無敗の評判を作ることこそ肝要である。そのためには、つまらぬ小競《こぜ》り合いなどせぬがよい」

勘助は言った。だが、源五郎はなおも納得し難い風情《ふぜい》を見せた。戦略としての撤退の必要性は充分にわかった。しかし、まだ不服がある。源五郎個人の名誉の問題である。

(先の初陣《ういじん》でも、華々しい武者働きはできなんだ。ここでまた、戦わずして兵を引けば、臆病者のそしりを受けはせぬか)

武家の社会で、ひとたび臆病者の汚名を着せられれば、生きてゆけなくなる。それは決して杞憂《きゆう》ではない。武士にとって勇気は、何ものにも替え難い貴重な財産だ。この財産を多く持つと認められれば、武士としての高い評価につながる。だが、それを持たぬとみなされれば、たちまち軽侮され嘲笑され村八分に等しい扱いを受ける。万一にも臆病者と罵《ののし》られれば、その場で刀を抜いてでも、相手にその言葉を取り消させねばならぬ。それが武士の掟なのである。勘助も知らないわけではない。だが、そんなことは改めねばならないと考えている。つまらない意地にこだわって、最後の勝利を逃すようなことがあってはならない。勘助は笑みを浮かべると、

「そなた、いっそのこと『逃げの源五郎』と名乗ればよい。どうじゃ、なかなかよい名ではないか」

「冗談ではございませぬ」

源五郎は頬をふくらませたが、結局は勘助の言葉に従い、守備兵を桑原城へ移した。

高遠勢三千は上原城を一気に奪取せんと、大将頼継の下知のもとに一斉に山を登り始めた。目指すは山上の城門である。

「かまわぬ、一人残らず殺せ。われらの前には武田など物の数ではないことを見せてやるのだ」

高遠勢三千に対し、武田の上原城守備隊はわずか二百、どう考えても高遠勢が圧倒的に有利である。しかも、上原城は完全に修復されていない。

（ざまあみろ晴信。今、おまえの大切にしている道具をぶちこわしてやる）

道具、それは物ではない、人である。諏訪寅王丸というまだ当歳の赤ん坊だ。ただし、生かしておいては大変なことになる。武田が諏訪を侵略するのに、これほど大事な道具はない。これさえあれば、諏訪への侵略は正当化される。地侍や民衆の抵抗もやむ。数千の軍勢と武器に匹敵する摩訶《まか》不思議な道具である。その道具がいま目の前の城にある。

（こわしてしまえば、晴信は諏訪侵略の大義名分を失う）

頼継は自ら先頭を切って、城門を破りたい衝動に駆られていた。しかし、真っ先に上原城を攻撃した兵は拍子抜けしていた。城内からは何の抵抗もなく、恐る恐る押した扉は、呆気なく開いたではないか。罠かと逆に用心した兵もいた。だが、その心配はまったく無用であった。上原城は完全にもぬけの殻だったのである。

「何、一人もおらぬと」

先鋒隊からの報告を聞いた頼継は、一度は驚き、次いで愉快そうに大笑いした。

「はっはっはっ、なんという腰抜けか。一戦も交えずに、城を捨てるとは。武田の腑抜《ふぬ》け侍め。皆の者、笑え、笑ってやれ」

頼継の言葉に、高遠勢は大声で笑い出した。頼継は上機嫌だった。一兵も損ずることなしに、諏訪の主城である上原城を落としたのである。これならば諏訪平定など、赤子の手をひねるようなものである。だが、さすがに頼継だった。いつまでも笑ってはいない。

「物見を出せ。寅王丸めがどこへ逃げたか。おそらく桑原城であろうが、よく見届けて参れ。この城の中を充分に検分せよ。修理が必要なら急ぎ行なえ」

手早く物慣れた者に指示を出した。頼継軍は甲斐への逃げ道を塞ぐ形で進攻して来ている。だから、守備隊が本国へ逃げ帰ることは不可能である。逃げるとしたら山越えして木《き》曾《そ》に向かうか、桑原城に籠もるしかない。

（寅王丸め、逃がしはせぬぞ）

物見の報告によって、上原城守備の武田勢二百は、桑原城に撤退していることが確認された。頼継は早速全軍を移動させ、桑原城を蟻の這い出る隙もないほどに囲ませた。

（これでよし、寅王丸め、袋の鼠《ねずみ》となったな）

こうなれば焦ることはなかった。高遠からの強行軍で疲れている兵に充分に休息を取らせ、総攻撃は明朝でよい。そして、明日一日かけて、じっくりと落とせばよいのである。

（まさか夜討ちはして来まい）

籠城軍にとっては、城を頼りにできうる限り持ちこたえ、本国甲斐からの援軍を待つのが最良の策である。だから無理はしないはずだ。しかし、念のために頼継はあちこちに篝火を焚かせ、夜襲に対する警戒態勢を取ることにした。上杉が動いたことで、援軍の来る望みは当分ない。だからこそ、籠城兵がやけになってくることも考えられる。攻めるというよりは、夜陰に乗じて囲みを突破し、本国へ逃げようとする可能性なきにしもあらずと、警戒態勢を取ったのである。

（これで万全だ。城内の者も手の打ちようがあるまい）

頼継はそう確信していた。

まさにその桑原城内で、勘助は源五郎に策を授けていた。

「源五郎、これよりそなたはどのようにするつもりだな」

「まず、兵に指示を与え、いつでも戦ができるように支度させます」

源五郎はただちに答えた。

「それはならんな」

勘助は微笑を含んで言った。

「なぜでございます」

「戦は明日の夜明けからだ。今宵はむしろ皆を充分に休ませ、明日からの戦いに備えるがよい」

勘助の言葉に源五郎は不満を覚えた。

「どうした、何か異存があるか」

勘助が言うので、源五郎はあえて、

「敵の夜討ちがあったら何となさいます」

「夜討ち？　何故そのような心配をする」

「敵の気配が異様でございます。各所に篝火を焚き、夜のうちに何事か為さんと考えているように思えます」

「ははは、篝火か。そなたの目には、あれが夜襲の前兆と見えるのだな」

「――」

「案ずるな、源五郎。そなたの目はいま狂っておる。さしずめ臆病目とでも申そうか」

勘助の言葉に源五郎は怒り出した。

臆病と言われたのでは立つ瀬がない。源五郎は本気で怒っていた。勘助はむずかる子をあやすような口調で、

「常に両の目で物を見よと申したはず、源五郎、欲目も臆病目も片目だ。片目でしか物を見ておらぬ。考えてみるがいい。いま高遠頼継が最も恐れていることは何だ？」

源五郎は首をひねった。

なにしろ頼継軍は圧倒的な大軍なのである。その大将が何を恐れるというのだ。

「恐れるというか、最もされたくないことと言ってもいい。わからぬか」

「寅王丸様でございますか」

「そうだ、その通りだ」

勘助はびっくりするほどの大声で言った。

「寅王丸がこの城から、まんまと脱出することだ。だが、このように十重《とえ》二十重《はたえ》に囲まれては、日のあるうちには絶対に出られぬ。夜の闇に紛《まぎ》れれば、あるいは出られるかもしれぬ」

「それを防ぐための篝火でございますか」

源五郎は大きくうなずいた。勘助もうなずいて、

「それゆえ今夜は夜襲などあり得ぬ。戦いの混乱に乗じて寅王丸に逃げられたら、元も子もなくすからのう。もっとも、寝ずの見張りは必ず立てねばならぬぞ。どんな時でも見張りは絶やしてはならぬ。だが、すべての兵を見張りに立てることもない」

「わかり申した」

源五郎は早速ほとんどの兵に休息を取るように命じた。勘助は満足げに源五郎を見て、さらに言った。

「さて、大将殿。敵の軍勢はいかほどと見る」

「――三千ばかりでございましょうか」

「よう見た。その通りだ」

勘助は真面目に褒《ほ》めた。戦場の初心者は、どうしても敵の数を実際より多く見てしま

う。もちろん敵に対する恐怖と緊張がそうさせるのである。たった三百を一千と誤るなど珍しいことではない。逆に敵を冷静に見て正確に見積もれるようになれば、それは侍としての第一関門をくぐったということだ。

「殿が上原を初めて攻めた時、高遠勢は何人来たか、覚えているか」

「確か八百ほどでございましたな」

「そうだ、だが今は三千もおる。どうしてかわかるか」

「箕輪の藤沢頼親が味方したからでございましょう」

「それもある。だが藤沢勢はせいぜい五百。六百いたとしても、残りの一千六百はどこで増えた」

　高遠勢八百、藤沢勢六百として一千四百、三千から一千四百を引けば残りは一千六百である。

　源五郎は再び首をひねった。

「まず高遠勢だが、前と同じに考えてはいかん。前が八百なら今回は千二百近くまで増えておるだろう」

　勘助は源五郎に説明した。

「なぜでございますか」

「前は頼継は真面目に上原城を攻める気はなかった。ただ武田の尻馬に乗って、漁夫の利を占めようとしただけだ。そのうえ、武田の真意を疑ってもいた。そういう時には本国の城をすっかり空《から》にはできぬ。隙を衝かれる恐れがあるからな」

「なるほど」

「だが、今回はどうだ。頼継にとっては東諏訪を奪い大祝の座を奪う絶好の機会。こんな時に留守の心配をする馬鹿はおらぬ。そのうえ頼継めは、殿が甲斐に釘付けになったと思い込んでおる。だからこそ、おそらく手持ちの兵のほとんどを引き連れて来たはず。こういう時の軍勢は五割増しで考えねばならぬ」

「五割増しでございますか」

源五郎は微笑を漏らした。勘助の戦術はまるで算法のようである。

「次に藤沢頼親だ。頼親勢は数が問題ではない。考えねばならぬは、何故頼継に味方したかということだ。何故だ、源五郎」

「——」

「義理か恩義か——左様なものではない。頼親もこの戦いを勝てると思うからこそ味方した。勝つほうに付けば分け前がある。わかるか。ということは、この戦い、高遠勢以外の人数は取るに足らぬ。案山子《かかし》が並んでいると思えばよい」

源五郎は勘助の論理の飛躍についていけず、目を白黒させて、

「どうして、そうなるのでございます」

「残りは諏訪の地侍であろう。地侍というものは勝つほうへ付く。勝つと踏んでいるからこそ味方する。勝った挙句《あげく》に分け前に与《あずか》ろうとしておるのだ。この城攻めはともかく、殿の率いる武田の精鋭との戦いになれば、まずどちらが勝つか見極めてから、敗色の濃いほうに襲いかかるであろう。つまり敵の半分は、やり方によってはこちらの味方となる。高遠勢だけが本当の敵だ」

「卑怯な者どもでございますな」

地侍への嫌悪の情を露わにして源五郎は言った。勘助は首を振った。

「そうではない。下手をすれば家が滅びるのだぞ、源五郎。子を失い妻を失い先祖を祭る者もなくなる。そうならぬためにも、地侍は勝つほうへ付くしかないのだ。それをわかってやるのが武略というもの」

なおも不満そうな源五郎に勘助は、

「上原城で何故一戦せなんだか、これで合点がいったであろう。武田が負けたという評判が伝われば、この城を囲む軍勢はあと五百は増えていたかもしれぬ」

と、笑顔で言った。

2

晴信は、甲斐と信濃の国境にあたる小淵沢《こぶちざわ》に陣を敷いていた。いったんは甲府近くまで兵を引きながら、すぐに取って返し、しばらくは国境に近い笹尾砦《ささおとりで》にいた。そして、ようやく甲信国境まで出て来たのである。高遠頼継が諏訪に侵入してから、既に十日が過ぎていた。重臣筆頭で諏訪郡代でもある板垣信方は、焦りの色を隠し切れなかった。

(殿は一体何を考えておられるのだ。このままでは桑原城は落ちてしまう)

城にいる寅王丸が贋者《にせもの》であることは、さすがに知らされていたが、いくら贋者とはいえ、籠もる城をやすやすと落とされたとあっては武田の名折れとなる。信方はその日、何度目かの進言をした。一刻も早く軍勢を進め、頼継軍と対決することをである。晴信はうんざりした顔を見せた。だが、信方はひるまずに言った。

「殿、このままでは桑原の城は敵に奪われるばかりでなく、頼継との対決の機会を逸《いっ》しますぞ」

「わかっておるわ、信方。いい加減にせい」

晴信は言ったが、信方は引き下がらなかった。信方には不満がある。その一は、軍を甲斐に返す口実として上杉出兵という嘘を使ったこと、それが嘘であることを知らせてくれなかったこと。その二は、上原城をみすみす頼継にくれてやったことである。

（しかも、一戦も交えずにだ。勘助め、武士の面目を何と心得ておる）

勘助には腹が立つ。上原城を逃げ出したこともそうだが、一番腹が立つのは上杉出兵が偽りであることを教えなかったことだ。

（わしがそうさせたのだ——と、殿は申されたが、違う、勘助のさしがねに相違ない。あのしたり顔め）

信方は筆頭重臣としての面目をつぶされたと思った。武田家の軍事機密について、自分はすべて知っているべきなのである。

「殿、ではお伺い致す。一体いつになったら兵を諏訪に進められるおつもりか」

信方は切り口上で言った。晴信はさすがにむっとして、

「わしが決めることだ。口出し無用」

「いいや、ぜひにも、伺いとうござる」

信方が意地を張り、両者の間に気まずい空気が流れた。それを救ったのは、使者の来訪であった。

「なに、神長《じんちょう》殿から使者が参ったか」

晴信は顔をほころばせた。

武田軍は一路西へ進撃を開始した。晴信にそれを決断させたのは、諏訪大社の神長官守矢頼真の書状であった。高遠頼継がついに墓穴を掘ったのである。桑原城に寅王丸を封じ込めたと信じた頼継は、調子に乗ってまず上社に乱入し、神長官の頼真を脅して大祝の座に就いた。そして、そのうえに下社にまで手を伸ばし、これを制圧した。諏訪の正統を自負する頼継にとっては、当然の行動だったかもしれない。だが、傍若無人の行動は諏訪一族の生き残りの満隣や、大社に仕える頼真らの憤激を買うことになったのである。

頼真は頼継の行動を逐一弾劾《だんがい》し、晴信の出兵を懇願していた。もちろんただ出兵を乞うのではない。自らも出陣して戦う覚悟とある。満隣ら諏訪一族も同じく戦うという。晴信は嬉しくもあり、少し心配でもあった。

（味方してくれるのはよいが、あまり目立つ動きをしては、こちらの動きを悟られる）

頼継に、である。晴信の狙いは、頼継の逃げ道を塞いでおいて徹底的に叩くことにある。ここで頼継を討ち取ってしまえば、諏訪ばかりか上伊奈郡まで手に入る。上伊奈の南には、小笠原《おがさわら》氏の領する下伊奈がある。その先は、駿河であり尾張であり美濃である。天下制圧のためには必ず奪取しなければならない国があるのだ。

晴信の心は燃えていた。天下を取るためには、まず諏訪を押さえなければならぬ。諏訪こそ信濃制圧の要《かなめ》の地だ。その地を取るためには、頼継を討たねばならない。今こそそれができるのだ。晴信率いる武田軍は、勇躍して甲信国境を越えた。国境から桑原城までは、およそ六里である。途中の青柳《あおやぎ》村で、晴信は諏訪衆の迎えを受けた。諏訪満隣とその郎党、神長官の頼真も、きょうは甲冑《かっちゅう》に身を固めている。まず、満隣が駒を進めて挨拶した。

「お初にお目にかかる、諏訪満隣でござる」

「おお、よう参られた」

晴信はとろけるような微笑を浮かべて、満隣を迎えた。

「今度の戦は申すまでもなく、諏訪大神に楯を突く逆賊を討つ神戦《かみいくさ》でござる。大神の加護はわれらにある。共に逆賊を討ち果たしましょうぞ」

桑原城に籠もった勘助は、巧みな戦術で高遠勢を翻弄《ほんろう》していた。源五郎は籠城戦はかくあるべしと、改めて目を開かされる思いだった。矢の射方《いかた》ひとつにしても違う。勘助のやり方は漫然として矢を放つのではない。必ず目標を定め集中的に放つのである。

「敵の将、あるいは最も元気な者を狙い射《う》て。あわてることはない、柵はそうやすやすとは破れぬ」

あくまで冷静に、充分に引きつけておいて射つのだった。

「頼継は城攻めを知らぬな。ただ遮二無二《しゃにむに》攻めて来るだけだ」

「では、どうするのがよいのです」

源五郎は尋ねた。

「わしが頼継なら、軍勢を夜と昼の二手に分け、昼夜を分かたず攻めかかる。全力で押し寄せずともよい。小当たりでよいのだ。ただ間断なく攻め続ける。そうすれば、籠城勢は眠ることができず、城はやがて熟した柿のように落ちる」

「その手がございましたな」

源五郎が感嘆の声を上げると、勘助は表情を引き締めて、

「ただし、これは寄せ手に比べて籠城勢が大幅に少ない時の戦法じゃぞ。人数が五分と五分なら、かえって具合が悪い。——逆に疲れたところを不意討ちされる恐れがある」

源五郎はうなずいた。確かに言われてみれば、頼継の戦術はうまくない。夜明けと共に攻め寄せてくるのはいいが、日が落ちると見張りを立てるだけで、攻撃をやめてしまう。おかげで籠城軍は夜はぐっすり眠れるのである。この頃は頑強な抵抗に手を焼いたのか、ただ周りを囲んでいるだけで攻めてもこない。武田本軍が甲斐に釘付けになっていると思い込んでいる頼継としては、力攻めして損害を増すよりも、じっくりと兵糧攻めにするつもりなのだろう。だが、それこそ勘助の思う壺である。籠城十三日目、物見櫓から眼下の包囲軍を見下ろしていた勘助は源五郎に言った。

「あれを見よ、高遠の本陣に動きが見える」

源五郎は頼継の旗が立てられている陣所を見た。あわただしく人が出入りしている。

「いよいよ、殿がご出陣になったのだ。頼継め、その知らせを聞いて泡を食っているところにちがいない」

勘助は憐れむような笑いを浮かべた。

「頼継めは、どう致しますか」

「まず本陣を引き払い、殿の軍勢を迎え撃つ形を整えるであろう。決戦はさしずめ安国寺あたりで始まる」

勘助は自信ありげであった。

「なに、晴信が戻って来ただと」

頼継は信じられなかった。武田勢は上杉との対戦で手が離せないはずなのに。

「兄者、何としたことじゃ」

弟の蓮芳軒もあわてていた。頼継は呼吸を整えて善後策を考えた。とにかく武田勢を迎え撃たねばならない。全軍を桑原城の攻囲陣形から、武田軍との野戦に備えて集結させねばならないのだ。輪状に展開した形のままでは、あっという間に総崩れになる。

「よし、安国寺まで進んで、武田を迎え撃つ」

頼継もさすがに素人ではない。そのまま全軍を集結させつつ素早く移動することを決心した。安国寺は甲州往還と杖突往還が交差する交通の要衝である。

万一の場合は高遠に向かって撤退できる。

だが、それはかえって全軍の士気を阻喪《そそう》させることになるのである。

「思う壺じゃ、源五郎」

桑原城の物見櫓で、勘助はにんまりと笑みを漏らして、そのことを言った。

「なぜ、全軍の士気が落ちるのです」

源五郎は尋ねた。

このところ、なぜを連発する源五郎であった。なにしろ兵法軍略について、勘助ほど明快に答えてくれる人はいない。

「頼継は安国寺へ移動した。あそこは高遠への道がある。つまりは逃げ道、逃げ道を背にして戦ってはいかん。ほんのわずかの崩れでも、ただちに総崩れに通じる」

「では、ここで戦うべきなのでしょうか」

「背水の陣というてな、川や湖を背にして、一歩も引かぬ構えで戦うのはよい。だが城はいかん。味方の城ならよいが敵の城ではな。たとえ小勢でも、腹背《ふくはい》に敵を受けてはならぬ」

勘助の言葉に源五郎は首を傾げた。ここにとどまるのもよくない、かといって安国寺まで戻るのもよくない、とすれば頼継には選ぶ道がないということになる。

「――ではございませぬか」

源五郎が言うと、勘助は破顔して、

「ははは、源五郎。それが軍略というものだ。敵がどうあがこうと負ける形に追い込んでいく――それこそ軍略の要諦ではないか」

源五郎は納得した。しかし、納得すると同時にまた疑問が湧いてきた。

「すると、頼継にはもはや打つ手はないのでございますか」

「ある。一つだけな。負けずにこの場を収める手がある」

「それは何でございますか」

「源五郎、そなたの最も嫌う手だ」

勘助はそう言ってまた笑った。

源五郎は妙な顔をした。

勘助は笑顔のまま、

「逃げることじゃ」

と、ずばり一言言った。

「逃げるのでございますか」

「そうだ。尻に帆かけて一目散《いちもくさん》。武田とは戦わずに高遠へ逃げ帰るのだ」

「しかし、それでは……」

「武士の面目が立たぬと申すのか。だが、一番肝心なのは負けぬことじゃ。頼継は今、どう戦っても負ける形に追い込まれている。いや、殿とわしとでそのように追い込んだのだ。もし、わしが頼継なら、逃げるな。逃げることによって、武田の立てた軍略をすべて無駄にすることができる。いま頼継が打つことのできる最善の手はそれだ」

「しかし、臆病者の汚名が残ります」

源五郎は口をとがらせた。

「そのようなことは取るに足らぬ。負けて命を失うよりは、はるかによいではないか。なるほど一度臆病の評判を取れば、人を従わせることは難しくなるかもしれぬ。だが、それとて死ぬことよりは、はるかにましじゃ。特に一軍の将はな、死んではならぬのだ。大将が死ねば戦は負けじゃからな」

「逃げれば、頼継は勝てますか」

「まず、負けぬ。それが肝心だ」

勘助はおそろしく真面目な顔で答えた。

「殿が勢いに乗じて、一気に高遠を攻めれば」

「それはできぬ」

「どうしてできませぬ」

源五郎は不思議そうに言った。

「殿はまず諏訪を固めねばならぬ。いくら頼継が逃げ出したからといって、高遠まで一気に取ろうとすれば、必ず足元をすくわれる。頼継にとって高遠の地は自分の庭のようなものだ。攻め込まれれば、もう後がないと、地の利を生かして頑強に抵抗するであろう。

――案ずるな、頼継にはそこまでの器量はない」

勘助はそう締めくくった。

その頃、安国寺では既に両軍が激突していた。未刻《ひつじのこく》（午後二時頃）から、戦いは始まった。いつの間にか、頼継勢は出発した時の二千に減っていた。頼継が勝つと見て、その陣に参加していた地侍たちが、武田の大軍に恐れをなして真っ先に戦線を離脱したのだ。頼継勢は、味方の陣営から次々に脱落者が出るという、極めて戦意をくじかれる状況の中で、戦端を開かねばならなかった。戦いは初めから武田勢が優勢だった。板垣隊、甘利隊、飯富隊など、武田勢の精鋭が、まるで縄から解き放たれた猟犬のように次々と頼継勢に襲いかかった。

（信じられぬ、こんな馬鹿なことが）

高遠頼継は何度も首を振った。突如として諏訪に出現した武田の大軍に、あっという間に攻撃され、いまや味方は総崩れである。峠を越えて諏訪に入り、上原城へ向かって進撃した時は、途中から従軍する者が引きも切らなかった。ところがどうだ。いまや味方の軍勢は春の淡雪《あわゆき》のように消えてゆく。これまで味方と信じていた者たちが、戦場を離れあたりの茂みや森に隠れてしまう。殻がなくなり芯《しん》だけが残っている。その芯もいまや武田勢の猛攻の前に、風前の灯《ともしび》であった。

「兄上」

思い詰めた表情で弟の蓮芳軒がやって来た。頼継は床几《しょうぎ》から腰を浮かした。弟の鎧にはあちこちに矢が刺さっていた。だが、致命傷ではなさそうだ。

「兄上、この戦は負けじゃ」

「何を言う。まだ、これからだ」

頼継は吠えるように言ったが、その声には力がなかった。蓮芳軒は首を振り、

「意地を張っては命を落とす。兄上、わしが殿《しんがり》軍を務める。早う立ち退《の》いてくれ」

殿軍とは退却戦における最後尾の部隊である。味方の主力を逃がすため、敵の攻撃の矢《や》面《おもて》に立つ。当然、敵は主力を逃がすまいと、全力を挙げて殿軍に攻撃を集中することになる。だから、その将はまず戦死する。

「それはならぬ」

頼継は言った。弟を死なせるわけにはいかない。だが、蓮芳軒はあくまで言い張った。

「大将は死んではならぬ。兄上、城へ戻れば再起の機会もあろう。だが、ここで死ねば憎っくき晴信に名を成さしめるのだぞ」

頼継の顔が歪《ゆが》んだ。蓮芳軒は熱心に説いた。その間にも、武田勢の猛攻はやまず、じりじりと本陣にまで迫って来た。ついに頼継は断腸の思いで決断した。

「頼む」

頼継は初めて弟に頭を下げた。蓮芳軒は笑顔でうなずくと、

「兄上、頼みがある。兄上の旗と鎧、わしに譲ってはくれぬか」

「――？」

「一度、一軍の大将として戦ってみたかったのだ」

頼継は弟の真意に気が付くと、はっとしてその顔を見つめた。


勘助は源五郎と共に城を出て、馬で安国寺の晴信のもとへ向かっていた。供も連れず、ただ二人だけである。桑原城の留守には兵二百を残してきた。

「山本様、われわれが城を離れて大丈夫なものでしょうか」

源五郎は何度も桑原城を振り返りながら、心配そうに言った。勘助は思わず笑みを漏らした。源五郎が心配しているのは寅王丸のことなのである。もちろん本物ではない。桑原城に残してきた家臣某の子、つまりは贋者である。それが贋者であることを源五郎は夢にも知らない。だからこそ、留守中に万一のことがあってはと心配しているのである。馬上で勘助はこらえ切れずに噴き出した。源五郎は憤然として言った。

「なぜ笑うのです」

「ははは、許せ、源五郎。わしは、そなたをも欺いておったのじゃ」

「――？」

「わからぬか、寅王丸様には何の危険もない。躑躅ケ崎館には敵がおらぬでな」

源五郎はようやく真相に気付くと、顔を真っ赤にした。この数日間、命懸けで守ろうとし、そのためには命を捨てる覚悟すらしていたあの寅王丸が贋者だったとは。

「山本様――」

「まあ待て、そのように目を吊り上げるものではない」

「しかし、あまりに情けのうございます」

源五郎は苦情を言った。

「敵を欺くにはまず味方からと申したではないか。そなたがあれを本物と信じ、そのように振舞ったからこそ、敵も騙されたのだ」

勘助はそう言って、さっさと先に行ってしまった。源五郎はふくれっ面《つら》で後に続いた。

二人が戦場に着いた時には、既に戦いにけりがついていた。言うまでもなく武田の圧勝である。敵軍は総崩れとなり、およそ八百人が討ち取られ、残りの兵は命からがら高遠へ向かって逃げ出した。そればかりではない。敵の大将高遠頼継を討ち取ったのである。

「それはまことか」

報告を聞いた晴信の顔が喜びに輝いた。頼継が死ねば、上伊奈郡も武田のものとなる。

まもなく頼継を討ち取った板垣信方の配下荻原与左衛門《おぎわらよざえもん》という者が、首を手に意気揚々と現われた。与左衛門は首実検《くびじっけん》の座にそれを差し出した。

「でかしたぞ、与左衛門」

晴信が声をかけた時、勘助がすうっと前に進み出た。

「殿、これは頼継の首ではございませぬ」

「何を申される、山本殿」

荻原与左衛門は激怒した。武士にとって、取ってきた首を贋首呼ばわりされるのは最大の侮辱である。だが、勘助は平然としていた。与左衛門はますます怒って、

「どうして、これが頼継の首でないのか、山本殿、その理由をお聞かせ願いたい」

与左衛門には自信があった。それにひきかえ、勘助はこの首すらまともに見ていない。ろくろく見もしないで、どうして贋首だと言えるのか。

「勘助、与左衛門の申し条もっともじゃ。理由を申してみよ」

晴信が言った。

勘助は一礼して、

「その前に、荻原殿から、この首を取った時の様子を伺いとう存じます」

「よかろう。――与左衛門、申し述べよ」

晴信はうなずいた。与左衛門は怒りを抑えて、

「高遠殿の最期はあっぱれでございました。最後まで本陣にとどまり奮戦の挙句、自ら太刀を抜き、われこそは高遠城主頼継なり、討ち取って功名手柄にせよと叫び、足軽二、三人を斬り伏せた後、拙者と一騎打ちに及び、最期を遂げられたのでございます」

と、早口に説明した。勘助はにやりとした。与左衛門はそれを見て怒鳴った。

「何がおかしい」

「――荻原殿、やはりそれは頼継ではござらぬ。その潔《いさぎよ》さ、勇気ともに頼継の本性とはことごとく異なってござる。おそらくは頼継を逃がすために身替わりとなった一族の者でござろう」

勘助は落ち着いた声音で言った。

「では、頼継は逃げたというのか」

晴信が言った。勘助はうなずいた。

「卑怯な男よ。身替わりを死なせてまでも生き延びたいか」

吐き捨てるように晴信が言うと、勘助は表情を引き締め、

「いえ、見事な男でございますな」

「なに、何と申した」

晴信は驚いて聞き返した。

「見事な男でござる」

「なぜだ、これほど卑怯未練な男が――」

「大将は平侍《ひらざむらい》とは異なっており申す。家[illegible]人死なせようと、大将は生き延びねばなりませぬ。大将が死ねば戦は負け。たとえ[illegible]言われようが、生きて生きて生き抜くのが、大将の道でござる」

晴信は合点した。

（勘助め、このことが言いたくて、しゃしゃり出て来たのか）

「お待ちくだされ」

と、重臣筆頭の板垣信方が異議を唱えた。

「この首、確かに贋首と決まったわけではござらぬ。いま一度、お確かめ願わしゅう存ずる」

首を取ってきた荻原与左衛門は、信方の甥《おい》にあたる。単に甥というだけでなく、信方隊の副将でもある。その功名にけちがついたのである。

信方の抗議は当然だった。

晴信は勘助に言った。

「勘助、そちは高遠に使者としておもむいたこともある。しかと首を確かめてみよ」

勘助は首を振り、

「拙者が見るより、諏訪一族の方々に見て頂いたほうがよろしゅうござる」

「おお、そうであったな」

一度しか顔を合わせたことがない勘助よりも、一族として長年の交際がある者のほうが確実である。首というのは死に顔であり、生前の顔とは違う。よほど見知った者でなければ見分けられないのだ。諏訪満隣がその場に呼ばれた。満隣は首の両頬を抱くようにして、しげしげと観察した。その首は穏やかな表情で、恨みや無念さといったものは、露ほども見られない。満隣はやがて目に光るものを浮かべた。

「頼継の弟、頼宗、入道《にゅうどう》して蓮芳軒に相違ございませぬ」

「なに、それはまことか」

晴信は確認した。

満隣は大きくうなずいて、

「まちがいござらぬ。同腹《どうふく》の兄弟でござる[illegible]、顔かたちはよく似ており申すが、頼継めはもう少し欲深げな顔でござります」

「出家しているからには、頭を剃《そ》るのが[illegible]ろう」

晴信は不思議に思った。蓮芳軒の首[illegible]形をしている。

満隣は目をしばたたいて、

「心は仏道にあれども、武士としての[illegible]と申していたと、聞き及んでおります。

あるいは、このような時に備えてのことかと存じますが」

晴信はうなずいて、

「兄の身替わりになる覚悟であったのだな」

一同は蓮芳軒の見事な振舞いに心を打たれ、しばし言葉もなかった。

その中で晴信の弟の左馬助信繁が進み出た。

「兄上、この首、拙者に賜りたい」

「左馬助、どうするのだ」

信繁はちらりと首を見て、

「どうも他人事とは思えませぬ。丁重に葬ってやりたいと存じます」

「よかろう」

晴信は信繁に首を預けた。

晴信は首実検が終わると、改めて勘助一人をひそかに呼び寄せた。勘助は予期していた。問われることはわかっている。命からがら高遠へ逃げた頼継を、どう追撃するかということだ。この際、全軍を挙げて高遠に進撃し、高遠勢を皆殺しにするのが得策か、それとも──。晴信はそれを問うた。

「頼継など放っておかれませい」

勘助の意外な答えに、晴信は目を見張って、

「よいのか」

と、念を押した。

勘助はうなずいて、

「よろしゅうござる。もはや頼継は尾羽打ち枯らした、ただの負け犬。誰も頼継に味方しようなどとは考えませぬ」

「では、いま攻めたほうがよいのではないか」

「いやいや、いま高遠に攻め寄せれば、頼継は地の利を生かし、死にもの狂いで抗戦するにちがいござらん。損害も大きく、万一手古《てこ》ずれば、せっかく手に入れた掌中《しょうちゅう》の玉を取り落とすことになり申す」

「掌中の玉とは、諏訪のことか」

晴信は尋ねた。

「御意」

勘助はうなずいて膝を乗り出し、

「殿、今度こそ上原城を完璧に修築なされませ、諏訪は信濃経略の拠点と為《な》すべきでござる。また、ただちに行なうべきは論功行賞、それもわがほうへ味方した諏訪者を厚遇致すべきでござる。そのうえで年貢を安くし、じっくりと諏訪を武田のものとするのでございます。諏訪さえ固めてしまえば、高遠を落とすことなど造作《ぞうさ》もないこと」

言われてみれば、その通りだった。今まで甲斐から十数里の道程《みちのり》を経て、諏訪を攻略していた。だが諏訪が武田領になれば、ここから軍勢を繰り出せる。高遠への軍事行動ははるかに容易になるのである。

晴信が納得するのを見て、勘助はさらに言った。

「殿、もう一つ固めておかねばならぬことがございますな」

晴信は怪訝な顔をした。

勘助はにやっと笑って、

「諏訪の姫様でござるよ。女心は風のように揺れ動くもの。あまり放っておかれては、ろくなことになりませぬ」

「勘助、女子《おなご》のことにそなたの指南《しなん》を受ける覚えはないぞ。わしに任せておけばよい」

「これは申されましたな」

主従は声を上げて笑った。

(姫が、はたしてどんな顔で、わしの勝ち戦の報を聞くであろうか)

晴信の脳裏に美紗姫の面影が浮かんだ。

後は姫の心を奪《と》れば、諏訪は完全に平定されたといえるのである。

大画を描く

1

勘助《かんすけ》はひと足先に甲府《こうふ》へ戻り、故郷の三河《みかわ》から呼び寄せた二人の男に会っていた。名は体《たい》を表わすという言葉が、そのまま当て嵌《は》まる大兵《だいひょう》の大仏《おさらぎ》庄左衛門《しょうざえもん》、それに比べて痩《や》せぎすで素早い身のこなしの諫早《いさはや》佐十郎《さじゅうろう》。いずれも勘助が自らの腹心として選び抜いてきた男である。庄左衛門は冷静沈着、そのうえ博学な中年男で、特に治山・治水・算法などに詳しい。また、佐十郎はずっと若く、まだ三十前だが、忍びの技に長《た》けていた。既に二人は勘助の指令によって、武田《たけだ》家のために有能な人材を集めていた。勘助はまず庄左衛門に尋ねた。庄左衛門の担当は、土木技術者の招聘《しょうへい》である。特にいま一番必要なのは鉱山技術者であった。武田の領内には何ヵ所か金鉱がある。技術が未熟なために掘り出せずにいるが、これが充分に開発されれば、甲斐《かい》国の生産力は倍増する。掘り出した金で軍備を

信濃主要城郭
越後
越中
水内郡
高井郡
善光寺
更級郡
安曇郡
埴科郡
葛尾城
浅間山
飛驒
上田原
砥石城
小県郡
禰津城
小田井原
碓氷峠
長窪城
林城
塩尻峠
上野
望月城
諏訪
下社
志賀城
佐久郡
諏訪郡
諏訪湖
内山城
筑摩郡
諏訪
上社
桑原城
上原城
海ノ口城
武蔵
箕輪城
高遠城
甲斐
美濃
伊奈郡
躑躅ヶ崎館
三河
遠江
富士山
駿河
相模

整え兵力を養い、信濃《しなの》経略も一段と進むはずである。

「面白《おもしろ》い男がおりましてな」

と、庄左衛門はそのぬめりとした白い顔をにこりともさせずに言った。

「ほう、どんな男だ」

勘助は尋ねた。

「大蔵太夫《おおくらだゆう》と申す猿楽師《さるがくし》でございますが」

「なに、猿楽師だと？」

さすがの勘助も首を傾《かし》げた。猿楽と鉱山技術と、一体どのような関わりがあるというのだ。

「この男、金掘《かなほ》りの腕にかけては並ぶ者なしといわれた男でござる」

庄左衛門が言った。

「その天下一の金掘り人が、何故《なにゆえ》猿楽などをやっておる」

勘助の不審はもっともだった。天下一はともかく、人に誇るほどの腕があるならば、どこの大名でも放っておくはずがない。腕のいい鉱山技師なら、千金を投じて呼び寄せても損はないからだ。

「金《かね》には無頓着《むとんじゃく》な男でござる。北条《ほうじょう》殿もいくらでも出すと仰《おお》せられたようでござるが、にべもなく断わったとか」

「面白い」

今度は勘助が叫んだ。隣国の北条領も、伊豆《いず》を中心に多くの金鉱があると聞く。腕を振るう場所としては文句はないはずだ。だが、それでも引き受けぬというのは、よほど偏屈な男と思われる。勘助はその大蔵太夫という人物に激しい興味を感じた。

晴信《はるのぶ》にとっては束《つか》の間《ま》の休日であった。宿願の諏訪《すわ》を押さえ、父信虎《のぶとら》ですら果たし得なかった信濃経略への第一歩を踏み出したのだ。信濃の一角に武田領が出来たことの意味は、たとえようもなく大きい。

（このまま信濃を奪い、近隣諸国を従えつつ、東海道《とうかいどう》へ出る。海道へ出てしまえば京へはわずかの道程《みちのり》だ。天下を制することも決して夢ではない）

晴信の野望は燃え上がった。その晴信がひさびさに正妻の三条《さんじょう》殿のもとを訪れたのは、館《やかた》に戻った翌日のことだった。妻に会いたいというよりも、子供たちの顔を見たかった。長男太郎《たろう》は五歳になる。

利発な子であった。母ゆずりの気品ある面差《おもざ》しに、父ゆずりの賢《さか》しさを備えている。武将の子としては、やや線が細いのが気になるが、傅役《もりやく》として先代信虎からの老臣飯富虎昌《おぶとらまさ》を付けた。板垣《いたがき》、甘利《あまり》と並んで武田の中では五本の指に数えられる猛将虎昌が、太郎を逞《たくま》しい男に育て上げてくれるだろう。ただ、そのあと生まれた次男は体が弱く、しかも不幸なことに生まれついての盲目であった。続いて生まれた三男も、ほとんど寝たきりの多病な体質である。太郎の他にまともに育っているのは、長女で三歳になる春姫《はるひめ》だけだ。

晴信は四人の子を並べて見る時、心に咎《とが》めるものがあるのを感じる。長男、長女を生ませた頃、晴信は確かに妻に愛情を感じていた。その結実として生を享《う》けた二人は、健《すこ》やかで明るく利発に育った。だが、愛情が冷《さ》めてからの子は、二人とも不幸の星を背負って生まれてきた。両親の仲の悪さが、子供の運命に傷を与えたのではないか、そんな気がするのである。それだけに、晴信は病弱な二人の子には特別に優しかった。長男には与えたことのない玩具を枕辺に置いたり、抱き上げてあやしてやったりする。

「まあ、お優しいこと、母はうらやましく思います」

相変わらず妻の言葉には刺《とげ》があった。

晴信は苦《にが》い薬でも飲むような思いで顔を背《そむ》けた。一度愛情が離れた女と付き合うというのは難しい。人と人との付き合いの中で、最も難しいのはこれではなかろうか。妻はさらに追い討ちをかけてきた。

「諏訪の姫をどうなさるおつもりか、伺《うかが》っておきたく存じます」

晴信は一瞬言葉に詰まった。

「諏訪の姫だと、何故そんなことを聞く」

一呼吸おいて晴信は三条殿に言った。三条殿は目を少し細めると、感情を押し殺して、

「奥のことは、わたくしが取り仕切ることになっております。殿のご意向を伺っておかねば、勤めが果たせませぬ」

「——」

「いかがなされました。まさか奥に入れるなどとは申されますまいな。ただのおたわむれでございましょう」

語調は鋭かった。晴信が美紗《みさ》姫に手をつけたことを、一時の気まぐれと認めさせ、姫を館から追放しようという意図《いと》が明らかである。晴信は猛烈に腹が立ってきた。

「あの姫には子を生ませる」

晴信は断固として宣言した。

「なんと仰せられます」

三条殿は目を吊《つ》り上げた。

「健やかな男子をだ。そなたの口出しは無用」

そこまで言って、晴信はしまったと思った。健やかな——は余計であった。病弱な子を生んだ妻への当てつけに聞こえる。

はたして三条殿は激怒した。

「殿は、この太郎を差し置いて、武田の家督を諏訪姫の子に継がせるおつもりでございますか」

あまりの見幕に驚いて、子供たちが泣き出した。晴信は呆《あき》れた。何という邪推だろう。もちろん晴信にはそのようなつもりはまったくない。

「たわけたことを申すな」

「いいえ、たわけたことではございませぬ。健やかな男子と仰せられたのが、その証拠でございます」

まだ生まれてもいない子に、生まれるかどうかもわからない子に嫉妬して、一体どうなるというのだ。晴信はうんざりした。だが、邪推を解《と》くためには説明しておいたほうがよい。

「諏訪を武田のものにするためなのだ」

晴信は辛抱《しんぼう》強く説《と》いた。

「諏訪の姫に男子を生ませ、その子に諏訪の名跡《みようせき》を継がせる。さすれば、諏訪の武士も百姓も新しい領主になびき、すべて丸く収まるのだ。何事も武田家の行く末のためなのだぞ」

三条殿はせせら笑った。

「殿は女子《おなご》を道具としてしか、見ておられぬのか。このわらわも子を生む道具でおじゃるのか」

「そうではない。そなたはわが妻だ。格別の者だ」

「では、諏訪の姫は？　ただの道具でおじゃるのか」

晴信は仕方なしにうなずいた。


三条殿の館から戻った晴信を、勘助が待ち受けていた。晴信は庭へ勘助と共に出た。ようやく秋らしくなり、澄んだ秋空の向こうに信濃の山々が見える。父信虎の時代には、あの峻険な山並みを越えねば信濃を侵《おか》すことはできなかった。だが、今は諏訪がある。諏訪からなら、容易に信濃国中に兵を繰《く》り出せるのだ。

「勘助、抜群の働きであったな」

二人きりになったところで、晴信は勘助を初めて褒《ほ》めた。あまり人前で露骨に褒めると、諸将の憎しみを買う。勘助もその点は充分にわきまえていた。

「なんの、天下制覇までには、まだまだ遠うござる。諏訪などはほんの手始め」

「こいつ、相変わらず申すことよ」

主従は声を揃《そろ》えて笑った。

「ところで、勘助、人は集まったか」

晴信はひとしきり笑った後で聞いた。

人材のことである。もちろん侍もだが、晴信が勘助に期待しているのは、貧しい甲斐の国の生産力を上げるための技術者である。

「なかなかに面白い者が見つかりました。いずれ殿にお目通りさせるべく、ただいま呼び寄せておるところでございます」

「ほう、どんな男がいる」

晴信は興味を抱いた。

勘助は含み笑いをして、

「それは後のお楽しみでございます。それより、そろそろ、為《な》さねばならぬことがあるのではございませんか」

と、晴信の顔を見つめた。

「一体、何のことだ？」

晴信は首をひねった。いま武田家は好調の波に乗っている。長年の宿願だった諏訪を取り、肥沃《ひよく》の地信濃は目の前に転《ころ》がっている。手を伸ばせば届くところに、宝の山があるのだ。

「それゆえ、大きな絵を描かねばなりませぬ」

勘助が短く言った。

「大きな絵？」

おうむ返しに言って、ようやく晴信は勘助の言わんとするところがわかった。

「百年の計を立てよ、と言うか」

「御意《ぎょい》」

ひとくちに信濃を取るといっても、やり方はいくつも考えられる。だが最善の方法というものが、必ずあるはずだ。それを考えるのはひと仕事終えた今をおいてない。

「なるほど、では、何か腹案があるのか」

晴信の問いに、勘助は、

「ござる。いずれ場所を改めて、殿にじっくりとお聞かせ致しとうござる」

「よかろう」

晴信は大きくうなずいた。

その夜、晴信は美紗姫のもとを訪れた。

美紗姫は躑躅ケ崎《つつじがさき》館の一角に新たな館を貰《もら》い、武田家から付けられた侍女と一緒に住んでいた。晴信が入って行くと、美紗姫は能面のように無表情な顔で、座っている。

「どうした、息災《そくさい》か」

「――」

晴信が照れ笑いを浮かべて、呼びかけても、美紗姫は返事をしなかった。上座に腰を下ろした晴信は、侍女に命じて酒の支度をさせた。

「どうだ、酌《しゃく》をしてくれぬか」

侍女を下がらせ、晴信が声をかけても、美紗姫は顔を背《そむ》けたままである。

「そんなにわしが恐ろしいか」

晴信は挑発するように言った。

美紗姫は晴信をきっとにらんで、

「——恐ろしゅうはございませぬ」

「ほう、では酌ぐらいできるであろう」

晴信がさらに言うと、美紗姫は素早く進み出て、まるで汚いものをつまむように酒器を取り上げて盃《さかずき》に注《つ》いだ。それだけすると、美紗姫はまた元の位置まで下がった。いかにも駄々《だだ》っ子のような仕草に、晴信は苦笑を禁じ得なかった。だが、その笑顔を見た美紗姫は、馬鹿にされたと思ったのか、逆に冷水を浴びせてきた。

「御台所《みだいどころ》様が、おいでになりました」

「なに、奥が——。いつのことだ」

正妻の三条殿のことである。晴信は驚いて聞き返した。

「殿がご出陣になってすぐのことでございます」

「そうか、で、奥はなんと申した」

「尼にならぬか、いや、尼になれ、なって父の菩提《ぼだい》をとむらってはどうか、とのありがたいお言葉でございました」

美紗姫はおかしそうに言った。晴信もつられて笑い、

「その言葉には従わなんだのだな。で、それから何と申した」

「では、茶など進ぜるによって、奥御殿へ参れと、――でも、それも断わりました」

「ほほう、どうして断わった」

晴信の問いに、美紗姫はじっと晴信を見据《みす》えて、

「和睦《わぼく》にこと寄せて、騙《だま》し討ちにされてはかないませぬ」

晴信は息を呑《の》んだ。

「そうでございましょう」

美紗姫は冷たい目をしていた。瞬時に晴信は行動に出た。姫の手首を摑《つか》み、引き寄せていきなり抱きすくめた。

「欲しいものを手に入れるためには騙し討ちも辞さぬ。それが武士というものだ」

2

翌日、晴信は気晴らしに遠乗りに出かけた。

奇岩怪石と渓谷が美しい昇仙峡《しょうせんきょう》という名勝が、館から一里ほど北にある。そこで涼を取り、帰りに島《しま》の湯《ゆ》という温泉に浸《つ》かるのが、晴信の最も好む道筋であった。父の信虎

も温泉が好きで、よく遠乗りをし、帰りに入湯《にゅうとう》していた。

晴信は、自分勝手な父が嫌いだったが、父を追放したいま改めて考えてみると、食べ物の好みや趣味は似たところが多い。温泉に入るのもそれである。幸いなことに、貧しい甲斐国も温泉だけは豊富である。島の湯は湯村《ゆむら》という里にあった。晴信は近習《きんじゅ》の者たちに周囲を警戒させ、一人で一番気に入っている露天の湯に入った。既に日は落ち、星空が透《す》き通るようだ。晴信は大きく息を吸い込み、そして吐いた。心地《ここち》よい疲労感が全身に広がってくる。ふと、美紗姫の面影《おもかげ》が脳裏《のうり》に浮かんだ。

(少しは慣れてきたかな)

相変わらず頑《かたく》なな態度は崩さないが、細かい動作のはしばしに、なんとなく落ち着いた様子が見える。

(女というのは不思議な生き物だ)

ふと、背後に人の気配がした。

「勘助か」

晴信は振り返らずに言った。

「はい」

「そちも入湯せぬか」

「いえ」

勘助は苦笑して、

「体中に見苦しい傷がございます。お目のけがれになりますゆえ」

「よいではないか、武士の傷は恥ではない。むしろ誉《ほま》れと申すべきもの」

だが、勘助は固辞した。

「こちらが居心地ようございます。どうも人前で裸になるほどの度胸はございませぬ」

「それは皮肉か、勘助」

晴信は笑みを浮かべて言った。

「滅相《めっそう》もない。何卒《なにとぞ》お許し願いたく」

勘助もおどけるように岩陰で頭を下げた。

「よかろう。で、大きな絵とやらは描けたのか」

晴信は手拭《てぬぐ》いで顔を拭《ふ》いた。

「はい。大摑みではございますが」

「申してみよ」

晴信は先を促《うなが》したが、勘助はすぐには従わず、逆に聞き返してきた。

「それよりもまず、殿のご存念《ぞんねん》を伺いとう存じます」

「わしの？」

「はい、まず伺いたいのは、北か南かということでございます」

勘助は岩陰で端座したまま言った。

「北か南?」

晴信はおうむ返しに言った。勘助はそれ以上は説明しようとしない。晴信は湯舟の中で忙しく頭を働かせた。

(北か南か——とは、これから先、武田がどこをどう攻め取っていくか、ということであろう。すなわち北進するか南進するかということにちがいない)

北進とは、諏訪から北上し中信濃から北信濃を侵すことになる。これに対して、南進とは、高遠頼継《たかとおよりつぐ》の領する上伊奈から下伊奈を経て、駿河《するが》・三河・尾張《おわり》といった東海道の国々へ出て行くことだ。

(天下に号令するには、まず京へ上らねばならぬ。まず京への道を確保することこそ肝心《かんじん》だ)

それなら結論は明らかである。

「南だな、勘助」

晴信は言った。

「南でございますか」

そう言って勘助が含み笑いをしたように、晴信には聞こえた。

「いかぬか」

「――左様、南はちと同意致しかねますな」

「何故だ。京へ進むには海道へ出なくてはなるまいが」

「仰せの通りにございます」

勘助は素直に認めた。

「では、遅かれ早かれ南へ進まねばなるまい」

「それも、仰せの通りにございます」

「早いほうがよいではないか」

晴信は焦《じ》れったそうに言った。

「殿、焦《あせ》ってはなりませぬぞ」

「焦っていると、このわしが？」

晴信は心外そうな顔をした。

「ではございませぬか、殿。天下を制すためには、よほどの御覚悟が必要でございます。いずれはすべての大名を敵に回すかもしれませぬ」

「もとより覚悟のうえだ」

「その覚悟はよろしゅうございます。されど、いたずらに敵を作り、無駄な戦いを繰り返せば、取れる天下も取れなくなり申す」

「南へ進むことが、いたずらに敵を作ることになるのか」

晴信はそこで初めて勘助の方を振り返った。

「はい」

勘助はうなずいた。

「何故、そうなる？」

「上伊奈はよろしゅうござる。頼継の手から奪い取ることに何の遠慮もいり申さぬ。されど下伊奈はうかつに手が出せませぬ」

「下伊奈の小笠原《おがさわら》はたいした男ではないと見たが——」

「御意。問題はその外でございます」

「外とは駿河か、それとも三河か？」

晴信は尋ねた。

「いずれにせよ同じことでございます。駿河は今川《いまがわ》家の領分、三河は松平《まつだいら》家の領分でござるが、松平家には人なく、おそらく数年のうちには今川のものとなるでござろう」

「三河の松平はそれほどの愚物《ぐぶつ》か」

勘助はうなずいて、

「当主の広忠《ひろただ》殿はお若く、英明をうたわれた先代の清康《きよやす》殿とは比べものになりませぬ。あれでは松平家は長《なご》うはございませぬ」

「詳しいのう、勘助」

晴信は感心して言った。

「なんの、拙者生国《しょうごく》のことにござりますれば」

勘助は三河牛窪《うしくぼ》の生まれである。

「尾張はどうだ」

ついでのことに晴信は尋ねてみた。

「織田信秀《おだのぶひで》という成り上がりの大将がおりまする」

その名は晴信の耳にも届いていた。

つい先月のこと、その信秀なる男は三河の小豆坂《あずきざか》で、今川義元《よしもと》の大軍をわずかな軍勢で討ち破ったという。

今川義元は駿河・遠江《とおとうみ》両国の太守《たいしゅ》、それに対して信秀はせいぜい尾張半国の主に過ぎない。だが、それでも勝ったということは、よほど戦上手《いくさじょうず》なのである。敵に回せば手強《てごわ》い相手になる。勘助は言葉を継いで、

「もう一つ、美濃《みの》には斎藤利政《さいとうとしまさ》がおりまするな」

利政、出家して号を道三《どうさん》という。この男も無類の戦上手で、主人土岐頼芸《ときよりなり》を追い払って美濃国を乗っ取ったばかりである。

「なるほど」

晴信にはようやく勘助の言わんとするところが読めてきた。高遠頼継の上伊奈を取り、

勢いに乗じて下伊奈まで取れば、これら戦上手のいる強国と境を接することになり、下手《へた》をすると身動きが取れなくなってしまう。唯一の弱国三河を攻めるわけにはいかない。三河には今川が食指を伸ばしているからだ。もし、三河を取ろうとすれば、今川と全面対決をせねばならぬ。

(そうか、今の甲斐の国力ではとうてい今川とは戦えぬ。かといって、尾張・美濃と事を構える力もない。まずは取りやすい信濃を全部取り、国力を貯えてから南下せよということか)

今川が甲斐に逆に攻め寄せてくるという心配は今のところない。なぜなら今川義元の妻は晴信の姉なのである。

(しかし、義兄弟だからとて油断はできぬ)

晴信は湯の中で苦笑した。現に晴信自身が義兄弟の縁《えにし》を利用して、諏訪頼重を殺している。乱世なのである。油断をすれば同じ目に遭《あ》う。その苦笑の意味を悟って、勘助は、

「今川家とは、こちらが信濃を平定するまでは仲よく致さねばなりませぬ。そこで、勘助に一案がござる」

と、声をひそめて言った。

「なんだ、申してみよ」

「太郎様でござる。太郎様の御台所《みだいどころ》は、今川家からお迎えなされ」

「太郎だと」

嫁を取るも何も、太郎はまだ五歳である。

「五歳の子に嫁か」

晴信は呆気《あっけ》にとられた。

「あと十年」

勘助は短く言った。

「十年？」

「十年経《た》てば、十五歳になられます。十五になれば元服し妻を娶《めと》ったところで何の不思議もございませぬ。――殿、十年などあっという間のこと、すぐでござりますぞ」

「そういうものか」

晴信にはその実感はなかった。

「こればかりは年寄りの言葉をお聞きなされ。人の一生では十年二十年など、あっという間でござる」

珍しく勘助は同じ言葉を繰り返した。

「それにしても、十年先とはな。気の長い話だ」

「なんのなんの、婚儀は十年先でも婚約は今のうちからでもできまする」

「今川には妙齢の娘がおるのか？」

晴信は聞いた。もっとも五歳の太郎と釣り合うとしたら、童女ということになる。

「今のところは聞き及んではおりませぬ。されど、十年の間にはきっと一人ぐらいは生まれましょう。今のうちから内々に申し入れておいても、よろしいのではございませぬか」

「うむ」

晴信はそれは難しくないと思った。なにしろ今川家の当主義元の夫人は、晴信の姉なのである。今後、二人の間に女子が生まれたら太郎の嫁に貰いたいと、申し入れれば、今川家も乗り気になるにちがいない。

「勘助。それで今川とは争いを起こさずに済むか？」

晴信の問いに、勘助は笑い声を上げた。

「何がおかしい」

晴信が鼻白むと、勘助は頭を下げて、

「殿のお言葉とも思えませぬ。争いを起こす起こさぬは殿のご器量次第。それにこの婚儀は争いを防ぐためではございませぬ」

「争いを防ぐためではないと申すのか？」

「御意。——時を稼ぐためでございます」

勘助は言った。

「時か。いずれは今川も敵になると申すのだな」

「わかりませぬ」

「わからぬとは、なんだ。そちらしくもない」

晴信は咎めた。

「この勘助にも、十年先はしかとは読めませぬ。されど、布石は打っておくものでござる。太郎様と今川の姫がめでたく婚儀をなされる。お二人の間に男子が出生致せば、これは武田と今川の双方の血を引く男子でござる」

「――」

「ひょっとして、そのお子は寅王丸《とらおうまる》様になるかもしれませぬ」

「寅王丸だと」

晴信は勘助の意図を察した。十年先に、もし今川家が弱体化するようなことがあれば、太郎と今川の姫の間に生まれた男子を使って、乗っ取りも可能になるかもしれない。ちょうど、諏訪頼重《よりしげ》と晴信の妹との間に生まれた寅王丸を使って、晴信が諏訪家を乗っ取ったように。晴信は舌を巻き、湯から上がり、近習たちに体を拭《ふ》かせた後、座敷に入った。勘助も後に従った。晴信は酒を運ばせて、勘助に盃を与えると話の続きに入った。

「勘助、一つ忘れてはおらぬか」

晴信は何とか一本返したいと思った。それには勘助の構想の難点を指摘することである。晴信はそれを見つけた。

だが勘助も心得ていた。

「北条のことでございますな」

ずばり言い当てられて、晴信の顔に一瞬失望の色が浮かんだが、すぐに気を取り直して、

「そうだ、どうする？」

と、問い詰めた。北条家はこのあたりでは、今川家と並ぶ二大強国である。武田家の勢力範囲の西側に今川家があり、東側に北条家がある。武田はこの二大勢力に挟《はさ》まれている。本来なら挟み撃ちにされていてもおかしくはない。そのうえ北条は今川家の客将であった北条早雲《そううん》が興《た》てた家で、もともと両家は仲がよかったのである。だが、先代の信虎はその点老練だった。今川家の相続争いにうまくつけ込み、現当主義元が家督を継ぐように援助した。その結果、義元は信虎の娘を娶り北条とは断交するに至ったのである。すなわち現時点では武田・今川同盟対北条という図式が成立している。北条は武田にとって将来大敵になる恐れがある。

「もともと今川と北条は少なからぬ宿縁のある家、ここは殿が今川家の了解を得たうえで、北条と縁を結ばれてはいかがでござる」

勘助は事もなげに言った。

「縁とは？　婚姻せよということか」

晴信は首をひねった。

「御意。北条殿の御嫡男《ちゃくなん》は天文《てんぶん》七年のお生まれ、当年五歳になると聞き及んでおります」

「なに、では太郎と同年ではないか」

晴信は奇妙な因縁に驚いた。今川の嫡男、義元と晴信の姉との間の子も天文七年生まれである。武田・今川・北条の三家の跡《あと》取りが、揃って同じ年に生まれたことになる。勘助は身を乗り出して、

「太郎様が今川家から嫁を迎えられる頃には、今川家も北条家も嫡男が嫁を迎える年頃になるのでござる。これを利用しない手はござらん。すなわち、武田家は今川家から嫁を迎え、北条家は武田家から嫁を迎え、今川家は北条家から嫁を迎える。さすれば三家に固い絆《きずな》が生まれます」

「場合によっては、そこから生まれた子を寅王丸にせよと申すのだな」

主従は声を揃えて笑った。将来に備えて、今川・北条の両家に血の楔《くさび》を打ち込んでおく、その考えは晴信の気に入った。

「しかし、勘助、北条がその気になるか」

「すぐには難しゅうございますな。されど、根気よく当方の意向を伝えれば、決して成《な》らぬことではございませぬ。この同盟、三家とも得るところは大きいのでござる」

「――？」

勘助は地図を出して、三家の勢力範囲を示した。

「御覧くだされ。三家はそれぞれ身近に大きな獲物を抱えており申す。すなわち北条は上野《こうずけ》など関東の諸国、今川は三河と尾張、そして武田は信濃でござる」

晴信はうなずいた。

勘助が指摘した国は、いずれも統一勢力がなく侵略しやすい国である。

「この三家がそれぞれ争うよりも、むしろ和を結び、取りやすい国を取ったほうがよい。これは誰しも考えることでございます」

「なるほど、そうだな」

三家が互いに牽制《けんせい》し合っていては勢力拡大は難しい。それにこの同盟にはもう一つ利点がある。弱体化したとはいえ、なお侮《あなど》れぬ勢力を持つ関東の上杉憲政《うえすぎのりまさ》。北条は武田と組むことによって上杉攻略に専念でき、武田も上杉の侵攻に悩まされなくなる。

「勘助、競争だな」

晴信は目を輝かせた。それぞれの獲物を勝ち取った時、三家は天下を狙《ねら》って対立することになる。

「殿、急がねばなりませんぞ」

勘助は言った。焦ってはならぬ、という前言と矛盾しているようで、してはいない。むやみに南進し今川との対立を招くことを、勘助は諫《いさ》めた。だが、北進は急がねばならぬ。

統一勢力のない北信濃・中信濃を一刻も早く手中に収め、今川や北条と拮抗《きっこう》しうる力を持たねばならないのだ。この競争、実のところ武田が一番不利である。いや、不利というよりは、出発の条件が悪いといったほうがいい。なぜなら今川は駿河と遠江という、海に面した豊かな国を二つ持っている。北条も、今川ほどではないにせよ、相模《さがみ》と伊豆という、同じく海に面した二国を勢力範囲に置き、さらに武蔵《むさし》の国まで着々と版図《はんと》に収めている。しかし、武田は甲斐一国、それに加えてようやく信濃の一角である諏訪郡を取ったばかりなのである。今のところ武田は三者の中で、最後尾の位置にいるのだ。

（だが、負けはせぬ）

晴信は闘志がふつふつと湧《わ》き上がってくるのを感じていた。勘助の描いた「絵」によって、晴信は今後十数年の目標が定まったと思った。まず中信・北信を押さえ、充分に力を貯えつつ南信も押さえて、信濃を平定する。甲斐と信濃の二国を併《あわ》せ持てば、今川や北条と天下を争うことができる。

（よし、取ってやる。邪魔する奴は容赦《ようしゃ》せぬ。武田が天下を取るために、信濃はわしが取る）

晴信は固く決意した。勘助はそんな晴信を頼もしげに見上げ、にこにこしながら言った。

「さて、次は目先の話でござる」

晴信はうなずいた。長期計画の後は当面の目標である。勘助が新たに広げたのは、信濃一国の地図であった。南北に長い信濃の中央に諏訪郡がある。こうして見ると諏訪は、武田が信濃に打ち込んだ大きな楔であることが、よくわかる。

「小笠原と村上《むらかみ》だな、手強いのは」

晴信はつぶやいた。小笠原長時《ながとき》と村上義清《よしきよ》である。小笠原家は鎌倉《かまくら》時代以来、信濃守護を務める名門であり、信濃の首府である府中《ふちゅう》（現、松本《まつもと》）の林《はやし》城に本拠を置いている。これに対して、村上家は新興の豪族で埴科《はにしな》郡の葛尾《かつらお》城を本拠としている。勢力としては、むしろ村上のほうが上かもしれない。

当面、境を接するのは小笠原である。小笠原長時は、諏訪郡に隣接する筑摩《ちくま》郡の府中に本拠を構えている。

「まず佐久《さく》郡と小県《ちいさがた》郡を固めねばなりませぬな」

勘助は言った。諏訪郡の北には四つの郡がある。東から佐久郡、小県郡、筑摩郡、安曇《あずみ》郡であり、このうち東寄りの三郡は諏訪郡と境を接している。そのさらに北には更級《さらしな》郡、埴科郡、高井《たかい》郡、水内《みのち》郡があり、村上義清の勢力範囲に入る。

また、諏訪より南には伊奈郡（上伊奈と下伊奈に分かれる）がある。合わせて十の郡が信濃を構成しているのだ。

「佐久か、——それより府中の小笠原を一気に突いたほうがよくは

晴信は焦れったそうに言ったが、勘助は首を振った。

「小笠原は伊奈にも城を持っております。下手に府中を攻めれば、前後

れる恐れがございます」

「ふむ」

晴信は地図に視線を向けた。

「武田はあくまで他国者でございます。その他国者がいきなり信濃の国府を攻め　は、各地の地侍が一斉に小笠原に付くことも考えられます」

「では、どうすればよい」

晴信は顔を上げて尋ねた。

「やはり佐久と小県でござる」

勘助は繰り返した。

「この両郡を固めたうえで、小笠原・村上と決戦すべきでござる。この両者は必ず滅ぼさねばなりませぬ」

同盟ということは晴信の頭の中にもなかった。この両者は大き過ぎる。同盟して既得権を認めれば、武田の取り分が減ることになる。あくまで信濃全体を押さえるのが、晴信の目的なのである。

「佐久と小県は滋野《しげの》だな」

滋野氏は信濃有数の名門だが、今は三家に分かれ、それぞれ居住地の地名をとって、望《もち》月《づき》・海野《うんの》・禰津《ねづ》と名乗っている。このうち海野氏は、既に没落している。去年、父信虎が健在だった頃、武田は諏訪頼重や村上義清らと三者連合を組んで海野氏の本拠、海野平《だいら》を攻め陥落させたのだ。海野の当主海野棟綱《むねつな》は命からがら城を捨て、上野の上杉憲政を頼って行った。残った二家のうち望月氏は佐久郡を、禰津氏は小県郡を本拠としている。

「どちらと組み、どちらを討つか、勘助」

晴信は両氏の運命に関わる問いを発した。

「左様――」

勘助はしばらく考えているように見えた。

晴信は答えを予想した。

(佐久の望月か、小県の禰津か。やはり組むのは禰津であろう)

そう考えるのには理由があった。望月とはまったくなじみがないが、禰津は諏訪氏との縁がある。禰津一族は代々諏訪氏から嫁を迎えているのである。去年、父信虎が諏訪・村上と組んで海野を攻めた時も、この縁があったので禰津には手をつけなかった。そのこを禰津の当主元直《もとなお》は恩義に感じているはずだ。諏訪の大祝《おおはふり》となった寅王丸と晴かければ、元直は否とは言うまい。

「かしこまりました」

「禰津元直にも使者を送らねばならぬな」

「はい、それは殿にお任せ致します」

「こやつめ」

晴信は勘助をにらみつけて、

「ところで、人はどうした。百貫で人材を集めてみせると大言したのを忘れたか」

「忘れは致しませぬ。いずれ、近いうちに優《すぐ》れた者どもをお目にかけましょう」

勘助は自信ありげに、

「殿も人探しをお忘れなく。これから武田家は、戦いに明け暮れることになり申す。そのためには、よき侍を常に養っておくことが肝要でござる」

「わかっておるわ」

晴信はうるさそうに顔をしかめた後、ふと思い出したように、

「そうだ、そちに預ける男が決まった。また、軍略の何たるかを教えてやってくれ」

それは勘助自身が晴信に申し込んでいたことであった。既に五十の坂を越えた勘助である。あと何年奉公できるかわからないが、武田の天下取りは勘助が消えた後も続く。軍師の後継者はぜひ作っておく必要がある。その有力な候補の一人に春日《かすが》源五郎《げんごろう》がいるが、源五郎はまだ若過ぎる。勘助があと十五年務めるとして、その次に軍師となる者は、ちょう

どその時に今の勘助の年ほどになっている者がいい。源五郎はその次の代の軍師である。そこで勘助は、その年代つまり三十代の家臣の中から、抜群に優れた者を選ぶように、晴信に頼んでおいたのである。

「その者の名は?」

勘助は尋ねた。

「教来石民部《きょうらいしみんぶ》、旗本組の俊秀じゃ」

晴信は答えた。

東信群雄

1

望月誠之助《もちづきせいのすけ》は故郷を捨てた。未練はない。武田の軍門に下った諏訪など、もう故郷でも何でもなかった。唯一の心残りであった父、戦傷がもとで体が不自由な父は、諏訪一族が武田に従って高遠頼継を追い払った日、絶望して割腹し果てた。

「誠之助、佐久へ行くがよい」

死の前夜、父は誠之助に言った。信州佐久郡、それは望月家発祥の地である。今でも総本家があり、望月家の象徴たる館と城がある。誠之助の家は祖父の代に佐久を出て、諏訪家に仕《つか》えたのである。当然、佐久の望月城には血縁の者が大勢いた。

「――？」

誠之助は父の真意を計《はか》りかねた。

「武田は今度は佐久か小県《ちいさがた》をわが手に収めようとするであろう。武田と戦うなら、本家に随身《ずいじん》するのがよかろう」

「父上、では、この誠之助をお許しくださるのですか」

誠之助の顔は喜びに輝いた。

「許すのではない。そなたの勝手にせよというのだ」

「はい」

父の目から見れば、本来の主人である美紗姫から捨てられて帰って来た誠之助は、容易に許すことのできない卑怯《ひきょう》者なのかもしれない。しかし、そう言ってくれることは、実際は許してくれたことと同じだった。

「旅立ちは早いほうがよい。明日にでも出立《しゅったつ》致せ」

父は床に伏したまま、誠之助の目をじっと見つめていた。

「明日でございますか」

「餞別《せんべつ》をつかわす」

父は家来を呼び、三方《さんぼう》に載《の》せた銭袋と小刀を運ばせた。

「持って行け、路銀《ろぎん》の足《た》しになる」

ぶっきらぼうな言い方であったが、誠之助はそこにかえって父の愛情を感じた。

「かたじけのうございます」

誠之助は三方を押し頂いた。目に熱いものが感じられた。

「誠之助、公次郎《こうじろう》を連れて行け」

父は突然言った。

「公次郎を？　なぜでございます」

弟はまだ子供である。連れて行っても役に立つものではない。

「わしは出家する。入道した者が子供を育てることもなるまい」

思えばその時、もっと問い詰めるべきだったと、誠之助は後で悔《く》やんだ。望月の里の血縁者に添状《そえじょう》を書いた翌朝、父は不自由な体を動かし自害して果てたのである。

「兄上、あれはどなたのお城ですか？」

公次郎は初めての旅にはしゃいでいた。父を失った悲しみに加えて、山道の続く旅は八歳の公次郎にはつらくないはずがない。誠之助は父の野辺《のべ》の送りを済ませた後、望月家に仕える奉公人をすべて帰し、二人で旅に出た。

「大井貞隆《おおいさだたか》殿の長窪《ながくぼ》城だ」

誠之助は答えてやった。

「大井様とは、どのようなお大名でしょうか」

「うむ、そうだな」

誠之助は少し考えた。大井氏は新興の豪族である。東信濃すなわち東信地方で名門といえば、まず滋野《しげの》三家の海野・望月・禰津が挙《あ》げられるだろう。しかし、このうち海野は既に没落し、佐久郡ではむしろ大井氏のほうが羽振りがいいと聞いている。その大井氏の前衛基地というべき城が、この長窪城なのである。

（そういえば、晴信の母親は大井氏から来たはずだ）

山上の長窪城を見上げる誠之助の目が光を帯びた。

「兄上」

公次郎がいぶかしげな顔をした。

「われわれの敵になる城かもしれんな」

誠之助は言った。晴信が母の縁を頼りに大井氏と同盟を結んだら、ここは佐久侵略の絶好の足掛かりになる。この城をめぐって、武田勢と望月勢との死闘が行なわれるかもしれないのだ。

「それなら、よく見ておきましょう」

公次郎が大人びた言い方をしたので、誠之助は心配になった。

「公次郎、おまえが戦場に出るのは、まだ先のことだぞ」

公次郎は首を振った。誠之助は今度は苦笑した。強情な弟である。一時は諏訪に残そうかと思った。何といっても、まだ幼な過ぎる。何も本家に行かなくとも、諏訪にも身寄りはいる。養子に欲しいと言ってくれた人もいた。そのほうが誠之助にとってもありがたい。だが、肝心の公次郎が嫌がった。あくまで兄について行くと言う。仕方なしに弟を伴《ともな》った誠之助であった。

「望月の里までは遠いのですか」

少しむずかるように公次郎が言った。

（やはり子供だ）

誠之助は少し安心した。

「ここまで来れば、あと三里ほどかな」

「三里も」

公次郎は悲鳴を上げた。

「何を弱音《よわね》を吐いておる。戦場では三里など瞬時に駆け抜けるものだ」

誠之助は笑顔で言った。

望月の里にはまだ日のあるうちに着いた。

山間《やまあい》に草原が広がり、あちこちで馬が草を食《は》んでいる。

「見ろ、公次郎。これが望月の牧《まき》だ」

誇らしげに誠之助は言った。望月の牧といえば、平安《へいあん》の昔から朝廷に献上する馬の産地として知られている。望月の牧、そこから産する望月の駒《こま》と言えば、歌にも詠《よ》み込まれるほどのものであった。

「逢坂《おうさか》の関の清水に影見えて今や牽《ひ》くらん望月の駒、という歌を知っているか」

「兄上の歌ではございませんね」

「そうだ。これは紀貫之《きのつらゆき》という名歌人の歌だ。いにしえの都びとにも知られていたのだ、この牧は」

公次郎も初めて見る先祖の地を、興味深そうに見ていた。

「公次郎、われらの姓はなぜ望月というか、存じておるか」

「いいえ、存じませぬ」

公次郎は首を振った。誠之助は牧場を駆ける駒を目で追いながら、

「清和《せいわ》の帝《みかど》の御代《みよ》より、駒牽きの儀が中秋の名月の頃、行なわれるようになった。されば、その駒牽きの儀を統《す》べる一族を望月と呼ぶようになったのだ」

と、説明した。望月、それは満月のことである。

「さあ、参ろう」

誠之助は先に立って望月家の菩提《ぼだい》寺城光院へ向かった。

そこには父の、またいとこにあたる望月三郎兵衛《さぶろべえ》という人が、待っていてくれるはずだった。夕刻そこへ着いた二人は、さっそく三郎兵衛と対面した。

「お初にお目にかかります。望月徳助《とくすけ》が子、誠之助実高《さねたか》、こちらに控えますは弟公次郎でございます」

城光院の書院で、誠之助は堂々と名乗りを上げた。

「三郎兵衛実盛《さねもり》じゃ。遠路よう参られた」

三郎兵衛は見るからに穏やかな風貌の、中年の男だった。誠之助はほっとしていた。これから身を託す人なのである。

「ご厄介《やっかい》をかけます」

「いやいや、わしの屋敷をわが家と思い、遠慮のう過ごすがよい」

三郎兵衛は笑顔で言った。

「かたじけのうございます」

誠之助は深々と頭を下げた。

「ときに、誠之助、父上は息災《そくさい》かな」

三郎兵衛の問いに、兄弟は顔を見合わせた。

三郎兵衛は怪訝《けげん》な顔をした。

「どうした、何かあったのか」

「はい」

誠之助は一度目を伏せたが、思い切って言った。

「父は、みまかりました」

「みまかった？　病《やま》いが重くなったのか」

三郎兵衛は驚いて問い返した。

「いえ、自害致しました」

「自害」

三郎兵衛は目を閉じた。

「――諏訪殿に殉《じゅん》じたのだな」

「はい」

三郎兵衛は二、三度うなずくと、

「さぞかし見事なご最期であったろうな」

と、目に光るものを浮かべた。それから誠之助は望月本家の墓に参った後、三郎兵衛の屋敷に入った。そこでは三郎兵衛の息子の新太郎《しんたろう》と、娘の百合《ゆり》に引き合わされた。新太郎は誠之助と同い年、百合は二つ下である。二人も誠之助兄弟を歓迎した。

「誠之助殿、望月の里はいかがかな」

新太郎はそんな大人びた言い方をした。誠之助は微笑して、

「初めての地とは思えませぬ。何やら生まれ故郷に帰ったような」

「父祖の地じゃもの。当然じゃ」

新太郎も微笑した。誠之助は同族としての親しみを新太郎に感じた。歓迎の宴が催《もよお》された。誠之助も少しは酒に強くなっている。盃を重ねた。誠之助はずっと気になっていたことがあった。望月一族は武田と戦う気があるのかということだ。

（もし、望月家が武田に従うつもりなら、すぐにでもこの場を去らねばならぬ）

晴信の手助けをするなど、死んでも嫌である。だが以前の誠之助のように、単刀直入にそれを尋ねたりはしない。少年にしては苛烈《かれつ》過ぎるほどの、ここ数ヵ月あまりの体験が、誠之助をより用心深く周到にしていた。まず話をさりげなく東信の情勢に持っていく。そのうえで望月一族の帰趨《きすう》を確かめようとしたのである。

「わたくし、この地の情勢をよく存じませぬが、この東信で頼るべき大名といえば、どこでございましょうか」

誠之助はそんな聞き方をした。三郎兵衛はうなずいて、

「左様、まず第一に考えるべきは、やはり長窪の大井殿であろうな」

誠之助は内心の動揺を、三郎兵衛に悟られまいと努力した。

「大井貞隆殿――」

（望月一族は大井と組むつもりなのか）

もし、そうだとすれば、母が大井氏の出である晴信と、組むことになるかもしれない。

（武田の信濃侵略の片棒など、担《かつ》げるものか）

「どうした、誠之助」

三郎兵衛が妙な顔をした。

「いえ、何でもありません」

誠之助は、盃を干《ほ》すと、改めて、

「すると、望月の家は武田殿と結ぶことになるのでしょうか」

「ははは、それを案じておったのか」

三郎兵衛は破顔すると、

「われらは確かに大井殿を頼りにしておる。だが、それは武田の侵攻に対抗するためだ」

「しかし、伯父上《おじうえ》。武田の当主晴信殿の母御《ははご》は、大井の一族と聞き及んでおりますが」

誠之助は疑問を呈した。

「それは本家じゃ」

「えっ」

「晴信殿の母御は大井本家の出じゃ。だが、いまや本家は落ちぶれ、貞隆殿が大井の惣領《そうりょう》の座を奪った」

「そうでしたか」

誠之助はほっと一息ついた。貞隆と本家は仲が悪いにちがいない。ということは、武田と貞隆の大井家が結ぶことはあり得ない。それよりもむしろ晴信は、母の実家の仇敵《きゅうてき》として貞隆を狙うにちがいない。

「伯父上、やはりわれらは武田と戦うことになるのですね」

誠之助は顔を明るくして言った。

「まず、そうなるであろう。ことによれば、北信の村上義清殿と結ぶことになるかもしれぬ」

「村上殿ですか」

誠之助は意外に思った。村上義清はかつて晴信の父信虎と組んで、滋野三家の一つ海野一族を上州に追い払っている。同じ滋野三家の望月一族としては、あまり気分のいい相手ではない。そのことを言うと、三郎兵衛は笑って、

「離合集散は乱世の常じゃ。村上殿とて目の上のこぶの海野を追った今は、むしろ武田が怖い。既にわれらの意向を探りに来ておる。武田に付くか、付かぬか、をな」

「禰津殿はいかがでござりましょう」

滋野三家の残りの一つは禰津である。三郎兵衛は急に渋い表情になり、

「あれは信虎の代から武田寄りじゃった。十中八九《じっちゅうはっく》、武田に付くであろう。もっとも武田が誘いの手を伸ばせばの話だが」

2

小県郡禰津城。それは烏帽子岳《えぼしだけ》の南麓の小高い丘の上にあった。頂上近くにある三重の土塁に囲まれた上の城と、もう一つの急峻な丘の上にある下の城。この地方には珍しく、外郭は楕円《だえん》状に城を囲んでいる。守りの堅い城であった。城主禰津元直は、武田家の使者をその上の城に迎えていた。正使は教来石民部という、堂々たる青年武士である。

（武田はよき侍を抱えている）

ひと目見て、元直は直感した。使者の口上は予想がついていた。武田は諏訪と一体となり手をたずさえてゆく、その仲間に入らぬかということである。言葉は丁寧だが、要するに服属せよということであった。武田と禰津では格が違う。家の古さからいえばそう差はない。清和源氏《げんじ》の血を引く武田に対し、禰津の本家である滋野氏も清和帝の孫から出ている。だが、甲斐一国の国主の座を得た武田と、信濃の一角の小県郡の領主の一人に過ぎない禰津とでは、力に大きな差があった。

（服属はやむを得まい。しかし、使い捨ての手駒にされてたまるものか）

内心の思いとは裏腹に、元直は正使の民部にとろけるような微笑を浮かべた。

「御使者の趣《おもむ》き、あいわかった。つまりは今後、われら禰津一族、武田の捨て石となって働けということでござるな」

「何を仰《おお》せられる」

民部はあわてて首を振った。出発にあたって晴信から、くれぐれも高飛車に出るなと注意されていた。

「それは思い過ごしというものでござる。われらはあくまでご当家とよしみを通じたいだけでござる」

「されば、人質はいらぬと仰せられるか」

元直は民部をにらみつけた。

「それは――」

民部は言葉に詰まった。

人質はいる。禰津一族が確かに武田に服属する証《あかし》として、絶対に必要なものである。晴信からも、必ず人質の話は確約を取ってくるようにと厳命されている。しかし、その点については晴信も民部も楽観していた。力が段違いの武田と禰津である。こういう場合は、武田のほうから要求しなくても、弱者である禰津のほうが自ら差し出してくるものだ。それが常識だからこそ、楽観していたのだ。

（何を考えているのだ、おのれの家の存亡に関わることなのだぞ）

民部は内心の怒りをぐっと抑《おさ》えた。

元直は民部の不機嫌な顔を見て、内心おかしかった。

(こちらの呼吸がわからぬと見える)

元直は自ら立ち上がって、一度隣室へ消えた。再び戻って来た時には、美しい娘を連れて来た。

「わしの娘、由利《ゆり》じゃ。民部殿、お見知りおきくだされ」

元直は言った。

「教来石民部でござる」

民部は一礼した。

元直はにこにこしながら、

「由利、この民部殿は、われら一族が武田家に服属せよ、せねば兵を送り滅ぼされると申されるのじゃ」

と、由利姫に言った。

「なんと、恐ろしい」

由利姫は顔をしかめた。民部はあわてて、

「左様なことは申しておりませぬ。拙者、あくまでご当家と長いよしみを通ずるために、参ったのでござる」

と、打ち消した。

「ほう、そうであったか。いや、わしの耳も遠くなったらしい。民部殿、わしは武田家があくまで服属を求めてきたのかと思っておった」

「左様なことは断じてござりませぬ」

民部は言った。

本当はそうなのだが、いきがかり上やむを得ずにそう言ったのである。元直は膝を乗り出して、

「左様か。わしは、もし服属を求められるならば、人質としてこの由利を差し出さねばならぬと覚悟しておったが。そうか、では由利を差し出さずともよいのだな」

そう言われて、民部は言葉に詰まった。人質は取らなければならない。それは晴信の厳命である。

「いかがされた、民部殿。人質はいるのか、いらぬのか」

「それは――」

民部は進退極《きわ》まった。

「父上、わたくし武田家へ参ります」

由利姫が言った。だが、元直は首を振って、

「いや、ならぬ。こちらから人質を差し出せば、それは当家が武田家に降伏したも同じこと。民部殿は両家が対等に付き合おうと申されておる。ここで無理に人質を差し出せば、

民部殿の顔をつぶすことになる」

（この狸め、何が言いたいのだ）

民部は懸命に怒りをこらえていた。禰津元直、ひと筋縄でいく男ではなさそうだ。

「では、こう致そう、民部殿。由利を晴信殿に差し出そう」

「えっ」

元直の突然の提案に、民部は思わず声を上げた。

「差し出すというのはよくないな。嫁に貰っては頂けまいか、ということだ、民部殿」

元直は笑いを浮かべながら、わかりやすく説明してやった。

（ものわかりの悪い男には、こうする他はあるまい）

民部にもようやく元直の真意がわかった。単なる人質では面白くない。男にせよ女にせよ、単なる人質では何も生み出さない。しかし、晴信の妻の一人になるとなれば、話が違ってくる。もし由利姫が晴信の子を生めば、両家の絆《きずな》はいっそう深まる。運がよければ、その子が成長して武田家を継ぐことになるかもしれない。確かに晴信には三人の男子がいるが、戦乱の世のこと、十年先はどうなるかわからない。仮に子供が生まれなくても、武田家と姻戚になることは大きな意味がある。東信の他の大名に比べて、禰津家が最も武田と親密であることを、天下に示すことになるからだ。

「主人晴信には、既に正妻三条様がおりまするが」

念のため民部は言った。

「存じておるわ。じゃが、晴信殿ほどの男子、女子《おなご》は何人いてもよろしかろう。――それとも、禰津家の娘では身分が釣り合わぬと申されるか」

元直は微笑を消した。

「滅相《めっそう》もない」

民部はあわてて首を振った。

「ならばよい」

元直は再び笑顔になって、傍《かたわ》らの由利姫を振り返った。

「由利、そなたもよいな」

「はい」

由利姫は頭を下げて、

「武田のお屋形様にお仕えするとは、身に余る光栄にございます」

「これで決まった」

元直はうなずくと、民部に、

「では、祝言《しゅうげん》の日取りなど取り決めたい。早速、晴信殿のご都合を伺《うかが》ってきては頂けぬかな。当家はいつでもよい。ふつつかな娘じゃがよろしく頼む」

と、頭を下げた。民部もここまで追い込まれては、嫌とは言えなかった。覚悟を決めた。

「かしこまりました」

晴信と由利姫の婚儀を、使者である民部が独断で了承してしまったことになる。もし帰って晴信が否《いな》と言えば、民部は腹を切る他はない。その覚悟を決めたのである。

「父上もお人が悪い」

ほうほうの体《てい》で民部が帰って行くと、由利姫はそう言って笑った。

「そなたが男子であればのう」

元直は本当に口惜《くや》しそうに言った。

それほど賢《かしこ》い胆力《たんりょく》のある娘だった。

「たわけ者！」

晴信は民部を怒鳴りつけた。躑躅ケ崎館の一室でのことである。禰津を服属させるにあたって、民部は余分な条件を押しつけられてきた。それを晴信は怒ったのである。

「申し訳もございません」

民部は蒼白になって頭を下げた。なんといっても他家との外交にあたる使者としては、失態という他はなかった。この外交、誰が見ても武田のほうが圧倒的に優位に立っている。武田の言い分は全部通り、相手の言い分は認めない。それぐらいの成果は挙げてもいいはずなのである。晴信が怒るのも当然であった。

（殿の御前を下がったら、腹を切ってお詫《わ》び申し上げよう）

民部の顔は蒼白になっていた。腹を切るしかない。民部が死ねば、禰津との取り決めは白紙に戻すことができる。そうなれば、晴信も知らぬ顔ができるのである。あれは民部が独断でやったこと、当方は一切知らぬと言うことができるからだ。その晴信は突然にやりと笑い、そして言った。

「美人だったか？」

「は？」

民部は思わず首を傾げた。

「鈍《にぶ》い男よのう。抱きたいほどの女だったか、と申しておる」

「は、はい。それはもう、三国一の美女と申しましても、言い過ぎではないかと」

「ほう、年はいくつだ」

「十四歳と聞いておりますが」

晴信は笑顔で、

「民部、その三国一の美女に免じて、そちの失態には目をつぶってやろう」

「――」

「下がってよいぞ。ああ、ついでに申しておく、腹を切ってはならぬ。そちが腹を切らねばならぬ理由はなくなった。このうえ、腹を切ろうというなら、それはわしに対する反逆であるぞ。よいか、民部」

「ははっ」

民部は畳に頭をこすりつけた。瞼《まぶた》に熱いものが込み上げてきた。

「しくじりはまた戦場で取り返せばよい。どうせ死ぬなら、敵を一人でも二人でも討ち取ってからにせよ。自ら死ぬなど愚の骨頂じゃ」

民部は目を真っ赤にして退出した。

「どうじゃ、勘助」

晴信は隣りの部屋に声をかけた。障子《しょうじ》が開いて、勘助が姿を現わした。

「民部殿は竹でございますな」

勘助は廊下の方を見やりながら言った。

「ほう、竹とは?」

晴信は尋ねた。

「強く固く、物の役に立ち、槍《やり》にも樋《とい》にもなる。切れば素直に二つに割れ申す」

勘助は説明した。

「では、そちは何だ?」

晴信は言った。

「松でござる」

「松じゃと、その方がか」

　晴信は不審がったが、勘助は真面目《まじめ》な顔で、

「木肌を見ればあまり美しゅうはござらぬが、四季を通じて葉は青く、粘り強くしなやかで、切れば脂《やに》を出して刀を汚します」

晴信は笑い出した。

「ははは、なるほど、たしかに松じゃ。——されば勘助」

「はっ」

「竹は軍師に向かぬな」

「御意」

勘助は頭を下げた。教来石民部をわざわざ禰津への使いに選んだのは、一種の試験であった。将来、軍師になれるかどうか適性を見たのである。そのために使者の経験のない民部を送ったのだ。これで将来の軍師候補の人選は、白紙に戻った。

「当家には竹は多いのだがな——」

晴信は慨嘆した。

「なにしろ、たけ田家でございますからな」

「こやつ、洒落《しゃれ》のめしている場合ではないぞ」

「されど、これぱかりは焦ってもどうにもなるものではございませぬ」

勘助は言った。人材だけは、そう簡単にはいかない。金さえ出せば手に入るというものではないからだ。

「うむ」

晴信は不承不承《ふしょうぶしょう》うなずいた。

「殿、拙者しばらく暇を頂きとうござる」

勘助が言うと晴信は驚いて、

「何をするつもりだ、勘助」

「上野《こうずけ》へ参りたいと存じます」

「上野へ？　そうか、海野を見に行くか」

上野国（群馬《ぐんま》県）の領主上杉憲政の庇護《ひご》を受けている海野一族、それが物の役に立つかどうか見てくるつもりにちがいない。

「何もそちが行かずともよいのではないか」

晴信は勘助の身を心配していた。上野は敵国である。勘助の身分が知れれば命はない。

「いえ、やはり人選びは目のある者が参りませんと」

「一人で行くのか？」

「心利《き》いたる者を一人、供に連れて参りましょう」

「誰だ」
「諫早佐十郎と申す、素破《すっぱ》上がりの者にございます」
「そうか、心して行くのだぞ」

3

勘助は一人で館を出て上野国へと向かった。道は二つある。一つは甲斐からほぼまっすぐに北上し、佐久海《うみ》ノ口《くち》を通って上州と信州の国境である碓氷《うすい》峠へ出る道。これはかつて武田家先代の信虎が、信濃侵略の経路として利用しようとし、挫折した道だ。険《けわ》し過ぎるのである。もう一つは、甲斐より諏訪に出て、そこから長窪・望月と迂回《うかい》して碓氷峠に出る道。これは海ノ口を通るのに比べれば、はるかに平坦な道である。勘助はこちらを取った。なにせ足がやや不自由である。峻険な山道はこたえる。そればかりではない。ここは楽な道であるから、諸人の往来も多い。商人・僧侶・山伏など、人通りが多いということは、それだけ目立たなくても済むということだ。またちかぢか戦いの場になる佐久郡を、この目で見ておくのも悪くないと思った。長窪城・望月城など、いずれ敵となる城をひと通り目に収め、勘助は急ぎ足で碓氷峠に向かった。
（城は帰りにでも、じっくりと見ればよい。とりあえずは人集めじゃ）

碓氷峠には上杉家の設けた関所があった。勘助は万一をおもんぱかって、山伏の姿に変装していた。だが、その関所での調べは驚くほど簡単であった。勘助は拍子《ひょうし》抜けがした。銭五文《もん》払えばそれでよいのであった。関銭（通行料）である。上杉領へ入るのにも出るのにも関銭を取る。上杉家はそれを重要な収入源にしているらしい。

（関銭を取るのはよい。だが、関銭欲しさに怪しげな者も容易に通すのはいかん）

勘助は他家のことながら腹が立ってきた。これではせっかく関所を設けている意味がない。

（関所のことも改めて考え直すことが肝要じゃな）

そんな教訓めいたことを考えつつ、勘助は関所を出て峠を下り切ってしまうと、道端の道祖神《どうそじん》の脇に腰を下ろした。

「——殿」

背後から低く抑えた声が響いた。

「佐十郎か、海野殿の屋敷は見つけたか」

先行させた諫早佐十郎であった。

勘助は振り返らず、草鞋《わらじ》の紐《ひも》を結び直すふりをした。

「は、それが——」

佐十郎は言葉を濁した。

「どうした、まさか上州にはもうおらぬというのではあるまい」

「おられますが、屋敷はございませぬ」

佐十郎は意外なことを言った。

「屋敷すら与えられておらぬのか」

勘助はただちに事情を了解した。

「左様で」

佐十郎が答えた。

「では、どのような暮らしをしておる」

「山近くの畑を耕し、百姓同然の暮らしをなされておりまする」

「――飢えておるようじゃな」

勘助はうなずいて言った。

「よろしゅうございましたな」

佐十郎は言った。

狼は飢えているほうが操りやすい。そう思ったのである。勘助は苦笑して、

「なんの、そうとは限らぬわ。佐十郎、これは命懸《が》けになるやもしれん」

「――？」

「先に行け、その屋敷、いや百姓家で落ち合おう」

勘助は命じた。佐十郎は道筋に目印を残して先行する、勘助はそれをたどって行けばいいのである。夕刻にはそこに着いた。

かつての海野城城主海野棟綱《むねつな》は、わずかな家来と共に畑を耕していた。鍬《くわ》を持つ棟綱の顔には、まるで生気がない。家来たちもほとんどが老人で、弱々しく大地に挑んでいる。

（これは駄目だ）

勘助は失望した。主人を見限って、若者や武辺者《ぶへんもの》は出奔《しゆっぽん》したのであろう。棟綱に器量があれば、たとえ領土は失っても家来は見捨てないはず。やはり棟綱にはそれだけのものがないのだろう。だが、勘助は念には念を入れることにした。

「佐十郎、あの林に隠れて、わしの合図を待て」

「かしこまってござる」

佐十郎が行くと、勘助は大胆にも大股で棟綱に歩み寄った。

「お初にお目にかかる。海野一族の棟梁《とうりよう》棟綱殿でござるな」

「――？」

棟綱はうつろな目を勘助に向けた。

勘助は一礼して、

「拙者、武田大膳大夫《だいぜんだいぶ》晴信が家臣、山本《やまもと》勘助と申す者」

とたんに棟綱の目に光が宿った。

「武田、武田じゃと」

きえーっと奇声を発し、棟綱は鍬を振り上げて勘助に打ちかかった。勘助は二歩下がった。

その頃になって、ようやく家来どもが集まって来て、よろめいた棟綱を抱き留めた。

「その方は何者だ」

家来の一人が叫んだ。

「ただの山伏でござります。武田領を通って来たと申し上げたら、突然お怒りになったのでございます」

勘助は咄嗟《とっさ》に嘘を言った。

「その者は武田の者じゃ。討ち取れ、討ち取れい」

家来に抱き留められたままの棟綱は叫んでいた。

それを痛ましげに見て、勘助に声をかけた男は、

「もうよい、早《はよ》う去《い》ね。二度と顔を見せるな」

「あ、あの、ご病気なので」

山伏姿の勘助はあわてたふりをして聞いた。

「そちの知ったことか、早う行け」

「ははっ」

勘助はその場を下がった。棟綱の姿が見えなくなるところまで来ると、佐十郎が影のように現われた。

「骨折り損でございましたな」

「なに、役に立たぬとわかっただけでも収穫よ」

勘助は心にもないことを言った。せっかく上州くんだりまで出張《でば》って来たのに、手ぶらで帰るのは口惜しい。

「佐十郎、海野の一族で他にものになりそうなのがいるか?」

たいして期待はしていなかったが、勘助はあえて聞いた。

「ございます」

「ほう、おるのか」

勘助は意外な顔をした。

「何者だ、そやつは」

「はい、海野の一門にて、真田幸隆《さなだゆきたか》と申す者にございます」

「さなだ、か」

勘助は記憶をたどった。

小県郡に真田という地名がある。おそらくそこを本拠としている一族であろう。そこはいま村上義清の領地になっている。天文十年の合戦で、海野一族と共に敗北し領地を奪われたにちがいない。勘助の真田についての知識といえば、それくらいである。

「幸隆と申す奴、年はいくつだ」

「三十そこそこでございましょうか」

「三十、若いな」

勘助は考えた。

（だが、ここまで来たのだ。見ておいてもよいな）

「ご案内つかまつります」

佐十郎はさっさと先に立った。勘助は佐十郎に導かれて、とある山峡の一角に着いた。棟綱のより、さらに条件の悪い斜面の畑である。沈む夕日が、あたりを真っ赤に染めていた。

「あの頬かむりをしているのが幸隆でございます」

幸隆はただ一人、鍬を持って畑を耕していた。勘助は佐十郎を待たせて、近づき声をかけた。

「もし、道をお尋ね申す」

「武田の軍師、山本勘助殿ですな」

幸隆はいきなり言い当てた。

勘助は武田家に随身して以来、この時ほど驚いたことはなかった。まだ甲斐の国ですら山本勘助の名を知っている者は少ない。勘助は、古参の侍の嫉妬を買わぬように、陰で働いてきた。もちろん家中の者は知っている。しかし、好んで人に語るとも思えない。勘助の働きを褒《ほ》めそやすことは、自己のふがいなさを宣伝するようなものだからだ。

その勘助の存在を、どうして隣国の落魄《らくはく》した牢人《ろうにん》が知っているのか。どうしてひと目で勘助だとわかったのか。だが、勘助は内心の驚きを面《おもて》には出さずに、

「はて、お人違いであろう。者、羽黒山《はぐろさん》の山伏金剛坊《こんごうぼう》と申すもの」

「お隠しあるな。はるばるのお越し恐縮でござる。拙

幸隆はかぶりものを取って一礼した。鼻筋の通った、京の公家《くげ》あたりにありそうな顔である。

「なぜ、わしを、その山本なにがしだと申されるのだ」

勘助は聞いてみた。幸隆は涼しげな微笑を浮かべ、

「失礼ながら、常人とは異なる人相風体《ふうてい》、誰が見ても一目瞭然でござる」

今度は勘助が苦笑した。片目で足を引きずり、体中傷跡だらけの男など、なるほど滅多《めった》にいまい。

(この男、使えるかもしれぬ)

勘助は試してみる気になった。

「貴殿は不思議なお人じゃ。その山本勘助、確かに武田家の者ならひと目で見分けよう。

されど、遠く離れたこの地におられる貴殿が、どうして見分けがつくのであろう？」

「拙者、目と耳が沢山《たくさん》ござってな。よう物が見え、話が聞こえるのでござるよ」

幸隆は平然としていた。

「ほう、目と耳が。——その目玉の一つは甲斐にもあるようじゃな」

「はて、多過ぎて定かではございませぬが、あちこちにあることは間違いござらん」

「貴殿は、まるで化物じゃな。目が二つ、耳が二つでは足《た》りぬらしい」

勘助が毒気のある物言いをしても、幸隆は別に怒るでなく笑うでなく、極めて落ち着いている。

「では、真田殿。拙者が山本勘助だとして、何の用で来たと申される」

「さしずめ、わが一族にとっては待ちに待った吉報でござろうな。拙者の目には、山本殿が福の神に見える」

「あいにくだが、そうではない」

勘助は突然仕込み杖の鞘《さや》を払った。山伏の持つ杖に刀が仕込んであったのだ。

その白刃を勘助は幸隆の喉《のど》にぴたりとつけた。

「命を貰う、真田幸隆」

「おたわむれを」

幸隆は白刃に冷ややかな視線をあて、落ち着いた声で言った。

「たわむれではない。わしははるばる甲斐より、そなたの首を刎《は》ねにやって来たのだ。何か言い残すことがあれば聞こう」

勘助は刀を突きつけたまま、低い声で宣告した。

「では、お言葉に甘えて申し上げるが、拙者の首を刎ねる前に、貴殿のお命のほうが先になくなりますぞ」

幸隆は笑みすら浮かべていた。

「――？」

幸隆は素手である。鍬も地面、この姿勢では身動きが取れないはずだ。

「どうするというのだ」

勘助の問いに幸隆は答えない。

(囲まれている)

勘助は突然気付いた。周囲の林や小屋に人の気配がある。小屋の中に、こちらを狙っている矢がちらりと見えた。

「――一族の者か」

幸隆はうなずいた。勘助は苦笑して刀を引いた。

「せっかくの機会だ。手練《てだれ》のほどを見せてもらおうか」

「では、御覧くだされ」

幸隆はそう言うなり、懐《ふところ》に入れていた頬かむりの布を宙に投げた。たちまち鋭く空《くう》を切る音が続けざまにして、四方八方から殺到した矢が布を貫《つらぬ》いた。

「見事」

思わず勘助は称賛の声を上げた。布を狙った矢は、一本もはずれていなかったのである。

「恐れ入りたてまつる」

幸隆は言った。勘助は白刃を鞘に納めて、

「失礼した。改めて名乗りを致そう。拙者、武田家家臣山本勘助晴幸《はるゆき》」

「真田一族の棟梁、真田源三郎《げんざぶろう》幸隆でござる」

幸隆ももう一度名乗りを上げた。

「貴殿ほどの人物なれば、回りくどいことは申さぬ。幸隆殿、武田家へ随身し信濃平定のために働く気持ちはないか？」

「願ってもないことでござる。喜んでお手伝い申し上げる」

勘助は大きくうなずいて、

「では、ちかぢか甲斐に参られるがよい。誓って悪いようにはせぬ」

話はこれで済んだ。

「よろしゅうございましたな」

帰り道、そう言う佐十郎に、勘助はいきなり抜き打ちの一閃《いっせん》を浴びせた。

佐十郎は間一髪《かんいっぱつ》これをかわして、道脇の草むらに逃げた。

「何をなされます」

佐十郎は抗議した。勘助は刀を鞘に納めると、

「佐十郎、そなたとわしは主従であったな」

と、平静な調子で言った。

「今さら、何を仰せられます」

決まっているではないか、そんな目で佐十郎は勘助をにらんだ。

「主人がいきなり家来を抜き打ちにしてはいかん、と申すのか」

「もとよりでござる」

佐十郎は怒っている。勘助は笑って、

「それならば、わしも言おう。家来が主人を欺《あざむ》いてはならぬ。——たとえ、それが主人のためになることであってもな」

言い終わって勘助は、鋭い目つきで佐十郎をにらみ返した。佐十郎は目を伏せた。心に咎めるものがあったのである。

「そなたは真田幸隆とは旧知の間柄であろう」

勘助はずばりと言った。

「思えばうかつであった。かぶりものをして、しかと顔かたちがわからぬ男を、そなたは自信を持って幸隆じゃと申した。確かめようとすらせなんだ」

「――」

「そのうえ、わしが幸隆に近づいた時、そなたはまったく用心というものをせなんだな。あれほどの手練揃いの真田衆、素破上がりのそなたにしては無用心《ぶようじん》極まる。相手に害されるとは、露ほども思っていなかったからこそ、あのような振舞いができたのであろう」

佐十郎は蒼白になって、大小を投げ出し地に手をついて詫びた。

「申し訳ござらぬ。殿の仰せられる通りでござる」

「幸隆とはどのような知り合いか」

勘助は油断なく目を光らせている。

「もとをただせば同じ一族でござる。拙者の家も滋野の傍流――」

「ふむ、それで真田をひいきしたのか」

「お許しくだされ。佐十郎、二度とかようなことは致しませぬ」

「よかろう。許してとらす。されど、今回限り。今度わしを欺くようなことがあれば――」

と、勘助は刀の柄《つか》に手をかけた。

「ははっ」

佐十郎は額《ひたい》を地にこすりつけた。

「――それにしても、よい買い物をしたわい」

勘助はそう独語すると、表情を穏やかなものに変えた。

「佐十郎、ついでのことだ。上杉憲政の平井《ひらい》城でも見ておくか」

そう言って勘助はさっさと歩き出した。

水魔と黄金

1

晴信は激しい雨音に夢を破られた。寝床から半身を起こすと宿直《とのい》の者に、

「雨か——」

「雨はいつからだ」

と、尋ねた。

「夜半からにございます」

宿直の者の答えに、晴信はすっくと立ち上がり、障子《しょうじ》を開け放った。叩きつけるような雨である。

「夜半からこの調子の雨か」

「はい」

それを聞いて晴信は顔をしかめた。後方に見える山並みは厚い雲で覆《おお》われている。雨は容易にやみそうもない。

(あと少しで稲刈りだというに、何ということだ)

晴信はいまいましげに空をにらんでいたが、やがて宿直の者に命じた。

「遠乗りに出る。馬を用意せい」

「この天気に、遠乗りでございますか」

宿直は目を丸くした。歩くのも難儀なほどの豪雨である。

「そうだ。源五郎を連れて行く。さっそく、申し伝えよ」

「かしこまりました」

近習から使番《つかいばん》に昇格した春日源五郎は、これまでと違って晴信に近侍《きんじ》する義務はない。必要とあれば、表御殿に出仕《しゅっし》しているところを呼び出さねばならない。だが、源五郎は嬉しそうに飛んで来た。使番となってからは、かえって晴信と疎遠になったようで面白くなかったのである。戦の時は主君の側近として働く使番も、平時は御殿で帳簿をつけるのが仕事だ。晴信と接触する機会は大幅に減っていたのである。晴信は源五郎と近習三人を連れ、都合五騎で館を出た。

門を出るなり、晴信は源五郎に尋ねた。

「わしがどこへ行こうとしておるか、そなたにはわかるか?」

「はい」

源五郎は自信がありそうだった。

「どこだ？」

「竜王《りゅうおう》の里でございましょう」

源五郎の答えに、晴信は満足げにうなずき、今度は三人の近習に向かって言った。

「そなたたちはわかるか、わしがこの雨の中、何をしようとしておるか」

三人は顔を見合わせた。

「わが武田家の最も恐るべき敵、何としてでも退治せねばならぬ大敵、それを見せてやろうというのだ」

晴信の笠から、雨の滴《しずく》が滝のように蓑《みの》に落ちていた。

竜王の里は館からわずか一里、馬ならひとっ走りの距離である。天と地が引っ繰り返ったような豪雨の中、晴信ら一行はそこへ着いた。

「見よ、あれが武田家最大の敵じゃ」

晴信の示す方向には城もない、人もない。ただ増水し奔流となった川があるばかりである。

近習たちは晴信が何を言っているのか理解できない。年若い彼らにとって、敵とは人の形をしたもののことである。

「源五郎、教えてやれ」

「はい」

晴信の命令に、源五郎は近習たちの方を振り返って、

「殿の申される敵とは洪水のことじゃ」

「洪水でございますか」

近習の一人が意外な顔をして言った。

「左様、この国は水に恵まれておる。周囲の山々より百川《ひゃくせん》集まり、大きな流れとなって駿河へと向かう。ただし、この水の捌《は》け口が一つしかない。駿河との国境にある禹《う》の瀬《せ》というのがそれだ。それゆえ少しでも雨が余分に降れば必ず洪水となる。洪水は田畑を流し、人家を壊し、大きく国力を損《そこ》なう」

源五郎の父は武士ではなく、石和《いさわ》村の豪農であった。その階級の出身だけに、洪水の恐ろしさは身に沁《し》みている。

「その通りだ、源五郎」

晴信も言った。

「古来より水を治める者は国を治める者じゃというが、まさに甲斐ほどそれの当て嵌まる国はない。——だが、源五郎、これは難敵じゃぞ」

領内で最も氾濫《はんらん》の危険が多い場所、わずかの雨でもたちまち窮地に追い込まれる場所、

それがこの竜王村であった。ここには釜無川《かまなし》と御勅使川《みだい》の合流点がある。ただでさえ水量の多い両川が、雨で増水すると、ますます危険になる。都合の悪いことに、ここが決壊すると下流一帯がほぼ冠水するのである。人はなんとか避難もできようが、家財や作物は全滅してしまう。ここに堅固な堤防を造ることが、代々の甲斐の領主の義務といってもよかった。というよりは、試練というべきかもしれない。もし、どんな増水にも耐えられる堤防を築くことができれば、甲斐の民衆はその領主に対して永遠の忠誠を捧《ささ》げるだろう。だが、そのことに成功した者は、まだいない。自然の力は強大である。為政者がどのように苦心して堤防を築こうと、自然はそれをまるで嘲笑《ちようしよう》するかのように、あっという間に押し流してしまう。この雨の降り具合では、今度も同じことが起こりそうだった。

激しい雨にも拘《かか》わらず、いやそれゆえにと言うべきだろうか、百姓たちが各々《おのおの》のやり方で水と戦っていた。ある者は必死に土嚢《どのう》を積み、ある者は懸命に稲を刈っていた。まだ実り切らない稲を刈るには、苦悩に満ちた決断を必要とする。そんな稲から籾《もみ》を取っても、食糧としての価値はほとんどない。一年間の丹精《たんせい》が無駄になる。しかし、それをしなければ、稲は全部失われてしまう。嫌でも刈り取る他はないのだった。

（九分通りまで仕上げた仕事を自らの手でつぶさねばならぬとは）

源五郎は百姓たちの胸中を思って心が痛んだ。晴信は別のことを考えていた。

（大井や望月め、命拾いをしたな）

生産力の乏しい甲斐にとって、この打撃は大きい、特に収穫期の洪水は痛い。穫《と》れるはずの米が穫れなくなってしまう。この痛手から立ち直るには、少なくとも半年要するだろう。当然、軍を起こすことはできない。もしも今年、諏訪を得ていなかったとしたら。晴信はそれを考えてぞっとした。豊かな穀倉である諏訪が、この痛手から立ち直る切り札になるはずである。もし諏訪なかりせば、甲斐は短期間に立ち直ることはできまい。晴信はふと周囲の田に視線を走らせた。青田を刈る百姓ばかりではなかった。中には祈るように水の動きを見つめ、ただ立ち尽くしている者もいる。

「あれは、何をしておるのだ?」

晴信は源五郎に尋ねた。

「賭けておるのでございます」

「賭け? 賭けとは何だ」

「雨がやみ水が引くことに賭けております。百姓にとって青田を刈るのは何よりもつらいこと。万が一にでも水が引けば、稲を実らすことができ、収穫を手にすることができます」

源五郎は答えた。

「だが、洪水が起これば元も子もなくすであろうが」

「それゆえ、賭けと申し上げております」

「そうか」

晴信はますます勢いの増してくる水を、しばらく見つめていたが、

「源五郎、館に戻って足軽どもをできるだけ集めて来るのだ」

「はい」

「今度の敵は水魔じゃと申せ。かなわぬかもしれぬが、できるだけの手は打ちたい」

「かしこまりました」

源五郎はただちに館を目指した。

2

水魔との戦いに武田軍は敗れた。勇猛果敢な武田兵も、相手が水では武勇の奮《ふる》いようがない。必死の努力で補強した堤防を破られ、濁流は数十カ村を呑み込んだのである。

「そちの留守の間に、敵の不意打ちを食らったぞ」

晴信は、上州から戻って来た勘助の顔を見るなり、うっぷんを叩きつけるように叫んだ。

「恐れ入りたてまつる」

勘助は神妙な顔をした。

「まあ、よい、そちの責任ではない。しかし、面白うないわい」

晴信は愚痴《ぐち》をこぼした。人間相手の戦いとは違って、人的損害はない。だが、収穫に与えた損害は莫大なものとなっていた。

「ところで、勘助、首尾はどうだ」

気を取り直して晴信は言った。上州での人集めの件である。

「上々でござりましたな」

勘助は顔をほころばせた。

「ほう、物の役に立つ侍がいたか」

「はい、それも一手の勢を務められるほどの者どもでござります」

「海野棟綱とその一党か？」

「いえ、真田と申す一族にて」

「真田？　聞かぬ名だな」

晴信は首をひねった。

「海野の流れを汲《く》む者どもでござるが、これは拾い物でござった。一族揃って武勇に長《た》け、中でも棟梁の幸隆という男がなかなかの曲者《くせもの》でござる」

勘助はにやりと笑い、

「殿、松でござるよ」

「松？」

「御意、幸隆めは松にございます。竹ではのうて松でござる」

「そうか、そのようなところに松が生《は》えておったか」

晴信も笑って、

「では、おおいに働いてもらうとしよう。その者どもは何が望みだ？」

「とりあえずは村上に奪われた本領小県郡真田郷の奪回でござろう。されど、殿、あの者たちを使い捨てにするのは惜《お》しゅうござる」

「ほう、そこまで惚《ほ》れたか、勘助」

晴信は意外な顔をした。

「いえ、この勘助、滅多に惚れは致しませぬが、真田は長くお使いになることをお考えくださったほうがよろしゅうございます」

勘助が言うと晴信は首を振って、

「それを惚れたと申すのだ、勘助」

と、やり込めた。苦笑する勘助に、晴信はさらに尋ねた。

「上杉はどうだ？　強いか弱いか」

「まず弱いと見てよろしゅうございます。ただし、警戒すべき者が一人」

勘助はある武将の名を上げた。

「長野業正《ながのなりまさ》でござる」

勘助の上げた武将の名は、晴信も知っていた。上州箕輪《みのわ》城主長野信濃守業正、衰えゆく名門上杉氏はこの男でもっていると、もっぱらの噂である。

「それほどの男か」

人の噂はあてにならぬ。晴信は勘助の目に問うた。

「まさしく、切れ者でございましょうな」

「その片目で見届けたのか?」

「いやいや」

勘助はかぶりを振って、

「直《じか》に見てはおりませぬ。されど、城の構え、士卒の顔を見れば、その主《あるじ》の器量はおのずと知れるものでござる」

「相変わらず大言を吐く奴じゃ。どうして城を見ただけで城主の器量がわかる?」

晴信は咎めるような目をした。勘助はいささかもたじろがず、

「城にも相がござる。人相、手相、顔相の如《ごと》く、良い相もあれば悪い相もござる」

「わしは手相などは信じぬぞ。手の皺《しわ》で人の運命が決まってたまるか」

晴信は吐き捨てるように言った。

「それでよろしゅうございます。もともと易《えき》占いの類《たぐい》は、気休めのためとお考えになっ

たほうがよろしゅうござる。さすが、わが殿」

「そちは城の相があると言ったではないか」

「申しました」

「手相は信ぜずともよいが、城の相は信ぜよと言うのか、おかしいではないか」

晴信は勘助の矛盾を衝《つ》いた。

「手相は生まれつきでござるが、城は人が造ったものでござる。それゆえ造り手の器量を計ることができ申す」

「業正の居城箕輪城は長野家伝来の城であろう」

晴信はやり返した。箕輪城を造ったのは業正の先祖である。業正自身ではない。だからその城の造作《ぞうさく》をもって業正の器量を計るわけにはいくまい。晴信はそう言いたかった。

だが、勘助はあくまで首を振った。

「たとえ先祖の城であろうと、足らざる所を補《おぎな》い、あるいは古城を捨て新しい城を築くこともできまする。どこを補い、何を変えるかによって、城主の器量はわかるのでござる。その好例が、上杉憲政殿」

と、勘助は名指しした。

「憲政がどうした？」

「あの城、平井城はいけませぬな。あのような城に籠《こ》もって安閑《あんかん》としておられる。あれでは上杉家も長うはござるまい」

勘助は遠慮のない口調で、名門の当主を槍玉《やりだま》に上げた。

「では上杉と北条の争いは、やがて北条の勝ちとなるというのか」

晴信は肝心な点を確認した。

「順当にいけばでござる。北条氏康《うじやす》殿の居城小田原《おだわら》城は天下無双の名城でござる。当国甲斐はもとより、駿河・信濃・尾張・三河・上野にも、あれほどの城はございません。——ただ一つを除けば」

と、勘助は意味ありげに笑った。

「その一つとはどこだ」

晴信は興味を持った。

「この館、躑躅ケ崎館にございます」

勘助は答えた。

晴信はしかめっ面《つら》をした。

「世辞を言うでない」

「なんの、世辞ではございませぬぞ」

「この躑躅ケ崎のどこがよい」

実のところ晴信はこの館をあまり気に入っていなかった。もちろん、自らの意思によって築いた館でもない。父信虎が築いたのである。厳密に言えば城ではなかった。平地にあり、周囲は塀と堀とで囲まれているが、せいぜい一重である。敵の大軍が迫ったら防ぎようがない。晴信は、北条氏康の小田原城や今川義元の駿府《すんぷ》城のような、巨大な城郭にあこがれていた。晴信は、幾重《いくえ》にも城壁をめぐらし、何重もの柵を突破せねば本丸にたどり着けぬ堅固な城――それこそ武将の理想ではないのか。

勘助はあっさりと首を振った。

「そのような城は人を守りへと掻《か》き立てまする」

「――城の堅さに頼るようになると申すのか」

「御意。いかに堅固な城といえども、持久戦になれば必ず落ちまする。戦いというものは、城外で行なってこそ勝機を摑めるもの。城に頼れば、負けかせいぜい引き分けしかござりませぬ。堅固な城を持つことは、必ずしもよいこととは申せませぬ」

「しかし、万一ということもある。敵の急襲を受けたとせよ、されば堅き城のほうが有利であろうが」

それを聞いて、勘助は笑った。

「何がおかしい」

晴信は鼻白んだ。

「では、急襲など受けぬように、この甲斐一国自体を城郭となされませ」

「なに？」

晴信は意外な言葉に驚いた。勘助は身を乗り出して、

「甲斐を一つの城にしてしまえば、これこそ天下一の巨城、どこの大名にも引けを取るものではございますまい」

勘助の言葉に、晴信は改めて度肝《どぎも》を抜かれた。

「どうやって城にする？　まさか甲斐一国を城壁で取り囲めと申すのではあるまいな」

晴信の脳裏にそんな光景が浮かんだ。そんなことをすれば莫大な費用がかかる。当然、そんな金があろうはずがない。

「金など要《い》りませぬ。よう御覧なされい、甲斐には天然の城壁が既にあり申す」

勘助は言った。晴信にもその意味はわかった。甲斐は周囲を山々に囲まれている。それが外敵を防ぐ天然の防壁になっているのである。

「そのようなことか」

晴信は失望した。山なら太古の昔からある。取り立てて言うほどのことではない。

「いえ、今のままでは、ただの山でござる。これを城壁と為《な》すにはひと工夫が要り申す」

「どうすると申すのだ？」

「甲斐へ侵入する口は、駿河口、諏訪口、佐久口、相模口などがござるが、ここへ関所と砦《とりで》を築けば、周囲の山々は一挙に城壁も同然となり申す」

「ふむ、それから」

晴信は先を促《うなが》した。

「それぞれの山には狼煙台《のろしだい》を置き、敵の動きがあればただちに館に急報する仕組みを造るのでござる」

「夜はどうする？　狼煙は見えぬぞ」

「篝火《かがりび》を焚《た》けばよろしゅうござる。山の頂上で灯をかざせば、四里や五里先でも充分に見ることができ申す。その先に番小屋を設け、次に合図を送れば、早馬よりも早く確実に知らせが届きまする」

「なるほど、そこで館を出て敵を迎え撃つか」

勘助はうなずいて、

「さすれば敵に急襲されるなどという心配はまったくなくなり申す」

「うむ、だが、費用はどうする？」

晴信の心配は常にそこにあった。甲斐は貧しい国である。何か新しい計画を始めるには金がいる。だが、領土拡張のため、次々と遠征を繰り返さねばならない武田家には、余裕はまったくないのである。

「番小屋の見張りは百姓や木こりのうち、体が弱い者や不自由な者を当てればよろしゅうございます。砦や番小屋の普請《ふしん》は、洪水で年貢を納めることのできぬ村々に、代納の形でさせればよろしゅうございます」

「ふむ、それなら金はかからぬな」

晴信は納得したが、それにしてもいまいましいのは水害である。本来なら収入となるべきところが損害になってしまった。

「いかに、勘助といえども水魔には勝てまい」

晴信が挑発するように言うと、勘助は大きく首を振った。

「ほう、勝てると申すのか」

「戦いようによっては勝てぬものでもございますまい」

だが、今度ばかりは晴信も勘助の言葉を容易に信じかねた。水魔――あのように奔放《ほんぽう》に荒れ狂う大自然の魔物を、どのように封じるというのか。

「外法《げほう》でも使うと申すのか、勘助」

外法すなわち魔術・幻術の類である。

晴信がそういう言葉を口にすること自体、勘助の言葉を信じていない証拠だった。

「勘助の本領は軍略でござる。それゆえ、水魔にも軍略をもって対抗致す所存」

勘助は堂々と言い切った。晴信は鼻で笑って、

「敵が人ならば軍略も通じようが、心のない水ではどうしようもあるまい。軍略など通用せぬわ」

「いえ、たとえ相手が水でも、敵は敵。軍略とは敵を倒す術でござるゆえ、通用致しまする」

「申したな。では、証拠を見せてみい。確かに軍略が通じると申すなら、わしのこの目で見てみたい」

晴信の言葉に勘助はうなずいて、

「では、殿、これより拙者、ご案内申し上げる」

「案内、どこにだ？」

「竜王の里でござる。そこにて証拠を御覧に入れたいと存ずる」

「よし、高言《こうげん》確かに聞いたぞ。この目でしかと検分してくれる」

そうは言ったものの、晴信は内心そんな証拠があるはずがないと思っていた。

（勘助め、水魔に事寄せて何か別の魂胆《こんたん》があるのであろう）

そう考えていた。

（どんな趣向があるのかは知らぬが、水魔に勝てるとは法螺《ほら》もたいがいにせい）

その点が不愉快であった。水魔に勝てるなどと、食いついて針まで呑み込みそうな話題を出しておいて、結局は違うものを出すというなら、そのことについては厳しく叱りつけておく必要があると思った。

（まあ、よい。すべては見てからのことだ）

晴信は近習数人を連れ、遠乗りに出かける形で館を出た。勘助が案内したのは、先日決壊したばかりの堤《つつみ》の近くの河原だった。そこには数人の男が一行を待っていた。武士は一人だけ、勘助配下の大仏庄左衛門で、他は工匠のような身形《みなり》をした男たちである。その者たちは河原の一角を、畑のようにならし、その黒土の上に奇妙な溝《みぞ》をいくつも掘っていた。一見すると、庭の泉水のようだが、それにしては溝が細過ぎる。

「これは一体何だ？」

晴信は思わず尋ねていた。

「お答えせい」

勘助が一座の頭《かしら》に促した。

頭は前に出た。苦い薬でも飲み干したような顔をした、痩《や》せぎすの中年男であった。

「これは天地でございます」

「天地じゃと」

晴信は意外な顔をした。男は能面のように表情を変えず、

「甲斐の天地でござる」

「ふむ」

晴信は男のかけた謎を解こうとした。目の前のものを改めて見てみると、それは甲斐の地形を表わしているように思えた。山々に囲まれた急流に富んだ甲斐の国、その形を縮小

した、いわば立体の地図であった。

「そうか、その溝は川の流れを表わしておるのじゃな」

「ご明察」

男は愛想笑いひとつ浮かべなかった。勘助は男に向かって、

「そなたの水防策を申し上げるがよい」

「水防策？」

晴信が首を傾げた。

「水魔を封じる算段でござる。さあ、早うせぬか」

勘助がせっついたので、男は竹の杖を取り出して、その地図の溝を指した。

「これが釜無川、これが御勅使川でござる。この流れが合わさるのが、ここ。ご当家ではここに堤防を築かれておる」

その地点とは、この竜王の里である。目の前に決壊したばかりの堤防が見える。

「そもそも、ここに堤防を築くなど下策中の下策でござる」

「なんじゃと」

男のずけずけした物言いに、晴信は腹を立てた。勘助は口出しせず黙って二人の問答を聞いている。

「水と戦うにも軍略がござる、兵法がござる。ここに堤防を築くは、その軍略の理《ことわり》をは

ずれており申す」

男は晴信をまっすぐに見つめた。

「その軍略の理とは？」

「その一、敵の鋭きを避《さ》く――」

「――」

「ここは、両川の力が一つとなり最も力を増す所でござる。そこで敵を迎えて撃つは、敵の軍勢が集まるのを待ってから戦いを挑むようなもの。それゆえ下策と申し上げております」

「――だが、敵の鋭気を避くと言うても、相手は水だぞ。どうしようもあるまい」

晴信は挑みかけるように言った。

「水といえども、欺き、すかし、疲れを誘い、討ち取ることもできましょう」

男は小馬鹿にしたような笑いを初めて浮かべた。晴信は内心の怒りを辛《かろ》うじて抑えて、

「そのような手立てがあるなら申してみよ」

男は再び杖で、両川の合流点から御勅使川を少し遡《さかのぼ》った地点を指した。

「ここに水路を掘り、川の流れをこちらの方角へ導きます」

その方向には断崖があった。その名を高岩《たかいわ》とも赤岩《あかいわ》ともいい、土地の者なら誰でも知っている。

「それでどうする？　その先は崖だぞ」

今度は晴信が馬鹿にしたように言った。

「鉄砲水を崖に正面からぶつけまする。すなわち自然の力をもって自然の力を制するのでございます」

晴信は思わず声を上げそうになった。思いもよらぬ発想であった。なるほど、あの崖ならばいくら急流がぶつかろうと砕《くだ》け散ることはあるまい。当然、水の勢いは著《いちじる》しく弱められる。

「次に水を疲れさせて、さらに勢いを弱めまする」

「水に疲れがあるのか？」

「ございます」

晴信の問いに、男は軽くうなずいて、

「雨を含み、増えれば増えるほど、水は元気になりまする。それゆえ、水を疲れさすには、できうる限り分散することが肝要かと存じます」

「口で言うのはたやすいぞ」

「もとよりのこと。水の疲れを誘うには、特別な堤が要り申す。これでござる」

男の指した先には、ちょうど将棋の駒を置いた形の土塊があった。

「この先が秘伝でござる」

ちょうど駒の先端にあたる部分だった。鈍角《どんかく》の先が川の中央に向かっている。

「これが水を二つに分けるのでござる。分かれた水は、勢いを弱め力を失います」

「それが疲れを誘うということか」

「御意」

「では聞く。そちがこのような手立てをもって、水を鎮めるとして、この甲斐一国すべての水を鎮めるのに幾日かかる?」

「まず、二十年はかかりましょうな」

「金は? 費用はいくらかかる?」

「百万貫は下りますまい」

「馬鹿な。そんな金がどこにある」

晴信は吐き捨てた。だが、男は平然として言った。

「金は、ござる」

「なんだと、どこにあるというのだ」

驚く晴信に、男は彼方《かなた》の山並みを指した。

「あの山にござる」

(山——そうか、黄金か)

晴信は男の言わんとするところを察し、勘助の方を振り返った。

「そちが申していた山師《やまし》というのは、この者どものことか？」

「はい、なかなかの手並みでございましょう」

「そうだな」

と、晴信は男の方へ視線を戻し、

「その方、名はなんと申す？」

「大蔵太夫と申します」

奇妙な名であった。むしろ名というよりは称号のようなものであった。

「河原者《かわらもの》か」

晴信はあえて蔑称《べつしょう》で呼んだ。

「猿楽師でござる」

男は憤然として言った。それならば大蔵太夫は芸名であろう。

「真《まこと》の名を申せ」

「忘れ申した」

「なんじゃと」

晴信は再び立腹した。この小面憎《こづらにく》い態度はどうであろう。

「猿楽師が何故治水の術を知っておる？　そちの踊りは水に見せるための芸か」

「水をなだめるも人をなだめるも、同じことでござる。ただし、人には猿楽、水には治水の術を用いまする」

「小賢《こざか》しいことを言う。では金掘《かなほ》りはどうだ」

晴信は追及した。鉱山の掘削は山を傷つけることである。なだめるという言葉は使えない。そのことを言ったのである。男はくっと笑い、すぐに答えた。

「埋もれたるものを掘り出し、世間に広く役立たしめること。これも猿楽に通じる道でございます」

「甲斐にはまだ黄金が眠っていると申すのか」

晴信は半信半疑だった。もう掘り尽くしてしまったのではないかと、誰もが信じているのである。

「黒川《くろかわ》をはじめとして、かなりの量がございますな」

男はあくまで平静だった。晴信のほうが興奮した。それが事実ならば、何もかも解決する。

「しかと、左様か?」

「間違いござらん。殿様がお望みならば、掘り出して御覧に入れましょう」

「よし、やってみせい。ただし、その言葉に偽りのあった時は、ただでは済まさぬ。それでもよいか」

「よろしゅうござる」

男には迷った様子はまったくなかった。晴信は深呼吸すると、

「ともあれ大蔵太夫では呼びにくい。これからは長斎《ちょうさい》と名乗れ、姓はいずれ考えてやる」

と、言い渡した。

花は乱れる

1

洪水の後の甲斐は皮肉なことに秋晴れが続き、やがて紅葉の時期を経て冬が来た。晴信はこのところ機嫌がいい。長斎の始めた金山採掘が当初からうまくいき、大量の黄金が館まで届けられたこともある。晴信は褒美《ほうび》として「大倉《おおくら》」という姓を与えた。

だが、それよりも喜ばしいのは、類《たぐ》まれなる美女と噂の高い由利姫が、晴信のもとへ輿入《こしい》れして来ることである。

(さて、どのような美女が来るのか)

そんなことを考えている晴信の顔は、どうもふやけたものになっているらしい。

「殿、家臣の前ではそのようなお顔を見せてはなりませぬぞ」

呆れた勘助が注意するほど、晴信は浮かれていた。

極月《ごくげつ》に入ったある日、晴信は久しぶりに美紗姫の局《つぼね》を訪れた。

姫は相変わらず固い表情で晴信を迎えた。

「息災か、姫」

「――」

愛想笑いをする晴信に、美紗姫は無言だった。

「どうした、口を利けぬのか」

晴信が挑発しても、美紗姫はぷいと横を向くばかりである。このところ姫の心がほぐれてきたと思っていた晴信には意外であった。

(何が不満か。また父の最期でも思い出したか)

晴信は上座に腰を据え、侍女に酒の支度を命じた。

「酌《しゃく》をしてくれぬのか、姫」

膳部から盃を取り上げた晴信が言うと、姫はつと立ち上がって障子を開いた。夕暮れの庭には雪混《ま》じりの風が吹いている。

「これ、寒いではないか」

晴信は顔をしかめた。

「東信の山々はもっと寒うございます」

美紗姫は外の景色を見たままつぶやいた。

「御側室を迎えられるなら、その寒さに慣れておかねば」

振り向いた美紗姫の顔には怒りが刻《きざ》まれていた。

(なんと)

晴信は意外な言葉に驚き、次いで大声で笑った。

「何がおかしいのです」

美紗姫はますます怒った。晴信は苦労して笑いを収めると、

「姫もようやく悋気《りんき》というものを知ったな。一人前の女になったということだ」

「悋気?」

姫は首を傾《かし》げた。それを見て晴信はまた笑った。

「悋気とは嫉妬のことだ」

晴信は説明してやった。

「嫉妬——」

目を大きく見開いて美紗姫は繰り返した。

「そうだ。つまりはわしが由利殿と祝言を挙げるのが面白くないということであろう」

「違います」

寒気を切り裂くような声で美紗姫は叫んだ。晴信は笑みを浮かべ、

た。

「では、何故怒る？　悋気でなければ、わしが何をしようと勝手のはず」

そう言われて美紗姫は言葉に詰まった。自分で自分の心がよく摑み切れないようだった。

「どうした、姫。返す言葉がないな」

晴信はさらに問い詰めた。

「――不潔」

美紗姫はぽつりと漏らした。

「何？　何と申した」

「不潔だと申し上げました」

今度は美紗姫ははっきりと言った。

「ほう、面白いことを言う」

晴信は座ったまま盃を干すと、

「姫、大名が多くの女を娶るのはやむを得ぬことなのだ。考えてもみよ、子は家の宝、多くの子がいなくては大名の家は滅びる」

「勝手な理屈です。殿には既に三人の男子が」

「はは、三人では足らぬわ。この戦乱の世、たとえ十人の男子がいたとて、終わりを全《まっと》うできるのは何人いるかわからぬ。子はな、多ければ多いほどよいのだ」

それを聞くと美紗姫は、思いつめた様子で晴信の前に座り、

「では、禰津の姫を迎えるのもやむを得ぬ仕儀《しぎ》と」

「そうだ」

「いやいや、でござりまするか」

「――」

皮肉の矢を受けて晴信はたじろいだ。美紗姫は嘲《あざけ》るように、

「殿の御顔を見ればわかります」

「何がわかる?」

「姫を迎えることが、嬉しくてたまらないと、お顔に書いてあります」

「馬鹿を申せ」

晴信はあわてて渋面を作った。

「ごまかしてもだめです」

美紗姫の言葉に、晴信は段々と腹が立ってきた。なぜこんな小娘の顔色を窺わねばならないのか。

「姫、それほどまでに申すのは、わしを好《す》いておるからであろう。いや、そうにちがいない」

晴信は逆襲に出た。美紗姫の手を取り引き寄せ、強引に抱き締めた。

「何をなさいます」

　あらがう美紗姫に、晴信は言った。

「姫、自分の心に正直になることだ」


　美紗姫のほうが先に目を覚ました。隣りの晴信はすやすやと寝息を立てている。その安らかさが憎いと思った。美紗姫はそっと衾《ふすま》を抜けた。手の届くところに晴信の刀がある。脇差のほうを取り鞘を払った。

「父の仇《あだ》を討とうというのか」

　目を閉じたまま晴信が言った。

　ぎくりとした美紗姫の動きが止まった。

「仇を討とうというなら感心だが――」

　と、晴信は半身を起こし、

「そうではあるまい」

　美紗姫は気を呑まれて動けなかった。

「この晴信、女の悋気に命を落とすわけにはいかぬでな」

「お覚悟！」

　それでも美紗姫は刀を振りかぶって、晴信に斬りつけた。だが、その一撃はまったく力がなかった。晴信は難なく取り押さえ、片手をねじ上げて刀を奪い取った。

「こ、殺して」

美紗姫は短く言った。晴信は首を振り、

「なぜ殺さねばならぬ。そなたはわしを好いておる。わしもそなたを好いておる。殺し合わねばならぬわけなどあるまい」

美紗姫はわっと泣き崩れた。


「——殿」

障子の外から宿直《とのい》の声がした。

「何でもない。ちとたわむれておっただけじゃ」

「いえ。殿、浦島《うらしま》殿より火急《かきゅう》の知らせにござります」

「なに」

浦島は妹禰々《ねね》に付けてある老女だった。

晴信は嫌な予感がした。

「どうした?」

「はあ、御料人様、お怪我のよしにございます」

「怪我だと、なぜ怪我などした?」

なじるように晴信は言った。

「子細はわかりませぬ。ただ一刻も早くお出ましくださるようにと、浦島殿よりの伝言でございます」

「よし、わかった」

晴信は急いで身支度を整え始めた。

「聞いての通りだ。姫、勝負はしばらく預かりじゃな。——手伝《てつど》うてくれ」

着物の着替えのことを言ったのである。美紗姫は涙を手で拭《ぬぐ》って、いつの間にか晴信の衣服を整えていた。晴信は裏の御殿の一角にある禰々のもとへ駆けつけた。

禰々は頭に包帯を巻いて床に就いていた。

その目は固く閉じられている。

「禰々」

晴信は枕元に座り呼びかけた。だが、禰々はぴくりとも動かない。二、三度試みたが、やはり同じであった。

「どうしたというのだ、この有様は」

禰々付きの老女浦島に、晴信は問うた。その口調には責めるような響きがある。浦島は額を畳にすりつけて、

「申し訳ござりませぬ。すべてわたくしの落ち度。このうえは存分にご成敗くださりませ」

と、泣き声で言った。晴信は癇癪《かんしゃく》を起こして、

「ええい、そのようなことを申しているのではない。何故、怪我をしたのかと聞いておる」

「は、はい」

浦島はおそるおそる顔を上げて、

「外廊下から足を踏みはずされ、沓脱石《くつぬぎ》で、お頭《つむり》をお打ちになったので」

「子供でもあるまいに、どうして落ちた?」

「――」

「申せ、なぜ落ちたのだ」

「はい、庭の先に――」

浦島はそこで口籠《くちご》もり再び嗚咽《おえつ》した。

「泣くな、早う申せ」

「はい、庭の先に頼重殿がおられる、と申されまして」

「頼重か」

晴信は舌打ちした。亡夫の幻を見たのだ。晴信が禰々の夫諏訪頼重を騙し討ちにして以来、禰々はほとんど生ける屍《しかばね》になっていた。一時は食も摂《と》らず、危うい時もあった。

だが、忘れ形見の寅王丸がいるのが幸いだった。寅王丸を育てることに、禰々は何とか生

き甲斐《がい》を見出したのである。もし、寅王丸なくば禰々はとうの昔に夫の後を追っていただろう。このところ、ようやく禰々が落ち着きを取り戻し、晴信はほっとしていたのである。もっとも、禰々は頑なに兄晴信と顔を合わせようとしなかった。ほんのわずかの距離のところに住んでいるにも拘わらず、禰々は兄の見舞いすら受け付けようとしなかった。考えてみれば、禰々の顔を見るのも、この夏以来のことである。

（頼重め、わしに祟《たた》っているつもりか）

晴信は嘲笑してやった。たとえ幽鬼になったところで、あんな男に何ができよう。

（祟るなら、わしの前に出てみよ。一刀両断にしてくれるわ）

晴信は容態を医師に尋ねた。命に別状なしの言葉を聞いて、晴信はいったん引き揚げた。禰々が意識を取り戻したのは、その日の夕刻だった。

晴信は再び禰々のもとに駆けつけた。枕元には美紗姫も来ていた。禰々は姫にとって義母にあたる。もっとも年は二歳しか違わない。美紗姫は禰々を姉のように慕《した》っていた。晴信と目が合うと、美紗姫は視線を逸らした。何も言わずに晴信は禰々の脇に座った。禰々の目は開いていたが、まるで魚のような生気のない目である。

「禰々、気分はどうだ」

晴信は優しく声をかけた。

禰々はゆっくりと視線を晴信に向けた。だが、晴信であることがわからないのか、その目には何の反応もない。

「禰々、わかるか、兄じゃ。晴信だぞ」

晴信は少し大きな声で言った。

「兄上」

ようやく、禰々はぽつりとつぶやいた。

「おお、わかるか。気分はどうだ」

喜んだ晴信に、禰々は次の言葉で冷水を浴びせた。

「寅王丸は無事でございましょうな」

「何を、申す。——無事に決まっておるではないか」

うろたえながらも晴信は言った。

禰々は夜叉《やしゃ》のような目で晴信をにらみつけ、

「兄上、寅王丸は本当に、無事なのでございますな」

「だから、無事だと申しておるではないか」

晴信は落ち着かせるために禰々の肩に触れた。その途端、禰々は病人とは思えないような凄まじい力で、その手を跳ね飛ばし半身を起こした。

「殺さないで、兄上。寅王丸を殺さないでください」

あわてて侍女の浦島や医師が、禰々を押さえつけた。

「寅王丸を殺さないで」

「落ち着け、禰々。誰も寅王丸には危害は加えておらぬ」

「寅王丸を、寅王丸を」

禰々の耳に晴信の声は届いていないようだった。

「寅王丸をこれへ」

ついに晴信はそう命ぜざるを得なかった。寅王丸の顔を見、抱き締めてようやく禰々は叫ぶのをやめた。そして疲れがいっぺんに出たのか、そのまま眠りに就いた。

晴信はほっとして外へ出た。美紗姫が立ち上がってその後を追った。

「姫、わしをさげすんでおるのであろう」

「いえ、お願いがあって参りました」

晴信は首を傾げた。美紗姫は相変わらず涼やかな、斬りつけるような目で、晴信を見ている。

「殿と祝言を挙げとうございます」

晴信は息を呑んで後の言葉が続かなかった。美紗姫は冷ややかな態度を崩さず、無言で晴信の返事を待っている。ここで取り乱しては男の沽券《こけん》に関わる。晴信は腹に力を入れて言った。

「何故、祝言を挙げたいと申すのだ」

「まだ、挙げておりませぬゆえ」

気でも違ったか、わしはそなたの父の敵《かたき》だぞ——そう言いかけて晴信はあわてて口をつぐんだ。

その娘を自分のものにしたのは、晴信自身なのである。

「——このままではいかんか」

晴信は諭すように言った。別に祝言を挙げずともよい。いや、かえってそうしないほうが、事を荒立てずに済むのではないか。

「いいえ、それはなりませぬ」

美紗姫は大人びた口調で言った。

「なぜだ」

晴信の問いに、美紗姫は直接答えず、

「すぐにお願いしとう存じます」

「なぜ、そのように急ぐのだ」

美紗姫は一瞬目を伏せたが、すぐに顔を上げ、

「禰津の姫が到着なさる前にでございます」

(なるほど、そういうことか)

ようやく晴信には合点がいった。晴信が由利姫と祝言を挙げる。これは公式なことであ

る。晴れて由利姫は晴信の妻の一人となる。妾《めかけ》ではない。妻妾《さいしょう》とひとくちに言うが、妻は正式な家族、妾はあくまで奉公人である。もちろん妻同士の間にも序列はある。京の公家の出身で最初の妻の三条殿が、一番、そして次に祝言を挙げた者が二番目ということになる。このままでは由利姫がそれになる。それにひきかえ、美紗姫は日陰の身だ。奉公人というわけではないが、祝言を挙げない以上、序列では由利姫の下になる。いや、そもそも序列そのものに入らないことになる。理由がわかると、晴信の困惑は消えた。かえって美紗姫の強情な顔が可愛くなった。

「考えておこう、姫」

優位に立って晴信は微笑と共に言った。

「時がありませぬ」

美紗姫はすぐに返事を求めた。

「まだ十日はある。その間に決めればよかろう」

「殿――」

「なんだ、そのような顔をして」

美紗姫は唇を嚙み締めていた。そして晴信に最後の言葉を投げつけた。

「殿、お聞き届けなくば、美紗は自害致します」

「それほどまでに申すなら、よかろう」

晴信はにこりともせずに言った。

「確かでございますか」

美紗姫も固い表情のままである。

「くどい。よいと言ったらよいのだ」

「では、いつでございますか」

「ふむ――」

晴信は考えた。由利姫の輿入れは十日のちである。その直前に美紗姫との祝言を挙げれば、禰津家は気分を害するだろう。したがって、できるだけ早目に済ませてしまうほうがよい。

「では、支度もあることゆえ、明後日ではどうだ」

「支度はいりませぬ」

美紗姫は逆らうような目付きをした。

「仮にも祝言となれば、それ相応の支度がいる。そなたの親代わりを決めねばならぬし、引出物も用意せねばなるまい」

「当方からの引出物は既に差し上げております」

「ほう、そのようなもの、受け取った覚えはないが」

晴信が首をひねると、美紗姫は鋭利な刃物のように研《と》ぎ澄ました声で、

「差し上げております。諏訪の国を、上原《うえはら》の城を」

「――」

　晴信は一瞬絶句した。

　美紗姫は付け加えた。

「引出物としては充分でございましょう」

「ははは、その通りだ」

　この場の空気を和《やわら》げるためには、笑うしかなかった。晴信の意中を悟った美紗姫は、その美しい顔を歪めた。

「これ、そのような顔をするでない。せっかくの器量が台なしではないか」

　晴信はあくまでも笑顔を保ちつつ、

「わかった。明後日、そなたとの祝言を執《と》り行なうことにする。それでよかろう」

「――はい、わたくしには異存ございません」

　美紗姫は伏し目がちにうなずいた。

「よし、そなたは禰々の側《そば》に付いておれ。支度は万事こちらでしよう」

　晴信はそう言って、ようやく美紗姫の冷たい視線から解放された。

　晴信は約束を守った。ただちに諏訪に急使を出し、美紗姫の大叔父にあたる諏訪満隣《みつちか》に親代わりを依頼した。満隣は武田の意向に逆らう気はない。美紗姫を自分の養女の扱いで、正式に武田家へ嫁がせることを承知した。その満隣や武田の一部重臣らの立ち会いで、晴信と美紗姫の祝言が執り行なわれた。甲斐には珍しい猛吹雪の晩であった。

「姫、この晴信に嫁いだ以上、守ってもらわねばならぬことがある」

祝言が終わった後、奥の一室で向かい合った美紗姫に、晴信はそう切り出した。物問いたげな視線を向ける美紗姫に、晴信は言って聞かせた。

「妻たるもの、夫を助け慈《いつく》しむのが当然の務めじゃ。わかっておろうな」

「はい」

珍しく素直に美紗姫は返事をした。

（やはり女子《おなご》じゃ。祝言の日は顔がよい）

実際、固めの盃のせいもあって、美紗姫の顔は桜色に染まっていた。漆黒《しっこく》の髪に桜色の肌、それに白綸子《しろりんず》の着物の美紗姫は、この世のものとは思われぬ美しさである。晴信は上機嫌で続けた。

「では、今後、夫の命を狙うような真似は慎んでもらわねばならぬ。言うまでもなくわしの言い付けには何があっても違背《いはい》はならぬ」

「殿様」

美紗姫はまっすぐに晴信を見た。その目には強い意志の光がある。

「何だ？」

「殿は天下に並ぶ者なき勇武の将と、わたくしは思っております」

「そうだ。そう思うがよい」

「では、その勇武の将が、いかに油断をしたとて、女子に討ち取られるような醜態はさらされますまい」

晴信は笑みを消した。その言葉は明らかに晴信に対する挑戦であった。

「今後もわしの命をつけ狙うと申すのか」

「はい」

まるで、当たり前のことを認めたような口調だった。その気負いのなさに、かえって晴信は不気味なものを感じた。

「それでは困るな。いかに英雄豪傑とはいえ、湯の中では裸になる」

晴信は苦笑を漏らした。

「では、刀をお持ちになって入湯なされませ」

真面目な顔で美紗姫は言った。

「刀を持たねばいかぬのか」

「殿の御敵はこれからますます増えましょう。あるいは——」

「あるいは？」

「由利殿もその一人となるやもしれませぬ」

「たわけたことを申すな。何故、由利姫が敵になる」

「――」

美紗姫は一瞬言いよどんだ。

「どうした、申してみよ」

「禰津元直殿も、殿に騙し討ちにされるかもしれませぬゆえ」

美紗姫の口調はあくまで穏やかだった。

2

由利姫との婚儀の日がきた。その日は朝から快晴だった。冷たく抜けるような冬の空に、堂々たる富士《ふじ》の姿が見える。

「晴れたり曇ったり忙しいことだ」

晴信はひとり苦笑した。

美紗姫との婚儀の夜は吹雪だった。列席する者もわずか、もとより民百姓もそのことを知らない者が多かった。由利姫は違う。大勢の人々から祝福され、輿《こし》は禰津から甲斐への道を進んで来る。この婚儀は武田家と禰津家に固い絆が結ばれたことを意味する。双方にとってめでたい話である。禰津領では婚儀を祝って、領民に振舞い酒が出たという。

「どう致しましょう、当方でも餅でも振舞いましょうか」

近臣の進言を晴信は退《しりぞ》けた。

「やめておけ、そこまで喜んでみせる必要もあるまい」

そう答えたが、退けた本当の理由は美紗姫への同情だった。

（同じ婚儀でも、こう差がついては面白くはなかろう）

重臣たちも美紗姫との婚儀は、しぶしぶ黙認という形を取ったが、由利姫とのことについては双手《もろて》を挙げて賛成した。せいぜい家の格の違いを説いて、難色を示した者が二、三人いたぐらいである。婚儀は日が落ちてから始まった。晴信は早く花嫁の顔が見たいと思った。角隠《つのかく》しで見えない顔を、ようやくはっきり見たのは、二人で寝間に下がってからである。

（ほう、これは――）

晴信は感嘆した。利発そうな、瞳の美しい少女であった。ものおじせずに晴信を見つめている顔には、恐れの色はみじんもない。

「姫、いくつになる」

「十四に相成ります」

「そうか――」

美紗姫と同じであった。

「姫は、わしが恐ろしくないのか。わしは近隣諸国に名を轟《とどろ》かせる大将だぞ」

「今日よりは、わたくしのお味方でございますゆえ、むしろ頼もしゅうございます」

夫という言葉を使うのが恥ずかしかったのか、姫は味方と言った。そんな姫を晴信はいとおしいと思いつつも、からかってみたくなった。

「味方とは限らぬ。わしは既に隣国の領主を騙し討ちに致しておる。そなたの父もここへ招いて腹を切らせるかもしれぬぞ」

わざと恐い顔で言った。だが、姫はおかしそうに口に手を当てて笑い、そして言った。

「わたくしの父はそのような愚か者ではございませぬ」

晴信は目を見張った。

「ほう、そなたの父は愚か者ではないと申すか」

「はい」

由利姫はうなずいた。自信に満ちた顔である。

(まだ世の垢《あか》に染まっていないとみえる)

晴信はまたからかってみたくなった。

「わしと元直殿が敵味方に分かれて、雌雄を決せんとするならば、姫はどちらに味方する」

このことは決してあり得ないことではない。そして、そのようなことが万一起これば、姫は元直への見せしめのため命を絶たれる。いかに妻の一人とはいえ、人質には変わりないからだ。姫もそのことは充分に承知しているはずである。由利姫はきらきらと輝くような微笑を浮かべた。

「その折には、わたくし、お屋形様と父の間を取り持ち、和を講じたいと存じます」

「ほう、和睦をか。だが、成らなんだらどうする？」

「成りまする。この由利が一身に替えても為し遂げて御覧に入れまする」

「成るか成らぬか、その時になってみなければわかるまい」

「いえ、父はお屋形様と事を構えるはずがございませぬし、もし万一そうなっても、わたくしが申せばすぐに戦をやめまする」

「どうして、わかる？」

「父はわたくしの言うことなら、何でも聞いてくれます」

晴信は笑った。無邪気にそう信じている由利姫が、何となくおかしかった。由利姫は逆に首を傾げた。

「あの、わたくし、何かおかしなことを申し上げたでしょうか」

晴信はまた笑った。

「お屋形様――」

「殿でよい。そなたにまで格式張った言い方をされると、肩が凝《こ》る」

「はい」

「笑ったのはな、いい嫁御《よめご》を貰ったと嬉しく思ったのだ」

晴信の言葉に由利姫は満面に喜びの色をみなぎらせた。

「まことでございますか」

晴信は返事の代わりに由利姫を抱き寄せた。姫の顔が紅潮した。

(可愛い娘だ)

晴信は思った。そう思った途端、由利姫とは違う、あの冷たく澄んだ諏訪の湖のような、美紗姫の顔が晴信の脳裏に浮かんでいた。

猛虎の牙

1

年が明けた。天文十二年（一五四三年）の春である。

だが、めでたかるべき初春に、晴信の意気を消沈させる出来事が起こった。妹禰々の死であった。正月早々、晴信は喪に服さねばならなかった。縁側から転落した際の傷は軽いものだった。少なくとも何十日も寝込むような重い傷ではないはずだった。しかし、禰々は二度と起き上がれなかった。高熱に悩まされ、たびたびうわ言を言い、たまに熱が下がると、うつろな瞳であらぬ方向を見るばかりで、何もしゃべらず何も口にしなかった。晴信にはかえってそれがこたえた。恨みつらみや罵倒の言葉のほうが、かえって気が楽だった。無理矢理に高価な薬草を煎《せん》じて飲ませたが、日に日に弱っていくのは素人目《しろうとめ》にもわかった。

（なんとか助けてやれぬものか）

晴信はあらゆる手を打った。だが、冬の寒さは例年になく厳しく、それがますます病人の体力を弱めた。寅王丸の顔を見せても、禰々が何の反応も示さなくなったのは、暮れも押し詰まってからのことだった。年は何とか越すことができたが、館において正月の宴が催されている最中、晴信のもとに知らせが入った。

「安らかな御最期でございました」

「そうか」

何も知らず最後は童女に返って死んだのだ。晴信はそう思って自らを慰《なぐさ》めた。祝いの席に戻った晴信に表情の変化はなかった。めでたき初春の宴、武田の隆盛を祝う門出の式でもある。当主が涙を見せるわけにはいかなかった。

だが、心利いたる家来の何人かは、晴信のわずかの中座で何が起こったのか察していた。

山本勘助もその一人である。

（殿の笑顔が光を失った）

それだけのことで、勘助にはわかった。だが、晴信が何もないふりをしている以上、悔やみの言葉を言うわけにもいかない。

（殿、お勝ちなされい。その悲しみにお勝ちなされねば、天下など夢の夢でござる）

だが、晴信はなかなか平常心には戻れなかった。喪中はじっと館に身を潜《ひそ》め、明けてからは酒を飲み遊楽にふけった。それでも甲斐は安泰であった。厳しい寒さの中、軍勢を動かそうとする敵はなかった。そして、冬の間でももたらされる新たな作物、長斎らの掘り出す黄金が甲斐の財政を豊かにしていたのである。

（このままではいかん）

勘助は深刻な事態になったと思わざるを得なかった。晴信は二月が過ぎ三月になっても、一向に動こうとしなかった。若い晴信には、妹を捨て殺しにしたという意識が、どうしても抜け切れなかったのだ。黄金が採《と》れるようになったことも、かえって禍《わざわい》した。

甲斐は貧しい国である。領主が先頭に立って働き、他国を掠《かす》め取らねば生きてはゆけぬ。しかし、黄金の産出はその事情を変えた。何もあくせく働かなくても、甲斐一国の領主で満足するなら、領民のことなど放っておけばいいと思うなら、充分に食っていけるようになったのである。いや、単に食うだけでなく、遊んで暮らすことも夢ではない。

（だが、わしは殿に遊び暮らして頂くために、長斎を連れて来たのではない）

天下を取るためである。

貧しい甲斐の領主が天下を取るためには、どうしても豊かな軍資金がいる。黄金はそのための費用であった。そればかりではない。水害に悩む甲斐の国土を改造し、富み栄える国にするための費用でもある。

だが、晴信はそれを遊楽のために使っている。浪費のきっかけは妹の死であった。禰々の死を忘れるため、晴信は連日の酒宴を始めた。しかし、このまま放っておくと、酒自体が忘れられなくなる。どんな動機で始めようと、酒は酒自体で忘れられなくなるものだ。勘助はこのことをよく知っていた。

ついに勘助は荒療治を決意した。晴信が、禰々の命日に墓参に出たところを、勘助は追った。このところ酒びたりの晴信も、禰々の命日だけは忘れず、毎月墓参に出かけるのである。勘助は先回りして墓の脇に隠れ、晴信のやって来るのを待った。やがて晴信は近習二人ほどを従え、墓前に香を焚き手を合わせた。

「殿、何をなされておる」

勘助はいきなり顔を出した。非礼な出方である。

「勘助か、そちの顔など見たくもない。下がるがよい」

もともと禰々を捨て石にするように進言したのは勘助である。禰々の墓の前で最も見たくないのが勘助の顔だった。

「殿、お答えくだされ、何をなされておられるのか」

勘助はしぶとく食い下がった。

「知れたこと、禰々の供養をしておるのだ」

晴信は不快そうに言った。

「それでは何の供養にもなりますまい」

勘助はずけずけと言い放った。

「何だと」

晴信の頭に血が上った。

「いくら祈ったとて何の役にも立ち申さぬ。このままでは禰々様は犬死《いぬじに》も同然」

「犬死だと、申したな」

「申しました。このままでは犬死でござる」

「おのれ、許さん」

晴信は近習に預けた太刀を取ろうとした。近習はあわてて晴信を止めた。

「えい、寄越せ、無礼者を手討ちに致すのだ」

晴信は太刀を奪い取り、投げ捨てるように鞘を払うと、真っ向から勘助の脳天に振り下ろした。

「――」

近習たちは息を呑んだ。

誰もが血しぶきを上げて倒れる勘助を想像した。

だが、そうはならなかった。

勘助はすかさず脇差を抜いて、晴信の太刀を受けていた。

「殿、酒に溺《おぼ》れた剣では、拙者を討つことはでき申さぬ」

嘲るような勘助の口調に、晴信はますます腹を立てた。

「目にもの見せてくれる」

晴信は太刀を振り回して勘助を追った。

しかし、片足が不自由なのにも拘わらず、勘助の動きは敏捷《びんしょう》であった。晴信はたちまち息が上がった。以前の晴信なら、こんなことは決してなかった。毎日のように馬責めをし、体の鍛錬を怠《おこた》らなかった晴信である。この程度のことで息が上がるはずもない。しかし、今はまったくだらしがなかった。晴信自身が体力の変化に驚いていた。

荒い息で晴信が動けなくなったところを見計らって、勘助は言った。

「殿、天下はどうなされた」

「――」

「殿が頼重殿を討ったのも、つまるところは天下を取るため、このまま殿が何も為さねば、殿は私利私欲のため頼重殿を討ったことになり申す」

「ええい、黙れ、勘助」

「いえ、黙りませぬ。このままでは、禰々様も犬死と申し上げたのはそのことでござる。大義のためには、身内をも犠牲にすべきでござろう。されど、私利私欲のためとあっては、禰々様も永遠に浮かばれますまい」

勘助の言葉は晴信の心に大きな衝撃を与えた。打ちひしがれた晴信を尻目に、勘助はさばさばした表情で、

「申し上げるべきことは申し上げた。拙者、逃げも隠れも致しませぬ。屋敷にて首を洗ってお沙汰《さた》をお待ちしており申す」

それだけ言うと、悠々とその場を去った。


勘助は自分の屋敷に戻り、手枕で昼寝をしていた。

(もし、殿が許さぬ、腹を切れと申されたらどうするか)

その心配もないではなかった。晴信は怒り心頭に発していた。そのまま怒りに任せて、勘助に死を命じることも充分にあり得る。だが、勘助は平気だった。死が怖くないと言えば嘘になるが、それは命を失うことの恐ろしさよりも、仕事を失うことの恐ろしさであった。

長い間の放浪の末、ようやく自分を買ってくれる主君を見出した。しかも、その主君は抜群の器量を持ち、天下をも制するかもしれぬ。今さら、その主君を捨てて、他を探すつもりはなかった。何よりも時がない。勘助はもう五十の坂を越えているのである。

(殿が立ち直ってくれればよいが)

あわただしく人の動く気配がした。小者があわてて飛んで来た。

「何事だ」

「殿の御成りでございます」

「なんじゃと」

勘助が跳ね起きた時、晴信はもう部屋の前まで来ていた。

「勘助、それへ直れ」

ずかずかと入って来た晴信は、近習の手から太刀をもぎ取り、鞘を払った。

「お手討ちになさるのか」

勘助は大あぐらをかき傲然《ごうぜん》とうそぶいた。

「する」

晴信は太刀を大上段に振りかぶった。狙いは勘助の脳天にぴたりとつけている。

「何か言い残すことがあれば聞いておいてやる」

勘助は笑った。

「何がおかしい」

晴信は怒鳴った。

「殿、天下を狙うには芝居が下手《へた》でござるな」

「芝居などではない」

「ではお斬りなされ。勘助、生涯の主君と決めた御方に斬られるなら本望でござる」

勘助は晴信をにらみ、静かに目を閉じた。晴信は気合を込めて太刀を脳天に向かって振り下ろした。だが、勘助の頭は割れなかった。晴信はすれすれのところで太刀をとどめていたのである。

「脅《おど》し甲斐のない奴じゃ」

晴信は苦笑すると太刀を鞘に納めた。勘助の諫言《かんげん》が晴信は身に沁みていた。だが、頭を下げて謝ることはできない。だから脅してみたのである。

「勘助、どうすればよい」

晴信はいつもの顔に戻って言った。

勘助は嬉しかった。やはり晴信を見込んだ目に狂いはなかった。

「当面のことでござるな」

「そうだ」

晴信は上座に腰を下ろした。武田家はこの三ヵ月、まったく活動を停止していた。それを再開するにあたって、まず何をすべきか、晴信は勘助にそれを問うたのである。

「まず、第一に為すべきは諏訪上原城の修築でござる。念入りに行ない金城湯池《きんじょうとうち》とも言うべき堅固な城に生まれ変わらせるべきでございましょう」

居《い》ずまいを正して勘助は答えた。晴信は笑って、

「堅固な城か。そなたは堅固な城は嫌いではなかったのか」

かつて晴信が、北条氏の小田原城や今川氏の駿府城をうらやましがった際、勘助はいかなる堅固な城でも必ず落ちるものだとたしなめたことがある。その勘助が金城湯池などと言うので、晴信はおかしかったのである。

「いえ、あれは出城《でじろ》でござる。本城と違って出城は堅固であればあるほどよいのでござる」

「ほう、それはいかなるわけか？」

「本城は最後の城、そこに籠もることはできるだけ避けねばなりませぬ。そこに籠もるということは援軍は期待できぬということでございます。それゆえ、本城は堅固に造らぬほうが、かえって籠城の心を起こさずによいのでござる」

「なるほど、では出城はどうだ」

晴信は久しぶりに勘助との会話を楽しんでいた。

武田家に人材数あれど、軍略の才において勘助の右に出る者はない。おそらく、それに次ぐ者は晴信であろう。晴信にものを教えることができるのは勘助しかいない。

「出城は常に敵国との境界近くに設けられるもの。敵の急襲を受けやすうございます。されど、最後の城ではなく、本城からの援軍も期待できまする。したがって出城は籠城しやすくできるだけ長持ちするが肝要。援軍が来る前に落ちてしまっては何もなりませぬ。それゆえ、出城は堅固に造るべしと申し上げております」

晴信は納得して大きくうなずいた。

「では、そちが縄張りせい」

縄張りとは城の設計のことである。単に図面を描《か》くだけでなく、施工の指導もする。その際に縄を使って測量するので縄張りというのである。

「それでは板垣様がお喜びになりますまい。ここはひとつ、諏訪郡代初の大仕事として、板垣様にお命じなさるのが、よろしかろうと存ずる」

勘助はあえて辞退した。

「信方に任せよと言うのか」

晴信は嫌な顔をした。勘助の城造りの才を見たいというばかりではない。このところ晴信には重臣筆頭の板垣信方が煙たくて仕方がない。一言《ひとこと》で言えば古いのである。晴信が何か新しいことをしようとしても、信方は過去の経験から、これはいかぬあれはいかぬとうるさい。そういえば勘助の重用もそうだ。新参の家臣をあれほど寵愛《ちょうあい》するものではない、と信方は言う。しかし、晴信は寵愛しているつもりなど毛頭ない。物の役に立つ侍だからこそ、使っているだけのことだ。第一、勘助を推薦したのは信方自身ではないか。

「それ、それがいけませぬ」

勘助は晴信の表情を見て叫んだ。

「――？」

「板垣様は重臣筆頭の座にある御方。時々は花を持たせて差し上げねば」

「花か――」

「城が出来れば戦いが始まりまする。その時、先頭に立って働いて頂かねばなりませぬ」

「わかった。そう致そう」

晴信はぜひ聞いておかねばならぬことがあった。

「勘助、城が見事完成した暁《あかつき》には、まずどこから手をつける」

それであった。考えられる道は二つある。一つは、高遠へ攻め入り、息もたえだえの高遠頼継にとどめを刺すこと。去年はまだ諏訪が固まっていなかったので、本拠地の高遠まで は攻め切れなかった。しかし、諏訪に堅固な拠点が出来れば、それは充分に可能である。それに頼継を滅ぼしたところで、まだ下伊奈郡が緩衝地帯として残るから、今川や美濃の斎藤道三を刺激することもない。もう一つは、逆に北上し東信濃を攻めることである。晴信の心はむしろ前者に傾いていた。あの、こずるく気に食わない頼継を、一気に滅亡させる。こちらのほうが気分がいい。だが、勘助は首を振った。

「東信でございましょうな。それも佐久郡の大井、望月――」

「なぜだ、勘助」

「頼継めはいつでもとどめを刺せまするが、佐久を攻めるのは今をおいて他にございませぬ」

「だから、その理由を問うておる」

焦《じ》れったそうに晴信は言った。

「由利姫様でござる。由利姫様を無駄にしないためにも、まず駒を進めるべきは東信でござろう」

「由利姫だと」

「左様、由利姫様でござる」

意外な顔をする晴信に、勘助はもう一度念を押した。

「由利姫が無駄になるとはどういうことか？」

晴信は尋ねた。

「由利姫様は武田家と禰津家の固い絆の証《あかし》として来られました。禰津家にとってみれば大きな賭け。武田に付くか付かぬか、迷っている者が多い中で、禰津は真っ先に武田に付くと声を大にして叫んだのでございます。これには応《こた》えてやらねばなりませぬ」

「応えてやらねばどうなる」

「武田に付こうとしている者も二の足を踏みましょう。いや、それよりも武田に付いた裏切り者として、周囲の者から寄ってたかって攻められるかもしれませぬな」

「それより前に佐久に出兵し、大井や望月を禰津と共に挟み撃ちにせよと申すか」

「御意。大井・望月はいずれ滅ぼさねばならぬ一族でございます。それならば、禰津が旗《き》幟《し》を鮮明にした今こそ、絶好の機会かと」

「よし、ではさっそく、信方に城の修築を命じよう。そのうえで、攻めるのはいつがよい」

「秋、左様、九月頃がよろしいかと存じます」

「刈り入れの終わった頃だな」

晴信と勘助は声を合わせて笑った。自分のものになる土地なら、百姓の恨みを買わぬほうがよい。そのことは諏訪侵攻の際、晴信が勘助から学んだことであった。

「だが、勘助。大井・望月はそれまでに動かぬか」

晴信はそのことが気になった。

今は春三月、あと半年間、大井らは黙っているだろうか。

「器量ある者がおれば、手を出して参りましょう。もし、拙者が大井家の軍師ならば――」

「ほう、軍師ならばどうする?」

「上原城に焼き討ちをかけまするな。それも六分以上出来上がったところを見計らって。自らを守るためには、敵にまず足場を造らせぬこと、敵の出端《ではな》をくじくことが肝要でござる。修築途中の城は攻めやすく、焼け落ちれば損害は甚大なものに成り申す。拙者ならば、断固上原城焼き討ちを進言致します。ことのついでに高遠頼継ともよしみを通じ、背後から武田勢を牽制させますかな」

「大井はそれをするか？」

晴信は心配そうに言った。確かにその策を実行されると、武田家は大いに困惑するのである。頼継とて、武田憎しの感情から、その誘いに乗るにちがいない。だが、勘助は首を振った。

「ご案じ召さるな。十中八九、大井は動きますまい」

勘助は自信たっぷりに言い切った。

2

望月城は里を見下ろす小高い山の頂《いただき》にあった。東西に延びる細長い馬の背のような山である。北は望月の駒を育てた御牧《みまき》ヶ《が》原《はら》が広がり、南は切り立った崖となり、その下に望月の里がある。

望月誠之助は、山の中腹の少し平らになったところに寝そべって、眼下の里の春色を楽しんでいた。

四月も終わりになる頃、このあたりではようやく桜の花が咲くのである。この平和な風景からは、戦いの気配などみじんも感じられない。だが、誠之助だけがこの平和が束の間のものであることを知っていた。

（武田は必ず来る）

それをこの望月の里人にわからせなければならない。

「誠之助様」

頭の後ろで聞き慣れた声がした。

「百合殿」

誠之助はこの娘には笑顔を返した。二つ年下の遠縁の娘である。その父、望月三郎兵衛は今は誠之助の親代わりになっている。

「何を御覧になっておられたの」

「別に。ただぼんやりと里を見ていた」

「まあ、ご隠居のような」

百合はくすくすと笑った。笑顔のよく似合う娘だった。

「望月の里人は戦を知らぬ」

「まあ、そんなことはございません」

「知っていると申されるか」

誠之助は草を払って立ち上がった。

「この望月でも戦は幾度となくございました。百合が生まれてからも」

「それは信濃者同士の小競《こぜ》り合いであろう。子供の喧嘩のようなものだ」

武田はそんなに甘い相手ではない。だが、その言葉は百合の笑い声で、掻き消された。

「そんなこと、父に言ったら大変です」

そう言って百合は、あっという顔をした。

「いけない、父上に頼まれました。すぐに城内へお越しくださいとのことでございます」

「城内へ、何事だろう?」

「父も先に参っているとのことでございます。お急ぎください」

「無駄話を仕掛けておいて、急げもないものだな」

「まあ、嫌な誠之助様」

百合は頬をふくらませた。

誠之助はかまわず城へ向かった。百合の父、三郎兵衛は緊張した顔で待っていた。

「伯父上、何事でございます」

「誠之助、評定《ひょうじょう》の席に出てくれ。殿がそなたの意見を聞きたいと仰せられておる」

「誠之助と申したな」

上座から声をかけたのは、望月一族の棟梁重忠《しげただ》であった。中年の温顔そのものの、武将というよりは、穏やかな神主といった風貌である。

「はい」

誠之助は一礼した。

周囲には一族の主立《おもだ》った者が列席している。三郎兵衛もその中にいた。

「そなたに尋ねたいことがある。武田のことだ」

重忠が膝を乗り出した。

「武田はどう出る。われらはどうすべきか。そなたの忌憚《きたん》のない意見を聞きたい」

「はっ」

誠之助は突然のことに戸惑っていた。確かにこのような機会はかねてから望んでいた。しかし、急に評定の場に呼ばれ、当主から直々に意見を求められるとは思わなかった。重忠は本気だった。

「さあ、遠慮なく申すがよい。武田の手の内を知っておるのは、この里ではそなただけだ」

(そうか――)

誠之助は悟った。三郎兵衛が推挙してくれたのだ。

かねてから誠之助は三郎兵衛に武田の脅威を説いていた。それが三郎兵衛を動かし、この機会を得ることにつながったのだ。誠之助はちらりと三郎兵衛の方へ視線を向けた。三郎兵衛は軽くうなずいて見せた。

（伯父上、かたじけない）

誠之助は背筋を伸ばし、大きく息を吸い込んだ。

「申し上げます」

一座のすべての目が誠之助に注がれた。

「武田は必ず攻めて参ります。武田は近隣諸国のすべてを併呑《へいどん》し、あわよくば天下をも狙う志《こころざし》ありと見ました」

誠之助はまずそれだけ言っておいて、一同の反応を見た。各自が息を呑む気配がした。

重忠は言った。

「しかと相違ないか」

「天地神明に誓って相違ございません」

「それで、われらはどうすべきなのか」

誠之助は思い切ってかねてからの考えを述べた。

「先手を打つべきでございましょう。大井殿と盟約を結び武田に対抗する。そして、まず最初に為すべきは、兵を出して諏訪上原城に焼き討ちをかけることでございます」

「たわけたことを。そのようなことはしてはならぬ」

列席の重臣の中から叫ぶ者があった。

誠之助は思わず声のした方を振り返った。宿老《しゆくろう》の一人、望月藤五郎《とうごろう》であった。宿老といっても年はまだ四十前、重忠よりも少し若い。

（この男、気に食わぬ）

誠之助はひそかに思った。

藤五郎はこせこせとして家中のあらゆることに口を出し、皆に嫌われている男だった。

だが、それでも宿老の一人である。重忠も一応その意見を聞く姿勢を取った。

「武田にこちらから仕掛けるなど、とんでもないこと。武田は常時五千の軍勢を動かせる大国でござる。それにひきかえ、わが一族はせいぜい士卒合わせて八百人、大井殿と合わせても二千が精一杯でござる。五千と二千では、端《はな》から勝負になり申さぬ。それゆえ、われらは武田を怒らせず、兵を出す口実を与えないことこそ肝要でござる。こちらから焼き討ちをかけるなど、下策中の下策、武田にわれらを討つ口実をわざわざくれてやるようなもの。墓穴《ぼけつ》を掘るとはこのことでござる」

藤五郎は口角泡《こうかく》を飛ばして言い切った。重忠は誠之助の方を再び見た。

「どうだ、誠之助。藤五郎はかように申しておるが」

「おそれながら申し上げます。藤五郎殿は武田に侵略の口実を与えぬことこそ肝要と申されましたが、口実の有無に関わりなく武田は攻めて来るのでございます。遅かれ早かれ戦うならば、まず敵の出端をくじくことこそ第一。そのためにも上原城はぜひともつぶしておかねばなりませぬ。上原城が堅固な城として甦《よみがえ》れば、武田はこの佐久にも伊奈にも好きな時に兵を繰り出せるのでございます。あの城はいわば信濃の国全体を苦しめる腫《は》れ物でござる。早いうちに切り取らねばなりませぬ」

「おのれのかつて仕えた城を腫れ物とは、よくも申したものよ。不忠の臣にはなりたくないものじゃのう」

藤五郎は嘲るように言った。誠之助は怒りに燃えた目で藤五郎をにらんだ。

「やめい。ここは評定の場じゃ。藤五郎、言葉が過ぎるぞ」

重忠が一喝した。

藤五郎は頭を下げて、

「お家大切の心より出た言葉でござる。殿、武田とて鬼ではござりますまい。たとえ戦に及ぶ事態に立ち至りましても、恭順の意をただちに示せば、まさか取って食おうとは言いますまい」

「いえ、飢えた虎の前に身を投げ出せば、食われるだけのこと。虎が眠っている間に討ち取ることこそ、われら一族の生きる道でございます」

誠之助は声を大にして主張した。

評定の結果、誠之助の意見は容《い》れられなかった。誠之助は途中から退席させられたが、そのあと重臣同士の激論があったらしい。だが、大勢は慎重論に決した。

（藤五郎め、一族を滅ぼすつもりか）

結果を三郎兵衛から聞いた誠之助は、憤《いきどお》りを抑え切れなかった。

「公次郎よ、そうではないか」

ようやく九歳になった弟の公次郎に、誠之助は改めて愚痴をこぼした。城の裏山である。御牧ヶ原に春の夕日がまさに没しようとしていた。

「何故、お殿様は武田を攻められませぬか」

公次郎はつぶらな瞳を兄に向けた。

「君側《くんそく》の奸《かん》」

誠之助は吐き捨てるように言った。

「くんそくのかん？」

「お家を滅ぼす逆臣のことだ。あの男、一体どういうつもりなのか」

「あの男とは、どなたでございます」

「藤五郎殿だ。――もしかすると、武田に通じておるのかもしれぬ」

「ではあるまいな」

突然、野太い声がした。二人が驚いて振り向くと、そこに旅姿の僧が立っていた。

「見忘れたか、わしじゃ」

僧が笠を取った。

「伝海様《でんかい》」

誠之助は思わず叫んだ。かつて諏訪頼重の墓の前で、切腹しようとした誠之助を救ってくれた恩人である。

「そなたの様子が気になってな。確かめに参ったのじゃ」

「よく、ここがおわかりに」

「諏訪の里で聞いてきた。――そなたもようやく一人前の武士になったらしい」

「恐れ入りまする」

誠之助は頭を下げた。

「そなたの弟か」

と、伝海は公次郎に視線を向けた。

「はい、公次郎と申し当年九歳に相成ります」

「そうか、なかなかよい顔をしておる」

だが、誠之助にとってはそんなことはどうでもよかった。

「伝海様、先程、藤五郎殿は武田に通じてはおらぬと申されましたが」

「うむ、申した。その者、そなたの策を退けたのじゃな」

「はい」

「そなたは何を献策《けんさく》したのじゃ」

「上原城を焼き討ちにかけ、あの城を出来上がらせぬことでございます」

誠之助は得意げに答えた。

「それだけか。それだけならば、わしとて異《い》を唱えるであろうな」

伝海は笑った。

誠之助は色を作《な》した。伝海は笑みを絶やさずに、

「これこれ、そのように怒るものではない。先程、一人前の武士になったと褒めたばかりではないか」

「御坊、なぜ、いけませぬ」

「足らぬのじゃ」

伝海は一言で答えた。

「足らぬとは？」

誠之助は挑みかけるように尋ねた。

「策も足らぬ、人も足らぬ、工夫も足らぬ。それでは人は動かぬな」

誠之助はむっとした顔をした。

「正しい意見、必ずしも人を動かすとは限らぬ」

伝海は諭した。

「なぜでございます」

「人は利にさといもの。利なきことにはどうしても腰が重うなるでな」

「利はございます。望月家が滅ぼされぬこと。これこそ最大の利ではございませぬか」

「理屈はそうだ。だが、人は目先の利に釣られるもの。武田の城を焼き払ったところで、とりあえず得るものは何もあるまい。目に見える利なくば、人はなかなか動かぬものだ」

誠之助はどうも伝海の言うことが理解できなかった。そんなことを言っても、滅亡すればおしまいではないか。命も城もすべて失うのである。

「それに、そなたの策もいま一つ足らぬと申しておる。望月と大井の軍勢を合わせても武田にはとうてい及ばぬ。それならば他に頼るべき者がおろう」

「北信の村上義清殿ですか」

伝海は首を振った。

「では、小笠原長時殿」

「違う。わからぬか、高遠頼継じゃ」

誠之助はあっと叫んだ。

そして次の瞬間にもう激しい反発を見せた。

「頼継めは旧主の敵《かたき》でございます」

「それはそなた一人の事情であろう」

「――」

「頼継は武田晴信に煮え湯を飲まされておる。ともに結んで上原城を攻めようと申し入れれば喜んで受けるはずじゃ。一度騙されておるゆえ、二度と晴信の騙しの手には乗るまい。恨みを抱いておるゆえ、死に物狂いで晴信を狙うであろう。味方としてこれほど頼りになる者はおらぬ」

誠之助は無言だった。理屈はわかるが、どうしてもその気になれない。

「晴信にしてみれば、南北に敵を受けることになる。これほど困ることはあるまい。毒をもって毒を制す、とはこのことじゃ。誠之助、やってみる気はないか」

「――嫌でございます」

あくまで頑なに誠之助は首を振った。

滅亡への使者

1

天文十二年の夏が終わり、武田家の最も重要な要塞である上原城が修築成った。結局、何の妨害もなかった。佐久の大井・望月も、伊奈の高遠頼継も黙って城の完成を許した。

晴信は狐につままれたような面持《おもも》ちである。どう考えてもこれは馬鹿げていた。この城は武田が信濃を侵略するための基地なのである。信濃者としては、ぜひとも早いうちにつぶしておくべきものだ。それなのに、妨害の気配すらなかった。晴信は、そのことを予言していた勘助を呼び、理由を尋ねた。

「信濃者はおりませぬからな」

勘助は即答した。晴信はその答えに首を傾げた。信濃の国には何万という民が住んでいる。旧来からの守護として小笠原という名家もあり、村上義清らひと癖もふた癖もある新興の豪族もいる。

「信濃に器量ある者がおらぬということか」

「いえ、信濃者はおらぬということでございます」

「わからぬな」

晴信は再び首を傾げた。信濃という国はあるのに、信濃者はおらぬとは――。

「はてさて、まるで禅問答のようだが」

「殿、殿はこの甲斐国に国主としてお生まれになったことを、いかが思われます」

勘助は突然話題を変えた。

「――」

「駿河のように温暖肥沃《ひよく》、米が豊富に穫《と》れ海があり他の産物にも恵まれた地に、生まれたいと思ったことは一度もござらぬか」

「それは、ある」

晴信は正直に言った。勘助はうなずいて、

「当然でござりましょうな。しかし、甲斐にもよきところがござる。甲斐には甲斐者がおるということでござる。信濃に比べてその点は恵まれており申す」

どうやら晴信にも勘助の言わんとするところがわかってきた。甲斐には武田家という統一勢力があり、国の民は一つの意識で結ばれている。同じ「甲斐者」としての連帯意識である。

信濃にはそれがない。

「そういうことか」

「信濃の国人は、互いに一つの国で生きているという心がございませぬ。山や谷で区切られた狭い小天地をすべてと心得、目の色を変えて猫の額のような土地を守っております。井の中の蛙《かわず》大海を知らず、とはまさにこのことでござる」

「そうか、井の中の蛙か」

晴信は笑った。

その蛙どもが徒党を組むはずがないと悟ったのである。

九月九日、重陽《ちょうよう》の節句を期して、武田軍五千が甲府を出発した。目指すは大井貞隆の長窪城である。下級の兵は誰もが高遠へ向かうと信じていた。兵ばかりではない。騎乗の士もそのほとんどが真の行き先を知らない。沿道では、甲斐の民も諏訪の民も武田が高遠征伐を行なうのだと噂していた。勘助が意識的にその噂を広めさせたのである。

「頼継め、死にもの狂いで諏訪まで出て来はせぬかな」

晴信は、脇にぴたりと付いている勘助に言った。

「それほどの勇気はございますまい。今頃は、高遠の城に籠もり防戦の支度に躍起となっていることでございましょう」

「わしなら城を打って出るがな」

晴信の言葉に勘助はうなずいて、

「それが得策でござる。されど、あの男にそれほどの器量はありませぬ」

武田軍五千に対し、この前の戦で痛手を受けた高遠頼継はせいぜい五百しか動員できまい。

五千対五百、まともに戦っては勝ち目はない。しかし、だからといって籠城すればいいというものでもない。諏訪上原城という前進基地を完成させた武田は、じっくりと腰を据えて高遠城を囲むことができる。高遠勢の敗北は必至である。それならば万が一の奇跡を期待して、野外で戦ったほうが得策というものだ。勘助はそれを言ったのである。

「もっとも、万一に備えて警戒を怠《おこた》ってはなりませぬ。このことは殿から念を押して頂きとう存じます」

「わかっておるわ」

全軍は二日後に諏訪上原城に入城した。諏訪郡代であり上原城主でもある、武田家筆頭重臣板垣信方が出迎えた。

「信方、世話になるぞ」

晴信は全軍にとりあえずの休息を命じた。

「高遠攻めは明日でございますか」

信方が尋ねた。

晴信は首を振り、

「攻めるのは高遠ではない」

「えっ、ではどこを」

「小県の長窪城じゃ、続いて佐久の望月城を討つ」

「殿、それは――」

「無謀じゃと申すか」

「滅相もない。しかし、禰津元直殿にはその旨を知らさねばならぬのでは」

「既に密使を送ってある。元直殿も明日には長窪城へ着く手筈《てはず》じゃ」

何もかも自分の知らないところで進んでいたことを知り、信方の顔に不快の色が浮かんだ。


安らかな眠りを妨げられることほど、腹の立つことはない。長窪城主大井貞隆にとって、その朝の目覚めは最悪であった。

「殿、殿、お目覚めくだされ」

「何じゃ、騒々《そうぞう》しい。何事だと言うのだ」

「殿、城がいつの間にか、おびただしい軍勢によって囲まれておりまする」

寝耳に水とはこのことだった。貞隆は寝間着のまま廊下を走り、高楼に登った。信じられぬ光景であった。

目の前に広がる旗の波には、武田菱《びし》の紋所《もんどころ》がある。中央の本陣にあるのは「風林火山」と「諏訪明神」の旗である。

「武田晴信――」

貞隆は呻《うめ》いた。武田が何らかの形で東信濃に手を出してくる。それは当然予期していた。しかし、これほど早く、まったく問答無用の形で武田が侵攻してくるとは、思いもよらぬことであった。

「殿、一刻も早く戦のお支度を」

茫然としている貞隆に、家来が促した。

「城内には何人おる」

かすれた声で貞隆が言った。城は戦闘基地である。ふだんは人はそんなにはいない。侍や足軽の大半は村々の領地におり、何か事あれば馳《は》せ参じるのである。この状況ではまともな人数がいるはずもなかった。

「急を聞いて駆けつけた者を含めて、およそ二百ばかりかと」

「二百」

それを聞いて、貞隆は目の前が真っ暗になった。敵は何千もの大軍である。いかに長窪城が堅固な城構えとはいえ、二百では落城は時間の問題である。友軍の望月城や、息子貞《さだ》清《きよ》が城主の内山《うちやま》城に援軍を要請することも絶望だった。こう厳重に囲まれては、使者を出すこともできない。

「裏手はどうだ」

一縷《いちる》の望みを託して貞隆は言った。

「それが――、禰津元直殿の軍勢がしっかりと固めております」

「おのれ、元直までもか」

元直はこのあたりの地理に詳しい。元直があたりに目を光らせているとなれば、脱出するのもとうてい無理というものだ。貞隆は覚悟を決めて決戦の支度にかかった。

その頃、禰津元直は晴信からの呼び出しを受けて陣所に来ていた。

「禰津殿、ちと頼みたいことがある」

晴信は笑顔で切り出した。

「は、何事でございましょうや」

「いやいや、舅《しゅうと》殿にそのようにしゃちほこ張られては、話に困る。まずはおくつろぎくだされい」

晴信は手近の床几《しょうぎ》を勧め、元直と向き合った。

「頼み事は他でもない。大井貞隆のことだが、きゃつめをうまく城から脱け出さしてやりたいのだ」

晴信の言葉に元直は仰天した。せっかく袋の鼠《ねずみ》にした貞隆を、逃がすとはどういう料簡《りょうけん》だろう。ここで討ち取ってしまわねば後々に悔いを残すことになる。たとえ命を助けてやったとしても、不意討ちをされ城を奪われた男が、感謝などするわけがない。

「その儀はいかがでございましょうか」

元直は再考を促した。晴信は首を振って、

「よいのだ。貞隆を助命するとは言うてはおらぬ。ただ、この城を逃げ出させ、あるところへ逃げ込ませたいのだ」

「それは？」

「佐久の望月城」

晴信は元直の目を見てずばりと言った。

「望月城――」

「そうだ。そなたの手の者はこのあたりの地勢には詳しかろう。わざと隙を見せ貞隆を逃がし、勢子《せこ》が獲物を追い込むように望月城に逃げ込ませることができぬはずはあるまい」

元直はうなずいた。確かにそのことは難しくはなかった。貞隆が城を脱出したとして、当面頼るべきは二つしかない。一つは息子大井貞清の内山城であり、もう一つは同盟関係にある望月一族の望月城である。この二つの城、望月城のほうがはるかに近い。だから内山城への道を封鎖してしまえば、貞隆は嫌でも望月城へ行かざるを得ない。

「そうか、やってくれるか」

晴信は一段と顔をほころばせた。

「しかし、お屋形様、そのようなことをして一体どのような――」

「まあ、よいではないか、ここはひとつ黙って見ていてもらいたい。晴信が手並みをな」

禰津元直が帰って行くと、入れ替わりに勘助が姿を現わした。

「望月への使者はいつ出す」

晴信は開口一番尋ねた。

「貞隆が城を捨ててからでよろしゅうございましょう。身を隠しながら進む貞隆よりも、こちらの使者が早く着くことは明らかでござる。ついでのことに、あのあたりの豪族すべてに同じ文面の書状を送られてはいかが」

「勘助、そちの悪知恵にはほとほと感服するわ」

晴信は苦笑交じりに言った。

2

攻城五日、長窪城主大井貞隆は夜陰に乗じて城を脱出した。いや、貞隆は裏を画《か》いたつもりだが、実は禰津元直がわざと警戒を緩め脱出させたに過ぎない。

「勘助、使者は誰がよい」

晴信は望月城への使者について勘助の意見を聞いた。

「民部殿はいかがで」

「ほう」

晴信は意外な顔をした。

教来石《きょうらいし》民部は一度、禰津元直のもとへ使者として派遣されたが、相手に手玉に取られてしまったことがある。民部は第一線の戦闘隊長としては極めて優秀だが、外交の才はない。そう考えて晴信は、重要な使者の任務には民部を起用しないことにしていた。その民部を勘助は推薦したのである。

「なぜ民部がよい？」

「今回の使いはなまじ弁舌巧みな者よりも、剛勇の士がよろしゅうございます。言葉は要りませぬ」

「ははは、民部が聞いたら怒るぞ」

勘助は真顔《まがお》で、

「それに民部殿には、この前のしくじりを取り戻す好機でござる。勇んで務めることでございましょう」

「では、民部にするか」

晴信はうなずいた。

教来石民部は、勘助の思惑通り、汚名挽回《ばんかい》の好機と張り切って望月城へ入り当主望月重忠に面会を求めた。重忠の耳には既に長窪城落城の知らせが入っていた。民部は挨拶を済ませると、晴信からの書状を差し出した。

「これは？」

重忠は尋ねた。

「まずはお読みくだされ」

民部の言葉に、書状を一読した重忠は思わず腰を浮かせた。

「何だ、これは」

「書いてある通りでござる」

「馬鹿な、こんなことができるか」

重忠は怒りの声を上げた。その書状には、もし大井貞隆がこの地に立ち回るようなことがあれば、ただちに捕らえ首を差し出すようにと、書かれてあったのである。

「できませぬか」

押し殺した低い声で民部が言った。

「大井殿とは長年よしみを通じた間柄だ。信義に懸けても、左様なことはできぬ」

重忠は民部をにらみつけた。民部も負けじとにらみ返して言った。

「では、これより武田家を敵となさると仰せられるのですな」

戦場で鍛え抜いた鋭い眼光であった。

「ま、待て」

重忠は顔を蒼白にした。ここで民部の言葉にうなずいてしまえば、武田家に宣戦するも同然だということに気が付いたのである。

「宿老を集め談合致したい。しばし返事を待ってくれぬか」

「待つ必要はございませぬな」

民部は突き放すように言った。

「なんだと」

「お返事は大井殿の首でよろしいのでござる。言葉は要りませぬ」

「――」

「これで失礼致す。よきお返事をお待ち申し上げておりまするぞ」

そう言い捨てて、民部はさっさと立ち上がり、重忠の止めるのを振り切って城を出た。

すべて予定の行動であった。重忠は急いで一族の主立った者を集め、対応を協議した。

難問であった。議論百出したが、結論は出ないままにずるずると時が経《た》った。道は二つしかない。あくまで信義を守って大井を助けるか、その首を土産《みやげ》に武田に寝返るか。

「おのおのがた、さほど心配することはござるまい」

皆が議論に疲れた頃、そう言い出したのは重臣望月藤五郎だった。

「どちらかを取らねばならぬのは、大井殿がこの城に逃げ込んで来られた時のことでござる。長窪城を捨てた大井殿がまず目指されるのは、御嫡男貞清殿の内山城でござろう。さすれば、後は貞清殿と武田家の争いになる。当家にまでは火の粉《こ》は飛んできますまい」

一同はそれを聞いて何となくほっとした。確かに今は仮定を前提にした議論なのである。貞隆さえ来なければ当面はしのげる。だが、その安堵も束の間だった。その夜、談合が終わらぬうちに大井貞隆がやって来たのだ。出迎えた重忠は、馬もなく百姓姿に身をやつした貞隆を見て涙をこぼした。

「望月殿、見ての通りだ。面目《めんぼく》ない」

貞隆はそう言って目を伏せた。

「いや、勝敗は時の運でござる。どうぞ、この城をわが城と思い、おくつろぎなされい」

重忠は敗軍の将を慰めた。

(貞隆殿の首を斬るなどできぬことだ)

このうえは貞隆が来たことを秘密にし、武田に対してはあくまでとぼけるしかないと思った。誠之助の伯父三郎兵衛は、屋敷に帰ってそのことを告げた。

「さすがに信義に篤《あつ》いわが殿じゃ。わしは殿に仕えたことを誇りに思う」

晴れ晴れとした顔で酒盃を重ねる三郎兵衛に対して、誠之助はまったく別の考えを抱いていた。

誠之助は深夜、皆が寝静まってから、そっと屋敷を抜け出した。城下の寺に伝海が逗《とう》留《りゅう》している。その意見を聞こうと思ったのだ。誠之助は伝海の寝間に忍び寄った。

「誰だ」

伝海はすぐに目を覚ました。

（並みの僧ではない）

誠之助は舌を巻いた。

忍び寄る気配をすぐ感じ取るなど、武芸の修練を相当に積んでいなければ、できることではない。

「望月誠之助でございます」

障子の前で誠之助は膝をついた。

「この夜更けに何事かな」

「お知恵を拝借したく参りました」

「武田の使者が来たか」

「よくおわかりで」

誠之助は驚きの声を上げた。

「入るがよい」

部屋の中では伝海が既に身を起こして端座していた。

「武田の使者は何と申したな」

「大井貞隆殿の首を渡せと申しました」

「貞隆殿はいずこにおわす」

「既に城に入られたよし」

「なに、望月城に入ったのか」

「はい」

「それは容易ならぬ」

伝海は腕組みして、しばらく考えていたが、

「誠之助、望月の里を捨てねばなるまい」

「――？」

誠之助は驚きのあまり伝海の顔をまじまじと見た。

「何を驚く。この戦、望月一族の負けじゃ。負けた以上は、次の手を考えねばなるまい」

「なぜ負けなのでございます」

誠之助の言葉に、伝海は憐《あわ》れむような視線を向け、

「負けとはな、誠之助。いかなる手を打とうとも勝てぬ羽目に陥《おちい》ったことを言うのじゃ。今の望月はまさにそれであろうが」

誠之助には信じられなかった。まだ武田との戦闘は始まっていない。それどころか、武田の軍勢の影さえ見えないではないか。

「そうではない。大井と望月はいわば一蓮托生《いちれんたくしょう》の間柄、大井が攻められた時、いや攻めるために武田が上原城を修築した時から、既に戦いは始まっておるのだ。それは、そなたとてわかっておったであろう」

「しかし、御坊。もはや打つ手なしとおっしゃるのは、どうしてでございますか」

「考えてもみよ。既に大井貞隆殿は望月城に入られた。入られた以上は、もはや打つ手は二つしかない。もう少し前なら、まだ他に手はあったのだが」

そう言って伝海は溜め息をついた。

「少し前ならと、申されますのは？」

誠之助は尋ねた。

「大井殿を城に入れぬことだ」

伝海はずばりと言った。

「では人を出して――」

「左様。里の周囲を警戒し大井殿を見つけたら、どこか別の場所へ匿《かくま》うということもできたな」

「しかし、大井殿がまさかこちらへ来るとは、思いもよらぬことでしたから」

それを聞いて伝海は苦笑した。

「誠之助、わかっておらぬな」

「は？」

誠之助は怪訝な顔をした。

「大井貞隆が望月城へ逃げ込んだのは偶然ではない。武田が仕組んだことに相違あるまい」

「なぜ、そのような」

「知れたことではないか、攻める口実にするためだ」

「では、では大井殿の首を差し出せばよろしいのでは」

「できるのか、それが」

伝海は冷ややかな目で誠之助を見た。誠之助は絶句した。あの情け深い当主重忠や伯父三郎兵衛が、そんなことに賛成するわけがない。

「仮に差し出したところで駄目であろうな。既に匿った時に、望月は武田に背いたも同然。ここで首を差し出しても、晴信は決して望月一族を許すまい。大井は望月にとって主人に等しい。その主人を情けなくも討ち取った不忠者として、望月一族を討つであろうな」

「では、御坊、首を差し出そうが差し出すまいが、武田は望月を討つと？」

伝海はうなずいた。

「そもそも、大井が不意討ちをされるのを許したことこそ、最大の失策じゃ。武田が高遠を討つなどという風聞を信じ、備えを怠っていたのがいかぬ。つまるところ油断じゃな」

「御坊、これからわれら一族、どうすればよろしいのでしょう」

誠之助は居ずまいを正して肝心の点を尋ねた。

「最初に申したな。この里を捨てることだ」

伝海は事もなげに言った。

「そのようなこととうていできませぬ」

誠之助はあわてた。

「なぜ、できぬ？　できねば一族は武田に攻め滅ぼされることになる。流浪《るろう》の民になろうとも、死ぬよりはましなはずじゃ」

「この里を出て、一体どこへ行けとおっしゃるのです」

「外には広い天地がある。上野へ行き上杉憲政殿を頼るのもよし、北信の村上義清殿を頼るもまたよしじゃ。両者とも武田とはいずれ決着をつけねばならぬ。武田を敵とする者ならば、双手《もろて》を上げて歓迎してくれよう」

「それはできぬな」

誠之助の話を聞いた三郎兵衛は首を振った。予期したことではあった。一族にとってこの土地は、はるか昔からの父祖の地である。何代も前から父が子が孫が、生まれそして死んでいった地である。

「できませぬか」

無駄と知りつつ、誠之助は再度念を押した。三郎兵衛は再び首を振った。

「伯父上、このままでは武田は望月を滅ぼしまする。座して死を待つのでございますか」

「それは――」

三郎兵衛は言葉に詰まった。

「誠之助殿。いかに武田が強大であろうと、戦わずして敵に後ろを見せるのは侍としていかがなものか」

それまで黙って話を聞いていた、三郎兵衛の息子新太郎が言った。誠之助と新太郎は同年である。

「それは下らぬ意地だ」

思わず誠之助は強い言葉で言い返していた。新太郎はむっとして、

「下らぬ、とはなんだ。その一言聞き捨てならぬ」

「では、どうする、新太郎殿は武田の五千の軍勢と戦って、討ち死にすると申されるか」

「それもやむを得ぬ」

「いや、それは犬死だ。武田を喜ばせるだけだ」

「誠之助殿は、本当は武田と戦うのが怖いのではないか」

「何を言う」

「待て、二人とも。身内で争っても仕方あるまい」

三郎兵衛が一喝した。二人はわれに返って、互いの暴言を詫びた。

「とにかく、しばらくは武田の出方を見るしかあるまい」

三郎兵衛はそう言って話を打ち切った。その言葉を伝海は予言していた。

(誠之助、よく聞くがよい。望月の者は相手の出方を見ると言うであろう。だがそれは下策中の下策なのじゃ。決断を後に延ばしている間に、武田は周囲を固め、抜き差しならぬ形に一族を追い込んでいくであろう。誠之助、この里を捨てよ。ここではもう武田には勝てぬ。愚図愚図していると巻き添えを食って、そなたも滅ぶことになる)

「どうなされました」

百合の声で誠之助はふっとわれに返った。

「何をお考えになっておられました」

心配そうな百合の顔が、誠之助の瞳をのぞき込んだ。

「何でもない、百合殿」

誠之助は大きく首を振った。

3

夜明けと共に武田の大軍が望月城を囲んだ。だが、すぐには攻撃を仕掛けてはこない。蟻の這い出る隙間もなく固めておきながら武田勢は何かを待つようにじっと動かなかった。

（大井貞隆殿の首を差し出せというのか）

望月家の当主重忠は再び決断を強《し》いられた。

城内に貞隆はおらぬ、そんな言い訳は通りそうもなかった。武田は貞隆が城内にいるのを知っている。だからこそ、全軍をこの城に差し向けたのだ。

「重忠殿、世話になった」

貞隆が顔を蒼白にしてやって来た。

「貞隆殿、何とされた」

重忠は驚いて尋ねた。

貞隆の表情には覚悟の色がある。

「こうなってはやむを得ぬ。拙者の首を討たれよ。首を晴信に差し出せば、望月一族は救われる」

やつれた貞隆のひげが小刻《こきざ》みに震えていた。死への恐れよりも、晴信にしてやられることの屈辱が耐え難かった。

「何を仰せられる」

そのような無慈悲なことはとうていできぬ、と重忠は思った。

「いや、そうされい、世話になったせめてもの礼だ」

貞隆はあくまでも主張した。

「左様なことをすれば、望月一族の名折れになり申す。窮鳥《きゅうちょう》懐に入る時は猟師もこれを捕らずとか」

「しかし、それでは武田は全力を挙げて、この城を攻めますぞ。いかに勇猛な望月一族といえども、多勢に無勢、このままでは城は落ちる」

重忠は返事に困った。貞隆の言う通りなのである。この際、背に腹は替えられぬ。気の毒だが貞隆の首を討ち、武田に差し出すべきだ。そういう意見もあった。宿老の望月藤五郎がその急先鋒である。

(しかし今さらそれはできぬ)

重忠は固く決意していた。一足飛びに城を枕に討ち死にするつもりもなかったが、かといって貞隆を殺す気もない。確かにその点、重忠も望月一族も甘い考えを抱いていた。

「では、わしは城を出る」

貞隆はきっぱりと言った。

「出れば、ただちに武田の手の者に捕らえられますぞ」

重忠は驚いて止めた。

「やむを得ぬ。ここにいても、もはや逃げられぬ。それならば自ら敵の手に飛び込んだほうがよい」

「では、わたくしもお供致しましょう」

重忠も覚悟を決めた。

貞隆と重忠はそれぞれ従者を連れて、武田の本陣におもむいた。

晴信は傲然と構え二人を引見した。

「貞隆、自ら名乗り出るとは殊勝《しゅしょう》である」

晴信は開口一番言った。

貞隆は唇を噛み、晴信をにらみつけ、目を伏せた。

「その方、甲斐へ同道致せ。身の振り方については追って沙汰することにしよう。さあ、立つがよい」

晴信の家来に貞隆は連れて行かれた。だが、重忠はなんとなくほっとしていた。晴信がもし貞隆を殺す気ならば、わざわざ甲斐まで連れて行くはずがない。所領は失うかもしれぬが、命は助かるのではないか、そんな希望を持ったのである。だが、それは束の間の安堵だった。

晴信は今度は重忠に厳しい目を向けた。

「望月重忠、その方、大井貞隆の首を差し出せと命じたにも拘わらず、命《めい》に背いたのはいかなるわけか」

重忠の体が震えた。晴信は十歳以上も下のはずである。しかし、重忠は圧倒的に気圧《けお》されていた。

「おそれながら申し上げます。大井殿は当家と長年よしみを通じた間柄、たとえどなた様の命であっても裏切るわけには参りませぬ」

それでも重忠は抗弁した。理は重忠にある。望月家は武田の家来ではない。だから、武田の命令に従う義務などない。だが晴信はそんなことは百も承知である。

「裏切るわけにはいかぬと申したな」

と、晴信は重忠の言葉尻《とら》を捉えた。

「はい」

「大井こそ裏切り者なのだ。もともと貞隆めは、わが父信虎に臣従を誓った身。だが、貞隆はわしの命には従わぬ。これこそまさに裏切り」

「当然でございましょう」

「なに、なんと申した」

晴信は重忠をにらみつけた。

重忠はその視線を撥《は》ね返すように、

「おそれながら、ご貴殿は父御《ててご》を追放なされた。その父御に従われていた貞隆殿が、ご貴殿の言葉に逆らうのはむしろ当然のこと」

「父のことなどどうでもよい」

晴信は一喝した。

「武田の当主はわしだ。わしの命に従う気があるのかないのか、それを問うておる」

「――従うゆえに、このように出頭致しております」

「よし、では臣従の証として、重臣どもをすべてこの場に呼んで参れ。わしが直々に盃をつかわす」

晴信は言った。だが、それは罠であった。

望月城へ武田からの呼び出しがあった時、誠之助はその裏にあるものをすぐに感じた。

「伯父上、これは罠です」

重臣の一人として呼び出しを受けた伯父の三郎兵衛に、誠之助はそう言って止めた。

「晴信殿は、われらを討つと申すのか」

「はい」

「やむを得ぬな」

三郎兵衛の顔にも諦めの色があった。この城の人すべてに共通する表情である。そんな顔は諏訪でも見た。なじるような誠之助の視線に三郎兵衛は、

「他に手立てはあるまい。呼び出しに応ぜねば、晴信殿はまず殿を討ち、この城を攻めるであろう。そうなれば、老若男女すべて死ぬことになる」

誠之助は唇を噛んだ。

「案じるな。こちらは俎《まないた》の鯉も同じだ。人間、かえってそういうものは討てぬ」

三郎兵衛は引き攣《つ》ったような笑いを浮かべ、

「誠之助、そなたは望月累代《るいだい》の家来ではない。公次郎を連れて当家を去ってもよいのだぞ」

「伯父上」

「よく考えるのだ、誠之助」

その言葉を残して、三郎兵衛は他の重臣と共に武田の本陣へ向かった。

本陣に着くと、三郎兵衛らは晴信の御前に連れて行かれた。筆頭格の藤五郎をはじめとして、重臣は全部で七人である。当主の重忠と七人の重臣を前にして、晴信は詰問《きつもん》した。

「その方ら、大井貞隆の首を差し出すように命じたにも拘わらず、その命に背いたのはいかなる所存か」

藤五郎が一同を代表して答えた。

「われら一族の棟梁は重忠の殿でござる。われらは当主の判断に従ったまでのこと」

考えようによっては責任転嫁とも取れる発言だった。三郎兵衛は内心憤慨した。

（藤五郎め。貞隆殿を討つに忍びなかったと言えば済むことではないか）

晴信は全員をにらんで、

「では聞く。その方らの中で、貞隆の首をわれに差し出すべしと、進言した者は一人もおらなんだのか、どうだ？」

重臣たちは顔を見合わせた。一人いる。一同の視線が藤五郎に注がれた。

「拙者、そのように申しました」

おそるおそる藤五郎が言った。晴信は地獄の鬼が笑みを浮かべたかのように微笑し、

「よし、そちの罪は許す。だが、重忠以下、他の者はすべて切腹を命じる」

重忠や三郎兵衛が武田兵に連れて行かれた後、藤五郎の全身は熱病に冒《おか》されたように震えていた。晴信は冷ややかな視線を藤五郎にあてた。

「その方、これより望月一族のたばねを命じる」

「――」

「どうした、嬉しくはないのか？」

「は、はい。ありがたき幸せ」

「重忠の首は返してやる。持ち帰って一族を説き、わが武田への服属を誓わせることができるか」

晴信は藤五郎を見据えて、

「できねば、一族もろとも攻め滅ぼすことになる」

「できまする。必ず、わが一族をお味方にして御覧に入れます」

藤五郎は必死の形相で言った。やがて、無念の最期を遂げた重忠らの首を持って、藤五郎は逃げるように城へ帰った。

「あれで一族の棟梁が務まるかな」

晴信は、陣幕をくぐって入って来た勘助に言った。

「どちらに転んでも損はござらぬ」

勘助はまずその点を強調した。

「説得できねば望月領を丸ごと貰うだけのことでござる」

「そうだな」

晴信はうなずいた。勘助は片目を城の方に向けて、

「あの男、欲深い性質と見ました。命惜しさに、必死になって城の者を口説くでございま

しょう。案外、うまくいくのではないかと思えます」

「だが、味方としては頼りにならぬ男よのう」

晴信は苦笑した。

「左様、いずれ望月家は乗っ取ってしまうのがよろしゅうござる」

「ほう、乗っ取るか、手立ては何とする」

「当家から御養子を差し向けるのでござる。次の棟梁を継ぐ者として」

「もし、望月が受けねばどうする？」

「命惜しさに、当主が殺されても文句が言えぬ者、断わるとは思えませぬ。嫌なら攻め滅ぼすまで」

きっぱりと勘助は言い切った。晴信にとっては、思いもよらぬ発想であった。通常は弱者から強者へ、人質として子供を差し出すものだ。それをこの片目の軍師は、子を押しつけろという。なるほどこうしてしまえば、名は望月でも実質は武田となる。その地と摩擦を起こさず、抵抗なく武田の勢力が根づくことになる。

（これで佐久もわが手に入った）

晴信はそう確信した。

重忠切腹の悲報はただちに望月城に届いた。

「よいか、殿はわれわれの命を救うために、自ら犠牲となられた。殿の死を無駄にしてはならぬ」

重忠の首を上座に置いて、藤五郎は必死に一同を説得した。重忠の未亡人も、幼子《おさなご》も、じっとその首桶を見つめていた。

当然、家臣の中からは反対の声が上がった。

「弔《とむら》い合戦じゃ。殿の敵《かたき》を討つ」

「たわけ者!」

藤五郎は怒鳴りつけた。

「左様なことをしては、殿のご遺志を踏みにじることになるではないか。若君のことも考えてみよ」

少なくとも今は、重忠の遺子を立てる姿勢が必要だった。この場さえ鎮めてしまえば、後はどうにでもなる。武田の後ろ楯を得た今、藤五郎は亡主の遺子に棟梁の座を継がせるつもりなど毛頭なかった。

(いずれは消えて頂く、後家殿はさてどうするか)

藤五郎は未亡人に好色な視線を一瞬走らせ、あわてて自制した。家臣に混じって藤五郎の話を聞いていた誠之助は、終わりまで聞かず途中で立ち上がった。

(終わったな)

それが実感だった。

外へ出た誠之助を、新太郎が追って来た。

「どこへ行く」

その声になじるような響きがあった。誠之助はゆっくりと振り返った。

「この里を捨てる」

新太郎は怒った。

「卑怯者め、逃げるつもりか」

「逃げるのではない。また、別のところで武田と戦うのだ」

「なら、ここで戦え」

誠之助は苦笑し、新太郎はますます怒った。

「もう戦いは終わった」

「なんだと」

「望月一族はこれより武田の配下となり、その命令のもと戦うだろう。もはや敵ではない、主人だ」

「そんなことは認めぬ」

新太郎は吠えるように言った。その姿に、誠之助はしばらく前の自分を見る思いだった。

「認めねば皆殺しにされるだけだ。そなたの父上の死も無駄になる」

「──」

「世話になった。心から礼を申す」

誠之助は深々と頭を下げた。

そのまま行きかける誠之助を、新太郎は呼び止めた。

「もう話すことはあるまい」

「誠之助、百合を連れて行ってくれぬか」

新太郎はそう言って、じっと誠之助の顔を見つめた。

「それはできぬ」

誠之助は首を振った。

「なぜ、できぬ。百合の心はわかっておろう」

新太郎が詰め寄った。

「わたしは戦う身だ。足手まといは作れぬ」

「それは本心か」

「──本心だ」

断腸の思いで誠之助は言った。百合には好意以上のものを抱いている。だが、どうなるものでもない。晴信を討つと決めた自分に、安らかな暮らしなど無縁のものだ。

「そうか」

新太郎は悲しげに目を伏せた。

「さらばだ、新太郎」

「どこへ行くつもりだ」

「あてはない。晴信の敵のところだな」

それが別れの言葉になった。誠之助はかねてから、この日を予測し、弟公次郎を伝海のもとへ預けていた。その公次郎は熱を出し、伏せっていた。

「旅は無理じゃな」

伝海は言った。誠之助は当惑した。武田の支配下に入った望月領は危険である。諏訪の遺臣ということで、どんな目に遭《あ》わされるか。

「誠之助、行くあてはあるのか」

「ございませぬ」

伝海の問いに、誠之助は正直に答えた。

「どうじゃ、わしが添書を書くゆえ、村上義清殿のところへ行ってみる気はないか」

「御坊は、村上殿とお知り合いなので」

驚いて誠之助は問い返した。

「信濃の諸大名とは、ほとんど面識がある」

「伝海様、あなた様は一体――」

「いやいや、わしの力ではない。すべては善光寺《ぜんこうじ》様のご威光じゃ。――どうだ、誠之助」

「参ります」

この際、村上義清がどういう男でもよかった。肝心なことは晴信と戦う気があるかということだ。

「村上殿は武田に膝を屈するような男ではない」

伝海は確信を持って答えた。誠之助はそれだけ聞けば充分だと思った。

「公次郎はわしが預かる。本復《ほんぷく》したら送り届けよう。そなたは一刻も早くこの場を立ち去るがよい」

熱病にうなされる弟を残していく気にはなれなかった。だが、伝海はそんな誠之助を叱りつけた。

「何をしておる。そのような脆《もろ》い心で晴信に勝てるか」

その言葉で誠之助の覚悟は定まった。添書を持って誠之助は思い出深い望月の地を後にした。夕日がまさに望月城の上に没せんとしていた。

高遠《たかとお》落日

1

天文十三年（一五四四年）。

その年、秋が過ぎるまで、伊奈郡は平和であった。

だが、高遠頼継は首のあたりに冷たいものを感じていた。この束の間の平和は、晴信の関心が佐久方面の地盤固めに向いているからこそである。それが終われば、晴信は諏訪を足掛かりにして、この高遠城を襲ってくるにちがいなかった。

（今年はおそらく無事であろう）

そう思うのには根拠があった。

稲刈りである。晴信は収穫を第一に考え、必ず農閑期に攻めてくる。秋の穫《と》り入れが終わったばかりの頃が一番危険であった。だが、その秋が過ぎ冬に入った。これからは雪の季節となる。もう攻めて来ることはあるまい。

しかし、それも来年の春までであった。

春になり田植えが終われば、晴信は大軍を擁してやって来るにちがいない。頼継が絶望したのは、それがわかっていながらやることが何もないことだった。城の備えを固めるとか、兵を増やすとかである。頼継にはもうその力はなかった。せいぜい箕輪城城主藤沢頼親と同盟するぐらいのことしかできない。

(わしは晴信に敗れるのか)

そう思うと、居ても立ってもいられない。

しかし、やることはやり尽くした。いや、やり尽くすほどはないのである。

座して死を待つ——それが頼継の今の立場であった。

「殿、一大事でござりますぞ」

家臣が血相を変えてやって来たのは、その十一月の北風の強い日である。

「ただいま西の櫓《やぐら》より火が出申した」

「なに、あれほど火の始末には気を付けいと申しておいたではないか」

頼継は家臣を怒鳴りつけた。

「それが、殿、放火《つけび》なのでござる」

「放火じゃと」

「はっ、間違いございませぬ。諏訪ご本家の残党の仕業でござる」

と、家臣は半分焦《こ》げた旗を出した。

その旗には諏訪の神紋でもある梶《かじ》ノ葉が染め抜かれている。

「これが火の気《け》のないところに」

「たわけ者どもが」

頼継は口汚く罵った。

「今、わしの城に火をかけて何とする。喜ぶのは晴信だけだ。それがわからんのか」

晴信が扇動したにちがいないと、頼継は確信した。自分の手を汚さずに相手に打撃を与える。いかにも晴信らしい手である。

「たわけ者どもが、寄ってたかって晴信を助けておる」

かつて自分もそうしただけに、頼継はよけいに口惜しかった。

高遠城は幸い全焼を免《まぬが》れた。

しかし、建物の半分は焼け落ち、頼継はその修復に貯えた兵糧・金銀をほとんどはたき尽くさねばならなかった。

（晴信め）

頼継の憎悪は頂点に達した。

このままいけば必ず負ける。

だが、絶対に晴信には負けたくない。どうすれば晴信に勝つことができるのか、頼継はそれを朝から晩まで考えていた。

いい知恵は浮かばなかった。

落ち目になった頼継が動かせる兵はせいぜい一千であった。これに藤沢頼親が加勢するにしても合わせて二千足らず、いまや旭日昇天《きょくじつ》の勢いの晴信の五千にはとうてい及ばない。

（どうすればよいのだ）

善光寺僧伝海が高遠城に現われたのは、そんな時であった。

「御坊、よいところに参られた」

「ほう、歓迎してくれるとはな」

伝海は顔をほころばせた。かつて頼継には何度も門前払いを食らわされたことがある。

頼継は伝海を賓客《ひんきゃく》として遇した。

「どうしたことじゃ。諏訪明神を捨てて、善光寺如来尊《にょらいそん》のありがたい教えにすがろうというのかな」

「御坊、この通りだ、助けてくれい」

頼継は頭を下げた。

「何を助けよ、と仰せられるのか」

「晴信じゃ。あの悪鬼羅刹《あっきらせつ》を退治する力をわしに与えてくれい」

「——その悪鬼と手を組み、諏訪ご本家を滅ぼされたのは、どなたであったかな」

伝海はさりげない口調だった。

「わしが不明であった。晴信の悪心を見抜けず、自ら墓穴を掘ったのじゃ。わしが悪かった」

頼継は必死になって脂汗《あぶらあせ》を浮かべていた。

伝海は軽蔑を押し隠すのに苦労した。この城にやって来たのには目的がある。その目的を果たすためには、頼継を助けてやるしかない。いや、とりあえず協力のふりをするしかない。

「頼継殿、それは本心で申されておるのか」

伝海は一転して厳しい表情になった。

「本心じゃ。嘘偽りはない」

「まことじゃな。まことに本心で申されておるのじゃな」

「くどい。わしの心の中を見せてやりたいものじゃ。御坊に嘘など申すはずもなし」

頼継は真面目な顔で言った。

（この嘘つきめ）

伝海はそう思ったが表情には出さずに、

「まことに改心なされておられるのなら、お助けせぬものでもない」

そう言うと、頼継の顔に喜びの色が浮かんだ。

「御坊、この通りじゃ」

伝海は、再び頭を下げた頼継を見て、冷ややかに言った。

「だが、お助け申すと言っても、わが善光寺は僧兵など持たぬ。ご当家に肩入れするほどの金穀《きんこく》もござらぬ。この伝海が、策をお授《さず》け申す他に何もできませぬ」

「それそれ、その策が欲しい」

頼継は頭を上げて嬉しそうに叫んだ。

「扶桑《ふそう》第一とその名も高い御坊の知恵をお借りしたいのじゃ」

「ご謙遜《けんそん》じゃ。それを大仰《おおぎょう》な。拙僧は、いささか兵法を学んだだけの者」

「ご謙遜じゃ。その奥床《おくゆか》しさ。これは是が非でもお借りせねばならぬ。何卒《なにとぞ》お頼み申す」

頼継はもう一度頭を下げた。それが偽りの恭敬であることを知らぬではなかった。だが
伝海はあえて応じた。

「策はないこともない」

「まことでござるか」

頼継は頭を上げた。

伝海は難しい顔で、

「策はあっても行なわねば絵に画《か》いた餅《もち》同様。授けるのは易《やす》きことなれど、行なうことができますかな」

「その策、確かに晴信を倒せるか」

「それがいかぬ」

「なに」

首をひねる頼継に、伝海は、

「一足飛びに勝つ方策などあろうはずがございませぬ。まず負けぬことが第一。拙僧の申し上げるのは、その負けぬ策でござる」

と、たしなめた。

「その負けぬ策、授けてくれぬか」

「まずお覚悟を知りとうござる。策を行なうは人。その人がやわな心では、授けることもなし」

「わしの覚悟は決まっている。晴信を倒すためにはいかなる辛苦も厭《いと》わぬ」

「しかと、左様か」

「誓ってもよいぞ」

「では、その御心、拙僧に見せてくだされ」

伝海は要求した。

「どのように心を見せる？」

「人の心を見るには手立てがござる」

「どのような？」

答える代わりに伝海は立ち上がった。

「――？」

「殿、これよりご同道願いたい」

「どこへ行く」

「村はずれの一寺でござる。そこに殿に会って頂きたい者がおりまする」

「何者じゃ」

「それは行ってからのこと。殿、ご同道願えますかな」

「よかろう」

頼継はうなずいた。

伝海がその寺で頼継に引き合わせたのは、青白い顔をした少年であった。

「公次郎、この御仁《ごじん》がそなたの主家を滅ぼした高遠頼継殿じゃ」

公次郎は目を見張った。

頼継は顔をしかめた。

「御坊、この小僧は何者じゃ？」

「望月公次郎と申してな。申し上げた通り、諏訪本家の遺臣の子」

公次郎は仔犬が牙を剝《む》くように、頼継をにらんでいた。伝海に教えられるまでもなく、主家を滅ぼしたのはこの男の裏切りが発端《ほったん》であったことを、公次郎は知っていた。伝海が城を訪ねると言った時も、仇敵の城に入るのは御免こうむると、同行を断わった公次郎である。伝海がいなければ公次郎は頼継に飛びかかっていたかもしれない。頼継は不愉快だった。なぜこんな小僧と対面せねばならぬのか。

「殿、お供の衆をお下げくだされ」

伝海は静かに言った。

頼継には近習の士が二人付いていた。もちろん部屋の外には数名の供がいる。護衛のためである。その二人は驚いていた。ここを離れては役目が務まらない。

「よい、下がれ」

頼継の言葉に、二人は抵抗を示した。しかし、頼継が重ねて言うと、その厳しい語調にようやく従った。

「これでよいか」

二人が退出すると頼継は伝海に尋ねた。

「もう一つ、脇差をお預かりしとう存ずる」

太刀は既に預けてきた。ここで脇差をはずせば丸腰になる。さすがの頼継もためらった。

「お覚悟をお見せくださらねば、策などお授け申すことはできませぬぞ」

伝海はきっぱりと言い放った。

頼継は一瞬伝海をにらんだが、思い直したのか脇差を鞘ごと抜いて渡した。

「公次郎、そなた、主家の敵《かたき》を討ちたいか」

「はい」

公次郎がそう答えたので、頼継はぎょっとした。まだ子供とはいえ、公次郎の腰には脇差がある。

「それも預かろう」

伝海が、いやいやをする公次郎から脇差を取り上げたので、頼継は少し安心した。

「公次郎、存分に恨みを晴らすがよい。突くなと蹴るなと勝手次第じゃ」

「御坊、何を申される」

頼継はあわてて言った。

「殿、一切の手向かいはなりませぬぞ。相手は子供じゃ。死ぬことはあるまい」

伝海は冷たく言った。

「ま、待て、伝海。なぜかような真似をする」

頼継は悲鳴のように叫んだ。

「殿の御心底をしかと確かめるためでござる。お手向かいはなりませぬぞ」

伝海は釘を刺しておいて、公次郎に命じた。

「存分にやれ。わしが許す」

公次郎は頼継に飛びかかった。頭を殴り腹を蹴り顔に爪を立てた。

頼継は顔を真っ赤にしながらも、じっと耐えていた。小ずるい男とはいえ戦場の猛者《もさ》でもある。子供が殴りかかったところで逃げ出すような男ではなかった。そのうちに公次郎の息のほうが荒くなった。望月の里で熱病に悩まされて以来、公次郎の四肢の動きは少し不自由なものとなっていた。体に痺《しび》れが残るのである。伝海は山の出湯《いでゆ》に公次郎を浸《つ》からせたが、痺れは抜けない。そのため公次郎はついに腰を抜かした。

「どうした、小僧、もう、しまいか」

頼継が嘲るように言った。公次郎はにらみつけたが、体が言うことを利かない。

「もう、よかろう。公次郎、しばらく座をはずせ」

公次郎は口惜しそうに立ち上がろうとし、一度転んで立ち上がり、這うようにして部屋を出て行った。

「御坊、これでよいのか」

「ひとまずは、よろしい」

「ひとまずとは？」

頼継の問いに、伝海は大きく息を吸って、

「よう我慢なされた。だが、あれが晴信なら、我慢できますかな」

「晴信だと」

「左様、丸腰で晴信の前に頭を下げ、あらゆる罵詈讒謗《ばりざんぼう》を耐え忍べるかと、問うておる」

伝海は突然語調を改めた。

「無礼な」

「無礼？　晴信はいまや高遠を手中に収めたも同然。殿の命も晴信の手中にある。この窮地を脱するには、なまなかな覚悟ではいかぬ。拙僧の無礼に腹を立てているようではとうてい無理というもの」

「わしに晴信に頭を下げろと――」

「それどころか、沓《くつ》を舐《な》めて頂かねばならぬ。地に這いつくばって、晴信の沓を舐める覚悟がおありなのか！」

伝海は部屋中に轟くような大声で怒鳴った。

頼継は蒼白になった。

「――それより他に手はないと申すのか」

「ござらぬ。殿がなさるべき第一のことは、生き延びること。晴信は殿を亡《な》き者にしたくてうずうずしておりまする。その魔手を逃れるためには、殺す価値もない者と思わせる他はござりませぬ」

伝海は今度は低い声で言った。

2

翌天文十四年（一五四五年）四月、晴信は兵五千を率いて甲府を出発、諏訪から高遠へ侵入した。

「勘助、今度の戦は楽だな」

晴信は上機嫌であった。

「左様でございますな」

勘助も逆らわなかった。

いまや尾羽打ち枯らしたという表現がぴったりの高遠頼継である。武田の侵攻に対し領民からも見放されたという知らせも届いていた。佐久を手に入れた後、その経営に専念していたのもよかった。その間、高遠は将来の滅亡という悪夢に悩まされ、自滅の道をたどったのである。

「高遠の兵、わずか三百」

物見の報告が入った。本来は千近い人間がいたはずである。

「これで頼継もはかばかしい戦いはできまい」

「降参してくるかもしれませぬぞ」

勘助は言った。

「降参？　ふむ、あの男ならあり得るな。しかし、斬る。降参しようがしまいが、あの男は殺す――それでよいな？」

晴信の言葉に勘助は満足げにうなずいた。

「よろしゅうござる。あのような者、生かしておいても百害あって一利なし」

もし頼継が降参したとしても、それはいずれ反逆するための時間稼ぎに過ぎない。勘助はそこを見抜いていた。たとえ命を助けても恩に着るような男ではないのである。それに殺しても、領民の反感を買う恐れはなかった。なにしろ頼継は、「裏切り者」である。

武田勢五千は日のあるうちに高遠城を包囲した。城はしいんと静まり返っていた。

「罠があるか？」

晴信は念のために勘助に尋ねた。

「いえ、なさそうでございますが――」

勘助は珍しく言葉を濁した。

晴信は妙な顔をして、

「そうとはなんだ。そちらしくもない」

「はあ」

勘助は生返事をした。何かがある。それは感じるのだが、待ち伏せ奇襲の類ではないようだ。それが勘助を混乱させている。

突然、高遠城の城門が大きく開かれた。

「――!」

晴信も勘助もあまりのことに驚きを隠せなかった。

城の中から、白装束に扇子一つを持った男がたった一人歩み出た。髻《もとどり》は既に切り落とし、このまま切腹の座に着いてもおかしくない出立《いでたち》である。頼継であった。頼継はゆっくりと攻城軍に向かって進み、晴信を認めると大地に額をこすりつけた。

「降参つかまつる。何卒お許しくだされ」

その惨《みじ》めな姿を、伝海と公次郎は少し離れた丘の上から見守っていた。

「公次郎、あの姿を何と見る」

伝海は振り返って言った。

「――」

公次郎は拳《こぶし》を握り締めて、じっと見つめていた。

「潔《いさぎよ》い姿だと思うか？」

「いえ、欲に狂った獣の姿と見ます」

「それでよい」

伝海はうなずいた。

「和尚様」

「なんじゃな」

「なぜ、あの男を助けたのでございます。あのような――」

「悪人を、か？」

伝海は微笑して、

「助けたとは限らぬぞ。今、あの男の命は晴信の手中にある。生かすも殺すも晴信次第じゃ」

「晴信は、許すでしょうか？」

伝海は答えなかった。しかし、心の中ではこう考えている。

（斬られるがよい、頼継殿。今そなたが斬られることによって、武田の野望をくじくことができる。そなたは信濃の平和の捨て石となるのだ）

初めからそのつもりであった。この策を取ったところで、晴信は決して頼継を許さないだろうと見ていた。どうせ殺されるならば、その死を生かす方法を考えようと思った。頼継は晴信の沓を舐めれば助かると思い込んでいる。いや、助かるかもしれぬと必死に思い込もうとしている。だが、頼継は斬られるのである。そう思うと、伝海はさすがに憐れを感じた。

（戦場で華々しく散らせてやるのも慈悲じゃが、そなた、どうせまともな死に方はできまい。ならば、信濃平和のため捨て石となれ）

伝海は合掌した。

晴信は頼継を許すつもりなど毛頭なかった。

「斬れ」

晴信は反吐《へど》を催すほど頼継の行為を憎んだ。

（そうまでして助かりたいか、畜生にも劣《おと》る奴）

「待て、わしが直々に成敗してくれる」

晴信が太刀を運ばせ、まさに頼継を斬ろうとした時、勘助があわてて止めに入った。

「お待ちください」

「なぜ止める」

晴信は意外な顔をした。頼継を生かしておいても百害あって一利なしと言ったのは、勘助ではないか。

「殿、おとどまりくだされ。これこそ罠でござる」

勘助は他の誰にも聞こえないように小声で言った。

「何が罠だ」

「お静かに、お気を鎮めてこの勘助めの話をお聞きくださりませ」

しぶしぶ晴信は刀を納めた。

「ありがとう存じます。殿、無腰《むごし》の者を斬ってはなりませぬ」

「なぜだ」

「もし、ここで頼継を斬れば、無腰で憐れみを乞うた者すら斬るということになります。そうなれば、今後誰も降参など致しませぬ」

晴信は驚いた。確かに勘助の言う通りである。

(もし斬っていたら)

晴信は戦慄《せんりつ》した。今後の外交に著《いちじる》しい支障をきたしたであろう。天下平定どころか信濃平定すら夢と化す。少なくとも十年は遅れる。

「どうする?」

晴信は今後の処置を小声で聞いた。

「とりあえず、お許しなされませ。始末はいずれ折を見て」

晴信はうなずき頼継に改めて歩み寄った。

「高遠頼継、殊勝である。許してつかわすぞ」

「ははっ、ありがたき幸せ」

頼継は涙すら浮かべて見せた。必要ならばいつでも涙を出せる男であった。

（晴信も存外甘い男よ）

頼継は勘助のことなど露知らず、内心はそう思っていた。

（それにしても、さすが伝海坊、見事な策じゃ）

頼継は感心している。


だが、当の伝海は唇を噛み締めていた。

（何者だ、あの男）

晴信は罠に嵌まったはずであった。刀を抜き斬る寸前までいったのである。そこで斬ってしまえば、晴信は降参者を一切許さぬ無慈悲な男として、評価を一気に下落させるはずであった。

（あの男、恐るべき奴）

片目の男であった。晴信の行為をとどめ、晴信がその言葉に素直に従ったのを見ると、よほど信頼されているにちがいない。

「あれほどの男が脇に付いているとすれば、これからは少し考えねばならぬな——」

「何を、でございますか」

公次郎が不思議そうに尋ねた。公次郎には、頼継が命長らえたことが、どういう意味を持つかまるでわかっていない。

だが、伝海はなんとなくほっとした。

「まだ、そなたには早過ぎる。いずれ一人前の武士になればわかる」

「わたくしは武士になりません」

伝海は驚いた。まったく突然の話であった。

「どうしたというのじゃ。兄と共に武田晴信を討つのではなかったのか」

公次郎は大きく首を振った。

「あの姿を見て、武士というものが嫌になりました。和尚様の弟子にしてくださいませ」

「ほう。頼継め、思わぬ功徳《くどく》を施したようじゃな」

伝海は、あの片目の男のことも忘れて、思わず微笑した。

北信の狼

1

天文十六年（一五四七年）の夏が来た。

誠之助は村上義清に近習頭《がしら》として仕え、近く使番《つかいばん》に取り立てられることになっていた。新しい主君村上義清という男を、誠之助は一個の人間として好ましく感じていた。年は四十を過ぎているはずだが、無精ひげで覆われた顔には、腕白《わんぱく》小僧がそのまま大人になったような無邪気さが濃厚に残っている。大きな、ぎょろりとした瞳には、人間を安心させる何かがある。あの、表面は端麗《たんれい》だが、その底に人を人とも思わぬ冷酷さを秘めている晴信とは、まさに好対照であった。このような男がこのせちがらい戦乱の世に生きている。そのこと自体、誠之助は実にすばらしいことだと思った。その義清のもとに、知らせが届いた。

「誠之助、いよいよ来るぞ」

義清の顔は異様な興奮で輝いていた。

「殿、一体何事でございますか」

ひとり呼び出された誠之助は、不審げな顔を義清に見せた。

「晴信だ。武田晴信の軍勢が再びこの地に来る。志賀《しが》城の笠原清繁《かさはらきよしげ》が立ち上がったのだ」

義清の言葉に誠之助も興奮した。

「笠原様が？　間違いございませぬか」

「間違いない」

笠原清繁は東信の豪族の中で唯一といっていい反武田派である。それ以外の豪族はすべて武田に屈服し、今はその鼻息を窺う存在になっている。しかし、悲しいかな勢力は武田よりはるかに小さい。その清繁が、どうやって数倍の武田勢に戦いを仕掛けるというのか？

「手品の種は上杉よ」

義清は面白くなさそうであった。

「上杉とは上野《こうずけ》の上杉憲政殿」

誠之助が言うと、義清は、

「その通りだ」

と、ますます渋い表情をした。

笠原清繁が大きな顔をしているのは、峠を一つ越えればすぐの隣国に、大きな後ろ楯があるからだ。武田勢に充分対抗しうる兵力を、上杉はいつでも繰り出すことができる。だからこそ、清繁も周囲をすべて敵としても平気なのだ。

「だが、誠之助。この戦はどうやらやめさせたほうがよさそうだ」

義清が突然意外なことを言い出したので、誠之助は仰天した。誠之助にとって武田は生涯の敵であり、故郷を奪った憎むべき侵略者でもあった。その晴信に東信濃の大半の豪族は屈してしまった。望月城のように謀略で乗っ取られた城もあれば、力攻めで落とされた城もある。大井貞隆の息子貞清の内山城も、今年になってついに陥落した。晴信は、貞隆を殺さず生かしておいて人質とし、息子の貞清に脅しをかけた。その作戦がついに実を結び、貞清は武田に全面降伏したのである。このままでは東信は武田領と同じことになってしまう。それを阻止するために笠原清繁が立ち上がったことは、すばらしいことではないか。

「なぜ、やめさせなければなりませぬ」

誠之助は腹を立てていた。その理由がどうあれ、結局のところ義清までが臆病風に吹かれたのではないのか。

「あっははは、そうではない」

義清は誠之助のふくれっ面に対して、豪快な笑顔を見せた。

「あの男は頼りにならんからだ。信濃者の敵は信濃者が倒すべきだ」

「つまり、上杉殿では頼むに足らぬと」

「そうだ。あの男の腹の内はわかっておる。きゃつは武田が上野国まで侵《おか》すようになることを恐れておる。それを防ぐため、笠原を楯として使っておるだけのこと。きゃつは信濃がどうなろうと、気にもかけてはおらぬ」

「笠原殿は下手をすると上杉殿に捨て殺しにされると?」

誠之助の問いに、義清は大きくうなずき、

「わしの書状を持って笠原の城まで行ってくれぬか。どうしても武田と戦うなら、わしと組むがよい、そう伝えたい」

もちろん誠之助にも異存はなかった。

笠原清繁の志賀城は、いまや佐久郡における唯一の反武田方の城であった。この三年の間に、佐久の諸城は次々と武田の軍門に下っていた。華々しい戦いはほとんどなかった。晴信の侵攻は巧妙を極めた。大軍を派遣するのは最後の手段であり、もっぱら威嚇《いかく》と恫喝《どうかつ》によって、佐久の諸豪族に服属を要求した。抵抗した者は、同族の手によって討ち取らせた。望月城を降伏させた時のように、一族の内部対立をあおるという方法も愛用した。

大井貞隆を殺さなかったことも幸いした。貞隆を助命したのは、憐れんでのことではない。佐久内山城で抗戦する貞隆の息子貞清に対して、その行動を封じる意味があったからだ。つまるところ人質である。その策が功を奏して、貞清もついに晴信に降伏した。内山城を明け渡し、父子ともども甲府へ出向いて、武田への忠誠を誓った。残るは、この志賀城だけであった。

「村上殿が左様申されたか」

笠原清繁は不快な表情を露《あら》わにした。誠之助の口上を聞いたうえのことである。

「はい、主人義清の申しますには、上杉殿の援軍をあてにして、武田に決戦を挑むのはいかがなものかと」

誠之助はまっすぐに清繁を見つめて堂々と言った。清繁は首を振った。だいたい使いとしてこのような若者が来ること自体、不愉快であった。

「上杉殿が援軍を出さぬと、そう申すのか」

「いえ、上杉殿とて上州に武田の手が入ることは許せぬはず、軍勢は出してくれましょう。ただ、頼りになるかどうかは――」

誠之助はそこで言葉を切って、清繁の反応を待った。

「案山子《かかし》同然、頼りにはならぬと申すのだな」

清繁は肩をいからせた。誠之助はその問いには直接答えず、

「海野一族はどうなっておりますかな」

それを言った。

「う——」

清繁は言葉に詰まった。かつて海野平《だいら》を支配した海野一族は、武田との争いに敗れ上州へ逃亡した。関東管領《かんれい》である上杉憲政なら、本領回復の手伝いをしてくれるだろう。そういう期待があったことは間違いない。だが、憲政はそれに応《こた》えてはやらなかった。失望した海野の一族真田幸隆は晴信のもとへ走り、今は信濃侵攻の先兵となって働いている。

「だが、憲政殿は三千の兵を動かせる。まず兵がいなければ戦いには勝てぬ」

清繁は自分に言い聞かせるように言った。


このところ甲府の晴信が最も気にかけているのは、笠原清繁の動静である。

ここ二年ほど、晴信は内政の充実に重きを置いていた。金鉱の開発に最も重点を置き、採取された金は軍備の充実と、河川改修など国土の整備に回した。出兵を最小限に抑えたのもそのためである。のちに晴信の出家名「信玄《しんげん》」を冠して、信玄家法とも呼ばれた「甲州法度之次第《はっとのしだい》二十六ケ条」を公布して、領内の法の整備も行なった。水争いや流木の所有権など、これまで裁定の規準がなく争いの種だったことについて、明確なよりどころを作ったのである。

晴信はこのような仕事は、できるだけ避けたいと思っていた。それよりも、一刻も早く信濃を奪い、東海道に進出したい。

「今は国力の充実に努めるのが肝要」

そう言って、手綱《たづな》を引き締めたのは勘助である。

「これより後は、おそらく戦いに明け戦いに暮れることになりましょう。そのためにも、今のうちにすべての礎《いしずえ》を作っておかねばなりませぬ」

天下を取るために、いずれは近隣諸国をすべて屈服させねばならぬ。その戦いに本腰が入れば、国内の整備を図《はか》る時間はない。武田の敵は四方八方に広がり、隙あらば攻め込もうと狙うにちがいない。じっくりと国を富ませる暇はなくなる。そのためにも、まず信濃を完全に手中に収めることであった。いまや諏訪郡・小県郡・上伊奈郡は武田の支配下に入っている。ここで佐久郡の最後の一城、笠原清繁の志賀城を落とせば、佐久も完全に武田のものとなる。だが、その清繁は上野の上杉憲政を後ろ楯に、反旗をひるがえした。

「志賀城をどうする、勘助？」

「皆殺しになさいませ」

勘助は平然として答えた。

「皆殺しだと」

さすがの晴信も息を呑んだ。勘助は明日の天気でも口にするように、

「上杉の軍勢も、できれば一兵も残さず討ち取るのがよろしゅうございましょうな」

「なぜ、そうせねばならぬ」

「上州のなまず殿に——」

と、勘助は上杉憲政のことをそう呼んで、

「二度と武田に手を出させぬように、思い知らせてやらねばなりませぬからな」

「かえって、怒り心頭に発するかもしれぬぞ」

「どうやら、そのような覇気のある御方ではなさそうでございますな。これまでのなされようを見まするに」

勘助は自分の見方に自信があった。もし、憲政が一流の武将ならば、これまでに何度も甲斐を侵す機会はあった。また信濃もしかり。信濃は力を持つ武将にとって、絶好の草刈り場である。

(その草刈り場で、ろくろく草も刈らずに、今日まで荏苒《じんぜん》と時を過ごした。こたびの笠原への肩入れも、足元に火が点くのを恐れてのことだろう。馬鹿な男よ、ならばもっと早く、大井なり望月なりに援兵を送っておけばよかったのだ)

もっとも、相手の間抜けさ加減は、こちらの得である。そういう意味で、勘助は決して不愉快ではなかった。

「だが、勘助。志賀城はともかく、上杉の軍勢を皆殺しにできるか」

晴信は疑わしそうな顔をした。

「軍略と、それに殿の御運次第と申し上げておきましょう。ただし、全滅はさせられぬとしても、できうる限りの痛手を与えてやらねばなりませぬ」

勘助は晴信の前に上信国境付近の地図を広げた。

「まず騎馬隊を主力に志賀城に急行致し、城を囲みまする。そして、ただ遠巻きにして待つのでござる」

「当然、清繁は上杉に救援を求めるであろうな」

「左様、上杉軍は平井城を出て、碓氷峠を越え、迂回《うかい》して来るか、それとも内山峠に回って志賀城に入らんとするか、そのふた通りの道がございます。とにかく、救援のために、このどちらかを通って、志賀城を目指すことは間違いござらん」

「そこで、上杉軍の退路を断つか」

晴信はさすがにわかりが早かった。勘助は満足げにうなずいて、

「そのうえで本軍が上杉と対決致します。つまり攻城の軍はあくまでも囮《おとり》でござる」

「退路を断つのが難しかろう。よほどこのあたりの地勢に詳しい者でなければ」

「真田幸隆にお命じになってはいかがでござる」

勘助はその人選には自信があった。

「幸隆に命ずるか」

そうは言ったものの、晴信は内心疑問を持っていた。真田幸隆が一族を連れて躑躅ヶ崎

館に出頭したのは、昨年のことだった。勘助の強い推挙で、晴信はまだ何の手柄もない幸隆に、本領の真田郷を返してやった。上州への逃亡以来、別の豪族の支配下にあったのを、取り戻してやったのである。真田一族の力量はまだ知られていない。晴信も知らなかった。晴信も知らなかった。それを厚遇したのは、勘助の言葉を信じたからである。

「殿、御案じ召さるな。あの幸隆と申す男、ただ者ではございませぬ」

勘助は自信ありげに言った。

晴信は問うた。

「幸隆は何騎動かせるかな」

「五十騎がせいぜいでございましょう。他に足軽が百五十、合わせて二百がせいぜいでございましょうな」

「二百で三千を超える大軍の退路を断てるか」

晴信は危惧《きぐ》していた。この作戦の成否はその点にかかっている。

真田勢が呆気なく突破されれば、上杉は上州へ逃げ帰ることができる。勘助は笑った。

「殿、殿は上杉勢が逃げるものとお決めになっておられるが、あの者どもは志賀城の加勢に来るのでございますぞ」

だから、上杉勢を決戦の場に引き出すのは難しくない。退路を断つ時は、敵が敗走して力が弱まっている時だ。そんな意味を言外に含ませた。そのことに晴信も気付いた。

「そうであったな。——あとは村上か」

「左様。村上義清めが、どう動くかでございますな」

「勘助、そちの見通しはどうだ」

「義清は近頃、笠原清繁とはうまくいっておりませぬ」

「ほう、相変わらず耳がよいのう」

晴信は感心した。諜者《ちょうじゃ》を各地に派遣しているのである。

「それゆえ、義清めはおそらくかように考えるでございましょう。志賀城攻防において、当家と上杉を嚙み合わせ、双方ともへとへとになったところで漁夫の利を占めんと。あるいは当家の勢の隙を見て、背後から奇襲をかけることを考えるやもしれませぬ」

「では、義清が手を出す前に、手早く片付けるのがよいな」

「それがよろしゅうございましょう」

「手早く攻めるか。勘助、あれを使う時がきたな」

「はい」

主従は顔を見合わせて笑った。

2

村上義清は、ほぼ勘助の見方に沿った考えを抱いていた。誠之助の報告を聞いた義清は、ますますその意を強くした。

「申し訳ございませぬ」

と、誠之助は笠原清繁への工作が不調に終わったことを詫びた。

「よい。もともとあやつは頼りにしてはおらぬ」

義清は一向に平気であった。

「――?」

物問いたげな誠之助に、義清は心の内を明かした。

「誠之助」

「はい」

「清繁は武田に敗れるであろう。たとえ上杉が援兵を送っても同じことだ」

義清はそう言っておいてから、にやりとして、

「だが、笠原も上杉も、むざと討たれはせぬ。武田に対し死に物狂いで戦うであろう。あっさり終わるとは考えられぬ」

「そこを討つのでございますね」

誠之助は目を輝かせた。義清は大きくうなずいた。

「そうだ、誠之助。武田勢が志賀城を落とすのには、少なくとも十日。いや、上杉の軍勢が駆けつければ二十日はかかるであろう。いかに弱いとはいえ、三千の大軍じゃ。晴信とて、そうたやすく討てはすまい」

「はい」

誠之助も久しぶりに血が騒ぐのを覚えた。二十日にも及ぶ戦いが終われば、いかに武田の精鋭とはいえ、疲労でふだんの半分も動けぬはずである。新手《あらて》の村上勢二千が当たれば、勝てぬはずがない。

「誠之助、槍を磨いておけ。そなた初陣《ういじん》になるぞ」

義清はさっそく家来や服属している豪族に、出陣待機の命令を発した。だが、義清の予想は一つ大きくはずれた。武田軍の動きである。その先鋒が佐久の志賀城に達するまで、わずか一日半しかかからなかった。だが、先鋒が早かった割には、本軍の到着はそれから三日かかり、志賀城から上野国平井城へ救援を求める使者は、やすやすと城を脱出した。先鋒だけでは充分に城を囲むことができなかったからである。上杉憲政は自ら出陣しなかったが、かねてからの約束通り配下の二百騎の兵卒合わせて三千の大軍を志賀城へ派遣した。真田幸隆の急報で、上杉軍の動きを知った晴信は、ただちに本軍を浅間《あさま》山麓の小田井《おだい》原《はら》に集結させた。

志賀城は相変わらず武田の軍勢によって囲まれている。しかし、大半は見せかけの兵であった。旗や幕だけを残し、本軍と合流して小田井原に向かったのである。夜陰に乗じて行なわれた移動に、城兵もひそかに志賀城を監視していた村上の物見も、まったく気が付かなかった。疾《と》きこと風の如《ごと》く、徐《しずか》なること林の如く、晴信の兵は俊敏であった。もし城兵がそのことに気が付いたなら、包囲している武田勢と対等以上の勝負ができた。だが、城ではまさか武田勢の大半が、まず上杉勢の迎撃に向かったとは夢にも思っていなかったのである。その日の午後、碓氷峠を越えた上杉勢三千は、武田勢の本軍五千が待ち伏せしているとも知らずに、小田井原に踏み込んだ。

「上杉勢の大将は誰だ。源五郎、行って見て参れ」

晴信は使番の春日源五郎に命じた。源五郎もいまや堂々たる武田の若き戦士である。

（そろそろ侍隊の副将に取り立ててやってもよいな）

晴信は内心そう考えていた。源五郎は背の高い草に隠れ、じっと目を凝《こ》らした。近くまで行く必要はない。武将というものは、遠目にも目立つ旗印を掲げている。戦いの場で自らの働きを知らしめるためである。主な上杉方の武将の紋所や旗の形は、源五郎の頭の中に入っている。ただちに源五郎は戻って報告した。

「敵の大将は金井《かない》秀景《ひでかげ》殿と見えます」

「なに、秀景じゃと。長野信濃守はどうした」

晴信は驚いて問い返した。

「おられませぬ」

源五郎は断言した。晴信は勘助に目を向けた。

「長野殿はこの勢の中に加えられなかったのでございましょう」

勘助は答えた。

「憲政の命令か」

「おそらく」

「馬鹿な。何という間抜けだ」

晴信は苦笑した。

上杉憲政の配下で、最も戦上手とされるのが、長野信濃守業正なのである。この武田と上杉の将来が懸《か》かっている重大な一戦に、最も戦上手な大将を選ばぬとは。

「勝ったな、勘助」

晴信は床几《しょうぎ》から立ち上がった。

「取りかかれ。よいか、上杉勢を一兵たりとも生かして帰すな」

伏せておいた軍勢が一斉に姿を現わし、驚きあわてる上杉勢に四方八方から襲いかかった。

不意を衝かれた上杉勢はもろかった。武田勢に対して反撃らしい反撃をすることもできないうちに、武田の巧みな攻撃を受け、軍としての組織が一気に崩壊した。こうなれば、ばらばらになった上杉兵一人ひとりと武田勢五千との戦いになる。勝敗の行方《ゆくえ》は明白だった。半刻もしないうちに、上杉勢は敗走を始めた。来た道を戻り碓氷峠へと向かおうとした。だが、そこで新たな鬨《とき》の声が上がった。上州へ逃げ込もうとする上杉勢の前に、六文銭の旗がひるがえった。

「真田はやる」

本陣で見ていた晴信は感嘆の声を上げた。小勢ながら、真田幸隆は上杉勢の前方を巧妙に塞ぎ、一兵たりとも上州に進ませない。

「勘助、そちの目に狂いはなかったな」

「――そろそろ潮時でございますな」

勘助はうなずきながらも、別のことを言った。

真田の防壁が固いので、逃げようとした上杉勢が再び小田井原に戻って来た。武田勢は少し後退し、小田井原に上杉勢を迎え入れる形を取った。もう一度完全に包囲し上杉勢を殲滅《せんめつ》するためである。

いまや上杉勢は俎《まないた》の鯉も同然だった。晴信は全軍に命令を発した。

「上州者は一兵たりとも生かして帰すな。降参する者も許すな」

あちこちで絶望した上杉勢が、武器を捨て憐れみを乞うていた。

だが、晴信は一切例外を認めなかった。武田勢の中核を成す板垣隊の将である板垣信方が、使いを送り晴信に再考を促した。

「許さぬ、と言え。一人残らず殺すのだ」

晴信が使いの者に言うと、しばらくして今度は信方自身が飛んで来た。

「殿、武士の情けをお忘れか。降参する者まで殺すとは、あまりにも無慈悲と申すもの」

信方は厳しい口調で諫言《かんげん》した。晴信は冷たい目で信方をにらんだ。

「憲政に二度と信濃に手を出させぬためだ。今回はやむを得ぬ」

信方は脇に控えている勘助に、

「そちの知恵か」

と、怒鳴りつけた。

「信方、わしが命じた以上、それはわしの知恵だ。戻るがよい」

晴信の言葉に信方は不承不承《ふしょうぶしょう》戦場に引き返した。それは既に戦場ではなく、処刑の場であった。夕刻すべては終わった。上杉兵は一人残らず死体となり、武田勢の主立った武将には一人の戦死者もない。

まさに完勝であった。

「十分《じゅうぶ》の勝ちだな」

晴信は勘助に得意そうに言った。

「まさしく」

勘助はうなずいた。

五分《ぶ》の勝ちを辛勝、七分の勝ちを楽勝とすれば、この勝ちはまさに完勝すなわち十分の勝ちであった。兵力は武田勢五千に対し上杉勢三千、五対三。武田のほうが多いとはいえ、一方的に勝てる人数でもない。むしろ何人かの武将が死んでも、決しておかしくない。だが、武田方の損害は足軽のみで、武将の戦死者は一人もいない。足軽の戦死も極めて少なかった。それにしては勘助は浮かぬ顔をしていた。

「勘助、さっそく志賀城へ戻らねばならぬな」

晴信はそんな勘助の表情にはまったく気付かず、浮き浮きした調子で言った。

「はい。この戦の様子が志賀城に伝わる前に、戻って城を囲まねばなりませぬ。ただちに全軍をお戻しなされませ」

本軍がこの小田井原にいて、攻城軍は手薄なことを知られては危険であった。攻城軍が奇襲をかけられる恐れがある。

「そのうえで、上杉の援軍はもう来ぬことを知らせてやるか」

「それならば首をお持ちなされませ」

「首を？」

晴信は不審の眼を向けた。

「たとえ使いを送ったところで、笠原清繁は容易なことでは信じますまい。百聞は一見に如《し》かずと申します。志賀城の門前に、上杉の主立った将の首を並べてやれば、信じないわけには参りませぬ」

「ははは、なるほど、そうだな。よかろう、首実検は志賀城において行なうとするか」

首実検は論功行賞のための大切な儀式である。どの首を取ったか、いくつ首を取ったかで、武士の価値は決まる。本来なら戦闘終了後即刻行なうべきものである。だが、今回は時間が惜しい。

「それがよろしゅうござる。ただ、働きの優れたる者には、ただちに人をやり褒めてやらねばなりませぬ」

勘助はそこが肝心だと思っていた。人間、褒められるのは嬉しいものである。それが励みになり力も出る。功があった者を褒めるのに、間《ま》を置いてはいけないということを、勘助は身に沁《し》みて知っていたのである。晴信はすぐに使番を派遣した。真田幸隆のところへは春日源五郎が行くことになった。

「わしも行こう」

突然、勘助が申し出た。

「山本様、どうして浮かぬ顔をなさっておいでなのです」

本陣を出た時、源五郎は思い切って尋ねた。

「ほう、そなたも物の見える侍になったようじゃな」

勘助は顔をほころばせて、

「それは真田殿のところで教えよう。さあ、まず務めを果たすがよい」

「はい」

源五郎は勘助と共に、真田隊へおもむいた。既に真田隊は戦場の後始末を終え、志賀城へ移動する準備を整えていた。源五郎は型通りに主君晴信の称賛の言葉を伝えた。

「かたじけない。身に余る光栄でござる。何卒殿によしなにお伝えくだされ」

幸隆は頭を下げた。

「真田殿、このたびのお働き見事」

勘助が言った。

「かたじけのうござる」

武田の軍師を務める勘助から、直々に褒められたので、幸隆は喜色を満面に浮かべた。

「わしの見るところ、そなたの働きが第一等に思われる」

「いやいや、殊勲の第一は板垣殿でござる。首数ではとうてい及びませぬ」

幸隆が謙遜すると、勘助はにこりともせずに、

「わしは首数稼ぎのことを申しているのではない。長野信濃守のことを言うておる」

「――」

「上杉配下の中では最も戦上手の長野業正が、なぜ大将にならなかったか。そなたの工夫と見たが、いかがかな？」

「ご明察恐れ入る」

幸隆は驚きを隠さなかった。

「どのようになされたのかな」

「長野殿には、上州流浪の折に面識がござった。このたびの戦いの前に、今後ともよしなにと、進物を贈っただけのことでござる」

「なるほど、それを憲政は疑ったというわけでござるな」

横で聞いていた源五郎にも、幸隆の作戦は理解できた。上杉憲政は、長野業正が武田に内通しているのではないかと、疑ったのだ。その疑いがある限り、業正を遠征軍の大将にすることはできない。その疑いを、幸隆は進物一つで、憲政の心に芽生えさせた。

（たいした人だ、幸隆という人は）

源五郎は感心していた。だが、勘助は露骨に不快な表情を見せて、

「真田殿、今後そのようなことをなされる時は、必ずわしに知らせて頂きたい。このこと必ず守ってもらわねばならぬ」

「はっ、申し訳ござらぬ」

そうは言ったが、幸隆は内心納得はしていなかった。

(山本様ほどのお人でも、職分を侵されるのは不愉快なのか)

源五郎は内心失望した。山本勘助という男はもっと広い大きな人物であったはずだ。真田幸隆も、どうやらそう思っているらしい。表情に幻滅の色がある。それに気が付いて勘助は苦笑した。

「真田殿、わしはそなただから文句をつけておる」

「――」

幸隆はその言葉の意味がわからなかった。

「並みの男のやったことなら、ようやったと褒めておるわ。もっとも、並みの男の仕業なら、何をやったかすぐわかる。知らされるまでもなく読めておる。必ずわしに知らせよ、とは申すことはあるまい」

幸隆は首をひねっていた。勘助は何に文句をつけたいのか。軍師という勘助の職分を、幸隆が独断専行で侵したことではないのか。

「それもある」

勘助はうなずいた。

「その他には何が?」

幸隆は尋ねると、勘助は呻《うめ》くように答えた。

「十分の勝ち」

「じゅうぶのかち？」

「そうだ。そなたが業正を来られぬようにしたことで、われらは十分の勝ちを収めた」

「それがいかぬ、と申されるのか」

幸隆にはわけがわからなかった。十分の勝ちとは完全な勝利である。味方にはほとんど損害なく敵は全滅した。これ以上の理想的な勝ち方があるだろうか。戦いは常に十分の勝ちを目指すものではないのか。幸隆の問いに勘助は大きく首を振った。

「戦いは五分の勝ちをもってよしとする」

「なぜでござる」

なじるような口調で幸隆は言った。五分の勝ちといえば辛勝である。味方にもかなりの損害が出ることを覚悟しなくてはならない。十分の勝ちなら損害はないのだ。

「十分の勝ちの後には、十分の負けがくるものなのだ。五分で収めておけば五分の負けで済む」

勘助は謎のようなことを言った。

「わかりませぬ」

幸隆は首を振った。

「この小田井原の合戦は、おそらくこれから殿のなさる戦のうちで、三指に入る勝ち戦であろう。それが怖い。殿はまだお若いからのう」

勘助はそう言い、幸隆と源五郎を交互に見て、

「まあよい、いずれそなたたちにもわかる日がくるであろう」

3

翌朝、武田勢は蟻の這い出る隙間もないほどに、志賀城を包囲した。だが、城兵を仰天させたのは、そんなことではない。城内からよく見えるように、堀の際《きわ》に並べられた二百余の首である。上杉方の主な武将の首級《しるし》であった。首はそれぞれ無念の形相を浮かべ天をにらみ、その後ろには武田勢の嘲笑を表わすように各々《おのおの》の旗が地面に突き立てられていた。旗は折からの微風に、力なくはためいている。声の大きな士が選ばれ、前に出て叫んだ。

「城の衆、見たか。上杉殿の援軍がただいま到着したぞ」

武田兵がどっと笑った。

「おのれ、晴信。人でなしめ」

城将笠原清繁は歯嚙みして口惜しがった。しかし、同時に覚悟も決めねばならなかった。今日まで城兵は、上杉の援軍だけを頼みにして戦ってきた。むしろ囮のつもりだっ

た。この城を餌に武田勢を引きつけ、上杉勢と挟み撃ちにする作戦である。だが、その思惑はもろくも崩れた。

（こうなっては討ち死にの他はあるまい）

　城の人数はせいぜい七百、寄せ手の七分の一に満たない。しかも、戦意はまったく喪失している。並べられた首がそうさせたのである。

「右衛門佐《うえもんのすけ》殿、これまでだな」

清繁は傍《かたわ》らにいた客将高田《たかだ》右衛門佐に言った。右衛門佐は笠原氏の親戚で、上野在住の武将である。上杉憲政の命令で、武田勢が押し寄せる以前にこの城に入っていた。

「左様、このうえは早いうちに打って出るのがよいと思われますな」

早いうちにと言ったのは理由がある。水であった。盛夏にも拘わらず、城内にはほとんど水がなかった。武田勢がいち早く城への水の手を探し出し、それを破壊することによって供給を止めた。志賀城には井戸がなく、裏山から伏樋《ふせどい》を使って城内へ水を引いていたのである。武田には地中の樋を発見する技能を持った男たちもいた。水の手が短期間で断ち切られたことも、清繁にとっては重大な誤算だった。

「やむを得ぬ。明朝、全軍で晴信を襲おう」

清繁の唯一の心残りは、最近迎えた二度目の妻のことだけだった。

志賀城から楽しげな宴のざわめきが聞こえた。既に夜は更けたが、城内から漏れる灯と、武田勢が夜襲を警戒して焚いた篝火が、あたりを明るく照らしている。

「覚悟を決めたのでございますな」

本陣から城内を遠望し源五郎が言った。

「そうだ」

勘助は満足げにうなずいた。三年前の源五郎なら、なぜ宴を催しているかと尋ねただろう。

(源五郎もどうやらものになるわい)

勘助は嬉しかった。源五郎は振り向くと、別の話題を持ち出した。

「お教えください。十分の勝ちはなぜいけないのでございましょう」

「ふむ、左様さ、な」

勘助は少しためらった。このことは口で言っても、わかるものではない。一度経験させる他はないのだ。

「まだ、わかるまい」

「なぜ、わからないのでございます」

源五郎は執拗《しつよう》だった。それもよき侍の条件の一つである。だから勘助は決して不快ではなかった。しかし、世の中には口でいくら説いても、経験せねばわからぬことがある。

「海を見たことがない者に、海の大きさ深さ恐ろしさを説いても始まるまい。まあ、それだな」

だが、源五郎は不服そうだった。勘助は笑って、

「では、聞こう。上杉憲政はわれらの敵かどうか」

源五郎は意外な質問に目を丸くしたが、とにかく答えた。

「敵です」

「では、北条はどうだ？　氏康は」

源五郎は迷った。

北条と今は戦はしていない。武田と同盟を結んでいる今川の敵ではあるが、直接敵対しているわけではない。しかし――。

「いずれは戦になるのではございますまいか」

「その通りだ。殿が天下を狙う以上、いずれは戦となる。だが、今は戦をしておらぬ。なぜかな？」

「――」

「それは上杉がおるからだ。われらと北条の間には上杉がおる。上杉はわれらにとって敵だが、同時に北条に対する楯でもある。その楯をむやみに取り除けば、われらは新たな強敵北条と境を接することになる」

「しかし、上杉とていずれ滅ぼさねばなりませぬ」

源五郎は目を吊り上げた。

「そうだ。だが時期が悪い。われらはつまらぬ時に、上杉を痛めつけ過ぎた。喜ぶのは北条だけだ。北条の得は、すなわち武田の損」

勘助は真面目な顔で言った。

城内ではなお宴が続けられていた。明日は総攻撃だ。つまり全員が死ぬのである。勝ち目のある戦いではなかった。笠原清繁は高田右衛門佐や家臣たちと、存分に酒を酌《く》み交わしてから、そっと席を立った。奥の間に二度目の妻の香の前《こうのまえ》が待っていた。まだ十七歳である。

「お香、明日、城は落ちる」

清繁はじっと香の前を見つめて、

「そなたは里へ戻るがよかろう」

「何をおっしゃいます」

香の前は心外だった。清繁と暮らし始めて二年にしかならないが、明日は夫と共に死ることを決めていたのである。

「晴信も女子供の命まで取ろうとは言うまい。われらが戦っているうちに、逃げるがよい」

「嫌でございます」

香の前は清繁にすがりつき泣き出した。

「わがままを言うものではない。わしは若いそなたを道連れにしとうはないのだ」

清繁は香の前の髪を撫でながら言った。

「嫌です、お供させてください」

「ならん」

清繁はあえて若妻を突き放した。

「殿様！」

「これ、誰かおらぬか」

顔を背けたまま清繁は大声を出した。侍女の萩野《はぎの》が遠慮がちに入って来た。

「萩野、お香を頼むぞ」

言い捨てて清繁は部屋を出た。別れを惜しむ気持ちがなかったわけではない。いつまでも二人でいると、覚悟が鈍《にぶ》るのを恐れたのである。

（許せ、お香。よき男を見つけるがよい）

清繁は心の中で別れを告げた。

翌朝、日の出と共に城兵《ひ》は武田軍に突撃した。武田の手配りはあくまで巧妙であった。

最初は勢いに押されて退くと見せ、城兵が完全に外へ出たところで退路を塞ぎ、十重二十重に取り囲んだ。晴信の本陣は包囲網の外にある。あわよくば晴信と刺し違えることを望んでいた清繁だが、これではどうしようもなかった。激闘およそ一刻あまり、次々と城方の武将は討ち取られ、ついに清繁も首を取られた。武田軍の勝ちであった。もっともこの勝利は、上杉との決戦が勝利に終わった時点で確定していた。

「降伏した者は殺すな。全員、甲斐へ連れて行く」

これが、佐久の戦いに終止符を打つ、晴信のこの日最後の命令だった。

志賀城落城の報はその日のうちに埴科郡の葛尾城に届いた。城主村上義清は地団駄《じだんだ》を踏んで口惜しがった。武田の攻撃があまりにも素早く巧妙であったため、義清は何ひとつ手出しができなかったのである。最大の誤算は、上杉軍が呆気なく小田井原で全滅したことにあった。それもまったく武田軍に被害を与えずにである。義清の基本戦略は、両軍が激突し疲弊《ひへい》したところを討つというものだった。その一方が、しかも上杉側が、為す術《すべ》もなく敗れてしまってはどうしようもない。

「憲政め、これほどの間抜けとは思わなかった」

義清は歯噛みして罵った。だが、義清は口惜しがっているばかりの男ではなかった。この際、武田の戦法を徹底的に研究してやろうと考えたのである。布陣、攻城、兵站《へいたん》など、その気になれば、今度の戦いはそれを見極める絶好の機会であった。小田井原での野戦あり、志賀城での攻防ありで、短期間に晴信は、手の内の多くをさらけ出したことになる。

義清にとっての最大の疑問は、甲府を出発した武田軍が、どうしてあんなに早く志賀城へ到着することができたのか、ということだった。誤算はすべてここからきている。上杉軍がやすやすと小田井原で撃破されたのも、まさか武田軍がこれほど早く移動できるとは思わなかったからだろう。いかに金井秀景が凡将だとしても、武田が近くにいる可能性があれば、物見ぐらいは出す。それをしなかったのは、近くにいるとは夢にも思わなかったからにちがいない。その素早い移動の秘密が誠之助によって解明された。

「新道だと」

義清は膝を乗り出した。

「はい、武田ではそれを棒道《ぼうみち》と呼んでおりますようで」

誠之助は調べてきたことを詳細に報告した。今日《こんにち》の言葉でいえば軍用道路であった。晴信はその豊かな財力を用いて、甲斐から信濃まで補給地をつないだ直線道路を造ったのである。

「おのれ、晴信。いつの間にそんなものを」

義清は、改めて武田晴信という男の恐ろしさを知った。だが、それと同時に燃え上がる闘志を心の内に感じた。

「見ておれ、誠之助。必ずやこの信濃を晴信の墓場にしてくれるわ」

義清は固く心に誓った。

驕奢《きょうしゃ》の宴

1

甲府へ武田軍が凱旋《がいせん》してすぐ、奇妙な市が立った。

人売りの市である。人売り・人買いは、どこの国の領主も表向きは禁じていた。自由に行なわれると、領民の不安を招くからである。しかし、事実上は黙認されていた。ただし、あくまで黙認であって公認ではない。人買いが訴えられれば、どこの国でも処罰する。だが、よほど確かな証拠がない限り、罰せられることはない。人手は貴重な資源であり、どこも人手不足だからだ。需要のあるところに常に供給はある。人買い商人は必要悪とされている。しかし、領主自らがおおっぴらに人身売買をするなど、前代未聞のことであった。市に出されたのは子供と女ばかりである。志賀城落城の折に捕虜にされた城兵たちの家族であった。

「男はどうした。皆殺しか？」

見物の群衆の中から、そんな疑問が出るのも当然だった。

「男は一人残らず、金山へ送られたとよ。死ぬまで暗い穴の中で金掘りをさせられるんだ」

別の一人が恐ろしそうに肩をすくめた。本当のことだった。すべて晴信の命令である。膨大な戦費をまかなうためには、能率的な金の採掘が不可欠である。鉱夫を雇い賃金を払っていては、とても追いつかなかった。奴隷による労働に優るものはない。女子供を売るのは見せしめであった。武田に逆らう者はこうなるということだ。売れ行きはよかった。一貫文《かんもん》、二貫文といった安価で飛ぶように売れた。そして最後の最後に残ったのは、志賀城城主笠原清繁の夫人香の前であった。

香の前は屈辱と絶望に身を震わせていた。

（こんなことになるなら、あの時、死んでおけばよかった）

亡き夫の温情を恨めしくすら思った。確かに落城の時、夫に殉《じゆん》じていれば、この屈辱はなかったのである。萩野と共に脱出を試みたが、たちまち武田兵に捕らえられた。そして、この甲府まで護送されてきた。その萩野も、つい今しがた売られてしまった。競《せ》り落としたのは、好色そうな商人である。そして、最後にして最大の売り物が、香の前であった。領主公認の人売り市が前代未聞なら、城主夫人が競りに出されるのも前代未聞であった。しかも若く美しい。男は好奇の目を、女は軽蔑の目を香の前に向けていた。同情の目はまったくなかった。

（残酷なものだな、女も男も）

ひそかに群衆に紛れていた晴信は、自分の処置に自信を持った。香の前への同情が、晴信への非難に変わることを、一番恐れていたのである。だが、その心配は無用のものだった。

「さあ、最後は上玉だ。この女が誰かとは言わぬ。言わぬが、安くは売らぬぞ」

仲立人が声を張り上げると、群衆がどっと笑った。

女の素性《すじょう》は誰もが知っていた。足軽に両肩を押さえられた香の前は、怒りで顔を赤くした。

「さあ、値をつけろ」

「三貫文！」

「五貫文！」

「六貫文だ」

「十貫文」

突然、値を二けたに吊り上げる声が上がった。

（小山田《おやまだ》ではないか）

晴信は気が付いた。

笠をかぶっているが、家来に命じて十貫文の値を言わせたのは、郡内《ぐんない》領主小山田信有《のぶあり》にちがいない。

(信有め、このようなところに現われるとは)

晴信は苦笑を漏らした。

「さあ、どうだ。十貫文の値がついたぞ」

「十二貫文」

その声は萩野を競り落とした商人だった。

好色そうな太った体に、脂《あぶら》ぎった顔が乗っている。

「十五貫文」

信有が家来に言わせた。もはや人買いの値としては破格であった。信有と商人の一騎打ちである。

「十六貫文」

商人も負けてはいなかった。晴信はその場を離れて立ち会いの役人を呼んだ。

「二十貫文」

競り合いの挙句《あげく》、ついに小山田信有は思い切った値をつけた。軽い身分の侍なら、一年分の扶持《ふち》にあたる金である。いかに若く美しい女とはいえ高過ぎる。競っていた商人も一瞬それ以上の値をつけるのをためらった。

「売った！」

まさにその隙を衝くように、立ち会いの男が叫んだ。

落札である。さらに値を吊り上げようとした商人は、露骨に不快な表情をして、その場を離れた。対照的に信有は、すぐに家来に命じて金を払わせ、香の前を受け取った。競りが終わったので、群衆はようやく散った。帰りかける小山田に、晴信は近づいて声をかけた。

「精が出るのう、信有」

相手はびっくりして、笠の内の顔を窺い、晴信であることに気が付くと、笠を取ろうとした。

「よい。わしも忍びじゃ」

「はっ、恐れ入りまする」

信有は軽く一礼した。

「気を付けて行かれよ」

晴信はそう言い、満足してその場を去った。香の前を信有に落札させたのは、晴信の計らいだった。花を持たせたのである。小山田家は武田にとって大事な家であった。甲斐の国は中央に背骨のような山塊があり、二つに分かれている。甲府を中心とした西側の盆地ぶ。

を「国中《くになか》」と呼ぶのに対し、その東側の富士五湖から大月《おおつき》・都留《つる》にかけてを「郡内」と呼ぶ。
国中と郡内では気候も気風も違う。その郡内を古くから治めているのが小山田一族なのである。もともとは甲斐を二分し、武田と拮抗《きっこう》する勢力であった。いや今もそうだ。ただ現当主信有の父の時代に武田に服属した。といってもそれは、臣従というよりは同盟関係に近い。だから晴信も信有に対しては丁重な言葉で接した。郡内には小山田家を代々の主人として仰ぐ気風がある。勘助の表現を借りれば「信濃者」はいないが「郡内者」はいる。その意味では扱いの難しい土地であった。

(美紗はどうしているかな)

難治の土地との連想から、美紗姫のことを思い出した。

晴信と美紗姫の間には去年男子が生まれていた。

諏訪湖のほとりの館に、母となった美紗姫はいた。晴信はわずかの供を連れ、遠乗りの形で館を訪れた。

その晴信の目に、庭で無心に遊んでいる二人の幼児が映《うつ》った。六歳の寅王丸と、晴信と美紗姫の間に生まれた二歳の四郎《しろう》である。この二人は従兄弟《いとこ》同士であり、かつ、わずかしか年が離れていないが叔父甥《おい》にあたる。その叔父を見つめる晴信の目は冷ややかだった。

（四郎が無事育てば、寅王はもはや無用じゃな）

そんなことを考えていた。なんといっても四郎は自分の血を引いている。どうせ諏訪家を再興するなら、自分の血筋に継がせたい。

「殿」

厳しく咎めるような声が背後からした。ぎくりとして晴信は振り返った。美紗姫が立っていた。

「そなたであったか、相変わらず美しいのう」

晴信は愛想笑いを浮かべた。美しいのは事実だった。子を産んだ後、美紗姫の肌はかえって透き通るような輝きを持ち、目鼻立ちはいっそうくっきりとしてきた。だが、なんとなく青白く、この世のものではないようなはかなさがある。

「今、何をお考えでした」

「う、うむ。別に何も考えてはおらぬ」

晴信はあわててごまかした。美紗姫は首を傾げると、

「寅王は頼もしゅう育っております。いずれ立派な諏訪の領主になりましょう」

まるでそうしろと命じているかのように、晴信の耳には聞こえた。

「四郎はどうする」

思わず晴信は口に出した。出して、しまったと思った。

「それは殿の御心次第。されど四郎は高望みは致しませぬ」

「ほう、そなたの子ではないか。国主にしとうはないのか」

口に出してしまったことは仕方がない。晴信はさらに尋ねた。美紗姫は寂しげに微笑を浮かべ、

「しとうはございませぬ」

と、首を振った。

「なぜだ」

「なまじ一国の主ともなれば、非業の死を遂げるやもしれませぬ。四郎にはせめて、そのような道を歩ませたくございませぬ」

「国主であろうがなかろうが、油断をすれば討ち取られる。それが世の中というものだ」

晴信は言い捨てて、さっさと館の中に入った。

晴信は、長男太郎より四郎のほうを可愛がっていた。その母美紗姫の心はまだ溶けていない。奥底に春になっても溶けぬ氷があるのを、晴信は感じ取っていた。家臣一同そんなことは露も思っていない。正室の三条夫人もそうである。それもあって晴信は、美紗姫親子を甲府から諏訪に移した。嫉妬のあまり三条夫人が何するかわからない、と考えたからである。だが、かえって離れると、いとおしさはつのるばかりであった。

(これはいかぬ。これでは父の二の舞いだ)

晴信は厳しく自らを戒《いまし》めた。

父信虎も信繁のほうを可愛がり、晴信を追放しようとした。長男の晴信に何の落ち度もないのにも拘わらず。

自分はその轍《てつ》を踏んではならない。

（だが、四郎は可愛い）

それは自然の感情であった。年を重ね盛りを過ぎた妻と、虚弱で神経質な息子。それに比べれば、たとえ心の内に溶けぬ氷があろうとも、若く溌剌《はつらつ》とした母と子、こちらのほうがはるかにましであった。

「召し上がりませぬか」

美紗姫が酒を勧めた。

「うむ」

晴信がうなずいて盃を出すと、美紗姫はなみなみと注《つ》いだ。

（傍目《はため》で思えば似合いの男女。まさか、わしが寝首を掻かれぬように、今でも用心しているとは知るまい）

酒を飲みながらそんなことを考えていると、おかしさが込み上げてきた。

「どうなされました」

美紗姫は驚いた顔をした。

「いや、なんでもない。それより、そなた躑躅ヶ崎へ戻らぬか」

晴信は自分でも思いがけず、口に出してしまった。美紗姫が相手だと、ついつい後先のことを考えずに言ってしまう。そんな思慮のなさは晴信にしては珍しいことだった。

「――」

美紗姫は黙っていた。

「どうした？　館へ戻るのが恐ろしいか」

「いいえ。左様なことではございませぬ」

「では、考えることはなかろう」

「この館はどうされます」

「いずれは戻るのだ。四郎が成人した暁にはな。それまではときどき立ち寄ればよいであろう」

晴信はもう決めていた。

「さあ、四郎ともども戻ろう。今宵の宿は甲府じゃぞ」

その日のうちに晴信は、美紗姫を連れて館に帰り着いた。

2

館に帰った晴信を勘助が待ち受けていた。

「殿、内密の話がござる」

勘助の言葉に、晴信は奥の部屋で二人きりで対座した。

「何事だ、勘助」

「面白い話を小耳に挟みましたので」

勘助は頭を下げて言った。

「ほう、人の噂か、それとも武辺話か」

「いえ、道具の話にござります」

「道具？」

晴信は首をひねった。勘助は膝を乗り出し声をひそめて、

「殿、種子島《たねがしま》という言葉をご存知か」

「聞いたことはある」

晴信は一転して、つまらなそうな顔をして、

「あれは法螺《ほら》であろう。やくたいもない」

「それが、殿、どうやら本当の話らしいのでござる」

「なんだと」

晴信は目を丸くした。勘助の態度は真剣である。勘助以外の者の言うことなら、晴信は怒鳴りつけ追い返していたにちがいない。それほどその噂というのは荒唐無稽《こうとうむけい》なものであった。

それは三尺《じゃく》（約九十センチ）ばかりの鉄の筒で、西海の果ての島に漂着した南蛮人が持っていたという。その島の名を取って種子島と呼ばれている。その筒からは百雷のような閃光と轟音と共に、礫《つぶて》のようなものが飛び出し、それは鎧をも貫くというのである。

「大仰《おおぎょう》に申しているのではないか。その礫は五十間《けん》（約九十メートル）も飛ぶというが
――」

「まことでございます。空を飛ぶ鳥を見事撃ち落とした者もおるそうで」

「その目で見たのか」

晴信は半信半疑である。

「いえ、それゆえ、目利きの者を駿河へやり、見届けさせる所存でございます」

「駿河まで、種子島なるものは来ておるのか？」

西海の果てと違って、駿河なら山一つ隔《へだ》てただけの隣国である。そのことに晴信は衝撃を受けていた。もし、それが噂通りの性能を持つなら、戦の方法は随分と変わる。いや、

革命的に変わると言ってもいい。そんな新兵器が手の届くところまで来ているのか。

「はい、どうやら商人どもが今川家に売り込む様子」

「わしも欲しい。ぜひこの手に取ってみたい」

晴信は興奮して叫んだ。


駿河国駿府城下から三里のところに、三保《みほ》の松原《まつばら》がある。穏やかな大海原と雄大な富士山が同時に眺められる景勝の地である。その松原に今川家の「丸に二引両」の紋所を染め抜いた陣幕が、張りめぐらされていた。

上古《じようこ》の昔、天女が羽衣《はごろも》を忘れたという、この典雅な松原で、いま駿河・遠江の大守今川義元臨席のもと、殺伐たる催《もよお》しが開かれようとしていた。種子島の試射である。それも的《まと》は木の板などではなかった。生きた人間である。その的は、さんざん悪事を重ねた野盗三人で、素肌の上にそれぞれ古びた鎧を着せられ、砂浜に立てた柱にくくり付けられていた。

「よろしいか」

射手は言った。

種子島を売り込みに来た泉州《せんしゆう》堺《さかい》の商人である。商人の目には、三人の男もただの的としてしか、映《うつ》っていなかった。義元はうなずいた。野盗の顔に恐怖はなかった。商人の構える奇妙な筒との間には、かなりの距離がある。

（弓矢でもないのに、傷つけられるものか）

ひそかに今川家の侍に化けて、その場に潜入していた諫早佐十郎はそう思った。佐十郎だけではない。義元も含めて、その場にいる今川衆のすべてが、そう考えていた。その筒には、上部から火の点いた縄のようなものが出ているばかりで、矢も見えない。しかも、相手は鎧を着込んでいるのである。だが、次の瞬間、耳を覆わんばかりの轟音と共に飛《ひ》鳥《ちょう》のような速さで何かが走り、鎧を突き破った。信じられぬような叫びが、あちこちから聞こえた。義元も思わず床几から立ち上がり、血だらけで絶命した男を、まじまじと見つめた。

「いかがですかな、駿府のお屋形様」

商人がにやりと笑った。

「もう一度、やってみせい」

「二度でも三度でも」

商人はうなずくと、長い棒を取り出し筒の中に入れて二、三度動かした。中を掃除しているようである。そして黒い金属の玉を筒の中に入れ、革袋から黒い粉を注ぎ入れた。再び構えに入ると、今度は耳を塞ぐ者がいた。

「やめてくれ、殺さねえでくれ」

野盗も恐怖の叫びを上げた。だが、再び轟音がして、その男も絶命した。

（使える、これは使える）

佐十郎もこれほど興奮を覚えたことはなかった。

佐十郎は急ぎ甲府に戻り、事の次第を勘助に報告した。

「やはり、それほどのものか」

勘助は改めて種子島の重要性を再認識した。

（これは一刻も早く現物を手に入れねばならぬ。その作り方も習得せねばならぬな）

勘助は佐十郎に向かって、

「今川殿は種子島を買ったのだな」

「はい」

「買い値はいくらだ」

「金十枚で一丁でございます」

「高いな」

勘助はうなって、

「何丁買った」

と、さらに尋ねた。

「五丁ばかり」

「今川殿はもっと欲しいとは申されなんだか」

「それが商人はとりあえず五丁しかないと申しましたので」

「売り惜しみだな。おそらく値を吊り上げる所存であろう」

勘助は佐十郎の労をねぎらって下がらせると、そのますぐに晴信のところへ行った。

「義元殿が五丁手に入れられたか」

晴信は口惜しそうに言った。

「こちらも急がねばなりませぬ。こうした物は早く手に入れたが勝ちでございます」

勘助は急き立《せ》てるように言った。

「義元殿に頼んで譲ってもらうわけには参らぬであろうか」

晴信にしては珍しく甘い見通しであった。もっとも、義元は晴信の姉を妻としており、二人は義兄弟の仲になる。しかも義元は大国の主らしく鷹揚《おうよう》なところがあった。そこをうまく突けば、種子島の一丁ぐらい入手できるのではないか。

「なりませぬ」

勘助はぴしゃりと言った。

「それでは今川家に無用の借りを作ることになるばかりか、常に今川家の後手に回ることになり申す。ここはどうあっても、先手を打たねば」

「どうするというのだ、勘助」

晴信は尋ねた。

「西へ参りとう存じます」

「西へ？　堺か」

「必要とあれば種子島までも参ります。人に先んずるには、その手しかございませぬ」

「そなたが行かずともよかろう」

「いえ、こればかりは――」

と、勘助は笑って首を振った。

「他人《ひと》任せにはしておけませぬ。殿が天下を制するために、ぜひとも勝たねばならぬ先陣争い。勘助、これよりすぐに出立致しとうござる。何卒お許しを」

勘助の熱心さに負け、晴信は西への旅立ちを許した。

翌朝、勘助は佐十郎と庄左衛門を供に甲府を出立した。既に秋も終わり、木枯らしが吹き荒《すさ》ぶ季節になっていた。出立に先立ち、勘助は書状をしたため源五郎を呼んだ。

「おそらくこの旅、半年はかかる」

「半年も」

源五郎は目を丸くした。

「堺の商人を相手に、種子島を買うというだけではない。その製法も習得せねばならぬ。そのめどをつけるだけで、おそらく半年はかかろう」

勘助は居ずまいを正すと、

「さて、源五郎。そなたを呼んだのは他でもない。そなたにぜひ頼み置きたいことがある」

「なんでございましょう」

「わしの不在中、もしも戦が起こったなら、そなたは殿のお側《そば》を離れてはならぬ。そして大将にあるまじき振舞いがあれば、命を賭《と》してもお止めせよ」

「――?」

「わかったか、源五郎」

勘助は念を押した。

「合点がいきませぬ」

源五郎は口をとがらせた。晴信が、大将にあるまじき振舞いなど、するわけがない。

「大将にあるまじき振舞い、とは、卑怯な振舞いとは限らぬぞ」

「他に、どのような?」

「武士としての意地にこだわることもある」

「こだわってはいけませぬか」

「そなたならよい。むしろ、こだわらねばならぬ。それが家臣としての道じゃ。だが、大将は何事にもこだわってはならぬのだ」

「――」

「大将が軽々しい振舞いに及べば、全軍が滅亡することもある。わしの留守中、そうなっては困る。帰る場所がなくなってしまうからの」

勘助はそう言って大口を開けて笑った。そして、すぐに表情を引き締めると、もう一度念を押した。

「わかったであろうな」

「はい、しかし――」

どうしてそんな注意をするのか、源五郎にはその理由がわからなかった。

「いずれ、わかる。いや、わからぬほうがよいかもしれぬ」

留守中に戦が起きなければ一番いいのだ。勘助はそう思っていた。だが、源五郎の身分では、晴信が戦を始めるのを止めることはできない。そのことについては真田幸隆に書状を書いた。次の戦が始まれば、おそらく晴信は大敗を喫することになるからだ。

行くべきか、行かざるべきか。甲府を出た勘助が、次に迷ったのは、諏訪上原城にいる郡代板垣信方のもとに寄るか否かであった。

（これは難しい。かえって行かぬがよいか）

勘助は上原城が見えるところまで来ても、まだ迷っていた。今度の戦がいつになるかはわからない。だが、それが晴信の一生のうちで最も危険な戦になるかもしれない。本来ならば、晴信の側にいて充分に注意すべきところであろうが、種子島銃の導入も急務であり他人任せにするわけにはいかないのだ。

（身が二つ欲しい）

と、勘助は思っていた。せめて種子島の導入について、勘助の代わりが務まる者がいればいいのだが、武骨者揃《ぞろ》いの武田家に、堺商人と渡り合えるような人材はいない。勘助自身が行かざるを得ないのである。もし勘助の留守中に、晴信が戦を起こそうとするならば、止めることのできるのは信方しかいない。真田幸隆の才は買うが、まだ新参者の幸隆にそれほどの発言力はない。止められる者がいるとすれば、筆頭重臣の信方しかあり得ないのだ。

（だが、難しい）

下手に話を切り出せば、信方は頭から湯気を出して怒るだろう。そもそも兵を挙げるのは国主の大権である。本来は家臣が口出しすべきことではない。そう言って怒るにちがいない。これでは歯止めどころか逆効果になる。

それでも勘助は上原城の門をくぐった。誠心誠意説いて聞かせれば、このところ勘助を嫌っている信方も、わかってくれるのではないかと考えたのである。甘い期待かもしれなかった。だが、もともと勘助を晴信に推挙してくれたのは、信方なのである。勘助は信方に会って、そのことを言上した。

「この増上慢《ぞうじょうまん》め。いつから武田家の棟梁になった」

かなり遠回しに言ったにも拘わらず、信方は怒り出した。

「いや、そんなつもりは毛頭ござらぬ。ただ殿のお為《ため》と存じ――」

「では、なぜ殿に直《じか》に申し上げぬ」

（それができれば苦労はせぬ）

勘助は憮然とした。あの晴信に、自分の留守中は戦はするな、とは言えない。そんなことをすれば、意地でも戦を始めかねない。

「板垣様」

「ええい、聞く耳持たぬ。下がるがよい」

取り付く島もないとはこのことだった。

激闘　上田原《うえだはら》

1

天文十六年が終わり、十七年（一五四八年）の正月のことである。村上義清の葛尾城でも新年を祝う宴が開かれていた。信濃の冬は厳しい。雪は深く水は凍り、風は身を切るような冷たさである。それゆえ冬は戦もなく安息の季節であった。だが、義清はそれを逆手《さかて》に取るつもりでいた。幸い、今年の雪は深い。

（雪こそ、大きな武器になる）

義清は確信していた。甲斐盆地の雪はそれほど深くない。晴信も武田軍も雪中の戦いはまるで知らないはずだ。義清は盃を置くと、誠之助を連れて庭に出た。

「玄次《げんじ》は来ておるか」

「はい」

誠之助が呼びに行くまでもなかった。庭の隅から白い着物をまとい白覆面をした男が現われた。積雪で白一色の庭では、そのほうが目立たないのである。

「玄次、風流なこしらえだな」

義清は笑顔を見せた。

「恐れ入ります」

庭に膝をついた玄次は頭を下げた。

「仕掛けはうまくいっておるか」

「はっ、われら戸隠《とがくし》衆《しゅう》総出で努めております。まもなく出来上がるものと」

「よし、では、次の仕掛けに移る」

義清は満足げにうなずくと、

「玄次、わしが真田を征伐するという噂を甲府まで広めよ。よいか、雪が溶けぬ間に、わしは真田郷を攻める。信濃の国に生まれながら甲斐の武田に尻尾《しっぽ》を振る裏切り者を討つ。晴信は雪が怖くて出て来れまい。――わしがそのように豪語していると伝えてやるのだ」

「承知つかまつりました」

「かまえて真田に気取《けど》られるな。せっかく仕掛けた罠だからな」

義清の念押しに、玄次はうなずいた。そして、あっという間に消えた。

「殿、わざわざこちらから攻めるのを知らせてやるのでございますか」

不服そうに誠之助が義清を見上げた。

「そうだ。晴信をおびき出す手だ」

義清はにやりとした。

「かかりましょうか」

「必ず、かかる」

なぜという顔の誠之助に義清は言った。

「誠之助、人間得意の絶頂の時には、簡単に騙されるものだ。まあ、見ていろ」


甲府の晴信はその噂を聞いて激怒した。

「義清め、わしが雪が恐ろしいと申したというのか」

もとより市中の噂であり、義清が言ったことを直接聞いた者はいない。しかし、晴信は怒り心頭に発し、そんなことを詮索《せんさく》する余裕はなかった。

「ただちに出陣する。諏訪の信方に使いを出せ、信濃の各城にも檄《げき》を飛ばせ」

晴信の頭の中には既に戦略は出来ていた。

甲府から本軍五千が棒道を北上し、佐久を抜けて小県郡へ入る。これに並行して諏訪上原城から板垣信方配下の城兵と諏訪衆合わせて一千が長窪城を経て同じく小県郡へ到着する。しかも、これに禰津や望月といった服属した信濃衆も合流する。

（少なくとも八百は来る。いや、うまくいけば一千。合わせれば七千の大軍が出来る）

それにひきかえ義清はどう頑張っても五千、下手をすると四千がいいところだろう。幸いにも上州の上杉勢は、この前の小田井原での打撃が大きく、信濃に進出する意欲を失っていた。そのうえ、北条氏康の攻勢が激しくなり、上杉憲政は防戦に躍起となっているらしい。まさに好機であった。

（勘助め、十分《じゅうぶ》の勝ちに不満げであったが、やはりよかったではないか）

あれだけ痛めつけたからこそ、上杉勢は北条にも侮《あなど》られ攻められ、結局信濃に手出しできなくなったのだ。今こそ義清征伐に全力を集中することができる。

（こんな時に、のこのこと出て来る義清も、大した男ではないな）

晴信は勝利を確信していた。だが、念のために甲府の館に重臣を呼び、軍議を開いた。真田幸隆ら最前線の将は持ち場を離れることはできなかったが、諏訪郡代板垣信方をはじめとして甘利虎泰・飯富虎昌ら主立った家臣は久しぶりに館に参集した。信方らも晴信の方針に全面的に賛成した。

「おやりなされい。義清の息の根を止めるには、この機を逃してはなりませぬ」

信方は今にも槍を取って、義清を討伐に行かんばかりの意気込みを示した。

「義清の首はそちが取ると申すか」

晴信は笑顔で言った。

「取ってみせましょう。殿にお約束致しまする」

信方が胸を叩いたので、一同はどっと笑った。すべての支度が整い、晴信が甲府を出発したのは、極寒の二月二日のことであった。


晴信の出陣の報はただちに葛尾城の義清のもとに届けられた。

(来たか、晴信)

義清はほくそ笑んだ。晴信は最も雪の深い季節を選んで出発したのだ。

「誠之助よ、晴信の奴、棒道を使えると思うか」

「いえ、この雪では無理でございましょう」

誠之助は雪の降りしきる空を見上げながら答えた。

甲府から佐久郡を貫く棒道は、いま雪に閉ざされているにちがいない。もともと山を切り開いた細い道である。

「そうだ。晴信はおそらく諏訪に立ち寄り、大門峠《だいもん》を越えて来るしかあるまい。一つの塊《かたまり》となってな」

その道は、いわば本街道である。比較的雪は少ない。

「難儀でございますな」

誠之助は顔を歪めた。大軍が一つになってやって来る。村上勢はその半分でしかない。

「なんの。二手に分かれて来るほうが面倒だ」

決して強がりではなかった。義清の最も恐れたのは、武田軍が棒道と街道を使って二手に分かれてやって来て、村上勢を挟み撃ちすることだった。晴信がこの季節にまんまと誘いの手に乗ったことで、その可能性はなくなったのである。

「――？」

誠之助にはわからなかった。敵が二つに分かれていてくれたほうが、こちらとしてはやりやすいはずだ。義清は首を振った。

「今度の戦はな。まとめて来たほうがよいのだ。そのほうが奴らを一気に片付けることができる」

「左様でございましょうか」

半信半疑の誠之助に、義清はあくまでも自信たっぷりに言い切った。

「見ておれ、必ず上田原《うえだはら》を晴信の墓場にしてくれる」

上田原、それは葛尾城の南方二里の地にある平坦な草原である。その東には義清自慢の難攻不落の砥石《といし》城があり、真田郷へのにらみを利かしている。上田原は義清にとって、草一本まで知り尽くした庭のようなものであった。

（八千もの大軍を集めれば、一戦せねば示しがつかないことになる。上田原に陣を張って動かねば、必ず晴信のほうから攻めてくる）

二月の十日が過ぎた頃、義清はようやく腰を上げて葛尾城を出た。そして上田原に陣を張ること四日、晴信率いる武田勢も八千の大軍となって到着した。対する村上勢わずかに四千である。

当初七千と見込んだ軍勢が八千以上にふくれ上がったことで、晴信はますます自信を深めていた。予想よりも兵力が増えたのは、晴信の呼びかけに応じて信濃の各豪族が多数の兵を応援に出したからだ。すなわち武田に対する忠誠の証である。それにひきかえ村上勢は四千に達したに過ぎない。大勢力が激突する時、誰もが勝つほうへ付きたがる。村上勢がそれほど増えないのは、負けると思われているからである。どう考えても武田の勝利は明らかだ。兵力は八千対四千。武田勢は敵の二倍である。しかも、敵は正攻法の陣形を取っている。鶴翼《かくよく》の陣である。鶴が翼を広げたように全軍を散開させて相手を包み込む形を取る。身を隠す場所もない広い野原に、すべての兵を集結させている。

(馬鹿め、兵が少ないなら、なぜ補う工夫をせぬ)

晴信は義清を嘲った。

兵力が二対一なのに、正攻法で戦うとは馬鹿げた話だった。甲州武士と信濃侍には、個人の武勇においては差はない。だからこそ正面からぶつかり合えば、兵力が大きいほうが必ず勝つ。劣勢の大将はそうならぬために、正攻法は、それも鶴翼の陣は避けるべきだった。どうしても正攻法にこだわるなら、数が少ないほうは魚鱗《ぎょりん》の陣を取るほうが有利である。鶴翼は大きく広がるため、人数の少なさを見透かされる。これに対し魚鱗はまさに魚の鱗《うろこ》のように軍勢を集中させるのである。

夜陰に乗じての奇襲とか、城に籠もっての長期戦とか、方法はいくらもある。そうしないということは、村上義清という男、評判とは裏腹の間の抜けた武将ということになる。

晴信はそのように判断を下した。そう判断した以上、躊躇《ちゅうちょ》することはない。

「源五郎、この戦、半刻で片が付く。よく見ておれよ」

晴信は、近侍している源五郎に声をかけると、全軍に突撃の命令を下すために立ち上がった。まさに晴信が命じようとした時、真田幸隆が血相を変えて陣所に現われた。

「幸隆、遅かったな」

晴信の言葉には咎めるような調子はなかった。もともと村上勢の出兵の目的は真田郷攻略である。晴信は、幸隆に村上勢の動きを見極めてから出陣して来るように命じた。武田本軍が上田原に集結する間に、村上勢が迂回《うかい》して真田郷を攻める可能性もある。それゆえ、ぎりぎりまで踏みとどまるように命じた。幸隆が駆けつけて来たのは、その心配がなくなったからだ。見極めていたのだから遅れるのは仕方がない。

「殿、お願いの儀がござる」

「先陣の所望ならば既に板垣信方と決まっておる。今さら変えられぬぞ」

晴信は笑顔で言った。

「いえ、そうではござらぬ。この戦、始めるのを少し待っては頂けませぬか」

幸隆の顔は緊張で青くなっていた。

「何を申す」

たちまち晴信の機嫌は悪くなった。せっかく何もかもうまくいっているのに、幸隆の一言に邪魔されたように感じたのである。

「おそれながら、この幸隆、しばし戦場の検分を致したいのでござる」

「検分じゃと、今さら何を調べる？」

晴信はせせら笑った。戦場となる上田原に何があるというのだ。遮《さえぎ》るものとてない、雪で覆われた白一色の野原の両端に、武田勢と村上勢がにらみ合っているばかりである。これが見通しの悪い山や谷での戦いなら、物見を出して伏兵の有無を調べることも必要かもしれない。だが、ひと目で見通せる野原を、この期《ご》に及んで検分したいとは、一体どんな料簡《りょうけん》なのか。

「何やらにおうのでございます」

幸隆は言った。

「におう、とは何だ？」

語気荒く晴信が言った。

「わかりませぬ。しかし、あの隙だらけの手配《てくば》り、どうも義清らしくありませぬ。何やら企《たくら》んでいるのではございませぬか」

「たわけたことを」

晴信は幸隆の心配を一笑に付《ふ》した。それでも幸隆は言った。

「殿、ぜひともお許し願いとう存じます」

「黙れ」

晴信は怒鳴りつけた。幸隆の体がぴくりと震えた。

「取り越し苦労もいい加減にせい。ここに至って物見など出せば、晴信め臆したのかと、かえって村上勢の侮りを受けることになる」

興奮した晴信は、指揮に使う采配《さいはい》を振り回した。もはや何を言っても無駄だと、幸隆は思った。言っても無駄なら、引き下がって晴信の命令に従うべきだった。しかし、それでも幸隆は粘った。西国への旅に出た勘助から、自分の留守中にくれぐれも大戦《おおいくさ》を起こさぬようにと頼まれていたからだ。幸隆はそれを口にした。だが、今の晴信にはそれはかえって逆効果になった。

「わしは勘助の家来ではないぞ」

晴信が再び怒鳴った時、幸隆はもう止められぬことを悟った。

「その方には後詰《ごづめ》を命じる。下がれ」

万一の場合の予備軍であった。名誉な役目ではない。だが、幸隆は黙って一礼し退出した。晴信は改めて攻撃開始の命令を下した。

2

攻撃開始が遅れたぶんだけ焦らされた武田勢は、猛《たけ》り狂ったように雪原を疾駆し、村上勢に突撃した。先鋒は自ら買って出た板垣信方であり、次に飯富兵部、小山田信有、晴信の弟信繁が続いた。右翼には信方と並ぶ武田の重鎮甘利虎泰が控え、左翼に原虎胤《はらとらたね》がいる。この二人は先代信虎からの宿将で、その多大な功績によって「虎」の一字を賜《たまわ》ったほどの男たちである。

これら武田家の将に加えて、晴信に服属した信濃衆や諏訪衆もいる。後詰には真田がいる。無類の戦上手の真田が余るほど兵の数は多い。

（負けるはずがない）

晴信は確信した。

（再び十分の勝ちを収めてくれる）

信方もおそらくそのつもりなのだろう。信方隊は簡単に村上勢の前衛を突き破って、村上の本陣を目指している。晴信はその小気味のいい動きに感心していた。それにしても村上勢のふがいなさはどうだ。

（他愛もない。これで義清の首は取ったも同然）

本陣から戦況を見ていた晴信が会心の微笑を漏らした。まさにその時だった。突然、悲鳴が上がった。先頭を切って義清の先陣に突っ込もうとした騎馬隊が、一瞬視界から消えた。平坦なはずの雪原が一面に陥没し、騎馬隊はその中に落ち込んだのである。

（落とし穴）

晴信がようやく気が付いた時は遅かった。穴の底に植え込まれた竹槍で、何人もが命を落としていた。

「おのれ山猿め。小癪《こしゃく》な真似を」

晴信は激怒した。義清は本陣にはいない。いや本陣と見せたのは偽装であった。

それは敵をおびき寄せるための囮だったのである。義清は、伸び切った武田軍の横腹を狙う位置にいた。板垣隊が偽の本陣に突っ込んだ時、すかさず本隊を側面から入れて、武田軍の前部と後部を遮断した。この結果、板垣隊は敵中に完全に孤立した。

「雑兵には目をくれるな。信方を討て」

義清は声を張り上げた。先鋒であり武田随一の猛将板垣信方を討ち取れば、相手に与える打撃は限りなく大きい。まず信方を討ち、それから戦いをできるだけ長引かせるのが、義清の狙いである。晴信は分断状態から逃れようと、戦場の中央に出た村上勢に果敢な攻撃を繰り返した。しかし、村上勢の守りは固く、容易に突破できない。上田原の上空には、鉛色の雲が立ち込め、太陽は姿を隠していた。

「板垣駿河守様、お討ち死に！」

報告に接した晴信は、信じられないように何度も首を振った。

(信方が討ち取られたと。そんなことが)

このところ煙たい存在であったとはいえ、信方はやはり武田になくてはならぬ存在であった。晴信にとっては、冷たかった父に比べて子供の頃から親しみを覚えていた家来でもある。単なる家来というよりも、むしろ父親代わりといってもよかった。

「おのれ、義清、許さん」

晴信は源五郎ら使番に命じた。

「全軍に伝えるのだ。信方の首を取り返せ。首を取り返した者、義清の首を取った者には、望みのままの褒美を与える。よいか、一歩も退くでないぞ」

伝令は全軍に散った。一方、義清は全軍に次のように命じた。

「相手になるな。敵をいなすのだ。押してくれば引き、引かば押せ。敵を戦場に釘付けにせよ。そうすれば必ず勝てる」

誠之助は一刻も早く戦場に出たくて、うずうずしていた。義清は、武者震いする誠之助を見て、にやりとした。

「あわてるな。まだ早い」

「殿、なぜ戦わぬのです」

誠之助は義清の命令に不満だった。せっかく敵の猛将板垣を討ち取ったのである。この機を逃さず、全力を集中して攻撃すべきではないのか。

「誠之助、寒いか」

義清は意外なことを言った。

「寒うはございませぬ」

誠之助は馬鹿にされたのかと思い、憤然として言い返した。義清は笑って、

「そうだな。だが甲斐者にはこの寒さはこたえるぞ。見ろ。陽《ひ》も差しておらぬ。このぶんでは、また雪が降るかもしれぬ」

と、空を見上げた。相変わらず空は鉛色の雲で覆われている。義清は腰に付けた革袋から、杏《あんず》の乾物を取り出し、口に入れた。

「誠之助、おまえも食え」

「――」

「いいから、食え。食えば武田に勝てるぞ」

冗談ではなかった。戦を長引かせれば武田勢は体力を消耗する。もちろん村上勢も同じ

だが、重大な違いが一つある。寒さに対する慣れである。

(晴信め、そろそろ凍えて手もかじかんでおろう。ろくな兵糧《ひょうろう》も用意しておるまい)

努めて体力の消耗を避け、寒さに勝つため甘く滋養の高いものを摂《と》る。そうすれば、戦いが長引けば長引くほど有利になる。それが義清の作戦だった。

戦いが始まって二刻(四時間)余り。雲は切れず、昼近くなったというのに、風が強くなり小雪さえちらつきだした。村上勢は掴みどころがなかった。突撃すれば逃げ、退けば矢を射かけてくる。追い詰めようとしても、さっと散り散りになり近くの山へ逃げ込む。それにつられて兵を分散すると、いつの間にか村上勢の餌食《えじき》になる。まるで水を相手に戦っているようなものであった。

(殿は焦っておられる)

源五郎は比較的冷静に戦況を見ていた。源五郎の見るところ、晴信は緒戦で板垣信方を失ったことで、頭に血が上ったようである。甘く見ていた相手にいきなり痛打を食らったことに対する忿怒《ふんぬ》。油断していたばかりにむざむざと信方を討たせてしまった自責の念。それが晴信を猛り狂わせているのだ。

「おのれ、何をしておる」

晴信は苛立《いらだ》ちを露わにして、床几から立ち上がった。

「馬鹿者どもが」

罵りながら晴信は両手を口に当て、熱い息を吹きかけた。そうでもしなければ耐えられないほど寒かった。その唇も紫色である。源五郎も寒さに身を震わせた。それと同時に腹も鳴った。武田軍も兵糧は携行している。ただし、それは乾飯《ほしいい》や豆の類で、湯を沸《わ》かさなければ食べられないものである。しかも、かなりかさばるものなので、隊ごとにまとめて後方に置いてあった。当然、前線の兵は朝から何も口に入れていない。晴信も空腹であった。しかし、その空腹を忘れるほど立腹している。大将である晴信は、その気になれば一人だけ食事をすることもできる。だが、その気はなかった。将兵が死闘を繰り返しているのに、自分だけが食べるなど、とんでもないことだ。戦いに勝った後、ゆっくり食べればいい。それが晴信の腹づもりだった。

（村上勢とて、何も口に入れておらぬはず。この戦、先に音《ね》を上げたほうが負ける）

晴信は、村上勢が雑兵の一人ひとりに至るまで食糧を携行しており、しかもいつでも食べられる状態であろうとは夢にも思わなかった。

さらに一刻が過ぎた。武田兵の動きが目に見えて鈍ってきた。寒さと空腹で体が動かなくなってきたのだ。義清はその機を逃さず全軍に突撃を命じた。

「晴信、命は貰った」

大将自ら馬に乗り、村上勢は一気に勝負をかけた。

まさに怒濤《どとう》のように、村上勢は武田の本陣に向かって突進した。晴信から見ると、正面と左右の三方から敵が迫って来る形になった。

「退くな。一歩も退くでないぞ」

晴信は口から泡を吹いて命令を下した。

だが、武田勢の一人ひとりは凍えていた。闘志は萎《な》え体は動かない。もはや案山子《かかし》同然の兵を、村上勢は思う存分に打ち倒していた。

「雑兵にはかまうな。狙うは晴信ただ一人」

義清は会心の笑みを浮かべていた。勝利の確信があった。そして対する晴信のもとには、信じられないような報告が届いた。

「甘利備前守様お討ち死に！」

「なに、虎泰までもか」

晴信は目の前が真っ暗になった。板垣信方に続いて甘利虎泰までが討ち死にするとは。この両人は武田勢の竜虎とも、晴信の両腕ともいうべき存在である。その二人がわずか半日の間に、次々と落命するとは。

「殿、危ない！」

誰かが叫んだ。晴信は左の二の腕に、焼けつくような痛みを覚えた。矢が突き刺さっていた。晴信にとって、生まれて初めての戦場での負傷であった。

「おのれ、義清」

晴信は怒りと屈辱で真っ赤になった。負傷をしたことはないわけではない。乗馬の稽古や武術の鍛錬の際に、怪我はつきものだ。体中、傷跡だらけといっても過言ではない。しかし、それは納得ずくの怪我であった。今度のように憎むべき敵に、しかも一方的に傷つけられたことなど、一度もなかった。体以上に晴信は心に傷を受けていた。傷付けられたのは腕ではなく、誇りであった。

「馬、引けい」

晴信は腹立ち紛れに叫んだ。

「殿、何をなされます」

源五郎があわてて止めに入った。

「どけ、義清に思い知らせてくれる」

無茶な話だった。そんなことをして、晴信まで餌食になれば、全軍総崩れになってしまう。まして晴信は怪我をしており、心も平静な状態ではない。

「おやめください。御大将《おんたいしょう》が、そのような軽々しい振舞い、許されませぬ」

「どけ、どかねば斬るぞ」

晴信の目は血走っていた。

「お斬りください」

源五郎は負けずに叫んだ。

「おのれ、その方まで逆らうか」

晴信は左腕の激痛も忘れ刀を握り直した。

（斬られる）

源五郎の背筋に冷たいものが走った。だが逃げようという気はどこにもなかった。ここで晴信を行かせれば、それこそ武田軍全滅につながる。源五郎は晴信の両足にしがみついてでも、絶対に進ませぬ覚悟であった。晴信は完全に頭に血が上っていた。だが、振り上げた刀を源五郎に振り下ろす直前、一本の流れ矢が再び晴信を襲った。

「――！」

おのれの身を守るために跳び退《の》いた晴信は、冷水を浴びせられたかのように、われに返った。

「――源五郎」

「殿！」

晴信の目は再び敵兵を捉えた。丸に上の字の村上の旗が、本陣のすぐ近くまで来ている。

「いったん、退け」

晴信は命令を下した。その晴信を、馬上の義清はしっかと見定めていた。

った。

（もう遅い。晴信、おまえの負けだ）

鉄壁のはずの旗本勢も、既に隊列を崩していた。近衛《このえ》の兵ともいうべき旗本が倒されれば、戦は負けである。晴信と義清の距離は、互いの旗をはっきりと見分けられるほど縮まった。

（しまった、退却の機を逸《いっ》した）

晴信が敗死を覚悟した瞬間、うわーっという喊声《かんせい》が側面から上がった。六文銭の旗が、両者の間に割って入ったのである。真田幸隆であった。後詰を命ぜられた幸隆は、晴信からの命令を忠実には守ってはいなかった。隊の一部を戦闘に参加させただけで、主戦力をほとんど温存していたのである。気付かれずに兵を伏せておくなど、このあたりの地理に詳しい幸隆ならではの芸当だった。

「幸隆、信濃者のくせに甲斐の山猿に味方するかーっ」

馬上で義清が吠《ほ》えた。

「貴殿には国を追われた恨みがござる。武田家に味方するのは当然のこと」

よく透《とお》る声で、これも馬上の幸隆は言い返した。いまや義清の前に、堅固な新手《あらて》の壁が出来た。そして、形勢は一瞬のうちに逆転していた。今度は味方から突出した義清が、真田勢の中に孤立する形となったのである。義清はそのことに気が付き愕然《がくぜん》とした。

（あと一歩で晴信の首が取れたものを）

歯噛みした義清だが、次の瞬間にはもう退却を決意していた。このまま真田勢に包み込まれれば、退路を断たれ討ち死にする。そうなったら戦は負けだ。将兵が何人死のうと、負けないこともある。しかし、大将が討ち取られれば、必ず負けになるのである。戦場では、至るところで村上勢が武田勢を圧倒していた。だがその優位も、義清が戦死すればあっという間に失われる。老練な義清はこのことをよく知っていた。

「退けい」

野太い声で義清が決断を下したので、すぐ近くにいた誠之助は驚いた。

「殿」

「言うな。わかっておる」

義清はもどかしそうに、

「ここは退くのだ。ぐずぐずしておればやられるぞ」

そう言って、注意を誠之助の方へ移した時、真田勢の一騎が槍を突き込んできた。

「危ない」

間一髪のところで誠之助が槍を繰り出し、その槍がうまく敵の喉笛《のどぶえ》を貫いた。

「誠之助、見事！」

義清は称賛しておいて、

「突き捨てにしておけ。そなたの初手柄、確かにこの目で見届けた」

と、馬首を返した。誠之助もあわてて後に続いた。頭の中は真っ白になっていた。人はあれほど呆気なく死ぬものなのだろうか。あの槍の鈍い手応えが、まだ残っている。

（晴信を殺そうというこのおれが、何を恐れている）

誠之助は自分自身を叱咤《しった》した。

晴信は危機を脱した。いざ退却と決めたら逃げ足は早い。幸いにも村上勢にはその退路を断つほどの予備兵力はなかった。もともと武田勢のほうがはるかに人数は多いのである。義清は一度退き、態勢を立て直すと追撃にかかった。

しかし、武田勢の背後はがら空《あ》きである。晴信の意地を刺激し、戦場にとどまらせるという策略が破れた以上、もはや晴信の退却を阻止することはできない。

（晴信の背後に伏せておける兵があったら）

ないものねだりだが、義清はそれだけが残念だった。もし、それがあれば晴信は屍《しかばね》を上田原にさらしただろう。

（若造め、運のいい奴）

戦いは終わった。武田家の歴史に残る大惨敗であった。

亀裂

1

上田原には武田兵の屍が累々《るいるい》と横たわり、その上をうっすらと雪が覆っていた。戦死者は一千に達した。これに対し村上勢の死者は二百余り。武田側では筆頭重臣の板垣信方、それに次ぐ甘利虎泰をはじめとして、才間河内守《さいまかわちのかみ》、初鹿野伝右衛門《はじかのでんえもん》らの名だたる武将を失っていた。晴信は甲府へは帰ろうとせず、上田原の南二里ほどのところに陣を張った。

「このまま、おめおめと引き下がれるか。いま一度、村上義清に戦いを挑むのだ」

晴信は家来にそのように言った。初めての敗北を喫した男の意地であった。だが、義清は再度の戦いは避けた。

（今、こちらから仕掛けることはない。仕掛ければ、武田勢は名誉挽回のため死に物狂い

でかかって来るだろう）

　それにひきかえ、村上勢は特に有利になるわけではない。雪を利用した持久戦法も、二度は通用しない。それがわからない誠之助は、じりじりして義清に食ってかかった。

「殿、どうしてとどめを刺さぬのです」

「とどめか――」

　義清は笑って誠之助をたしなめた。

「もう終わった戦のことは忘れろ」

「――」

「あの折には確かにあと一歩で晴信の首は取れた。だが今はもう五分と五分、いや、むしろ晴信のほうに分《ぶ》がある」

「なぜでございます」

「今度は晴信も褌《ふんどし》を締めてかかってくる。こちらは勝ったぶんだけ、敵を甘く見る心がある。戦というものはそれだ。その繰り返し」

　義清は悟り切った禅僧のような口調で言い、柄にもないと思ったのか笑い出した。

「いずれにせよ放っておけ。晴信を釘付けにしておくのがよい。見ていろ。今に面白いことが起きるぞ」

　一方、甲府では晴信の帰りが遅いことを、留守を預かる家臣が気にし始めていた。

「いかがであろう。ここは御母堂様に帰陣を促す書状を出して頂くというのは」

一同が首をひねった挙句、武田家の内政を預かる駒井高白斎《こまいこうはくさい》が、そんな提案をした。

「それはよい考え。ただちにお願いすべきでござろう」

一も二もなく賛成したのは、同役の今井信甫《いまいのぶすけ》である。晴信の母はまだ健在であった。早速、使者が仕立てられ晴信のもとに向かった。

その十日後、上田原の敗戦を知って泉州堺から急いで帰国した山本勘助は、それを聞いて、

「なんたる愚策。何を考えているのだ」

と、歯軋《はぎし》りした。

愚策――その一言を聞いて高白斎ら留守居の家臣は怒った。

「聞き捨てならぬ。愚策とは何事だ」

勘助はうんざりして釈明しない。その態度を見て、彼らはますます怒った。

「そこまで言うなら理由を申せ」

「――」

「申さねばこのまま帰すわけにはいかぬ」

そう言う高白斎を、勘助はその片目でじろりとにらみつけ、

「されば申し上げよう。お手前方はなぜ殿が東信濃にとどまっておられるのか、わかって

ござるぞ」

「それをお手前方は御母君の手紙でお帰りを促した。ここでござる。母上と申せば女子《おなご》で
勘助は大きくうなずいておいて、

「左様、まさにその通り、武将としての意地、男としての意地でござる」

「武士の意地であろう。村上と再度決戦し、負け戦の恥をすすがんとの御心」

おるのか？」


と、一同を見渡した。

「それがどうした」

何を当たり前のことをとばかりに、高白斎が言った。勘助は膝を乗り出した。

「大の男が、いかに母上とは申せ、女子の言葉で兵を退くとお考えか。そのようなことを
申し上げれば、かえって意地になるとはお考えにならなかったのか」

一同はあっと叫んだ。確かに勘助の言う通りである。

「——だが、殿は孝心篤《あつ》い御方じゃ。必ずしもそうなるとは限るまい」

高白斎が未練がましくつぶやいた。勘助は一笑に付し、

「母上の御言葉で兵を退けば、近隣諸国の大名は殿のことを何と申すであろうか。女子の
言に左右される柔弱な大将、とでもはやし立てるのではあるまいか。殿が、そのような屈
辱を甘んじて受けるはずがない。——どうせ手紙を出すなら、母上がご重病とでも申し送

ればよかったのだ」

「嘘をつけと申されるか」

「嘘も方便。母上の病い重しとなれば、兵を退くには絶好の口実。母の病気を案じての退却となれば、殿の意地にも傷がつかぬ」

そういう形を作ってやるのが、家臣の務めではないかと、勘助は言いたかった。その日のうちに、使者として晴信のもとに行っていた野村筑前守《のむらちくぜんのかみ》らが、ほうほうの体《てい》で逃げるように帰って来た。案《あん》の定《じょう》、晴信は激怒し再三の説得にも応ぜず、筑前守を追い返したのである。

「御旗楯無《みはたたてなし》も照覧《しょうらん》あれ、断じて兵は退かぬ、と申されました」

筑前守は真っ青になって報告した。

御旗楯無も照覧あれ――晴信の一言は家臣一同の顔色《がんしょく》をなからしめた。この当主だけに許される誓言《せいごん》は、武田家にあっては何より重い。先祖代々武田家に伝わる家宝、御旗(日の丸の旗)と楯無(鎧)、それに誓うということは先祖の霊に誓うということでもある。当主がこの言葉を口にしたら、家臣はもう口を出してはいけないとの不文律があった。当主もこの言葉を口にした以上、みだりにその決定を変えてはいけない。ここにおいて、家臣一同は晴信に退却を進言することができなくなった。

(困ったものだ)

勘助がそう思ったのはそのことではない。御旗楯無の誓言である。当主でさえも拘束されるというのは、よろしくない。

当主はいつでも最高の決定権を持ち、その権威は不可侵のものでなければならない。たとえ何であれ、それを拘束することは許されない。乱世なのである。臨機応変の決断が最も求められている時代に、当主をも拘束する誓言があっていいものだろうか。まして、この誓言は家臣の進言すら封じてしまうのである。

（これは何とかせねばならぬ）

勘助は自ら晴信の陣へおもむくことにした。

「やめろ」

と、止めたのは高白斎ら留守居の家臣である。

「そなたは新参者ゆえ存ぜぬかもしれぬが――」

「いや、かたじけない」

勘助は頭を下げた。

「拙者とて、御旗楯無が武田家にとってどのような意味を持つか、知らぬわけではございませぬ。されど、こたびはどうあっても行かねばなりませぬ」

「それは出過ぎた振舞いではないか、殿が死ねと仰せられたら死ぬのが家臣の道じゃ」

（それは少し違う）

と、勘助は内心では思った。死ぬことを恐れるわけではない。それが真に主君のためになるなら死は恐れぬ。しかし、主君が誤った判断を下した場合は違う。むしろその誤りを命を懸けても正すのが家臣としての道である。唯々諾々《いいだくだく》と主君の命令に従えばいいというものではない。上田原の敗戦によって常勝武田軍団の神話が崩れた。これまで武田にさんざん痛めつけられた敵が、一斉に蜂起《ほうき》する恐れすらある。

（一刻も早く甲府にお帰り頂き、足元を固めて頂かねばならぬ）

そうしなければ武田の鉄の支配にも、大きな亀裂が入ることになる。勘助は晴信のもとへ急いだ。

晴信の陣に着いた勘助はすぐに出頭せず、人を介して源五郎を呼び出した。

「働き見事であったな。わしの言い付けをよく守った」

勘助はまず褒めた。褒められた源五郎は何のことかわからず妙な顔をした。

「わからぬのか、わしは言ったはずだ。殿に大将にあるまじき振舞いあれば、命を賭《と》してもお止めせよ、とな」

源五郎はあっと思った。大将にあるまじき振舞い、それは惨憺《さんたん》たる敗戦の中で、晴信が無謀な突進をしようとしたことである。それを命懸けで止めたのは、勘助の言葉に従ったためではない。ただ夢中で、このままでは大変なことになると、止めに入っただけである。

「それでよいのだ。そなた自身が決めたことなら、なおのことよい」

勘助は笑顔を見せた。だが、源五郎は不思議でならなかった。勘助はどうしてあの事態を予想することができたのか。

「それは、いずれ折をみて話そう。それよりも殿のご様子はどうだ」

「はい――」

源五郎は浮かぬ顔をした。晴信は苛立ち、手当たり次第に家臣を怒鳴りつけている。家臣の意見には一切耳を貸そうともしない。

「板垣様ご存命ならば、どうにかなったのでしょうが」

珍しく源五郎は愚痴を漏らした。確かに板垣信方ならば晴信を厳しく諫《いさ》めることもできただろう。あるいは甘利虎泰にもできたかもしれない。しかし、この二人の重臣は既にこの世のものではない。

「源五郎、申しておく」

勘助が表情を引き締めた。

「はい」

「よき侍になる気があるなら、愚痴は漏らすな。愚痴というものは何も生み出さぬ。ただ気が滅入《めい》るだけのことだ」

「はい、申し訳ございませぬ」

「わかればよいのだ」

勘助はすぐに機嫌を直し、

「さしあたっての大事は、殿に陣払いをして頂くことじゃな」

「山本様、一体どのような手立てを用いればよいのでしょう」

源五郎は途方に暮れていた。晴信は依怙地《いこじ》になっており、何を言っても耳に入らない状態である。

「わしに任せておけ」

勘助は晴信のところへ行った。

「勘助、退けという言葉は聞かぬぞ」

勘助の顔を見るなり晴信は言った。

「殿、それどころではございませんぞ。一大事でござる」

開口一番、勘助は叫んだ。

「一大事？」

首を傾げる晴信に勘助は血相を変えて、

「いよいよ小笠原長時が兵を挙げたのでござる。諏訪の城が危のうござる」

それを聞いて晴信も顔色を変えた。小笠原氏は、甲斐における武田氏と同様に、信濃の正当なる領主の家柄である。しかし、その力は徐々に衰え、今は筑摩・下伊奈の両郡を押さえているに過ぎない。だが、何といってもかつて足利《あしかが》幕府から信濃守護に任ぜられたほどの名家であり、信濃衆が反武田の盟主と仰ぐに最もふさわしい家柄でもある。その小笠原が今になって何故挙兵するのか。

「ええい、おわかりにならぬのか」

勘助は焦れったそうに、

「殿が村上の山猿を相手に手こずったからでござる。村上にも討てるなら、わしにも討てる。武田など与《くみ》しやすしと、長時めは考えたに相違ござらぬ」

「おのれ、長時め、こしゃくなことを」

晴信は激怒した。勘助は膝を進めて、

「さあ、このようなところでぐずぐずしている時ではござらぬぞ。ただちに全軍を諏訪上原城へお戻しなされい」

晴信はうなずき、すぐにその処置を取った。源五郎は勘助の言葉に疑いを持った。

（小笠原長時が兵を挙げたなど、先程は一言も申されなかった――）

あるいは晴信に会ってから話すつもりだったのかもしれない。しかし、事は一刻を争うのである。ふだんの勘助なら、源五郎に会う前にまず晴信に報告していただろう。

（では、嘘か）

そう悟って、源五郎は青ざめた。

晴信をこの場から退かせるのには、うまい口実ではある。小笠原挙兵が真実なら、晴信は北に村上、南に小笠原の狭み撃ちを食らうことになる。しかも本国を離れ、疲れている将兵を抱えたまま――。それゆえ晴信は上原城への移動を承知したのである。実は単なる移動ではなく撤退なのだが、今の晴信はそれに気付いていない。

（お気付きになれば、どうなる？）

騙された怒りと、意地を通す場を奪われた怒り、それが重なったうえで勘助に向けられることになる。源五郎はぞっとした。今の晴信は平常心を失っている。怒りが重なれば、勘助とて無事には済むまい。

（まさか、お手討ちにされるのではあるまいか）

2

急ぎに急いで晴信は諏訪上原城に入った。既に三月になっていた。甲府を出陣してから丸一月、ようやく晴信は自らの領土に戻って来たことになる。何よりもほっとしたのは、配下の兵たちである。屋根の下で寝るのはひと月ぶりという者も少なくなかった。同じ信濃とはいえ、北の上田原に比べて諏訪はまだ暖かい。だが晴信は、城に入った当日から何かおかしいと思い始めていた。小笠原が攻めて来るなら何らかの気配があるはずだ。だが、城の留守居役に聞いてもそんな気配はまるでないと言う。

「勘助め」

晴信は勘助を呼び出して詰問した。

「長時が兵を挙げたなどと、偽りを申したな」

「はて、拙者そのようなことを申し上げましたか？」

とぼける勘助に晴信はますます怒った。

「おのれ、主君を欺《あざむ》いたばかりか、しらまで切るとは」

晴信は許せぬと思った。勘助は主君の怒りなど気にも留めずに、

「拙者が申し上げたのは、もし拙者が長時ならば、ただちに諏訪を攻める、ということでござる。殿は、何かお聞き違いをなされたのでは」

「黙れ、わしが聞き違いなどするか」

「左様でござるか、拙者、言い違えたのでござろうか」

勘助はそこではたと膝を打ち、

「左様、確かに言い違えたかもしれませぬ。なにしろ拙者、あの時は武田家危急存亡《ききゅうそんぼう》の秋《とき》と存じ――」

と、晴信の顔をまっすぐに見た。

「なんだ、早く申せ」

晴信は焦れて先を促した。

「頭に血が上っておりました。人間、頭に血が上ると、焦《あせ》りあわて何事にも判断が狂うものでござる。——たとえ、名将とうたわれる御方でも、同じことでござる」

勘助は晴信をじっと見つめたまま言った。

「よろしゅうござるか、人間、頭に血が上ると判断が狂うものでござる。このこと勘助の遺言として、ぜひともお耳の底に留め置かれませい」

「遺言?」

晴信は意外な言葉に驚いた。

「そちは死ぬのか?」

「死にとうはござりませぬが。ご主君の怒りが解けねば仕方がありませぬ。どうぞご存分に」

しゃあしゃあと勘助は言ってのけた。こう先手を打たれては晴信も苦笑する他はなかった。

「もうよい、下がれ」

だが、勘助は下がらなかった。

「どうした。まだ言いたいことがあるのか」

晴信は不機嫌な顔をしていた。

「この際、ご褒美を頂戴致しとうござる」

「ほうび、じゃと？」

「はい」

勘助は平然と答えた。

「何が欲しい？」

晴信は、勘助が何を望むかに興味を持った。

「武田家の家宝を」

「家宝？」

晴信は問い返した。

「御旗楯無がことか」

「いえいえ、そのような貴重な品、勘助の分《ぶん》に過ぎたるもの」

「しかし、そちは家宝と申したではないか」

「拙者が賜りたいのは、いえ、お預かり致したいのは、誓言でござりまする」

「――」

「御旗楯無にかけて――との誓言、これをぜひとも勘助めにお預けくださりませ」

晴信は勘助をにらみつけた。

「なぜ、預かりたいのだ」

「――」

今度は勘助が黙った。

「申せ」

晴信はきつく促した。

「およそ大将というものは、いついかなる時にも、縛られてはなりませぬ。縛られるものがあってもなりませぬ」

「勘助、この誓言は武田家代々に伝わるものだぞ。わしの一存で廃するわけにはいかぬ」

「されば、お預かりしたいと申し上げております」

勘助は熱誠を込めて説いた。

「うむ」

晴信は目を閉じて、しばらく考えた。勘助は待った。

「わしはなぜ義清に負けたのか」

目を開けて、晴信が言ったのはそのことだった。

「誓言のせいではあるまい」

「確かに」

勘助はうなずいた。

「では、何故だ？」

「小田井原の合戦で、十分《じゅうぶ》の勝ちを収めたことでございましょう」

勘助の言葉に晴信は瞠目《どうもく》した。

「十分の勝ちはいかんのか」

「はい」

晴信は納得がいかなかった。完全な勝利がなぜいけないのか。

「十分の勝ちは十分の負けを招きまする。小田井原と上田原、まさにその通りになったはず」

「それがわかっていて、なぜ申さなんだ」

「真田幸隆には申しておきました」

「それはどういうことだ」

晴信は咎めるように言った。

「万一の場合、殿をお助け申し上げるためでございます」

「わしに直《じか》に申せばよいではないか」

「いいえ、あの時の殿のお耳には、そのような言葉は入りますまい」

勘助は断言した。

「なぜ十分の勝ちは十分の負けを招く？」

晴信はどうしても納得がいかない。

「左様、十分の勝ちとは人智を超えたもの。すべてがうまくいってこそ得られるものでござる」

「幸運ということか」

「それもござる。気象、時勢、敵の強弱、味方の強弱、大将の器量、あらゆるものがすべてうまくいってこそ、十分の勝ちは得られるのでござる。人が積み重ねられるのはせいぜい七分の勝ちまで、後の三分は人の力ではどうしようもないものでござる」

「――」

「されど、人というものは、十分の勝ちを得た途端、すべて自らの力で得たものと思い違いを致すのでござる。それが驕《おご》りを生み、敵への侮りを生み、次の戦にひびくのでござる」

「では、早く申せばよいではないか。わしになぜそれを申さぬ」

晴信は腹を立てていた。

「殿は村上義清に煮え湯を飲まされ申した」

勘助は淡々とした口調である。

「それゆえ、拙者の言葉が素直に耳に入るのでござる。もし、あの時、小田井原の勝ち戦のすぐ後に、拙者が同じことを申し上げても、殿はお聞き入れにはなりますまい。むしろ進んで戦を始められたのではありますまいか」

晴信は言葉に詰まった。おそらく勘助の言う通りであろう。

「負け戦は辛《つろ》うござる。されど、何故負けたか、どこを改めればよいのかと、自らを省《かえり》みる絶好の機会でもござる。どうかよくお考えくださりませ」

勘助は改めて頭を下げた。

「御旗楯無の誓言は負けとは関わりあるまい」

晴信は未練がましく言った。

「もし殿があのまま上田原に滞陣されていたら、どうなりましたかな。再度、十分の負けを喫したかもしれませぬ。こだわることこそ、大将にとって最大の凶。どうかご賢慮のほどを」

「わかった。勝手にせい」

晴信はついに兜《かぶと》を脱いだ。

「勘助、誓言を確かにお預かり申した」

勘助は初めてにこりと笑った。

後に晴信はこの教訓を次のようにまとめた。

「およそ軍勝《ぐんしょう》、五分をもって上と為《な》し七分を中と為し十分をもって下と為す。そのゆえは五分は励《はげみ》を生じ七分は怠《おこたり》を生じ十分は驕《おごり》を生ずるがゆえ。たとえ戦に十分の勝を得るとも驕を生ずれば次には必ず敗るもの也」

諏訪上原城にとどまり周辺の大名の出方を窺っていた晴信は、三月末になってようやく甲府に引き揚げることにした。その際、戦死した板垣信方の後任として、その実弟の室住《むろずみ》玄蕃允《げんばのじょう》を諏訪郡代に任じた。

また春日源五郎や秋山新左衛門《あきやましんざえもん》ら若手が、新しく侍隊の大将に抜擢された。

「それはお引き受け致しかねます」

晴信からそのことを聞いた時、源五郎はあまりのことに辞退した。

「なぜだ」

晴信の問いに、源五郎はかしこまって、

「まだ早《はよ》うございます」

それは本音だった。二十を超えたばかりの若者が、侍五十騎足軽二百人を預けられるなど、前例のないことだった。

「早いか早くないかは、わしが決めることだ。口出し無用」

晴信は辞退を許さなかった。

「――」

「勘助もそなたを推挙しておる」

「山本様が？」

源五郎が驚きの表情を見せた。

「そうだ、そなたなら充分に物の役に立つとな。――新左衛門もそなたと同役になる」

晴信の最後の一言が源五郎の競争心を刺激した。同輩の新左衛門だけには負けたくないという気持ちがあった。

「謹《つつし》んでお受け致します」

「ほう、受けるか」

晴信は苦笑した。

源五郎推挙にあたって、勘助はこう言ったのである。

「板垣様、甘利様ら老練の将を失ったことはかえすがえすも無念。されど死んだ者はもう返りませぬ。ここは禍《わざわい》転じて福と為す心掛けが肝要かと存じます。すなわち若手の抜擢でござる。同じ穴を埋めるなら、思い切って若手を登用し互いに競わせることが、この際最善の道かと愚考つかまつる」

（なるほど、互いに競う心が未熟を補って余りあるかもしれぬ）

晴信は一人で感心していた。

この結果、春日源五郎は春日弾正《だんじょうの》忠昌信《じょうまさのぶ》と名乗りが変わり、秋山新左衛門は秋山伯耆守信友《ほうきのかみのぶとも》となった。共に五十騎の将にふさわしい名乗りを与えられたのである。既に侍大将に任じられていた教来石《きょうらいし》民部は、名門馬場《ばば》家の家督を継ぎ馬場民部少輔信房《みんぶしょうゆうのぶふさ》となり、百騎の大将に格上げされた。その他にも多数の若手が抜擢され、生まれ変わった甲州軍団は本拠地に帰り着いた。

甲府に帰った晴信がまずしたことは、近習の欠員の補充であった。若手の使番を侍大将に起用すれば使番に欠員が生じる。その欠員は近習から優秀な者を選ぶことになる。その結果、当然のことながら近習にも欠員が出来る。近習は領内の優秀な若者から選ぶことになっていた。近習から使番となり侍大将になるのが、武田家における最も早い出世の道である。当然、近習になることを望む者は多い。だが、晴信はこればかりは人の言葉には惑わされず、自分の目で見て決めることにしていた。重臣の息子であろうと、ひいきはしない。逆に見どころさえあれば百姓の息子でもどしどし採用する。現に春日弾正忠となった源五郎は、石和村の百姓の倅《せがれ》なのである。

躑躅ヶ崎館の一角に、晴信は希望者を集めて、直々に言葉をかけた。いわば一種の面接試験である。受験資格は、身元の確かな若者であるということだけだ。試験問題は一つ、晴信が尋ねる。

「何ができる?」

それだけであった。

若者たちはその問いに答え、自ら得意な技を晴信に見せる。

それが晴信の気に入れば、近習として採用されるのである。その日も晴信は、うるさいことを言う近臣は遠ざけて、若者たちの少し先輩である近習をわずかに侍《はべ》らせ、未来の侍大将たちを検分していた。ある者は野の匂いのたっぷりする槍使いを見せ、ある者は庭の大石を持ち上げて見せた。晴信は退屈した。どれもこれも、いつかどこかで見たようなものばかりであった。

（掘り出しものはおらぬか）

その期待は裏切られ続けた。最後に晴信の前に、奇妙な小男が現われた。痩せて顔色の悪い男は、不幸なことに生まれつき上唇が裂けていた。

「名はなんと申す？」

「飯富《おぶ》源四郎《げんしろう》と申します」

小さく低い声であった。

「源四郎、一つの違いか」

晴信は思わずつぶやいた。その意味を察した近習たちは、くすくすと忍び笑いを漏らした。源五郎と源四郎、たった一つの違いである。しかし、水もしたたる美男の源五郎に比べて、この源四郎はどうだ。

「そなた、虎昌の一族か」

「はい」

その途端、別の方角から野太い声がした。

「源四郎、何を致しておる」

晴信は声のした方を見た。飯富兵部虎昌であった。板垣・甘利の両人亡き今、武田家の筆頭重臣はこの虎昌である。顔を真っ赤にして怒っていた。源四郎は怯《おび》えたように目を伏せた。

「御免」

虎昌は晴信に一礼して庭に入ると、つかつかと源四郎に歩み寄って頬げたを張り飛ばした。

「この恥さらしが、何をしておる」

虎昌は怒鳴り、再び晴信に一礼して、

「お目のけがれでござった。早々に退散しますゆえ、お許し願いたい」

「待て」

晴信は凛《りん》とした声で虎昌を止めた。

「その者は、そなたの一族か」

虎昌は、源四郎の首根を摑んで退出しようとしていたが、もう一度膝をついた。

「――腹違いの末弟にございます」

「何故、下がらせる」

「このような者、殿の御前に出すわけには参りませぬ」

「だから、何故と申しておる」

晴信は厳しい目を虎昌に向けた。虎昌は当たり前ではないかと言いたげな顔で、

「この無様な姿、殿のご近習としてはふさわしくありませぬ」

「虎昌、わしは容貌のよしあしで近習を選んだことなどは一度もない」

真面目な顔をして晴信が言ったので、近習たちがくすくすと忍び笑いを漏らした。春日源五郎が甲州きっての美童だったことは誰でも知っている。晴信は咳《せき》払いをして、

「侍に大切なことは外見のよしあしではない。器量じゃ。技じゃ。そなたも知っておろう」

「この者には何の取り柄《え》もありませぬ」

虎昌は憎々しげに言った。

「それはわしが決めること。たとえ、そちといえども口出しは許さぬ」

晴信は強い調子で言った。

「下がれ、虎昌。この者の良否はわしが決める」

虎昌は内心面白くなかったが、主君の命令には逆らえない。しぶしぶ退出した。後に残された源四郎に、晴信は優しく声をかけてやった。

「さて、そなたの兄は、何の取り柄もないと申しておったが、そうではあるまい。何が得意だ?」

源四郎はうつむいたまま蚊《か》の鳴くような声で答えた。

「――何もありませぬ」

「何かあろう。さあ、申してみよ。遠慮はいらぬ」

「がまん、なら人に負けませぬ」

辛うじて源四郎は言った。

近習たちが一斉に笑った。

晴信も微笑を禁じ得ない。

源四郎だけが悄然《しょうぜん》としていた。

「我慢とは変わっておるのう」

晴信が言うと、源四郎は初めてまともに見返し、

「変わっているとは思いませぬ」

「ほう、そうかな」

「侍に最も大切なのは、こらえる心、忍ぶ心でございます。わたくしはそう信じております」

近習たちはなおもくすくすと笑っていたが、晴信は少し源四郎を見直した。

（案外ものになるかもしれぬ）

頑固なことは、よき侍になる条件の一つである。あまり頑固一徹、まったく融通が利かないのも困るが、主君の命令をたとえ石にかじりついても守るという資質は貴重なものである。晴信は試してみることにした。

「源四郎と申したな。そなたの言葉に偽りはないか？」

まずそれを確かめた。

「はい」

「しかと相違ないか」

「ございませぬ」

「では申しつける。あの池に――」

と、晴信は庭の広い池を指さした。

「わしがいいと言うまで、腹から下、あの池に浸《つ》かっていよ」

近習たちは驚いた。

ついこの間まで氷が張っていたのではなかったか。

「かしこまりました」

源四郎ひとりが平然としていた。さっさと池の端まで行き、そのままざぶざぶと中に入り、腰まで浸かると晴信を見た。

「これでよろしゅうございますか」

「よい」

晴信は席を立った。ここは突き放しておいたほうが、本人の忍耐を知るには都合がよいと思ったのである。表御殿へ戻った晴信を、とんでもない知らせが待っていた。

「村上義清、小笠原長時、藤沢頼親らが徒党を組み、諏訪へ乱入した模様でございます」

新郡代からの急報だった。

（おのれ、わしが甲府に戻ったのを知り、上原城を狙ったな。空き巣狙いの義清めが）

晴信はただちに出陣の支度を命じた。

池の中に立たせた源四郎のことを思い出したのは、半刻経《た》って館の門を出る時だった。

あわてて人を走らせてみると、源四郎は真っ青な顔ながら、そのままの姿勢でいた。

「面白い奴。わしの家来の端に加えてとらそう」

晴信は出陣を前に、いい拾い物をしたと思った。

峠

1

村上・小笠原の連合軍は、諏訪大社の下社《しもしゃ》に乱入し、周辺の村に火を放っただけで引き揚げた。

「何故、上原城を攻めずに兵を退くのか？」

小笠原長時の疑問に、村上義清は噛んで含めるように答えてやった。

「今は武田に勝つ機会を与えてはならぬ。あちこちで兵を挙げ、武田の本軍が出て来たら、さあっと退く。信濃守殿、こうすれば武田は負けに負けているという評判が立つ。それこそ、こちらの付け目なのだ」

「――」

なぜ、そうなのか、聞こうとせず、長時は鈍い表情のまま義清の口許《くちもと》を見つめていた。

(名門の御曹司《おんぞうし》か——、晴信もそうだが、苦労するとせぬでは、これだけ違うものか)

武士というより公家の公達《きんだち》のような細面《ほそおもて》の長時は、確か三十をいくつか越えているはずだった。晴信よりも年上だが、どうも頼りない。

「武田に対し信濃衆は何故立ち上がらぬか、——信濃守殿はなんとお考えじゃ」

義清の問いに長時は首を傾げ、

「わからぬ。村上殿はおわかりなのか」

と、問い返してきた。

(信濃守護たる貴殿が生ぬるいからよ。もっと早く、晴信が諏訪に手を出した時に何とかしておればよかったのだ)

義清は内心はそう思った。しかし、それをそのまま口に出せば、長時は腹を立ててせっかくの同盟が一気に崩れる。

(まあよい、小笠原家の当主がこれほど愚物だからこそ、わしも北信の雄と呼ばれるまで勢力を広げることができたのだ)

今は共通の敵武田晴信を討つことこそ先決である。

「信濃衆が立ち上がらぬのは、晴信めがこの信濃で連戦連勝、一度も負けたことがなかったからでござる。武田は甲斐一国から軍勢を繰り出す。これにひきかえ信濃はせいぜい一郡か二郡の兵。数で負けておるうえに、一度も勝ったことがないとなれば、誰もが晴信を恐れる。無理もないことだ。しかし、それは昨日までのこと。わしが上田原で晴信を叩きのめしたからだ。――おわかりか、信濃守殿」

「いや、わからぬ」

「武田不敗という評判を、わしが崩してやったのだ。いま信濃衆は一人残らず、このまま武田が負け続けるか、それとも再び勝つか、息をひそめて見守っているのでござるよ。ここで武田に勝つ機会を与えず、負けに負けているという評判を作れば、晴信のもくろみはすべて崩れる。あちこちで反武田の狼煙《のろし》が上がり、信濃平定など夢の夢となるでござろう」

焦れったそうに義清は説いて聞かせた。

晴信は見事に肩透かしを食らわされた。今度こそ村上義清の息の根を止めてやろうと、勇んで出陣したが、甲信国境に差しかかったところで、敵が既に引き揚げたとの急報に接したのである。晴信はさっそく勘助を呼んで意見を聞いた。

「まずうござるな」

勘助は顔をしかめた。

「義清の狙いは何だ？」

晴信は尋ねた。

「左様、あちこちで武田に対する反逆の狼煙を上げさせることでござろうな」

「姑息《こそく》なことを。片端からすりつぶすまでだ」

「そううまくいきますまい」

勘助は首を振った。

「なぜだ？」

「信濃は広うござる。北と南で同時に事を起こせば、いかに殿とて手に余るでござろう。それに、おそらく義清めは本気で殿と合戦に及ぶつもりはないと見ました。こちらが攻め寄せればただちに兵を退き、こちらが退けば兵を出す。これを繰り返すつもりでござろう」

「なぜ、そんなことをする」

「上田原での勝ちを、温存するためでござる」

「勝ちを温存じゃと？」

「はい。義清にとって、上田原の勝ちは大切な宝でござる。小勢をもって大軍を打ち破った会心の勝ち。しかも殿にとっては初めての負けでござる」

晴信は嫌な顔をした。だが、勘助はかまわず続けた。

「この勝ちを奇貨《きか》とし、殿に挽回《ばんかい》の機会を与えず、寄せては返し寄せては返す攻めを繰り返せば、いかがなると思《おぼ》し召す？」

「――」

「信濃の国人たちは、武田勢も意外に弱い、恐るるに足らずと思うにちがいござらん。そうなれば一大事。それこそ信濃の国中で武田への反逆を為す者が出て参るでしょう」

「それが義清の狙いか」

「御意」

晴信は唇を噛み、乗馬鞭《むち》でぴしりと立木を打った。

「――どうすればよい、勘助」

「ここはひとまず兵をお退きなされ」

「退く？　今度の混乱のもとは義清じゃ。義清さえ討ってしまえば、事は収まるであろう」

「その通りでござるが、義清は決して殿の相手にはなりますまい。攻めても、逃げるか城に籠もるか、時を稼ぐ手に出ましょう。その手に乗ってはなりませぬ」

「退くのか、このわしが」

「我慢なさりませ。動かざること山の如し、が肝要でござる」

晴信がここをこらえさえすれば、まだ道はあると、勘助は思っていた。

人生においては待つことも必要である。

焦《あせ》って動いては、かえって墓穴を掘ることもある。今がその時だと勘助は感じていた。

晴信が甲府に戻ってからも、義清と長時は執拗な攻撃を仕掛けてきた。義清は主に佐久方面の守りの手薄な城を狙い、その結果内山城は焼け落ち前山《まえやま》城が奪われた。長時は諏訪を狙い、たびたび兵を出して下社近辺に火を放った。晴信は激怒し、何度も出陣しようとしたが、そのたびに勘助は必死に止めた。大軍を率いて晴信が出陣しても、敵は逃げるに決まっているのである。もし上田原の大敗という事実がなければ、世間は義清が武田の大軍に恐れを為して逃げたと見る。しかし、義清は小勢をもって武田の大軍を破っている。だから世間はそう見ない。戦上手の義清がとりあえずの勝負を避けたと見るだろう。晴信が仮に出陣しても敵は逃げる。そして深追いはできない。佐久へ向かえば諏訪で、諏訪へ向かえば佐久で、義清と長時は手薄になったほうで兵を挙げるにちがいない。そうなったら晴信は軍を戻さざるを得ない。だがそうすれば、武田はしてやられたことになる。兵を出したのに敵を退治できなかったことになる。

本来ならば引き分けである。勝ち負けが決まらないのだから、引き分けというしかない。しかし、大敗の後の引き分けを、人は単なる引き分けとは見ず負けと見る。それが世間というものだ。それが続くうちに、武田軍団不敗の神話が崩れ、信濃のあちらこちらで反武田の狼煙が上がり、晴信の信濃平定の野望は水泡に帰す。義清の真の狙いはそこにある。そのことを誰よりもよく理解しているのが勘助であった。

「勘助、いつまで義清をのさばらしておくのだ」

晴信は苛立ちを勘助にぶつけた。

「我慢なさりませ。敵の嫌がることをする、これも軍略の極意。義清の軍略に対抗するには、こちらも同じ手を使うしかありませぬ」

勘助はむずかる子をあやすように答えた。

「では、兵を出せ、というのか」

同じ手と勘助が言ったので、晴信はそう尋ねた。

勘助は首を振って、

「違い申す。いま義清が最も嫌がること、それは殿が兵を出さず、事態を静観することでござる。出城《でじろ》の一つや二つ、いつでも取り返せます。ここはご自重くだされ」

それにしても晴信は口惜しい。

「我慢比べはいつ終わるのだ？」

「二つございますな」

勘助はにやりとした。

「二つ？」

晴信は不機嫌である。

「一つは、殿が我慢なさらずに義清めの挑発に乗って兵を出した時。もうおわかりでございましょうが、そのようになされば、それこそ義清の思う壺――」

「わかっておる」

晴信は声を荒げた。勘助は平然として、

「いま一つは、義清めが殿を侮り調子に乗って手を広げた時。あるいは焦って殿と一気に勝負する気になった時でござる」

「それはいつだ？」

「わかりませぬ。そう早くは参りますまい。参らぬかもしれませぬ」

「義清め、早く出て来い。今度こそ思い知らせてくれる」

いきり立つ晴信を尻目に勘助は、

「殿、ご承知でございましょうな。上田原では当方八千に対し、敵は半分の四千でござった。されど、今後もし村上との正面切っての決戦あらば、軍勢は互角になり申すぞ」

「――？」

「八千のうち二千は日和見《ひよりみ》の衆、殿がお勝ちになると思ったからこそ、当方に付いたのでござる。今度はその二千は義清に付く、こちらは二千減じて六千、敵は二千増えて六千、すなわち互角」

「なんの、もともとその二千はあてにはしておらぬ」

「でもございましょうが、できればその戦いは避けとうござる」

「なぜ避ける？　村上が怖いのか」

「戦いというものは、やってみなければわからぬもの。そこで上田原の二の舞いを演ずれば一大事でござる」

「上田原、上田原と申すな」

晴信は怒鳴った。

勘助はひるまなかった。

「殿、この勘助に秘策がござる」

興奮が鎮まるのを待って、勘助は切り出した。

「秘策？」

「この情勢を一気に挽回し、再び武田の威を天下に示す策でござる。この二カ月、勘助はそればかりを考えておりました」

「どういう策だ」

晴信は聞く気になった。勘助が自信を持って献策する以上、それは練《ね》りに練った充分に検討に値する策であろう。

「勝ちを取るのでござる」

勘助は答えた。

「誰から取る？　義清か――」

「いえ、もっとたやすいところからでござる。小笠原長時でござる」

勘助はずばりと名指しした。

「餌を蒔《ま》き、長時をおびき出し叩くのでござる」

「長時は乗るか？」

晴信の目が光った。

「義清めよりは、騙しやすい相手でございます。後は餌次第」

勘助は不敵に笑った。

「何を使う」

「諏訪上原城。――これしかございませぬな」

「上原城か」

晴信は改めて勘助の大胆な発想に驚かされた。確かに魅力的な餌だ。長時の本拠は筑摩郡の林城（松本）である。上原城とは山ひとつ隔てただけのところにある。諏訪・佐久・小県と次々に信濃を侵した晴信が、次に狙うのは村上義清の葛尾城か小笠原長時の林城、そのいずれかになる。

晴信は先に義清のほうを狙った。しかし長時もいつまでも枕を高くして眠っているわけにはいかない。喉元に上原城という刃が突きつけられているからだ。この刃が自分のものになると知れば、長時は喜んで食いついてくるだろう。だが、晴信はひとつ不安があった。

「いくら餌を蒔いても、長時が食いつかぬ時はどうする」

「あらゆる手立てを用いても、食いつかせまする」

勘助にもその不安がないわけではない。

長時は名門の末裔《まつえい》である。育ちがいい。目の前に金が落ちていても拾おうとせぬ鷹揚《おうよう》さがある。

だが、それでは困るのだ。長時という飽食の狐を穴から出し二度と動けぬほどに打ちのめす。そうしなければ上田原で失くしたものは取り返せない。武田強しと、信濃侍に思い知らせてやらねばならないのだ。

「話はどう持ちかけるつもりだ」

晴信が聞いたのは餌の蒔き方である。

「郡代殿に内応して頂きますかな」

勘助は事もなげに言った。上原城に在《あ》る、諏訪郡代室住玄蕃允。姓は違うが前郡代板垣信方の実の弟である。その玄蕃允が長時へ内応の使者を送る。

「だが、信じるか、長時が？」

晴信は半信半疑である。

「そこのところはお任せくだされ。なに頭から信じさせる必要はござらぬ。要は林城から引きずり出せばよろしいのでござる」

「上原まで来なんだらどうする」

「来ずともよいのでござる」

意外な勘助の答えに、晴信は不審の目を向けた。

「では、どこで討つ」

晴信は最も肝心な点に触れた。上原城を餌に、小笠原長時を林城からおびき出す。当然、晴信は上原城近辺が決戦の場であると考えた。だが勘助は敵が上原まで来なくてもよいと言う。それではどこでどう討つのか？

「殿、お願いがござる」

「何だ、申してみよ」

「源五郎、いや春日弾正忠殿を、ここへ呼んで頂けませぬか。軍略を学ぶにはよい機会でござる」

勘助はくすっと笑った。

「そうか、弾正忠殿、をな」

晴信も面白がった。さっそく、源五郎が呼ばれた。勘助はその前に地図を広げた。山塊を隔てて上原城と林城が対峙《たいじ》している。

「さて、弾正忠殿、そなたは林城城主小笠原長時になったつもりで考えてみよ。わしは仮に上原城代室住玄蕃允になる。よいか、わしはそなたに内応したいとの使者を送る。この上原城を明け渡す用意があるとな。――さて、そなたはどうする？」

「内応のわけをお伺いしとうござるが」

源五郎はまっすぐに勘助の目を見た。

「それはな兄板垣信方をむざむざと討たせた、甲府の殿のふがいない采配に憤《いきどお》りを覚えたからじゃ」

勘助はよどみなく答えた。

「人質は出されるのか？　恩賞は何を望まれる？」

矢継ぎ早に源五郎は尋ねた。

「あいにくと、人質はおらぬ。わしは独《ひと》り身じゃ。恩賞はな、貴殿の領内でどこぞ物成《ものなり》のよい土地を頂ければ満足でござる」

勘助も玄蕃允のつもりを続けた。

「さてどうする、源五郎、いや、小笠原長時殿」

源五郎はしばらく地図を見つめていたが、

「軍勢を率いて林城を出ます」

「何人連れて行く？」

「五千は連れて行かねばなりませぬ」

「ほう、ほぼ全軍じゃな。なぜ、そうする」

「もし本当に上原城が手に入るとすれば千載一遇《せんざいいちぐう》の好機、見逃す手はございません。しかし、人質も寄越さぬ玄蕃允殿、罠を張るつもりかもしれませぬ。したがって、小人数では出かけられませぬ」

「まっすぐに上原城を目指すか？」

「いえ、とりあえず陣所を設け、玄蕃允殿の心底を確かめつつ、罠に嵌まらぬよう致します」

「その陣、どこに設ける？」

その問いに対して源五郎は、地図上の一点を指さした。

勘助は嬉しかった。源五郎が指さしたのは、林城と上原城の中間にある峠である。まさに正しい答えだ。しかし、念のため確認することを、勘助は忘れなかった。ただ単に両城の中間点ということだけで、源五郎がそこを選んだのかもしれぬ。

（塩尻峠《しおじり》――）

それなら失格である。

「なぜ、そこに陣を置く？」

源五郎はただちに答えた。

「小笠原殿が最も恐れるのは、武田勢に待ち伏せされること、不意討ちされることでございます。それを防ぐには、見通しが利き守るに易く攻めるに難《かた》き地が、最も適しております。この峠は諏訪側が急峻な坂となっておりますが、反対の筑摩側は緩やかでございます。まさに見通しよく守るに易く攻めるに難き地。しかも、林城へ戻るにも上原城に攻め入るにも、ちょうどよい場所。いざという折、わずかな時で軍勢を移せまする」

「見事じゃ、源五郎。まさにそなたの申す通り」

勘助は手放しで褒め、晴信の方を向くと言った。

「殿、いかがでござる」

「うむ」

晴信はうなずいたものの、肝心の点がごまかされてしまったように感じた。

（長時が塩尻峠に陣取ってしまえば攻めることができぬ。峠に陣取らぬように工夫をせねばならぬな）

だが、勘助の次の言葉は、完全に晴信の意表を衝いた。

「殿、ここで長時を討つのでござる」

「なんじゃと」

晴信は思わずわが耳を疑った。いま勘助は、塩尻峠が長時に最も有利な地であることを、確認したばかりではないか。それなのに、どうしてそこで長時を討つのか。

「敵の意表を衝くのも軍略の一つ。長時めもまさか塩尻峠でわが武田に攻められようとは、夢にも思わぬでござろう」

「不意を討てというのか」

「御意」

だが、どうやって、と晴信は言おうとして、後の言葉が続かなかった。塩尻峠は見通しがよく、最も奇襲されにくい場所なのである。だからこそ、小笠原勢がそこに陣取るのだ。峠の頂上で周囲を見下ろしている敵の目を、どうやってごまかすというのか。攻めるほうは、どこから行くにしても、山を登って行かねばならぬのである。発見されないはずがない。

「なに、子供にもわかる手でござるよ」

勘助は平然としていた。

「夜襲か」

晴信は呻《うめ》くように言った。

「御意」

勘助はうなずいた。そうはいっても、この時代の「夜」襲は真夜中に敵を討つのではない。暗闇の中では敵味方の判別がつかぬので、夜明けを待って敵に襲いかかる。むしろ「暁の奇襲」というべきかもしれない。もっとも軍の移動は真夜中に行なう。敵の不意を衝くためである。

「灯もなしで、険《けわ》しい峠を登れるのか」

晴信はそれをいぶかしんだ。

「何の用意もなしにはとうてい無理でござろう。ただし、この合戦、当方に極めて有利なことが一つ」

「なんだ」

「当方は合戦の場が塩尻峠であることを知っておりますが、先方は知らぬということでございます」

知っている以上それに備えて様々な手が打てる、準備もできる。

「合戦の場が塩尻峠になるかならぬか、それはそちの才覚次第じゃぞ」

晴信はからかうように言った。

「なりまする、させてみせまする」

勘助には自信があった。

「ただ、おびき出すだけではいかぬのだぞ」

「もとよりのこと」

夜襲をかけるのだから、小笠原軍には少なくとも峠に露営し夜を明かしてもらわねばならぬ。当然、晴信は甲府から軍を率いて行く。移動には時間がかかる。それを考えれば最低三、四日は小笠原軍を塩尻峠に釘付けにする必要がある。

「よかろう、万事そちに任せよう」

晴信は断を下した。

「かしこまりました。必ずや塩尻峠に長時めをおびき出し、叩きのめして御覧に入れます」

「叩きのめすのは、わしの役目じゃ」

「これは越権つかまつった。お許しくだされ」

主従は声を揃えて笑った。上田原の敗戦以来、久しぶりの笑いであった。だが、心の中で、もう一人の勘助は顔を蒼《あお》くしていた。この作戦は危険な賭けなのである。これまでは武田家の武威と兵数が敵を圧倒していた。位詰《くらいづめ》に押す、楽な戦であったと言っていい。少なくとも信濃における戦はそうであった。

(だが今度は違う。劣勢を挽回するための大博打《ばくち》。失敗すれば信濃平定など夢と化す。そればかりか甲州支配にもひびが入る)

まさに峠、武田家が興隆するも没落するも、この一戦にかかっているのだ。

だが勘助はそんな様子はおくびにも出さない。晴信はといえば、そんな心配は露ほどもしていないらしい。

(若いというのはいい。この一戦、まかり間違えば武田家の没落につながるなど、夢にも考えてはおられぬ)

甲斐の国主で一生を終わるというなら、こんな危険な賭けはいらないのである。長い目で見て、いつの日か村上義清と対決することを考えておけばいい。上田原の敗戦は確かに痛手ではあるが、甲斐の国力をもってすれば物的損害はすぐに補うことができる。豊富な金鉱があるからだ。だが、信濃平定を経て天下制覇を目指す晴信は、そんな悠長なことはしていられないのである。元も子もなくすかもしれぬ博打を打つしかない。勘助は不吉な想像を頭から振り払った。

「では、殿、拙者これよりただちに諏訪に出立致します。室住殿へ拙者の指示にすべて従うよう書状をしたためて頂きとうござる」

「よかろう」

　晴信はすぐに祐筆《ゆうひっ》を呼んだ。

「それから、源五郎、いや春日弾正忠殿をお借り致します」

「ほう、弾正忠殿をどうする？」

　晴信が笑ったので、源五郎は嫌な顔をした。勘助は源五郎の方を向いて、

「そなたには重い役目を頼む。わしが長時に誘いの水を向けている間に、塩尻峠を調べ尽くすのだ。登り口、闇夜で目印になるもの、敵の番所。細大漏らさず調べ上げ、当日は殿の案内役を務めるのだ。――わかっておろうが念のため申しておく。もし、そなたが気取《けど》られればすべて水泡に帰す。それどころか殿のお命に関わることもあるのだぞ」

「はい」

源五郎は緊張していた。これほどの任務を命ぜられるとは思いもよらなかった。

「よいな、引き受けるのだな」

「はい、お引き受け致しまする」

源五郎は謹んで受けた。

「では、そなた、ただちに心利いたる者を選び、塩尻峠へ向かえ。いちいちわしに出立の挨拶をするには及ばぬ。今後、そなたとの連絡には、わしが佐十郎を遣《つか》わすことにする。早う行け」

「では」

源五郎が出て行くと、晴信はちらりと不安げな顔を見せた。

「大丈夫かな」

「殿が源五郎の年には、既に国主であらせられましたな」

勘助はそう言って笑顔を見せた。

2

七月に入って、小笠原長時は上原城代室住玄蕃允から内応したいとの書状を受け取った。長時はさっそく最も信頼する神田《かんだ》将監《しょうげん》を呼んだ。

「どうじゃ、将監？」

一読するのを待って、長時は膝を乗り出した。

「確かに、ありうべきことかと考えます」

将監は慎重に言った。

「信用できるということか」

「はてさて、そこまでは」

「では、どうなのだ？　応ずべきか、それとも黙殺するか」

長時は性急に結論を求めた。

「罠かもしれませぬ」

将監は言った。

「罠？」

長時はありありと失望の色を浮かべた。将監は苦笑して、

「罠でないかもしれませぬ」

「どっちじゃ、はっきりせい」

長時は焦れったそうに言った。

「ここにいては、しかとはわかりませぬ」

「では、どうする？　見送るか」

「それはなりませぬ」

将監はぴしゃりと言った。

「なぜか？」

「もし、玄蕃允めの叛心がまことなら、上原城を労せずして手に入れる絶好の機会。しかも、せっかく内応を申し入れてきた者を見捨てるようなことがあれば、今後誰もわが方を頼らなくなりまする。それこそ一大事」

「では、どうすればよいのだ」

「殿、ご出陣なされませ」

長時は目を丸くした。

「上原城を一気に攻め取るのか？」

「いえ、近くまで兵を出し、滞陣して敵の出方を窺うのでござる」

「どこに出す？」

「塩尻峠がよろしゅうございましょう」

将監は勧めた。

この場合、小笠原家の誰に聞いても、同じ場所を勧めるだろう。それだけ味方に有利な場所なのである。

「将監、そなたが先発せい。わしは後から行く」

「なりませぬ、殿」

将監は苦い顔をした。長時がどんなつもりでいるか、将監は手に取るようにわかっていた。

（殿は野陣がお嫌いなのだ。あまり外へ出たくないのであろう。困ったことだ）

武田との戦いが正念場を迎えた今、当主自ら陣頭に立つ気概が欲しい。そうでなければ戦いは負けだ。

「殿、ぜひとも、御自《おんみずか》ら総勢を率いてご出陣なされませ」

将監は子供を叱るような口調で言った。

勘助は上原城には入らず、近くの百姓家を借りて謀略の指揮を執っていた。手足として働く諫早佐十郎が、血相を変えて現われた。

「殿、一大事でござる」

「西方衆《にしかたしゅう》が裏切ったか」

勘助は囲炉裏《いろり》に薪《まき》をくべた。

「どうして、ご存知で」

「そんなところに立っていないで、上がれ」

驚く佐十郎に、勘助は座を勧めた。西方衆、それは諏訪湖西岸に居住する武士団の総称である。矢島《やじま》・花岡《はなおか》といった諏訪家に連なる一族だが、小笠原領と近いこともあって気脈を通じている者もいる。武田家が諏訪頼重の遺子寅王丸を立てて、実質上諏訪家を乗っ取ったことに反感を抱いている者も少なくない。

「とにかく大変なことになりましたな」

向かい合わせに腰を下ろした佐十郎は興奮していた。

「なんの、むしろわしは待っていたのだ」

勘助は枯れ枝をぴしりと折った。

「何をでござる?」

「知れたこと、西方衆の反乱を、よ」

「——!」

「これでよいのだ、佐十郎」

「しかし、殿。反乱の火の手が広がることは、まずいのではございますまいか」

「西方衆など、物の数ではない。だが、きゃつらが反旗をひるがえせば、長時は喜ぶであろう」

小笠原領と上原城の間に、西方衆の領地はある。長時から見れば、西方衆の反乱は武田領の外壁が崩れたも同然である。

「これで長時の重い腰も上がる。こたびの戦は、長時をおびき出すのが肝心なところじや。西方衆の謀反はむしろ望むところ」

勘助の表情を見て、佐十郎ははっと悟るところがあった。

「殿、それでは、西方衆をわざと？」

勘助はうなずいた。

「どのような手段を用いなされた」

佐十郎は尋ねた。

「なに、簡単なことじゃ。きゃつらに書状を送りつけた」

「書状？　どのような」

「かねてから武田家に不満を抱いている者どもに、服属の証として妻子を差し出せ、領地に代官を置かせよ、と、とうてい応じられぬ無理難題を押しつけたのだ」

「殿も、お人の悪い」

人質一人ぐらいなら応じぬものでもないだろうが、妻も子もともなればあまりにも法外な要求であった。

「佐十郎、源五郎はうまくやっておるかな」

勘助は話題を変えた。

「はい、張り切って勤めておられます。手配りも見事なもので」

佐十郎は褒めた。

「敵に気取られてはおらぬだろうな」

勘助は肝心の点を確かめた。

「大丈夫でござる」

「そうか、それならばよし。では佐十郎、急ぎ深志《ふかし》へ行ってくれ」

「深志でござるか」

敵小笠原の本拠地である。

「三村長親《みむらながちか》という男がいる」

「小笠原方の武将でござるな」

勘助はうなずいておいて、

「だが、先年長時に領地の一部を召し上げられ、恨んでおるそうな」

「なるほど」

佐十郎は察しがよかった。

「内応を誘うのでござるな」

「これを持って行け」

返事の代わりに、勘助はずしりと重い革袋を渡した。中には黒川の金山で採《と》れた金塊が入っている。

「首尾よくいけば、さらに同じだけの金を与えると伝えよ。ただし、われらがどこで奇襲をかけるか、その場所だけは伏せておけ」

勘助は注意を与えた。万一、塩尻峠での奇襲の計が漏れたら、すべては水の泡となる。

「かしこまってござる」

佐十郎は素早く消えた。西方衆反乱の知らせは、その頃ようやく林城にも届いていた。

神田将監は主君の小笠原長時をせっついた。

「殿、まさに好機でござる。一刻も早くご出陣なさりませ」

長時は、この数日間というもの、支度にだらだらと時間をかけ一向に出発する様子を見せなかった。将監も、情勢がいま一つ定かでないところから、あまり言葉強くは出陣を勧めなかった。だが、西方衆まで反旗をひるがえしたとしたら、愚図愚図している手はない。

「一気に上原城まで押し出すか」

長時も欲を出していた。

「いや、それはまだ危のうござる。かねて申し上げた通り塩尻峠に陣を張り、西方衆の動き、上原城の動きをしかと見定めたうえで、次の手を打つのがよろしゅうござろう。晴信の率いる本軍が来るかどうかも見極めなければなりませぬ」

「義清殿に応援を頼むか」

「いえ、むざむざ村上勢にうまい物を食わせてやることもございませぬ。もしも甲府から晴信が来たら、その時に頼めばよろしゅうござる」

もし上原城がただで手に入るなら、それは小笠原家だけで貰うべきだ。そのように将監は考えていた。

小笠原長時がようやく塩尻峠まで本軍を移動させたのは、七月十五日のことだった。既に晴信は四日前の十一日に甲府を出発していたが、その行軍は牛の歩みに似ていた。

（あまり急いで上原城に入ると、長時は引き揚げてしまう。勘助の計略が空《むな》しくなる）

甲府・諏訪間はその気になれば一日で駆け抜ける距離である。だが、肝心の長時を逃がしては何にもならない。

晴信は猛り立つ将兵を押さえ、甲信国境で長時の出陣を待った。そしてようやく待ちに待った知らせが届いたのである。勘助自らが馬を飛ばしてやって来て、小笠原軍の出撃を告げた。

「勘助、ようやった」

晴信は全身で喜びを表現した。いよいよ、けりをつける時がきたのだ。だが、勘助は首を振った。

「殿、今夜は無理でござる」

「なぜだ、勘助」

晴信は露骨に不満の色を浮かべた。

「今夜は満月。しかも、雲が出そうもござらん」

陰暦を使う世の中であった。今日《こんにち》とは異なり、月の満ち欠けが暦《こよみ》と完全に対応している。月初めにはその姿が見えず、三日目になって初めて鎌のように細い月が出る。すなわち三日月である。月はやがて半月から段々と満ちていき十五日目に満月となる。それからまた少しずつ欠けていき、月終わりには姿が見えなくなる。そしてまた新しい月が始まるのである。月明かりに照らされれば、軍の移動は見透かされ、奇襲の計は失敗する。

「だが、長時がいつまで塩尻峠にいるか」

晴信はそれが気掛かりでならなかった。せっかくおびき寄せた長時が、林城に戻ってしまえば、苦労は水の泡となる。

「ご案じ召さるな。長時めは愚物でござる。陣所を一度作れば、一日で引き払うようなことはせぬでございましょう」

勘助は胸を叩いた。

「そういうものかな」

晴信は半信半疑である。

「今頃、長時めは塩尻峠に仮屋でも建てておりましょう。それを一晩で捨てるような真似は致しませぬ。愚物は些細《ささい》なことに吝嗇《りんしょく》であるもの。そのうえにあわよくば上原城が手に入ると思い込んでおります」

「わしの動きを知ったらどうなる？　わしがもはや甲信の国境まで出て来ていることを知ったら——」

「ご懸念には及びませぬ」

　勘助は答えた。

「殿がここまで出陣なさりながら、なぜ上原城に入らぬか。その理由を、噂として広めておるからでございます」

　それは当然、偽りの理由である。晴信が上原城に入らない真の理由は、長時を塩尻峠で撃破したいからだ。だが——。

「勘助、また何か悪知恵を出したのか？」

「これはお口の悪い」

　勘助は苦笑した。

「早う申せ、何を広めた？」

　晴信はせっついた。

「殿が城代室住玄蕃允を疑っておられる、と」

　勘助は即答した。

「ふむ」

　晴信はうなった。なるほど、それなら晴信は上原城に入らなくて当然である。上原城代にして諏訪郡代でもある玄蕃允が裏切ったとしたら、城に入ることは危険このうえない。この噂は同時に、玄蕃允の内応の申し入れを疑っている小笠原長時に、その申し入れが真実であると思わせる効果もある。一石二鳥の策である。

「わしが小笠原長時なら――」

と、晴信は勘助に、

「ぐずぐずせずに、上原城を明け渡せ、そなたが本心から武田を裏切るつもりなら、早う城を渡せと、玄蕃允に申し送るであろうな」

「当然でござりましょうな」

「どうやって長時を納得させる？」

それが晴信には疑問であった。城の明け渡し要求に、玄蕃允は応じるわけにはいかない。玄蕃允は決して裏切ってなどいないのである。しかし、裏切ると言いながら、城は渡さぬでは長時は絶対に納得しまい。下手をすると、さっさと兵をまとめて林城に戻ってしまうかもしれない。勘助は答えた。

「玄蕃允の申し開きは考えてござる。――いましばらくお待ちくだされ。お待ちくだされば、さらに大きな獲物が手に入ります――」

「それは何だ？」

晴信の問いに、勘助はにやりとした。

「知れたこと、武田晴信様の首」

「そうか」

晴信も笑った。玄蕃允は長時に次のように言えばよい。もうすぐ晴信が上原城に入る。その時、反乱を起こし一気に晴信の寝首を掻く。だから、しばらくお待ちくだされ、と。

「それで何日稼げるかな」

「まず五日は稼げましょう」

その間に月は欠けていき、夜間に雲の出る日もあるだろう。奇襲はその時行なわれる。

「敵の目は上原城に注がれており申す。奇襲の計はおそらく見破られますまい」

勘助には自信があった。


小笠原長時は、塩尻峠の野陣で一夜を明かした。

「将監、玄蕃允はいつ晴信の首を持って来るのだ」

長時は神田将監に文句を言った。上原城代の室住玄蕃允から、主君武田晴信の首を討ち、それを土産に小笠原方へ味方するとの連絡があったのは、昨日のことである。将監は苦笑し、せっかちな主君長時をたしなめた。

「いかに室住殿とて、晴信が上原城に入らねば討ちようがござりませぬ。室住殿の配下はわずか八百、それに対し武田の本軍は三千から五千はあるものと見なければなりませぬ。

それゆえ、晴信が城に入り旅装を解かねば、室住殿には討てませぬ」

「晴信はなぜ、ぐずぐずしておる。どうして早く上原城に入らぬのだ」

「おそらく、室住殿に叛心ありと疑っているのでございましょう。あるいは、われらが何か罠を仕掛けていると用心しているのかもしれませぬ」

「晴信が上原城に入らず、そのまま引き返してしまったら、どうする？」

長時は心配そうに言った。将監は大声で笑い出した。

「何がおかしい」

むっとした顔を長時がした。

「殿、それなら当方は上原城を丸ごと無傷で頂くだけのことでござる。晴信は大軍を率いて遠征しながら、当方に城をもぎ取られ、すごすごと逃げ帰ったことになり申す。まさにお味方大勝利ということでございます」

将監は笑顔を絶やさずに言った。

「そうか、それもそうだな」

長時も笑った。

だが将監は、内心ではそうなるとは思ってはいない。

（あの晴信が、近隣諸国の物笑いになるような真似をするはずもあるまい。まず玄蕃允の心底を確かめたうえで、上原城をどうやって取り戻すか考えるにちがいない。正面切って力攻めにするか、家臣に命じて玄蕃允を討たせるか――)

もし晴信が玄蕃允を信じて城に入れれば、こちらの勝ち、玄蕃允の叛心を見抜きうまく城を取り返せば、こちらの負けである。

(だが、たとえ叛心を見抜いたところで、玄蕃允は上原城に籠もっておる。それにわれわれもいつでも援軍に駆けつけられる。城を取り戻すなど容易なことではない。晴信、この勝負、やはりおまえの負けだ)

将監はおのれの目算を信じた。だが、将監は知らず知らずのうちに勘助の術中に嵌まっていた。将監の目算はあくまで上原城を中心に立てられていた。当然、上原城の動向に注意していれば失敗はないと思っている。だが、武田は上原城など素通りするつもりなのである。

3

四日後――。

太陽の運行と風の流れを見ていた勘助は、確信を持った。

(今夜こそ、雲が出る)

ここのところ雲一つない快晴が続いていた。

月が雲に隠れなければ、夜襲は成功しない。

（頃はよし、小笠原勢もちょうど野陣に慣れ、気を緩めているだろう）

敵の目は上原城に注がれている。城に入るか、攻めるか、小笠原方も上原城には物見を出している。だが、勘助は敵がそこに気を取られている隙に、塩尻峠までたどり着くつもりであった。具体的には、この甲信国境を出て、安国寺《あんこくじ》付近で甲州往還《おうかん》を捨てて脇道に入り、湖の南側を迂回するのである。上原城は甲州往還沿いにあるから、この行軍は敵に悟られる心配はない。全行程はおよそ十里、急げば日没後に出発しても夜明け前には充分に塩尻峠に到着できる。晴信は全軍に出撃を命じた。夜半になって、同行していた勘助は、源五郎ら先発隊と諏訪湖南岸で合流した。源五郎らを呼びに行った諫早佐十郎も一緒である。

「源五郎、ご苦労」

勘助はその労をねぎらった。

「お待ち申しておりました。これより拙者が塩尻峠までご先導つかまつる」

「敵の物見はいかに？」

勘助は最も気になっている点を尋ねた。

「ご安心を。小笠原勢は夜襲をかけられるなど夢にも思ってはおりませぬ。不寝番すらおりませぬ」

「それは重畳《ちょうじょう》」

勘助は大きくうなずくと、今度は佐十郎へ向かって、

「そなた、すまぬが、これからすぐに塩尻峠へ戻ってくれ」

「三村長親でござりますな」

佐十郎は、武田方へ寝返りを約束した小笠原方の武将の名を言った。

「きゃつの陣の近くに潜《ひそ》んでおれ。われらの襲撃が始まった後、適当な機を見計らって裏切りをさせるのだ。――わかっておろうな、機を誤ると命がないぞ」

「もとより承知でござる」

もし小笠原方が優勢な時に裏切りを勧めたら、三村は逆に佐十郎の首を取って長時に差し出すだろう。佐十郎は一礼して闇の中へ消えた。

「さあ、殿が待っておられる」

勘助は源五郎に言った。雲の多い夜だった。まさに勘助の予測は的中したのである。

「どうして小笠原長時はわれらの奇襲に気付かぬのでございましょう」

改めて春日弾正忠こと源五郎が、感心したようにつぶやいた。長時の目をくらませるため、勘助が様々な手配りをしたことは知っている。しかし無心に考えれば、武田軍と小笠原軍は戦っているのだ。常に敵の襲撃に備えるのは当然ではないか。それなら奇襲のことも考えに入れておくべきであろう。

「源五郎、そなたは名将の資質があるぞ」

笑顔で勘助が言ったので、源五郎はからかわれたのかと思って、むっとした顔をした。

「怒るな。真面目に褒めておるのだ」

「山本様――」

「そなたに一度教えたことがあったな。欲目《よくめ》じゃ。長時の目は欲目になっておる」

「欲目でございますか」

「左様。上原城が無傷で手に入るかもしれぬ。そう思った時、長時の目はくもり出したのだ。欲に目がくらみ上原城の他は目に入らなくなった。――さしずめ長時は狐じゃな。目の前に肉を仕掛けた罠がある。肉は欲しい、じゃが罠にはかかりたくない。立ち去りかねて、じっと罠を見つめておる。狐は自分は賢いと思っておる。罠になどかかるものかと思っておる。だが、それは結局、罠に囚《とら》われているということじゃ。囚われているうちに、さらに賢い猟師が背後から忍び足で近づく。今のわしらがまさにそれよ」

「どうすれば、欲目にならずに済みますか？」

源五郎の問いに、勘助は、

「先程そなたが言ったではないか」

「――？」

「無心よ、無心になることじゃ。欲があるから欲目になる。欲を捨てれば、すべてのものが明らかに見えてくる」

「それではつまりませぬ。まるで坊主になったような」

勘助は笑った。

「目先の利に囚われるな、ということじゃ。大欲は大いに持つべし。信濃平定など、小さい、小さい」

誇張ではなかった。信濃を武田のものにしてしまえば、天下平定もまんざら夢ではなくなる。豊かな国を持つ今川や北条に対抗するためには、いくら金を産出するとはいえ甲斐一国だけではどうにもならぬ。

(そのために、この合戦、勝たねばならぬ)

奇襲を成功させるためには一切灯を使うわけにはいかなかった。敵は周囲を一望に収める山上にいる。松明《たいまつ》を持って攻撃などできない。そんなことをしたら、敵は高所の利を生かして、たちまち武田軍を撃破するだろう。闇の中を敵に肉薄し、夜明けと共に討つしかないのだ。

武田軍は細心の注意を払って、闇の中の峠道を登り始めた。兵の中には、闇夜では盲目同然の、鳥目の者も少なくない。だが源五郎の選んだ夜目《よめ》の利く者たちが、先導して進んだ。私語は厳禁されていた。まず徒歩の足軽が敵に肉薄する。次に騎馬隊が少し離れたところで待機する。馬のいななきが敵に聞こえるとまずいからだ。

「勘助、退路はどうする？」

晴信は尋ねた。小笠原軍にとっては、背後の林城に降りる道である。

「断たなくてもよろしゅうございましょう」

勘助は答えた。今回の戦いは、まず信濃勢から一勝挙げることが目的である。完勝は必要ない。七分の勝ちすらいらない。ただ単に勝てばいいのだ。小笠原長時の首を取らずとも、武田軍の猛攻の前に小笠原軍が敗退したという、事実さえ残ればよい。そのためにはむしろ敗走のための逃げ道を残しておいてやったほうがいい。退路を断たれると、人間死にもの狂いで抵抗する。なにしろ小笠原軍は守りやすく攻めにくい場所にいるのだ。そんなことをしたら、どんな拍子で勝敗が逆転するかもわからない。

（大将に流れ矢が当たっただけでも、勝敗が逆転することがある）

この戦は今までと違って、やや無理なところがあるのだ。頽勢《たいせい》を一気に挽回するための博打であり、もう冒険すべきところはしている。これ以上無理なことはすべきではなかった。

「それがよいな」

晴信もある程度はわかっていた。勘助ほど深く考えたわけではなかったが、小笠原軍の退路を断つためには、その前面か側面を通って、背後に回る必要がある。しかし、それは小笠原に武田軍を発見させる機会を与えてやるようなものだ。

武田軍は配置を整え、夜明けを待った。高所の夜明けは肌寒いほどである。だが、晴信にはかえってそれが心地よかった。日が昇り、あたりがしらじらと明け染める頃、ようやく武田の旗の文字が読めるようになった。

「全軍、進め」

晴信はついに指令を発した。喊声《かんせい》を上げてまず足軽隊が小笠原軍の前衛に襲いかかり、飯富兵部・馬場民部らを先鋒とする騎馬隊が敵の本営目がけて突っ込んだ。

武田勢の吶喊《とっかん》を聞いても、小笠原勢はまだ夢うつつの状態であった。それが敵襲だと気が付く前に、その前衛は突破されていた。醜態であった。小笠原勢は鎧を身に着ける間もなく、単衣《ひとえ》のまま逃げ出す他はなかった。

「武田の奇襲じゃと」

小笠原長時がそれを知った時には、既に武田勢は本陣のすぐ下まで迫っていた。

「迎え撃つのだ。本陣を固めよ」

長時は絶叫した。しかし、その声に応じる者はわずかであった。その頃、諫早佐十郎は本陣左翼にある三村長親の陣に駆け込んでいた。

「三村殿、武田の軍師山本勘助配下の者でござる」

長親は佐十郎を覚えていた。

「あの関《とき》の声を何と思し召《おぼ》す。わが武田勢が小笠原殿の本陣に奇襲をかけたのでござる」

「なんと、まことか？」

長親は目を見張った。

「お疑いなら、よく御覧くだされ。武田の旗が見えるはずでござる」

「――」

「三村殿もおわかりでござろう。小笠原殿の旗本衆も不意を衝かれ、鎧を身に着ける間もござらん。この戦、間違いなく武田の勝利。武田の殿への忠誠をお示しになるのは、今をおいて他にござらん」

「裏切りをせよ、と言うか」

「なんの、頼りにならぬ主君をお見限りなされということでござる。わが殿も、三村殿に小笠原殿の首を取れとまでは申しておりませぬ。共に小笠原殿を林城まで追い落としましょうぞ」

佐十郎は熱心に口説いた。三村長親はまだ迷っていた。長時にこの先従う気はまったくないが、累代《るいだい》の主君を裏切ることに、若干の後ろめたさを感じていたのである。

そこへ騎馬武者が一騎、息せき切って駆けつけて来た。小笠原の本陣から駆けつけて来た使番である。本陣を守るため出撃せよとの命令を持って来たのだ。それと悟った佐十郎は、味方を装いつかつかと歩み寄って、いきなりその使番の鎧の隙間を刺し通した。

使番は呆気なく絶命した。

「何をする」

長親が叫んだ。

「敵を討ったまでのことでござる。もはや後戻りはできませぬ」

衆人環視の中で使番を討たせたとあっては、もう言い訳は利かなかった。長親はついにうなずいた。

佐十郎は、使番の死体から鎧と旗を剝《は》ぎ取り、自ら身に着けた。

「何とするぞ」

そのまま馬に跨《また》がった佐十郎を、三村長親はいぶかしげに見上げた。

「これより――」

と、佐十郎は屈託のない笑顔を見せ、

「本陣の方々に三村殿のご決心をお伝え申して参る。では、御免」

返事を聞く必要はなかった。佐十郎は馬首をめぐらし、ひと鞭当てて走り去った。

「三村長親殿、裏切り。三村長親殿、裏切りでござるぞ」

佐十郎は大声で触れて回った。味方の旗を付けた男が言うのだ。誰もがそれを信じた。

小笠原勢は浮足立った。

「おのれ、長親め。わしの手で成敗してくれるわ」

小笠原長時は激怒した。

「なりませぬ、ここはいったん兵をお退きください」

神田将監はあわてて止めた。三村勢に関わり合っていては、武田勢の追撃を受け、挟み撃ちにされてしまう。ここは後退し、林城へ引き揚げるのが、最善の道と思われた。

一方、晴信は小笠原勢の動向から、今こそ総攻撃の時期だと思った。本陣に残してある予備隊を投入するのである。

「よいな、勘助」

念のため晴信は勘助の同意を求めた。

「よろしゅうござる。ここは全力を挙げて小笠原勢を討つべし」

「よし」

晴信は命令を下した。

「一歩も退くな。火のように攻め立てよ。敵は必ず崩れる」

新たな加勢を得て武田勢の意気は上がった。反対に小笠原勢は戦意を喪失した。そこへ長時が旗本を連れて後退したので、全軍が雪崩を打ってその後に続いた。唯一の道、武田勢が配されていない林城への退路へ、全員が殺到した。

（勝った）

晴信は確信した。

「深追いはするな。長時が逃げたいと申すなら逃がしてやれ」

それが最後の命令だった。勝ちを取る。これが第一の目的である。勢いに乗じて林城を囲んでも、すぐに落とせるとは思えない。それではせっかくの勝利が勝利でなくなる。

武田勢は塩尻峠に凱歌を上げた。

敵小笠原勢の死者一千余に比べ、武田勢の死者は百に満たなかった。

（この作品『野望（上）』は、平成七年三月、小社ノン・ノベルから四六判で『野望一』『野望二』として刊行されたものです）

一〇〇字書評

野　望（上）

切り取り線

購買動機（新聞、雑誌名を記入するか、あるいは○をつけてください）	
□（　　　　　　　　　）の広告を見て	
□（　　　　　　　　　）の書評を見て	
□ 知人のすすめで	□ タイトルに惹かれて
□ カバーがよかったから	□ 内容が面白そうだから
□ 好きな作家だから	□ 好きな分野の本だから

●最近、最も感銘を受けた作品名をお書きください

●あなたのお好きな作家名をお書きください

●その他、ご要望がありましたらお書きください

住所	〒				
氏名		職業		年齢	
Eメール	※携帯には配信できません	新刊情報等のメール配信を希望する・しない			

あなたにお願い

この本の感想を、編集部までお寄せいただけたらありがたく存じます。今後の企画の参考にさせていただきます。Eメールでも結構です。

いただいた「一〇〇字書評」は、新聞・雑誌等に紹介させていただくことがあります。その場合はお礼として特製図書カードを差し上げます。

前ページの原稿用紙に書評をお書きの上、切り取り、左記までお送り下さい。宛先の住所は不要です。

なお、ご記入いただいたお名前、ご住所等は、書評紹介の事前了解、謝礼のお届けのためだけに利用し、そのほかの目的のために利用することはありません。またそのデータを六カ月を超えて保管することもありませんので、ご安心ください。

〒一〇一－八七〇一
祥伝社文庫編集長　加藤　淳
☎〇三（三二六五）二〇八〇
bunko@shodensha.co.jp

祥伝社文庫

上質のエンターテインメントを！　珠玉のエスプリを！

祥伝社文庫は創刊15周年を迎える2000年を機に、ここに新たな宣言をいたします。いつの世にも変わらない価値観、つまり「豊かな心」「深い知恵」「大きな楽しみ」に満ちた作品を厳選し、次代を拓く書下ろし作品を大胆に起用し、読者の皆様の心に響く文庫を目指します。どうぞご意見、ご希望を編集部までお寄せくださるよう、お願いいたします。

2000年1月1日　　　　祥伝社文庫編集部

野望《やぼう》（上）　信濃戦雲録《しなのせんうんろく》　第一部　　長編歴史小説

平成18年12月20日　初版第1刷発行

著者　井《い》沢《ざわ》元《もと》彦《ひこ》

発行者　深澤健一

発行所　祥《しょう》伝《でん》社《しゃ》
東京都千代田区神田神保町3-6-5
九段尚学ビル　〒101-8701
☎03（3265）2081（販売部）
☎03（3265）2080（編集部）
☎03（3265）3622（業務部）
印刷所　萩原印刷

製本所　積信堂

ISBN4-396-33326-9　C0193

祥伝社のホームページ・http://www.shodensha.co.jp/

祥伝社文庫

井沢元彦　明智光秀の密書

明智光秀の密使を捕縛、暗号解読に四苦八苦する秀吉と黒田官兵衛。やがて解読された「信長暗殺の凶報」。

井沢元彦　隠された帝《みかど》　天智天皇暗殺事件

大化改新の立役者・天智天皇は、弟の天武天皇によって暗殺された！　だが、史書『扶桑略記』には…。

井沢元彦　言霊（ことだま）

日本人の言動を支配する、宗教でも道徳でもない〝言霊〟の正体は？　稀有《けう》な日本人論として貴重な一冊。

井沢元彦　歴史の嘘と真実

井沢史観の原点がここにある！　語られざる日本史の裏面を暴き、現代の病巣を明らかにする会心の一冊。

井沢元彦　穢《けが》れと茶碗

進歩的文化人、憲法学者、平和主義者…彼らの「差別意識」が国を滅ぼす。日本人の行動原理を解き明かす！

井沢元彦　誰が歴史を歪《ゆが》めたか

教科書にけっして書かれない日本史の実像と、歴史の盲点に迫る！　著名言論人と著者の白熱の対談集。

祥伝社文庫

井沢元彦 **誰が歴史を糺《ただ》すのか**

梅原猛・渡部昇一・猪瀬直樹…各界の第一人者と日本の歴史を見直す、興奮の徹底討論！

井沢元彦 **言霊Ⅱ**

言霊というキーワードで現代を解剖し「国際人」の自己矛盾を見事に暴く！小林よしのり氏も絶賛の一冊！

井沢元彦 **日本を殺す気か！**

「試験エリート」たちが頻繁に繰り返す不祥事と厚顔無恥な無責任体質、その病巣を歴史的見地から抉る！

井沢元彦 **激論 歴史の嘘と真実**

これまで伝説として切り捨てられていた歴史が本当だったら？ 歴史から見えてくる日本の行く末は？

麻倉一矢 **一本槍疾風録** 戦国の武将・後藤又兵衛

〈槍《やり》の又兵衛〉と勇名を馳《は》せた男。自らの信念を貫くため、河原乞食《かわらこじき》まで身を落とした又兵衛の一代記。

麻倉一矢 **鬼の吉宗** 将軍への黒い道

「まさか！」一躍、紀州藩主に祭り上げられた吉宗は、急変する自らの運命に戸惑いの声を上げた。

祥伝社文庫